Maurizio de Giovanni

DIE GABE DES COMMISSARIO RICCIARDI

Kriminalroman

Aus dem Italienischen
von Doris Nobilia

Insel Verlag

Die italienische Originalausgabe erschien 2011 unter dem Titel
Per mano mia. Il Natale del commissario Ricciardi
bei Giulio Einaudi editore s. p. a., Turin.

Umschlagfoto: JBM / buchcover.com

Erste Auflage 2012
insel taschenbuch 4169
Deutsche Erstausgabe

Vertrieb durch den Suhrkamp Taschenbuch Verlag
Umschlaggestaltung: bürosüd, München
Satz: Hümmer GmbH, Waldbüttelbrunn
Druck: CPI – Ebner & Spiegel, Ulm
Printed in Germany
ISBN 978-3-458-35869-5

Die Gabe des Commissario Ricciardi

Die todbringenden Hände bewegen sich ruhig im Halbdunkel.

Sie haben keine Erinnerung an das vergossene Blut.

Sie rühren den Leim in dem kleinen Topf auf dem Feuer, damit sich keine Klumpen bilden. Eine hält den Griff fest, die andere bewegt den Holzlöffel ganz langsam im Uhrzeigersinn; hinter dem Löffel fließt der Leim sofort wieder zusammen wie ein dickflüssiges Meer.

Jetzt prüfen die Hände die Holzkonstruktion, kontrollieren, ob die Verbindungen stabil sind. Sie merken, dass eine Ecke nicht gut vernagelt ist, nehmen einen Hammer und klopfen die Stelle fest. Sie arbeiten genau und sorgfältig.

Dann kehren sie zum Topf zurück, kippen ihn leicht, ohne ihn von der Flamme zu nehmen. Sie berühren das Holz der Korkeiche, schätzen sein Gewicht, erwägen die Maße der einzelnen Stücke, die Krümmung der Rinde. Sie wissen, dass die Vorbereitung des Materials und die Qualität der Bauteile am wichtigsten sind und sie sich keinen Fehler erlauben dürfen.

Dieselben Hände, die menschliches Fleisch mit einer einzigen, entschlossenen Bewegung durchtrennt haben, wenden sich nun den Figuren zu, die in einer Reihe auf dem Tisch stehen. Sie zählen sie Stück für Stück und ordnen sie dann nach ihrer Wichtigkeit. Zuerst die architektonischen Elemente: Säulen, Tempelruinen, Hütten und Häuser; weiter vorne die Gegenstände: Fleisch- und Fischstände, Wägen, Karren mit Früchten und Wurst, Stühle, Möbel; dann die Tiere: Schafe in unterschiedlichen Größen, um dem Ganzen räumliche Tiefe zu verleihen, Pferde, Kühe, Hühner, Hähne und Küken, aber auch Kamele, Elefanten, Strauße – eine bunt zusammengewürfelte Tierschau, deren Grenzen Erzählungen und Traditionen und nicht Kontinente und Nationen bilden. Die todbringenden Hände ordnen nun die Personen an, sorgfältig und aufmerksam: Hirten, Krämer, Dienstmädchen und Sklaven, Karten spielende Greise und alte Klatschtanten beim Austausch von Geheimnissen. Männer auf die eine Seite, Frauen auf die andere.

Die Hände streichen über Gesichter und Gliedmaßen, suchen nach Rissen und abgesplitterten Stellen, um die Teile zu ermitteln, die neu bemalt oder ausgebessert werden müssen. Hin und wieder streifen sich die Hände; wie um einen Gedanken zu betonen, kratzen sie sich dann leicht den Rücken. Wenn auch nicht Liebe, so empfinden die Hände doch Respekt füreinander.

Genauso konzentriert, wie sie Venen aufgetrennt und ausbluten lassen haben, wie sie entstellt und vernichtet haben, stellen die todbringenden Hände nun die fehlenden Figuren auf den Tisch. Die Heiligen Drei Könige mit ihren prunkvollen Gewändern, der exotischen Hautfarbe, den goldenen Kronen. Ihre Reittiere mit den zwei Höckern auf dem Rücken, aufgezäumt mit roten Tüchern und ledernem Geschirr. Gold, Weihrauch und Myrrhe.

Als müssten sie sich vom Träumen abhalten, klatschen die Hände leise und wenden sich wieder dem Töpfchen mit dem Leim zu, den sie schnell umrühren. Dann kehren sie zurück zu der mittlerweile fast leeren und mit Stroh ausgelegten Schachtel. Sie nehmen einen traurig schauenden hockenden Ochsen heraus und einen ebenso großen Esel, dessen lange, behaarte Ohren sorgfältig bemalt wurden. Die beiden Tiere wandern auf den Tisch, vor den Rest des Heeres, wie zwei Hauptmänner in Erwartung des Generalstabs.

Die todbringenden Hände, die nicht zitterten, als sie ein Leben im Gurgeln eines letzten, blutigen Atemzugs beendeten, verraten nun eine Gefühlsregung. Als wollten sie einen feierlichen Moment ein wenig hinauszögern, rühren sie noch einmal rasch den Leim um und streichen dann kurz über Stoffe und Goldpapier. Sie ebnen die Falten des Stoffes und streichen die Ecken der blauen und gelben Papierbögen glatt, die später zu Himmel und Sternen werden sollen. Das Messer haben sie ohne Mitleid erhoben und sinken lassen und damit Herzen und Lungen durchbohrt, Träume und Gedanken ausgelöscht, doch jetzt können sie sich nicht dazu entschließen, ein letztes Mal in das Stroh der Holzkiste zu greifen.

Schließlich nehmen die todbringenden Hände mit aller Feinfühligkeit, derer sie fähig sind, und ohne an die abgeschnittenen Leben zu denken, eine Marienfigur mit blauem Mantel und sanftem Gesicht aus dem Stroh heraus. Beide Hände halten die Figur fest, obwohl sie leicht ist wie eine Feder. Sie stellen sie vor alle anderen, in die Mitte des Tisches, weit weg von jeder Gefahr. Vor ihr, nämlich dort, wo ihr Blick hinfallen würde, wenn sie echt wäre, befindet sich ein Neugeborenes, dessen traurige Augen die Welt bereits ansehen. Auf seinem Kopf leuchtet ein heller Kranz, es hat rosige Wangen und um das Becken ein Tuch geschlungen.

Zuletzt ziehen die Hände einen knienden Mann mit langem, grau meliertem Bart und braunem Mantel hervor; in der geschlossenen Hand hält er einen Stock mit gebogenem Griff. Nachdem die eine Hand ihn neben die Frau gestellt hat, streichelt sie ihn langsam; sie fährt ihm mit dem Daumen über die Brust, wie um seine Beschaffenheit zu prüfen. Eine vage Erinnerung an das Blut ist den Händen vielleicht doch geblieben.

Draußen ertönt plötzlich ein Dudelsack und eine Schalmei stößt eine lange, schmerzliche Klage aus.

Die todbringenden Hände krallen sich am Tisch fest und erbleichen.

Da ist sie, die Erinnerung an das Blut.

I

Während er durch die Kälte stapfte, fragte Brigadiere Raffaele Maione sich zum hundertsten Mal, wer um Himmels willen Lust haben konnte, ausgerechnet eine Woche vor Weihnachten jemanden umzubringen.

Nicht, dass man zu so etwas jemals Lust haben sollte, dachte Maione; Mord ist purer Wahnsinn, das Schrecklichste, was ein Mensch tun kann. Und doch erschien es ihm gerade jetzt noch schrecklicher – jetzt, wo die Kinder vor Vorfreude kein Auge zutaten, die Leute sich auf der Straße freundlich grüßten und zulächelten und alle planten, was es an Heiligabend zu essen geben sollte. Jetzt, wo die Geschäfte feierlich geschmückt waren, die Kirchen miteinander um die schönste Krippe wetteiferten, jede Begegnung von guten Wünschen zum Fest begleitet war. Wer brachte es fertig, in solchen Momenten zu töten?

Offensichtlich gab es aber jemanden. Drum bin ich hier, sagte sich der Brigadiere und schleppe mich zu Fuß nach Mergellina in dieser Eiseskälte, der Wind dringt einem ja förmlich bis in die Knochen. Am Ende lieg ich an Weihnachten noch mit vierzig Fieber im Bett.

Maione folgten die Wachen Camarda und Cesarano, die Gesichter tief im Mantelkragen verborgen, die Mützen bis über die roten Ohren gezogen. Sie foppten sich nicht einmal gegenseitig wie sonst immer, allem Anschein nach beschäftigten auch sie dieselben Fragen wie den Brigadiere. Mobiles Einsatzkommando, dachte Maione verärgert. Zu Fuß mobil, in Stiefeln. Zwei Autos standen dem Präsidium zur Verfügung, das eine war ständig in Reparatur, das andere galt als Statussymbol des Polizeipräsidenten. Und wir rennen kreuz und quer durch die Stadt und kriegen Hühneraugen, ärgerte sich Maione weiter.

Wenige Meter vor ihm ging Kommissar Ricciardi, dessen Haare sich im Wind bewegten. Er trug wie üblich keinen Hut. Wie er es anstellte, sich nicht zu erkälten, wusste nur der liebe Gott.

Über Ricciardis rechtem Ohr erkannte der Brigadiere eine veilchenblaue Wunde, eine kahl rasierte Stelle und mehrere Stiche einer Naht. Maione erinnerte sich an den Unfall, in den sein Vorgesetzter Anfang November, vor fast zwei Monaten, verwickelt worden war und den er nur mit sehr viel Glück überlebt hatte. Die Fahrerin des von der Straße abgekommenen Wagens war auf der Stelle tot gewesen – fünfzehn Meter weit flog das Auto – und der Kommissar mit einem Kratzer davongekommen.

Während er nun hinter ihm durch die schmalen Gassen des Chiaia-Viertels lief, sah Maione in Gedanken vor sich, wie Ricciardi im Krankenhaus aufgewacht war. Er selbst hatte an seinem Bett gesessen, fest entschlossen, dort die ganze Nacht zu wachen, als der Kommissar plötzlich die Augen aufschlug.

Sein Blick war hellwach gewesen, der Mann vollkommen bei Bewusstsein. Jene beunruhigend klaren grünen Augen, aus denen man unmöglich Gedanken oder Stimmungen ablesen konnte, hatten ihn fixiert. Dann hatte er leise und besorgt gefragt: Siehst du mich? Siehst du mich, Maione? Kannst du mich sehen? Ja, natürlich, Commissario, hatte er geantwortet. Ich sitze doch hier neben Ihnen, wie könnte ich Sie da nicht sehen?

Daraufhin hatte der Kommissar aufgeseufzt, war in sein Kissen gesunken und wieder eingeschlafen.

Bereits sieben Tage später erschien er wieder im Präsidium, mit einem mehr schlecht als recht über der Wunde angebrachten Verband. Als ob er einen Monat das Bett hüten könnte, wie der Doktor es ihm aufgetragen hatte. Und nun ging er hier vor ihm in Richtung Mergellina, von wo der Anruf heute Morgen gekommen war. Maione fragte sich, was wohl in seinem Kopf vorgehen mochte.

Ricciardi dachte an die Toten.

Ob Weihnachten oder nicht, Brüderlichkeit oder nicht, Feiertag hin oder her, irgendjemand starb immer, und er durfte sich dann Blut und Verwüstung ansehen.

Als das Auto durch die Luft geflogen war, hatte er geglaubt zu sterben, und ein Teil seiner Seele hatte das fast gehofft: Es hätte das finstere Leiden beendet, das ihn von jeher heimsuchte.

Stattdessen bin ich jetzt hier, überlegte er. Wieder in vorderster Linie, als ob nichts geschehen wäre. Als ob ich nicht noch ein Stückchen mehr gestorben wäre, wie jedes Mal, wenn ich herausfinde, wie schwarz eine Seele sein kann.

Mergellina befand sich im Umbruch: Das abgelegene Fischerdörfchen wurde langsam zu einem eleganten Stadtviertel. Man sah neue Häuser, ein paar Geschäfte, Kindermädchen und Haushälterinnen, Pförtner in Livree, aber auch das Alte hatte überdauert, denn es roch nach ranzigem Kohl und nach Fisch, und Frauen saßen in ihre schwarzen Tücher eingehüllt am Strand, um die Löcher zu stopfen, die das Meer in die Fischernetze gerissen hatte.

Als die Polizeistreife von Weitem zu erkennen war, rannte

ihr wie üblich ein Pulk Straßenjungen brüllend entgegen. Gemeinsam waren sie die Vorhut und das Sprachrohr aller Ereignisse, jeder Anlass war ihnen recht: Sofort eilten sie herbei, um zu jubeln oder zu jammern, ein Almosen oder einen Happen Essen zu ergattern. Sie waren barfuß und zerlumpt, hatten dunkle, raue Haut und aus ihren zahnlosen Mündern drang ein fortwährender, heiserer Schrei. Ricciardi wich ihnen ohne jede Regung aus, Maione und die beiden Polizisten versuchten, sie wie lästige Insekten zu verscheuchen. Die Kinder halfen ihnen allerdings dabei, ganz ohne nach der Anschrift sehen zu müssen, den Ort des Geschehens zu finden, wegen dem sie hier waren. Es handelte sich um ein neueres Wohnhaus, das ein wenig versteckt lag. Eine kleine Gruppe Neugieriger lungerte vor dem Tor herum und versperrte die Sicht auf den Eingang. Es herrschte eine merkwürdige Stille; der Wind, der vom Meer kam, war kalt und schneidend, aber niemand schien Lust zu haben, sich von seinem Beobachtungsposten zu entfernen.

Als sie näher kamen, löste sich aus der Gruppe ein Mann mit rotem Gesicht, einer schlecht zugeknöpften Uniform und schief sitzendem Hut. Er näherte sich Maione und fasste ihn am Arm.

– Brigadiere, Gott sei Dank sind Sie da. Hier gab's ein Blutbad, ein wahres Blutbad! Das können Sie sich nicht vorstellen! Wir haben keine Ahnung, wer das getan haben könnte. Es waren so feine Leute … Und ausgerechnet jetzt, wo es doch bald Weihnachten ist, das versteh' ich nicht, versteh' ich einfach nicht …

Maione, den der Gestank nach saurem Wein aus dem Mund des Mannes abstieß und dessen Ton ihn nervte, schob ihn von sich weg.

– Beruhigen Sie sich erst mal. Sonst versteh' ich gar nichts. Lassen Sie mich los, atmen Sie tief durch und sagen Sie mir Ihren Namen und wovon Sie sprechen.

Der Mann schwieg verblüfft, trat einen Schritt zurück und atmete tief ein.

– Sie haben recht, Brigadiere, bitte entschuldigen Sie. Ich bin bloß völlig durcheinander. Ich heiße Ferro, Beniamino Ferro, ich bin der Pförtner des Hauses.

Die Leute hatten sich inzwischen vom Eingang des Gebäudes abgewandt und ihre Aufmerksamkeit auf die Unterhaltung zwischen Maione und dem Pförtner gelenkt; Ricciardi trat zu den beiden.

– Ich bin Commissario Ricciardi vom mobilen Einsatzkommando und das ist Brigadiere Maione. Sagen Sie uns, was passiert ist.

Ferro blinzelte, beunruhigt durch Ricciardis Blick und seinen leisen Ton. Vorsichtig flüsterte er:

– Ich weiß nicht, was passiert ist, Commissario. Das heißt, ich weiß, was ich gesehen habe und ... liebe Güte, so viel Blut ... aber ich hab' keine Ahnung, wie es passiert ist, das wollte ich sagen. Also, ich hab' nichts damit zu tun, überhaupt nichts. Ich bin nach oben gegangen, als mich der Dudelsackpfeifer rief, um nachzusehen, was los war, bin aber an der Tür geblieben, ich weiß ja, dass man nichts anfassen darf.

Ricciardi wartete geduldig, dann sagte er:

– Was haben Sie von dort aus gesehen? Was darf man nicht anfassen?

– Ich weiß das, weil ich mal auf einer Baustelle auf dem Vomero gearbeitet hab'; ein Kollege ist vom Balkon gefallen und man sagte uns, nichts anzufassen, bis die ... na ja, also bis Sie kommen würden. Die Toten, Commissario. Die Toten auf dem

Boden darf man nicht anfassen.

Die Worte des Mannes fielen in die Stille wie ein Stein in einen Brunnen. Die Umstehenden, die ihnen am nächsten waren, traten einen Schritt zurück. Eine Frau legte die Hand auf den Mund und riss die Augen auf.

– Die Toten, sagen Sie? Welche Toten?

Nun schien Ferro jede Lust verloren zu haben, weiter zu reden. Er starrte Ricciardi mit aufgerissenen Augen an und wiederholte leise nuschelnd die letzten Worte des Kommissars, die Toten, die Toten, als ob er erst jetzt deren Sinn verstanden hätte.

– Tot. Sie sind tot. Die Signora und auch der Hauptmann. Beide tot.

Leise wiederholte er den Satz mehrere Male und schaute sich dabei um. In seinen Augen stand blankes Entsetzen. Auch Fassungslosigkeit. Die Neugierigen wandten den Blick ab. Vom nahe gelegenen Meer drang das Geräusch einer Welle, die sich an den Felsen brach.

Ricciardi hatte die Hände nicht aus den Manteltaschen genommen. Der Wind blies ihm die Haare in die Stirn, seine Lider bewegten sich kaum. Er versuchte auszumachen, was am Verhalten des Pförtners echt war und welche Lüge der Mann womöglich zu vertuschen suchte.

– Warum sagen Sie, die Signora und der Hauptmann seien tot? Haben Sie sie gesehen? Wo sind sie?

Ferro schien sich zu sammeln:

– Verzeihen Sie, Commissario. Ich habe es jetzt erst richtig begriffen. Ich habe … die Signora gesehen, durch die offene Tür. Ich bin nicht reingegangen, sondern habe nach dem

Hauptmann gerufen, mehrmals sogar, doch er antwortete nicht. Also nahm ich an ... ich dachte, wenn er nicht antwortet, heißt das wohl, dass er auch tot ist.

– Sind Sie denn sicher, dass er zu Hause ist? Könnte er nicht ausgegangen sein?

– Nein, auf keinen Fall, er ist zu Hause. Nachmittags sehe ich ihn immer weggehen, zum Hafen. Aber um diese Zeit ist er immer da.

Nun schaltete sich Maione ein:

– Sie sagten vorhin, der Dudelsackpfeifer habe Sie gerufen. Was bedeutet das?

– Es sind zwei Dudelsackpfeifer hochgegangen, um die Andacht für den dritten Tag zu spielen. Nur einen Augenblick später waren sie wieder unten, der eine ganz stumm vor Schreck, der sagt immer noch keinen Ton, er sitzt auf dem Stuhl da hinten, bleich wie der Tod. Der andere, der ältere der beiden, hat mich gerufen. Kommen Sie schnell, hat er gesagt, es ist was passiert. Ich habe mit allem gerechnet, außer mit dem ... was ich vorgefunden habe.

Ricciardi nickte, in Gedanken versunken. Dann sagte er:

– In Ordnung. Gehen wir nachsehen. Ferro, Sie begleiten mich und den Brigadiere; Cesarano, du bleibst bei den beiden Dudelsackpfeifern und rührst dich nicht von der Stelle, wir verhören sie später. Und du, Camarda, stellst dich ans Eingangstor, es darf niemand hereinkommen, auch nicht die Bewohner, bis ich dir Bescheid sage. Gehen wir.

II

Ferro führte Ricciardi und Maione ins Haus. Die Eingangshalle war geräumig und sauber, ausreichend beheizt und hell beleuchtet: Das Gebäude hatte offensichtlich einen gewissen Anspruch, wie viele andere in diesem Viertel, die zu Füßen des Hügels standen. Ricciardi wandte sich an den Mann:

– Wie viele Leute wohnen hier im Haus?

– Drei Familien, Commissario. Die Garofalos, das sind die ... also, zu denen ich Sie jetzt hinbringe, die Marras, ein kinderloses Paar, das zu dieser Uhrzeit bei der Arbeit ist, und der Buchhalter Finelli im obersten Stock, ein Witwer mit fünf Kindern. Wenn er in der Bank arbeitet, sind die Kleinen gleich nebenan bei der Großmutter.

Maione keuchte beim Treppensteigen unter der Last seiner einhundertzwanzig Kilo:

– Das heißt, um diese Zeit ist niemand im Haus außer den Garofalos, richtig? Haben sie keine Kinder?

– Ein Mädchen, Brigadiere, es heißt Benedetta und geht im Kloster zur Schule, denn die Tante ist Nonne. Sie kommt die Kleine morgens immer abholen. Ein Glück! Sonst wäre sie auch ...

Auf der letzten Treppenstufe vor dem Absatz des zweiten Stocks blieb Ferro stehen, ohne um die Ecke zu biegen, sein Blick war starr auf das Fenster zum Hof gerichtet.

– Verzeihen Sie, ich schaff' das nicht. Das ganze Blut, ich kann's mir nicht noch mal ansehen.

Ricciardi und Maione gingen an ihm vorbei. Im Halbdunkel waren zwei Türen zu erkennen, eine geschlossene und eine angelehnte, aus der ein weißes Licht fiel. Undeutlich sah man ein Stück Wand, eine Blumentapete, die Hälfte eines Wandspiegels, eine Konsole mit einer Vase, eine gerahmte Fotografie. Sie näherten sich ein wenig, dann blieb Maione nach alter Tradition stehen und überließ Ricciardi das Feld. Die erste Inaugenscheinnahme des Tatorts war das ausschließliche Vorrecht des Kommissars.

Ricciardi trat einen Schritt vor und öffnete die Wohnungstür einen weiteren Spalt. Das Licht kam von drinnen, wo die kalte Nachmittagssonne des Dezembers durch die Fenster der anderen Zimmer schien. Zuerst sah er nichts, dann wurde ihm klar, dass das, was er für das Blumenmuster der Tapete gehalten hatte, in Wahrheit Blutspritzer waren. Er ging hinein, sehr bedacht darauf, wo er die Füße hinsetzte; am Boden erblickte er einen großen dunklen Fleck und mittendrin den Kopf einer Frau, deren Körper von der Tür verdeckt wurde.

Der Kommissar begriff sofort, dass all das Blut, das er sah, das den Pförtner so erschreckt und Teppich und Tapete beschmutzt hatte, aus dem Hals der Frau gespritzt war, den man ihr mit einer sehr scharfen Klinge durchtrennt hatte. Er betrachtete ihren Gesichtsausdruck, die halbgeschlossenen Augen, den aufgerissenen Mund. In der Blutlache war der Abdruck einer Stiefelspitze zu sehen: Jemand war hereingekommen, aber nicht weitergegangen – wahrscheinlich der Dudelsackpfeifer oder der Pförtner selbst.

Ricciardi ging einen Schritt vor, wobei er aufpasste, nicht in den Blutfleck zu treten, und lehnte die Tür hinter sich an. Er blickte sich um: Von dem großzügigen und elegant eingerichteten Eingang aus sah man einen Salon mit zwei Sesseln und einem Tischchen. Er betrachtete erneut die Leiche und folgte ihrem leeren Blick.

In der gegenüberliegenden Ecke, nur zwei Meter von der

Toten entfernt, sah er im letzten Licht des Tages dieselbe Frau stehen, die ihm mit gesenktem Blick zulächelte, als wolle sie ihn als vollendete Gastgeberin herzlich bei sich zu Hause empfangen. *Hut und Handschuhe?*, fragte sie leise. Ihre Hand war leicht vorgestreckt, um die Kleidung des Besuchers entgegenzunehmen und ihn auf die freundlichste und liebenswürdigste Art hereinzuführen. *Hut und Handschuhe?*

Aus der Wunde unter ihrem Lächeln, der von einem bis zum anderen Ohr aufgeschlitzten Kehle, schwappte das Blut in kleinen schwarzen Wellen hervor, tropfte ihr unablässig auf das geblümte Kleid und besudelte ihre Brust aufs grauenvollste. *Hut und Handschuhe?*, fragte sie wieder. Ricciardi seufzte.

Etwas weiter von der Leiche entfernt entdeckte er einige dunkle Tropfen auf dem Fußboden, die nicht in dieselbe Richtung gespritzt waren wie das Blut an der Wand. Jemand hatte sich also entfernt, ohne darauf zu achten, dass von seiner Waffe noch Blut tropfte. Ricciardi folgte den Spuren durch den Salon und fand sich im Schlafzimmer wieder.

Der Anblick, der sich ihm dort bot, war schockierend. Das Bett war von Blut durchtränkt: Die Laken waren ganz schwarz davon, die Flüssigkeit war bis auf den Bettvorleger gelaufen, auch das Kopfteil aus hellem Holz war verschmiert. Am Fußende zwei lange blutige Streifen: Der Mörder hatte die Klinge abgewischt, bevor er den Schauplatz verließ.

In der Mitte des Bettes und des großen Blutflecks befand sich die Leiche eines Mannes: Ansatz zur Glatze, grau melierter Schnurrbart, er mochte um die vierzig Jahre alt sein. Sein Mund war zu einem letzten Atemzug aufgerissen, die Hände neben den Hüften zu Fäusten geballt. Aus der Masse des Blutes und dem Fehlen sichtbarer Verletzungen schloss Ricciardi, dass der Mann im Sterben zugedeckt worden war und lange Zeit weiter geblutet hatte.

Als er nun neben ihm saß, erkannte der Kommissar das Abbild des Toten, der Blut aus unzähligen Verletzungen verlor. Ihm fiel ein Gemälde des heiligen Sebastian ein, das früher im Klassenzimmer seines Gymnasiums gehangen hatte; er erinnerte sich, dass er jedes Mal, wenn ihm im Unterricht langweilig war, die Stiche zählte, die den Körper des Märtyrers durchbohrten, dreiundzwanzig waren es an der Zahl. Nach einer ersten groben Schätzung hatte der Mann im Bett den Wettstreit mit dem christlichen Märtyrer gewonnen.

Er sagte immer wieder: *Ich muss gar nichts und schulde niemandem etwas.* Eiskalt, mit gerunzelten Augenbrauen, zusammengebissenen Zähnen, wütendem Blick: *Ich muss gar nichts und schulde niemandem etwas.* Ricciardi hielt dem Blick des Toten stand, dann kehrte er all dem Blut den Rücken und ging zum Eingang zurück, um Maione hereinzulassen.

Um nicht Gefahr zu laufen, irgendeinen wichtigen Gegenstand unabsichtlich zu verrücken, verschoben sie die gründliche Inspektion des Tatorts wie immer auf die Ankunft des Rechtsmediziners. Kommissar und Brigadiere ließen also einen nervösen Cesarano an der Wohnungstür zurück und gingen nach unten, um den Pförtner und die Dudelsackpfeifer zu befragen. Sie hatten sie gebeten hochzukommen, aber es war unmöglich: Keiner war bereit, sich dem Anblick erneut zu stellen.

Ferro rauchte mit zittriger Hand eine Zigarette. Ricciardi sagte zu ihm:

– Sie hatten recht, auch der Mann ist tot. Wie hießen die Opfer?

– Garofalo hießen sie, Commissario. Hauptmann Emanuele
 Garofalo und die Frau hieß mit Vornamen Costanza. Ihren Mädchennamen kenne ich nicht.

– Hauptmann, sagen Sie. War er Soldat?

– Ja … nein, eigentlich nicht. Er arbeitete am Hafen, bei einer dieser Milizen, die unter den Faschisten neu entstanden sind. Er war kein richtiger Hauptmann, hat's mir ziemlich oft erklärt, aber ich hab's nie richtig verstanden, ich glaub', Zenturio oder so; am Ende hat er's aufgegeben und zu mir gesagt: Beniamino, weißt du was, nenn mich einfach Hauptmann, das ist der entsprechende Dienstgrad der Armee, und wir lassen es gut sein.

Maione bemerkte:

– Unser Freund hier hat gar nicht so Unrecht, Commissario. Alle drei Monate gründen sie eine neue Miliz und keiner blickt durch. Wenn er am Hafen gearbeitet hat, war's bestimmt bei der Hafenmiliz, die ist für den Warenverkehr und den Fischfang zuständig.

– Genau richtig, Brigadiere, auch für den Fischfang, mischte sich Ferro ein, oft kamen nämlich Fischer mit Geschenken, aber er hat keins davon angenommen; er hat geschimpft, mit ein bisschen Fisch wollten sie ihn wohl milde stimmen, aber er sei nicht bestechlich. Der Hauptmann hatte noch Sinn für Anstand und Sitte. Und sehen Sie sich an, wie er geendet ist.

Ricciardi kam zurück aufs Hauptthema:

– Waren Sie den ganzen Morgen über hier?

– Ja, Commissario. Das heißt, ich war kurz im Wirtshaus gegenüber, ein halbes Stündchen vielleicht, länger nicht, und hatte das Eingangstor immer im Blick. Es ist kalt und zugig hier, spüren Sie's? Da wird man sich ja ein wenig aufwärmen dürfen.

Maione erinnerte sich schaudernd an den Atem des Mannes, der nach billigem Fusel stank.

– Ein halbes Stündchen, was? Und immer das Tor im Blick. Haben Sie denn, während Sie dort waren, jemanden hereingehen sehen?

– Nein, ganz bestimmt nicht, Brigadiere. Der Letzte, der wegging, war der Buchhalter Finelli, dann kam der Hauptmann zurück, der das Haus gewöhnlich nachmittags wieder verlässt, sonst war nichts. Ich passe gut auf, wissen Sie: Nicht einmal eine Fliege kann reinkommen, ohne dass ich es merke.

Maione schüttelte den Kopf:

– Mit Ausnahme von zwei Dudelsackpfeifern, samt Instrumenten, die sie nicht aufgezählt haben. Unsichtbar wie zwei fette Fliegen, würd' ich sagen. Haben Sie sie nicht reingehen sehen?

Ferro öffnete und schloss den Mund zweimal. Schließlich gab er zu:

– Nein, Brigadiere, ich hab' sie nicht gesehen. Hab' sie verpasst. Sie müssen hineingehuscht sein, als ich gerade in meiner Tasche nach Geld gesucht und wegschaut habe.

Maione und Ricciardi wechselten einen Blick: Mehr noch als die Alkoholfahne sprachen die rote Nase und die blutunterlaufenen Augen dafür, dass der gute Ferro gerne trank, ob es nun kalt war oder nicht. Jeder, der die Gewohnheiten des Pförtners kannte, hätte den geeigneten Moment abpassen können, um ins Haus zu gelangen.

– Na gut. Sprechen wir also jetzt mit den beiden Dudelsackpfeifern. Mal sehen, was sie zu erzählen haben.

III

Die Dudelsackpfeifer waren ganz offensichtlich Vater und Sohn, ihre Ähnlichkeit war unverkennbar: dieselben Augen und Gesichtszüge, dieselbe Art, sich zu bewegen.

Ferro hatte sie gebeten, in dem Zimmer Platz zu nehmen, das er im Erdgeschoss hinter der Portiersloge bewohnte. Den Raum nahm zu einem großen Teil ein Holztisch ein, auf dem gerade an einer Krippe gebaut wurde. Der Pförtner entschuldigte sich für die beengten Verhältnisse:

– Sie wissen ja, wie's ist, Commissario. Ich hatte noch keine Zeit, sie fertig zu machen, und zu Weihnachten will ich sie in den Hauseingang stellen. Das heißt, ich wollte, denn ich weiß nicht, ob's jetzt noch angebracht ist. Die Kinder des Buchhalters hätten sich sicher sehr darüber gefreut, ich hatte es ihnen versprochen, da werden sie traurig sein. Aber bei zwei Toten, die noch dazu auf so grässliche Weise umgekommen sind, lasse ich's wohl lieber, meinen Sie nicht, Brigadiere?

Maione zuckte mit den Schultern. Ricciardi konzentrierte sich auf die beiden Männer, die sich etwas abseits hielten, als wünschten sie, von der Dunkelheit verschluckt zu werden. Der Sohn saß auf einem Stuhl, bleich und zitternd; sein Vater, mit sonnenverbranntem Gesicht, hatte ihm eine Hand auf die Schulter gelegt. Von den beiden ging ein beißender Geruch aus.

Sie trugen charakteristische Kleidung: spitze Hüte, Schafsfelljacken, Stiefel mit gekreuzten Schnürbändern. Der Junge hielt den Dudelsack im Arm, einen Lederbeutel mit drei unterschiedlich langen Pfeifen, während der Mann seine Schalmei, eine Art doppelte Trompete, auf den Boden gelegt hatte. Die Ruhe des Vaters stand im Gegensatz zum entsetzten Ausdruck des Sohnes, ganz so, als ob auch die Gefühle miteinander musizieren wollten.

Ricciardi wandte sich an den älteren Mann:

– Wie heißen Sie? Und woher kommen Sie?

Überraschenderweise antwortete der jüngere, mit zitternder, doch überzeugter Stimme:

– Unser Name ist Lupo, Commissario. Ich bin Tullio und mein Vater heißt Arnaldo. Wir kommen aus Baronissi bei Avellino, wir spielen die neuntägige Andacht. Das ist jetzt ... war jetzt der dritte Tag, der Freitag vor Heiligabend.

– Erzähl mir, was passiert ist. Wann seid ihr angekommen?

– Wir spielen zu unterschiedlichen Zeiten, ganz wie es den Herrschaften gelegen kommt. Man bestellt uns entweder für morgens, nachmittags oder abends. Wir besuchen mehrere Familien, die nicht immer nah beieinander wohnen, sodass wir uns sputen müssen. Signora Garofalo ... die arme Frau, mein Gott ... hatte uns gebeten, zur Mittagszeit zu kommen, wenn auch ihr Mann da wäre. Ihre Tochter hatte ein bisschen Angst vor uns. Kinder sind schon komisch, manche klatschen in die Hände, stellen sich zu uns und singen, wenn wir spielen, andere haben Angst, halten sich die Ohren zu und rennen weg.

Ricciardi nickte, er erinnerte sich daran, dass er als Kind den lauten Ton der Schalmei und das dumpfe Dröhnen des Dudelsacks überhaupt nicht mochte.

– Also war das Mädchen nicht da, richtig?

– Nein, die Signora hatte uns deshalb geheißen, um eins zu kommen. Und auch, weil ihr Mann dann von der Arbeit zurückkam, er wollte uns nämlich auch hören.

Maione hörte aufmerksam zu. Er fragte:

– War das Tor offen, als ihr angekommen seid? Hat euch jemand reingehen sehen?

Die beiden wechselten rasch einen Blick miteinander, dann

sahen sie fragend zum Pförtner rüber. Maione schaffte Klarheit:

– Wir wissen schon, dass der Pförtner … beschäftigt war, machen Sie sich also keine Sorgen, Sie bringen ihn nicht in Schwierigkeiten. Bitte antworten Sie. Und sagen Sie die Wahrheit.

Nun antwortete der Vater mit tiefer, dunkler Stimme, die im Zimmer widerhallte:

– Es war niemand da. Niemand hat uns gesehen. Wir sind die Treppe hochgegangen. Ich habe geklopft, gefragt, ob wir reinkommen dürfen, aber niemand hat geantwortet. Die Tür war nicht ganz zu, mein Sohn schaute hinein. Dann sind wir runtergegangen, um den Pförtner zu rufen. Das ist alles.

– Haben Sie jemanden hoch- oder runtergehen sehen? Haben Sie in der Wohnung oder draußen etwas gehört?

– Nein, nichts. Wir haben nichts gehört und niemanden gesehen.

Seine Worte klangen abschließend und entschieden. Zwischen den Zeilen hatte der Mann ihnen mitgeteilt: Wir haben nichts mit der Sache zu tun, wir sind zum Arbeiten hier. Ricciardi nickte:

– Ich verstehe. Also war es Ihr Sohn, der die Leiche der Frau gesehen hat, richtig?

Der Junge bedeckte seine Augen mit der Hand.

– Ja, Commissario. Dieses Bild werde ich nie mehr vergessen, die arme Frau in all dem Blut.

Der Vater drückte ihm die Schulter und sagte:

– Sie müssen das verstehen, er hat noch nie Blut gesehen, nur das der Osterlämmer. Und auch das findet er furchtbar.

Maione sah ihm geradewegs in die Augen:

– Und Sie? Finden Sie das Blut eines Menschen nicht furchtbar?

Nicht weit entfernt grollte das Meer im Wind.

– Ich war im Krieg, Brigadiere. An der Front. Und als ich klein war, gab es in unserer Gegend noch Banditen. Nein, das Blut eines Menschen jagt mir keinen Schrecken mehr ein. Schon seit geraumer Zeit nicht mehr.

Eine weitere Welle erklang wie ferner Kanonendonner. Ricciardi dachte daran, dass er Blut immer noch furchtbar fand, obgleich er so viel davon sah.

– Geben Sie der Wache Ihre Personalien, einschließlich der Anschrift Ihrer Unterkunft in Neapel und Ihrer Adresse in Baronissi. Verlassen Sie die Stadt nicht, bis wir Ihnen sagen, dass Sie es tun dürfen, kurzum, stehen Sie uns zur Verfügung. Fürs Erste können Sie gehen.

Als sie wieder allein waren, sagte Maione zu Ricciardi:

– Sie hatten recht, die beiden gehen zu lassen. Zwar hat niemand sie reinkommen sehen, keiner außer ihnen hat die Leichen gesehen, die Tür war offen und nicht aufgebrochen, was bedeutet, dass die Signora ihren Mörder selbst reingelassen hat. Aber wenn sie es gewesen wären, die die Garofalos getötet haben, wären sie dann nicht geflohen, anstatt, ohne etwas zu stehlen, zum Wirtshaus zu gehen und den Pförtner zu rufen? Außerdem beweist der Fußabdruck im Blut, dass die Frau schon tot war, als der Junge hineinschaute.

– Ich glaube auch nicht, dass sie es gewesen sind. Außerdem kennen wir Namen und Anschrift, wir finden sie also, wenn wir wollen. Du weißt ja, ich halte nichts davon, die Leute einzusperren, wenn es nicht unbedingt nötig ist. Vielleicht wissen wir bald mehr darüber, was passiert ist. Sind der Doktor und der Fotograf schon da?

– Noch nicht, Commissario. Ich habe sie vom Präsidium aus anrufen lassen, bevor wir losgegangen sind, sie müssten jeden Moment hier sein. Ich habe natürlich wie immer nach Doktor Modo verlangt.

Ricciardi stimmte ihm zu:

– Gut gemacht, er ist der Einzige, dem ich vertraue, die anderen fabrizieren immer irgendeinen Murks. Ruf doch kurz diesen Ferro, den Pförtner, rein. Ich möchte ihn etwas fragen.

Der Pförtner hatte sich wieder etwas gefasst, schien es Ricciardi. Die Jacke war ordentlicher zugeknöpft, der Hut saß gerade und der Mann hatte sich gekämmt.

– Hier bin ich, Commissario, zu Ihren Diensten. Ich habe die Neugierigen nach Hause geschickt; Ihr Kollege hat mir dabei geholfen. Es sind Fischer, hier passiert selten was, wer weiß, was sie zu sehen hofften.

– Ich wollte Sie nach dem Mädchen fragen, der Tochter der Garofalos. Wie alt ist sie und wie sind ihre Schulzeiten?

– Nun, Commissario, das Mädchen heißt Benedetta, wie ich Ihnen schon sagte, es ist acht oder neun Jahre alt und geht bei den Nonnen zur Schule, in der Riviera di Chiaia, nicht weit von hier, aber auch nicht so nah, dass sie allein hingehen könnte. Ihre Tante holt sie ab, Schwester Veronica, sie ist die Schwester der Mutter und unterrichtet genau die Kinder in diesem Alter.

Ricciardi hakte nach:

– Um wie viel Uhr hat die Tante sie heute Morgen abgeholt?

– Wie immer früh, gegen acht. Ich war hier und habe sie gegrüßt, eine nette Nonne, sie hat das Mädchen geholt und ist gegangen. Diese Schwester Veronica hat vielleicht eine Stimme ... sehr eigentümlich und penetrant. Sie redet am laufenden Band. Die arme Kleine müsste meiner Meinung nach schon halb taub sein.

– Nichts Außergewöhnliches also. Um acht lebten sie noch und um eins, als die Dudelsackpfeifer kamen, waren sie tot. Haben Sie den Hauptmann denn zur Arbeit gehen sehen?

Ferro mied Ricciardis Blick.

– Ich erinnere mich nicht genau, Commissario. Ich war ein paar Mal weg, man muss auch mal zur Toilette, ich hab' die Pflanzen im Hinterhof gegossen, war kurz einkaufen ... Nein, ich erinnere mich nicht, ihn weggehen gesehen zu haben, auch nicht zurückkommen.

Maione zuckte mit den Schultern:

– Na, Ihnen entgeht aber auch gar nichts, stimmt's, Ferro?

– Was soll ich machen, Brigadiere, ich bin allein, habe weder Frau noch Kinder, die mir zur Hand gehen könnten.

Maione sah Ricciardi an und breitete hilflos die Arme aus:

– Tja, Commissario. Um zu erfahren, wann und wie dieser Mord passiert ist, müssen wir wohl auf Doktor Modo warten.

IV

Und Doktor Modo kam, das Gesicht tief in seinem Schal vergraben, den Hut fest auf die Ohren gedrückt, um sich vor dem eisigen Wind zu schützen, gefolgt vom Polizeifotografen, und wie üblich in Rage:

– Ach natürlich, ihr schon wieder, wusst' ich's doch! Wer sonst hätte mich wohl höchstpersönlich herbeordert? Nun, meine Herren, damit muss jetzt ein für alle Mal Schluss sein. Ich krieg ja schon Angst, wenn im Krankenhaus das Telefon klingelt. Jedes Mal, wenn das Ding losgeht, gibt's Ärger, und im-

mer steckt ihr dahinter!

Maione grinste:

– Da ist leider nichts zu machen, Dottore, schuld sind Sie selbst, weil Sie immer da sind. Nehmen Sie doch mal frei, dann arbeiten wir mit einem Ihrer Kollegen zusammen und merken endlich, dass es noch bessere Ärzte gibt.

Modo drohte Maione mit der Faust.

– Dann muss ich mich wohl damit abfinden, denn einen besseren als mich gibt es nicht. Habt ihr eigentlich einen Pakt mit dem Teufel geschlossen, dass eure blutigen Angelegenheiten immer bei Hundewetter stattfinden? Entweder es gießt in Strömen, wie bei dem armen Jungen vor zwei Monaten, oder es weht ein eiskalter Wind, dass einem die Ohren abfallen. Und jedes Mal jagt ihr mich quer durch die ganze Stadt!

Ricciardi hatte keine Miene verzogen:

– Da bringst du mich auf eine Idee. Merk's dir, Maione: Den nächsten Mord arrangieren wir im Wartesaal des Krankenhauses, damit unser lieber Doktor keine kalten Füßchen kriegt. Wir sollten wirklich rücksichtsvoller mit ihm umgehen, er ist nicht mehr der Jüngste.

Der Doktor stemmte kämpferisch die Hände in die Hüften:

– Ich muss dir leider sagen, dass ich zu der Sorte Leute gehöre, die mit dem Alter besser werden. Weiße Haare hatte ich ohnehin schon mit vierzig. Aber was dich angeht: Ich hab' gehofft, dass der Schlag auf den Kopf deinen Sinn für Humor ein bisschen zurechtgerückt hätte, stattdessen seh' ich, du bist ganz der Alte geblieben. Nächstes Mal, wenn ich dich unterm Messer habe, werde ich der Versuchung nicht widerstehen, dir den Kopf zu öffnen, um ein paar Dinge darin in Ordnung zu bringen.

Ricciardi schnaubte:

– Ach was, die paar Stiche. Es braucht schon mehr als eine Windschutzscheibe, um mir den Schädel zu zertrümmern; ich bin vom Land, wir haben härtere Schädel als ihr Städter. Ich seh' schon, Weihnachten versetzt dich nicht in gute Laune.

– Du weißt doch, ich bin bekennender Atheist, und Weihnachten hat mich, um ehrlich zu sein, schon immer traurig gemacht. All die Familien, die zusammenkommen, weil sie sich angeblich gern haben, wo wir doch Tag für Tag erleben, wie sehr sie sich hassen. Einerseits lächeln und gute Wünsche aussprechen, andererseits kein gutes Haar an jemandem lassen. Man stellt Reichtum und Wohlstand zur Schau, bloß um kurz darauf zu hungern. Das ist doch widerlich.

Maione lachte:

– Meine Güte, Doktor, was sind Sie optimistisch! Also, zu Heiligabend lade ich Sie zu uns nach Hause ein. Dann schauen wir mal, ob Sie Brokkoli, Muschelsuppe und Aal widerstehen können, wie sie meine Lucia zubereitet, dazu ein paar Liter Gragnano, den mir ein Freund aus der Gegend besorgt. Wetten, dass wir Ihnen Weihnachten schmackhaft machen werden?

– Danke, Maione. Vor allem dafür, dass Sie mir offensichtlich zuhören. Hab' ich nicht gesagt, dass das viele Essen Ihnen nicht gut tut? Wann sehen Sie endlich ein, dass Sie gesünder leben müssen?

– Ich seh' schon, Doktor, heute schaff' ich's nicht, Sie aufzuheitern. Weihnachten scheint Sie wirklich traurig zu machen.

– Es liegt nicht an Weihnachten, die Bosheit der Menschen macht mich traurig. Heute Morgen, bevor ich herkam, musste ich schon ein paar Köpfe zusammenflicken, weil eure faschis-

tischen Freunde auf ihren Spaziergängen nach Lust und Laune
 die Leute niederknüppeln. Ganz gleich, ob Jahr 9 oder 1931: Wer an der Macht ist, nutzt sie dazu, die Machtlosen zu unterdrücken.

Ricciardi sah auf die Uhr:

– Sieh an: Wir unterhalten uns schon seit drei Minuten, ohne dass die Politik ins Spiel gekommen ist. Fast ein Rekord. Begreifst du nicht, dass dein Gerede dir bald selbst einen eingeschlagenen Schädel bescheren wird?

Modo grinste listig:

– Und warum? Weil die Polizei nicht in der Lage ist, mich zu beschützen. Weder mich noch die übrigen ehrbaren Bürger. Übrigens: Möchtest du mir nicht deine aktuelle Kundschaft zeigen? Dein Blutdurst hat uns ja diesmal ans Meeresufer geführt: Wer ist denn gestorben, ein Fischer? Oder hast du eine mordende Sirene aufgespürt?

– Komm mit mir nach oben, dann stelle ich dir ein hübsches Paar vor. Ich sage dir auch gleich, dass es seit Kurzem ein neues Waisenkind gibt. Sie ist acht und weiß noch nichts davon. Die Witze kannst du dir also sparen.

Während Modo, Maione und die beiden Wachen in gewohnter Choreographie um die Leichen herumtänzelten, dachte Ricciardi etwas abseits von ihrem Ballett über die Gefühle nach, die er vom Schauplatz des Verbrechens her wahrnahm. Neugierig machte ihn besonders der Satz der toten Frau – *Hut und Handschuhe?* –, der zugleich herzlich und respektvoll ausgesprochen worden war. Der Kommissar spürte eine gewisse Vertrautheit und eine aufrichtige Sympathie hinter der förmlichen Frage. Der Mann im Schlafzimmer dagegen trat barsch und entschlossen auf. Sein *Ich muss gar nichts und schulde niemandem etwas* deutete auf eine nicht anerkannte finanzielle Verpflichtung hin. Geld und Sympathie, Misstrauen und Zuneigung, Ablehnung und Ehrerbietung. Das alles stand im Widerspruch zueinander. Der Mann hatte ans Geld gedacht, die Frau an einen freundlichen Empfang bei sich zu Hause.

Schon immer hatte der Kommissar im Hunger und in der Liebe sowie in den unzähligen Gefühlen, die sich daraus ergeben konnten, den Ursprung jedes Verbrechens gesehen. Hunger brachte Ehrgeiz, Neid und Rache hervor; die Kinder der Liebe hießen Eifersucht, Hass und Zorn. Noch hatte Ricciardi nicht genügend Hinweise, um herauszufinden, welche entartete Leidenschaft bei der heutigen Vorstellung Regie geführt hatte.

Maione riss ihn aus seinen Gedanken:

– Commissario, kommen Sie sich das ansehen.

Die Stimme des Brigadiere kam aus einem anderen Raum, einem kleinen Salon neben dem Schlafzimmer. Der Raum war mit Girlanden und Kokarden für Weihnachten geschmückt, in der Mitte befand sich auf einem Holztisch eine große Krippe. Sie war wirklich bemerkenswert und enthielt alle traditionellen Elemente. Ricciardi war kein Experte, würdigte jedoch die sorgfältig gestaltete Landschaft, die Tiere und Menschen sowie die architektonischen Bestandteile, die so angeordnet waren, dass dadurch zwar die Proportionen gewahrt wurden, sie aber größer erschienen, als sie tatsächlich waren.

Er wandte sich an Maione:

– Schön. Aber was ist damit?

Der Brigadiere antwortete:

– Traditionell spielen die Dudelsackpfeifer ihre Andacht an

neun Tagen genau hier, vor der Krippe, wo das Jesuskind liegt. Folglich wurden die Lupos, Vater und Sohn, hier hereingelassen. Nun scheint es, obwohl wir es nicht mit Bestimmtheit sagen können, dass in der Wohnung nichts fehlt. Die Garofalos waren dem Anschein nach wohlhabend, Möbel und Einrichtung sind neu und elegant und auch verschiedene Objekte aus Silber stehen noch an ihrem Platz. Außer dem angerichteten Blutbad wurde nichts kaputt gemacht oder aufgebrochen.

Ricciardi war nicht klar, worauf sein Kollege hinauswollte:

– Ja, und? Warum sollte ich denn herkommen?

Maione lächelte verschlagen:

– Hier haben Sie den Grund, Commissario. Sie müssen sich bücken. Schauen Sie unter die Tischdecke, auf der die Krippe steht.

Ricciardi bemerkte, dass unter der auf dem Holztisch aufgebauten Landschaft ein mit Sternen besticktes rotes Tuch lag, das fast bis zum Boden reichte. Er kniete sich neben Maione, der einen Zipfel davon anhob, und sah Scherben. Einige davon nahm er in die Hand und hielt sie ans Licht.

Er erkannte unter anderem ein halbes bärtiges Gesicht und den gebogenen Griff eines Stocks mit einer kleinen Hand daran. Er schaute zur Krippe, und noch bevor er irgendeine Frage stellen konnte, antwortete Maione:

– Richtig, Commissario. Die Krippe ist vollständig, bis auf den heiligen Josef.

V

Sie verweilten eine Zeit lang kniend zu Füßen der Krippe, Ricciardi mit einigen Bruchstücken der Figur des heiligen Josef in der Hand, und sahen sich verblüfft an. Schließlich wandte sich der Kommissar an den Brigadiere:

– Und was bedeutet das? Vielleicht ist die Figur einem der Garofalos hingefallen, also zufällig kaputt gegangen.

Maione kratzte sich am Kopf, wobei er seine Mütze ein paar Zentimeter anhob.

– Also, ich weiß nicht, Commissario. Wenn mir etwas bei mir zu Hause hinfällt, sammle ich die Stücke auf und werfe sie in den Müll, wenn man es nicht reparieren kann. Ich kehre sie nicht unter einen Teppich oder, wie in diesem Fall, die Tischdecke. Da scheint mir Absicht im Spiel gewesen zu sein.

– Aber was soll das heißen? Ich hätte ja verstanden, wenn man die Figur weggenommen oder absichtlich zerbrochen hätte, um ein Zeichen zu setzen: Dann hätte man sie auf dem Boden liegen lassen, gut sichtbar. Stattdessen hat man versucht, sie zu verstecken. Was bedeutet das?

Der Brigadiere sah ratlos aus:

– Ich weiß es wirklich nicht. Es könnte natürlich Zufall sein, ich meine, der Mörder stößt an die Krippe und einer der Hirten fällt herunter; weil er auf der Flucht ist, hält er nicht an, um die Stücke aufzusammeln, noch dazu das ganze Blut … also so was in der Art.

Ricciardi dachte laut nach:

– Aber das Zimmer liegt nicht auf dem Weg von der Wohnungstür zum Schlafzimmer, man muss schon absichtlich hineingehen. Nein, falls es der Mörder war, wollte er damit etwas sagen. Aber was?

An der Tür zeigte sich Doktor Modo. Er hatte die Ärmel

hochgekrempelt, seine weißen Haare waren zerzaust und seine

Hände blutverschmiert.

– Da seid ihr ja, zwei Polizisten in mystischer Verzückung, auf Knien vor dem Jesuskind. Ein rührender Anblick, eure Bekehrung! Was werdet ihr jetzt tun, ins Kloster gehen, um die Gärtchen zu pflegen?

Ricciardi erhob sich behände, Maione dagegen mit einigen Schwierigkeiten.

– Bruno, es freut mich, dass du das Spirituelle wertschätzt. Warum machst du's nicht wie wir und suchst dir eine Mission? Ich bin sicher, dass du die vielen Freudenmädchen bekehren könntest, die du wöchentlich aufsuchst.

Modo lachte:

– Kannst du dir die Gesichter der jungen Damen vorstellen, wenn ich mit einem Kreuz in der Hand ins Bordell kommen würde? Vielleicht mach ich das wirklich mal, um ihre Reaktion zu sehen. Weißt du, wie schlimm es wäre, jemanden wie mich zu verlieren?

– Und eine der Haupteinkommensquellen, vermute ich. Spaß beiseite – hast du was entdeckt?

Der Doktor begann, sich die Hände mit einem Taschentuch abzuwischen.

– Nun, der Befund für die Signora am Eingang ist nicht kompliziert. Jemand hat beschlossen, ihr mit einer sehr scharfen Klinge ein hübsches Lächeln zu verpassen, nur ein paar Zentimeter unter dem, das ihr die Natur geschenkt hatte. Ein einziger Schnitt mit der rechten Hand, der Mörder stand vor ihr. Er muss eine Wahnsinnskraft gehabt haben, um ein Haar hätte er sie geköpft. Er hat alles durchtrennt: Kehlkopf, Skelettmuskel, Halsschlagader. Aus der ist das Blut rausgekommen, das muss ein schöner Strahl gewesen sein.

Maione unterbrach ihn:

– Also hat der Mörder wahrscheinlich was davon abgekriegt?

Modo nickte:

– Ganz sicher sogar. Falls er nicht einen großen Satz nach hinten gemacht hat, muss ihm schon etwas Blut ins Gesicht und auf die Kleider gespritzt sein. Die Frau war sofort tot, innerhalb von Sekunden. Zum Glück hatte sie keine Zeit, es zu begreifen. Was mir zu denken gibt, ist ihr Mann, hier stehen die Dinge anders.

– Inwiefern?

– Ich erkläre es dir: Sein Mord zeugt von einer unbeschreiblichen Verbissenheit. Der Körper weist circa sechzig Messerstiche auf, viele davon erfolgten nach dem Tod, meiner Meinung nach mindestens die Hälfte. Die Mörder mussten Grund zu großem Zorn haben. Sie haben ihn im Schlaf überrascht, oder fast schlafend, es gibt keine Anzeichen eines Kampfes. Ich muss es zwar bei der Obduktion noch prüfen, aber mir scheint, dass die Fingernägel des Opfers in Ordnung sind und es keine Abwehrspuren an den Händen gibt. Danach aber, nach all der Gewalt, und das ist das Erstaunliche, haben sie ihn hübsch ordentlich zurechtgelegt und mit dem Bettlaken zugedeckt. So viel Rücksicht haben sie beim Töten nicht genommen.

Ricciardi war nicht entgangen, dass der Doktor den Numerus gewechselt hatte:

– Warte mal, Bruno. Als du von der Frau gesprochen hast, sagtest du »der Mörder«, also eine Person. Beim Mann dagegen sprichst du im Plural. Wieso?

– Dir altem Spürhund entgeht aber auch nichts, was? Du hast recht, ich sprach im Plural. Ich muss noch die Autopsie vornehmen, dann kann ich Genaueres sagen. Aber mein erster

Eindruck ist, dass die Verletzungen am Körper des Mannes von unterschiedlichen Händen stammen.

Maione blickte ratlos vom Doktor zum Kommissar.

– Was meinen Sie damit, Doktor? Was heißt das, von unterschiedlichen Händen?

Modo antwortete:

– Erstens sind die Einstichwinkel verschieden. Einige Schnitte gehen von rechts nach links, andere von links nach rechts. Ein Rechtshänder und ein Linkshänder. Zweitens die Kraft: Manche Stiche sind tief, ich glaube sogar, dass es beschädigte Rippen gibt; andere sind oberflächlich, nur durch die Messerspitze entstanden. Ich kann nicht sagen, wie viele Waffen verwendet wurden, aber meiner Ansicht nach haben wir es mit mindestens zwei Händen zu tun.

Es trat Stille ein. Dann fragte Ricciardi:

– Kannst du etwas zur Todeszeit sagen?

Modo schüttelte den Kopf.

– Weißt du, hier drinnen ist es ziemlich warm im Vergleich zu draußen, spürt ihr diese Hitze? Gleich mehrere Öfen laufen auf vollen Touren, das Ehepaar hat wohl schnell gefroren. Die Außentemperatur verändert aber die Prozesse, die nach dem Tod eintreten, die Erkaltung des Körpers zum Beispiel. Grundsätzlich glaube ich, die Zeitspanne wie folgt eingrenzen zu können: Zurückgerechnet vom jetzigen Zeitpunkt, fünf Uhr nachmittags, starben unsere Freunde hier zwischen sieben und ein Uhr.

Maione hakte nach:

– Können Sie es nicht ein bisschen genauer sagen? Sieben und eins – dazwischen liegen sechs Stunden!

Modo fuhr ihn brüsk an:

– Na klar, ich frag' einfach meine Glaskugel, wie Merlin, der Zauberer, Abrakadabra, zeig mir die genaue Uhrzeit, denn Brigadiere Maione will sie wissen. Hältst du mich für einen Scharlatan? Ich bin verflixt noch mal ein Wissenschaftler! Ohne Obduktion ist die Zeitspanne so schon eng genug gefasst!

– Ist ja gut, jetzt werden Sie doch nicht wütend. Hauptsache, wir sind sicher, dass die Herrschaften tot sind, nicht wahr? Davon können wir doch wohl ausgehen?

Modo ergab sich zum Scherz, indem er beide Hände hob:

– Ich gebe mich geschlagen. Ich gestehe alles: Ich hab' sie umgebracht. Solange nur Schluss ist mit dieser Komödie. Nach der Autopsie kann ich euch hoffentlich mehr sagen. Die Leichenbestatter sind da, sie sollen mir die beiden bedauernswerten Kreaturen ins Krankenhaus bringen, und der Fotograf ist fertig, hat er gesagt. Kommt ihr mit mir nach unten?

Am Eingangstor wartete Ferro, um den ein paar Leute herumstanden.

– Commissario, das sind die übrigen Hausbewohner. Ich habe sie gebeten, hierzubleiben, weil ich nicht wusste, ob sie in ihre Wohnungen dürfen. Dürfen sie?

– Ja, Sie können hochgehen. Bitte beantworten Sie meinem Kollegen, Brigadiere Maione, zuvor nur kurz einige Fragen, es wird nicht lange dauern.

Er wandte sich an Maione, dem er zuflüsterte:

– Versuche, vor allem über den Ehemann, Hauptmann Garofalo, etwas herauszufinden: seine Gewohnheiten, Laster, die Leute, mit denen er verkehrte. Nachbarn wissen ja manchmal sogar mehr als Verwandte.

Maione nickte.

– Mach' ich, Commissario, seien Sie unbesorgt. Ich kümmere

mich darum. Cesarano hab' ich zur Schule des Mädchens geschickt, damit er dort jemandem Bescheid gibt. Ich dachte, man kann das arme Ding nicht heimkommen lassen, um ein Blutbad vorzufinden. War doch richtig?

– Ja, natürlich. Besser, die Kleine bleibt heute Nacht im Kloster. Morgen früh gehen wir hin und sprechen mit der Tante. Wenn es möglich ist, auch mit dem Kind.

Während Maione mit der Vernehmung der Nachbarn begann, begleitete Ricciardi den Doktor zur Tür.

– Weißt du, Bruno, mir ist Weihnachten auch nicht besonders wichtig. Aber so einen Mord gerade jetzt zu sehen schlägt mir irgendwie stärker aufs Gemüt als sonst.

– Das kann ich nachvollziehen. In diesen Tagen kann man sich leichter einreden, die Menschen seien besser, als sie es tatsächlich sind.

Als sie auf die Straße heraustraten, sah Ricciardi einen Schatten entlang der Mauer näher kommen und ein paar Meter von ihnen entfernt stehenbleiben.

– Das ist doch ...

Der Doktor schien verlegen.

– Richtig, es ist der Hund des Jungen, den du mir im November zur Obduktion gebracht hast, du weißt schon, der Kleine, den sie vergiftet hatten. Der Köter schlich die ganze Zeit ums Krankenhaus herum, in sicherer Entfernung. Die Straßenjungen haben ihn mit Steinen beworfen, das hat ihn für eine Weile verscheucht, er ist aber immer wieder aufgetaucht; wer weiß, vielleicht hat er gehofft, sein junger Freund würde zurückkommen. Zu guter Letzt habe ich ihm ein Stück Brot gegeben. Er hat's gegessen, als er mich weggehen sah. Am Tag darauf ist er bis zu mir gekommen und hat sich streicheln lassen. Also hab' ich ... na ja, wir sind ja quasi beide allein, nicht? Ich hab' gedacht, vielleicht könnten wir uns etwas Gesellschaft leisten. Er ist mir bis nach Hause gefolgt, wollte aber nicht reinkommen. Seitdem legt er sich in das Gärtchen im Hof und bleibt dort bis zum Morgen. Er trottet mir hinterher. Also mich stört 's nicht. Es ist doch nichts dabei, oder?

Ricciardi verzog das Gesicht.

– Nein, Bruno. Was sollte dabei sein?

Er betrachtete den Hund, der den Blick des Kommissars mit seinen warmen haselnussbraunen Augen erwiderte: weißbraun geschecktes Fell, spitzes Maul, ein Ohr war aufgestellt und eines angelegt.

– Ich erinnere mich an ihn. Er lag neben dem Jungen, als wir ihn gefunden haben. Es freut mich, dass er einen neuen Freund gefunden hat. Du musst doch zugeben, einen Freund zu haben ist besser, vor allem an Weihnachten.

Modo lachte.

– So ein Unsinn. Komm, Hund, lass uns gehen, hier ist's zugig. Ciao, Ricciardi. Komm übermorgen ins Krankenhaus, dann hab' ich die Ergebnisse der Obduktionen.

Damit entfernte er sich im Lichtschein der schaukelnden Laternen und der Hund folgte ihm mit ein wenig Abstand.

VI

Aus Mergellina ist ein Junge gekommen, um es allen hier zu sagen. Barfuß ist er gerannt, immer am Meer entlang, gegen Wind und Wetter, die blanken, harten Fußsohlen auf den spitzen Steinen im Sand, in großen Sprüngen über die Felsen.

In aller Eile kam er, um die Nachricht zu verbreiten.

Ich schnitzte gerade Figuren aus Holz, die ich mit Glanzpapier bekleben wollte – auch meine Kinder sollen eine Krippe haben. Alle stehen sie bei mir, um den Ochsen, den Esel, die Heiligen Drei Könige entstehen zu sehen. Den ein oder anderen male ich ihnen an, manche Hirten passen nicht aufs Papier: Cicci Bacco, Vicienzo und Pascale, Stefania und der Mönch. Und die Fischer natürlich. Sie sollen auch die Fischer in der Krippe sehen. Sie sollen glauben, dass auch Onkel, Tanten und Freunde darin vorkommen. Ihr Vater. Alle sollen in der Krippe sein. Alle haben ein Recht darauf.

Die Kinder standen bei mir, sie sahen mir beim Schnitzen zu. Nicht weit von uns schlug das Meer gegen die Mauern des Kastells – wie ein Tier, das versucht, eine Tür mit dem Kopf einzustoßen. Das Kastell schützt das Viertel, so war es schon immer. Der Ort versteckt sich dahinter.

Als der Junge ankam, hat er vom kleinen Platz aus gerufen. Wir sind aus den Häusern gerannt. Alle hatten darauf gewartet, mit den Booten rauszufahren. Noch eine Nacht mit hohem Seegang, noch eine Nacht da draußen, um essen zu können, die Frauen, die ängstlich warten und beten, dass die Männer es schaffen und zurückkommen.

Der Junge kam völlig atemlos hier an. Wir sind herbeigerannt und haben ihn gefragt, was passiert ist. Der Junge hat einen Schluck Wasser getrunken und von dem Blutbad erzählt. Hat erzählt von den Messerstichen, der Polizei und dem Doktor, erzählt, was er hinter einer Mauer hat sagen hören, Worte, die der eiskalte Wind ihm zugetragen hat.

Wir haben zugehört. Dieser Name hatte uns einst das Fürchten gelehrt. Etliche Male hatten wir den Mann herkommen sehen und ihm ebenso oft den Tod gewünscht. Nun war er tot.

Als der Junge zu Ende gesprochen hatte, sind alle nach Hause gegangen. Ich nicht. Ich bin zur Mole gegangen, wo unsere Boote liegen und darauf warten, dass die brausende See sich beruhigt. Ich bin bis zum Meer gegangen. Ich hatte noch das Messer in der Hand, mit dem ich dabei war, die Krippe zu schnitzen, den Ochsen, den Esel, Cicci Bacco.

Ich hab' mich auf einen Poller gesetzt, die Gischt im Gesicht, den Wind in den Ohren.

Ich sah meine Hand an, die noch das Messer hielt.

Und fing an zu lachen. Ich lachte und lachte und konnte nicht mehr aufhören.

Bis mir die Tränen kamen.

VII Ricciardi zog sich in sein Zimmer zurück. Nebenan lief Orchestermusik im Radio: die klagenden Töne eines Tangos, der Einsamkeit und Eifersucht beschwor. Aus der Küche drang gedämpft das Klappern des Geschirrs vom Abendessen, das Rosa im Spülbecken wusch.

Er ging zum Fenster; die altbekannte Beklemmung und Unruhe machte sich in ihm breit. Dort angekommen, öffnete er die Augen – ihm war nicht bewusst gewesen, sie geschlossen zu haben – und schaute. Nichts. Die Fensterläden im zweiten Stock des Hauses gegenüber, jenseits der engen Gasse, die nach Materdei führte, waren verschlossen. Durch die Spalten fiel das Licht aus der Küche der Familie Colombo. Hin und wieder sah man einen Schatten vorbeigehen: Er kannte diese Bewegungen, sie hatten sich monatelang vor ihm wiederholt, waren seine allabendliche Vorstellung gewesen, das einzige Zugeständnis an die Normalität für jemanden, der wusste, nichts Normales an sich zu haben.

Warum hast du die Fensterläden geschlossen?, fragte er zum

hundertsten Mal. So stand er da, die Arme vor der Brust ver-

schränkt, mit funkelnden grünen Augen, und suchte nach einer Antwort, die er nicht finden konnte.

Enrica fehlte ihm. Obwohl er nie mit ihr gesprochen hatte, außer während eines unbeholfenen, linkischen Verhörs im letzten Frühling, obwohl er ihr nie in die Augen geschaut hatte, abgesehen von ein paar flüchtigen, unglücklichen Anlässen, war er in Gedanken immer bei ihr gewesen, bis auf ein einziges Mal vor zwei Monaten, als er sich von der Einsamkeit hatte erdrücken lassen.

Ihm fehlte die unauffällige, ein wenig zu hochgewachsene junge Frau mit ihren langen altmodischen Röcken und der runden Hornbrille, die gezielten, ruhigen Bewegungen ihrer linken Hand, wenn sie abends im Licht eines Lampenschirms stickte – nur für ihn, der sie im Dunkeln beobachtete.

Ihm fehlte es, in der Ruhe ihrer Bewegungen, wenn sie das Abendessen für die Eltern und Geschwister zubereitete, wenn sie las oder Geschirr spülte, Musik hörte oder Nachhilfestunden gab, Linderung für all das Blut und Leiden zu finden, das ihn von jeder Straßenecke anfiel, für den Schmerz, der sein grausiges Lied für ihn alleine sang.

Er konnte sich nicht erklären, warum sie auch noch den schmalen Spalt geschlossen hatte, der es ihm erlaubte, ihr Leben zu beobachten, wohl wissend, dass er anders nicht daran teilhaben konnte. Aus einem einmaligen Briefwechsel hatte er erfahren, dass sie von seinen Blicken wusste. Er erinnerte sich noch gut, wie lange er gezögert hatte, wie schwer es ihm gefallen war, ihr zu schreiben. Viel Zeit und viel Mühe hatten die wenigen förmlichen Zeilen gekostet, in denen er um die Erlaubnis bat, sie von Weitem grüßen zu dürfen. In ihrer ruhigen, besonnenen Antwort teilte sie ihm mit, sie werde seinen Gruß gerne annehmen, sehr gerne sogar.

Alles war auf dem besten Weg zu einer Annäherung, einer Freundschaft. Dann passierte der Unfall und er lag im Krankenhaus. In diesen Tagen gab es weder Besuche noch Briefe. Und nach seiner Rückkehr waren die Fensterläden geschlossen.

Während im Radio auf den Tango ein melancholischer Walzer folgte, dachte Ricciardi wieder an die Garofalos und an das Blut, das in der Wohnung am Meer vergossen worden war. Das Leben konnte so schnell zu Ende sein, zu schnell, um Gefühle einfach so zu vergeuden. Er dachte an sich selbst, an seinen Weg entlang der Grenze zwischen Leben und Tod, ohne dass er an einem von beiden wirklich teilnehmen würde, und an sein Dasein zwischen tiefem Schweigen und ohrenbetäubendem Lärm.

Er sah auf zu den dunklen Fenstern im dritten Stock von Enricas Wohnhaus. Hinter einem von ihnen sah er deutlich, durchscheinend und schaukelnd wie immer, die erhängte Braut.

Ein ungewöhnlicher Fall unter seinen Visionen. Das Bild der Frau erschien und verschwand, in regelmäßigen Abständen suchte sie die Wohnung heim, in der sie ihrem Leben ein Ende gesetzt hatte. Als ob ihre letzte Gefühlsregung vom Wind herbeigetragen würde, um dann erneut ins Dunkel gerissen zu werden, in Erwartung einer Wiederkehr. Ganz deutlich sah er sie in der kalten Dezembernacht: ihren durch die ausgerenkten Wirbel langgezogenen Hals, die hervortretenden Augen, die heraushängende schwarze Zunge, den nach Luft schnappenden, weit aufgerissenen Mund. Mit heiserer, schneidender Stimme schimpfte sie: *Verfluchte Hure, du hast mir meine Liebe und mein Leben genommen.* Ein Treuebruch, eine Trennung, die Unfähigkeit, in der Einsamkeit zu überleben.

Ricciardi kehrte beiden Fenstern den Rücken zu, der lebendigen Frau, die sich nicht sehen ließ, und der Toten, die sich den Augen seiner Seele in all ihrem Schmerz zeigte. Er ging zum Schreibtisch, setzte sich und nahm ein Blatt Papier zur Hand. Er würde ihr schreiben, und zwar diesmal ohne die Hilfe des *Ratgebers für den modernen Liebesbrief*, ohne Musterworte und vorformulierte Sätze. Er würde schreiben, um ihr von sich zu erzählen, sie an seinem Leben teilhaben zu lassen.

Liebe Enrica,

seit ich aus dem Krankenhaus nach Hause gekommen bin, verwehren Sie mir Ihren Anblick. Ich weiß, dass Sie von meinem Unfall erfahren haben, Rosa sagte mir, dass Sie bei ihr waren in den ersten, dramatischen Momenten, als Sie noch nicht wussten, dass ich überleben würde. Mir geht es gut, falls es Sie interessieren sollte, ich hatte nicht viel mehr als eine Schramme am Kopf und ein Schwindelgefühl. Aber es geht mir gut.

Die geschlossenen Fensterläden und Ihr Schweigen kann ich Ihnen nicht vorwerfen. Sie haben recht: Eine junge Frau hat Hoffnungen, Ambitionen, Wünsche. Eine junge Frau möchte umworben werden, ins Lichtspielhaus oder zum Tanzen ausgeführt werden. Eine junge Frau möchte einen Verlobten, den sie ihren Eltern vorstellen und sonntags zum Essen einladen kann. Eine junge Frau würde gerne geliebt werden.

Ich liebe Sie, Enrica. Dessen dürfen Sie sich sicher sein. Falls Liebe aus Herzklopfen, freudiger Erwartung und süßem Schmerz besteht, so liebe ich Sie. In Gedanken und im Herzen bin ich stets bei Ihnen.

Doch die Liebe ist ein Luxus, den ich mir nicht erlauben kann. Ich wurde nicht geboren, um Gefühle zu empfinden, nach Glück zu streben. Ich bin zum Unglück verdammt.

Ich sehe die Toten. An jeder Straßenecke, jedem Fenster sehe ich Tote. Ich sehe sie, wie sie einen gewaltsamen Tod gestorben sind, mit zerfetzten Körpern, offenen Wunden, heraussstehenden Knochen, blutüberströmt. Ich sehe die Selbstmörder, die Ermordeten, die Überfahrenen, die Ertrunkenen. Ich sehe sie nicht nur, sondern höre sie auch obsessiv den letzten stumpfsinnigen Gedanken ihres ausgelöschten Lebens wiederholen. Ich sehe sie, bis sie sich in Luft auflösen, um einen Frieden zu finden, von dem ich nicht weiß, ob und wo es ihn gibt. Ich spüre ihren unsäglichen Schmerz, die Liebe für immer loszulassen.

Ich bin verdammt. Ich trage mein Mal schon seit meiner Kindheit und habe Anlass zu glauben, dass meine Mutter unter derselben furchtbaren Krankheit litt. Sie war wahnsinnig, als sie starb.

Ich liebe Sie, Enrica. Wenn Liebe bedeutet, für den geliebten Menschen das Beste zu wollen, wie kann ich Ihnen dann meine Last aufbürden? Wie könnte ich Ihnen auferlegen, Ihr Leben mit jemandem zu teilen, der zwischen Toten spaziert? Sie müssen dieses Elend nicht sehen, Sie können glücklich sein und lächeln an einem Ort, an dem ich, nur ein paar Schritte weiter, heulende Leichen sehe – möchten Sie dazu verdammt sein, einen Mann wie mich an Ihrer Seite zu haben?

Ich liebe Sie, Enrica. Und würde mir nichts auf der Welt sehnlicher wünschen, als Sie in den Armen zu halten, über Ihre Träume zu wachen, Ihr Lächeln zu küssen. Gerade weil ich Sie liebe, muss ich mich von Ihnen fernhalten. Bitte glauben Sie mir, dass es mich mehr schmerzt, mich zu einem Leben ohne Sie zu verurteilen, als in ebendiesem Augenblick den Geist einer erhängten Frau sehen zu müssen, die nach ihrer verlorenen Liebe ruft.

Ihr geschlossenes Fenster zerreißt mir das Herz; aber ich bin froh, weil es Sie vor mir schützt.

Ich liebe Sie, Enrica. Und werde Sie immer lieben im Innersten meiner Seele.

Ein Windstoß rüttelte an den Fensterscheiben.

Den Blick ins Leere gerichtet, nahm Ricciardi das von ihm beschriebene Blatt Papier und riss es in tausend Stücke. Dann stand er auf, öffnete das Fenster und streute die Schnipsel in die eiskalte Nacht.

VIII

Der Morgen des Samstags vor Weihnachten war etwas Besonderes. Hunderte von Ständen, an denen alles Mögliche verkauft wurde, drängten sich auf den Bürgersteigen der eleganten Straßen, sodass kaum noch Platz blieb für Spaziergänger, die potenziellen Kunden also. Es gab chinesische Vasen, Kriegsüberbleibsel wie Ferngläser oder Fernrohre, Militärstiefel und Bajonette, Tücher und Hüte. Die Verkäufer priesen schreiend ihre Waren an und versuchten, das Brausen des Meeres zu übertönen.

Maione und Ricciardi liefen gegen den eisigen Wind durch die Via Santa Maria in Portico. Wo immer sie vorbeikamen, rückten Bettler und Händler beim Anblick der Uniform des Brigadiere zur Seite, wandten den Blick ab und senkten die Stimme. Es war, als würde ein schwarzer Flügel den Markt durchqueren.

Die beiden hatten keine gute Laune. Sie waren auf dem Weg zum Kloster der den Schmerz der Heiligen Jungfrau lindernden Schwestern, wo sich die Schule befand, die die Tochter der Garofalos besuchte. Einem Mädchen in die Augen schauen zu müssen, das beide Eltern verloren hatte, war sicherlich keine schöne Aussicht.

Ohne langsamer zu werden, fragte Ricciardi:

– Was hast du gestern von den Nachbarn erfahren? Irgendetwas Interessantes über das Leben der Garofalos?

– Nichts, was uns auf die richtige Fährte führen könnte, Commissario. Es scheint, dass er, Emanuele, ein Zenturio der Hafenmiliz war, Sie wissen doch, dieses Dings der Faschisten am Hafen zur Kontrolle des Warenverkehrs und des Fischfangs. Vor ein paar Jahren ist er befördert worden, sagte mir der Buchhalter, dieser Finelli. Die Beförderung gab's anscheinend für besondere Verdienste, er wusste aber nicht, welche.

Ricciardi nickte im Weitergehen.

– Verdienste bedeutet in unseren Zeiten, dass er irgendjemanden ausspioniert hat. Und sonst?

Maione keuchte, weil er gleichzeitig sprechen und mit dem Tempo seines Vorgesetzten Schritt halten musste.

– Die Nachbarn beteuern alle, wie anständig und ehrbar die Familie war. Ich vermute, da er zur faschistischen Miliz gehörte, hatten sie Angst, schlecht über ihn zu reden. Dauernd hieß es »tadellose, sehr ordentliche Leute« – ein bisschen zu oft für meinen Geschmack. Alles zu perfekt. Auch der Pförtner, Ferro, war furchtbar ehrerbietig. Kein Tratsch, keine Lästerei – ist das denn normal?

Ricciardi zuckte die Schultern, während er an den höflichen Empfang der abgestochenen Frau dachte: *Hut und Handschuhe?*

– Vielleicht stimmt's ja, woher wollen wir das wissen? Kam
 sie denn jemand besuchen, empfingen sie Gäste?

– Wenige. Ihre Schwester, ein paar seiner Kollegen in diesen komischen neuen Uniformen mit Schleifchen am Hut, Lieferanten. Sie empfingen wenig oder gar nicht, wenn man den Nachbarn glaubt.

– Und die Frau? Wie war sie so?

Maione machte eine vage Handbewegung:

– Ach, über sie sagen die Leute noch weniger. Eine nette Frau, ruhig, immer freundlich und mit guten Manieren. Sie ging nur zusammen mit ihrem Mann aus, hing sehr an dem Kind, war meistens zu Hause. Niemand hat je Geschrei oder auch nur einen lauten Ton aus der Wohnung gehört.

Ricciardi platzte los:

– Also nichts als leeres Geschwätz. Alles gut, alles perfekt, keinerlei Schwierigkeiten im Leben dieser Familie. Und eines schönen Morgens kurz vor Weihnachten kreuzt jemand auf, ersticht sie, hinterlässt ein Blutbad, zerbricht den heiligen Josef aus der Krippe und verschwindet. Ein winziger Schönheitsfehler, eine kleine Abweichung im Tagesablauf sozusagen.

Maione kommentierte bitter:

– Ist's denn nicht immer so, Commissario? Alles läuft bestens, bis plötzlich etwas schiefläuft. Und auf der Strecke bleibt dabei die arme Kleine, die jetzt mutterseelenallein dasteht bis auf eine Tante, die Nonne ist. Sie wird bei ihr im Kloster bleiben müssen und wohl auch Nonne werden.

– Vielleicht auch nicht, Maione. Was kannst du mir zu der Tante sagen?

– Nichts, Commissario. Sie scheint recht kurios zu sein, nach dem, was ich aus Ferro und den Nachbarn rausgekriegt habe.

Eine kleine, energische Frau, immer in Bewegung, mit einer ungewöhnlichen Stimme, wie eine Trompete. Sie ist die ältere Schwester von Garofalos Frau, andere Geschwister gibt's nicht, auch er hatte keine. Dem Mädchen bleibt also nur diese eine Tante.

Der Eingang zum Kloster bestand aus einer kleinen Tür in einer sehr hohen grauen Mauer und befand sich in einer Gasse hin zur Villa Nazionale. Unablässig war das Geräusch der Wellen zu hören, die gegen die Flutbrecher vor dem Strand schlugen.

Nachdem Ricciardi und Maione sich durch ein kleines Guckloch hindurch ausgewiesen hatten, wurden sie von einer Novizin empfangen und in einen eiskalten Wartesaal geführt. Er enthielt kein einziges Möbelstück bis auf ein vor einem Madonnenbild platziertes Kniebänkchen. Durchs Fenster war ein großer Garten mit hohen, vom Wind bewegten Bäumen zu sehen; es schien ein schwaches, graues Licht herein.

Nach ein paar Minuten, in denen Ricciardi nach draußen schaute und Maione seine Fingernägel inspizierte, öffnete sich die Tür und eine Schwester trat ein. Die Frau sagte nichts. Sie ging bis zur Mitte des Raumes, tat Maione mit einem flüchtigen Blick ab und fixierte Ricciardi. Nach einer langen Stille hüstelte Maione verlegen und sagte:

– Guten Tag, Schwester. Mein Name ist Maione, Brigadiere Maione, und das ist Commissario Ricciardi vom mobilen Einsatzkommando des Polizeipräsidiums von Neapel. Wir suchen Schwester Veronica, die Schwester von Signora Garofalo, Costanza Garofalo. Es müsste auch ein kleines Mädchen hier sein, und …

Ohne den Blick von Ricciardi abzuwenden, begann die Schwester zu sprechen. Ihre Stimme war quietschend und schrill, wie Kreide, die über eine Tafel kratzt.

– Das Mädchen heißt Benedetta, sie ist meine Nichte. Ich bin Schwester Veronica vom Orden der den Schmerz der Heiligen Jungfrau lindernden Schwestern.

Kommissar und Brigadiere wechselten einen Blick. Die Frau glich ihrer Schwester überhaupt nicht. Diese war zierlich und mittelgroß gewesen und selbst in der Totenstarre ließen sich bei ihr feine, zarte Gesichtszüge erahnen. Die Nonne hingegen war klein und dick, hatte ein rotes Gesicht und eine platte Nase. Auch die Stimme und Körperhaltung der leicht hin und her wippenden Frau machten sie zu einer eher komischen Figur.

Um die Spannung zu brechen, ging Maione zu ihr und hielt ihr respektvoll die Hand hin:

– Unser herzliches Beileid zum Tod Ihrer Schwester.

Nach kurzem Zögern reichte die Nonne ihm die Hand und der Brigadiere schickte sich an, sie ihr zu küssen. Er berührte ein winziges, verschwitztes und glitschiges Etwas mit gedrungenen Fingern, die kaum aus dem Ärmel der schwarzen Tracht herausschauten. Vor lauter Ekel musste er der Versuchung widerstehen, die Hand nach einem leichten Druck wieder loszulassen. Er zog sich aus der Affäre, indem er in einigen Zentimetern Entfernung einen Kuss andeutete und dann schleunigst zurücktrat; gerne überließ er nun Ricciardi das Feld, er war schon heldenhaft genug gewesen.

– Schwester, wir haben gestern eine Wache geschickt, um Sie zu benachrichtigen, was bei Ihrer Schwester passiert war.

– Ja, Ihr Kollege kam genau rechtzeitig, denn ich wollte Benedetta gerade zurück nach Hause bringen. Es ist nicht das erste Mal, dass das Mädchen bei mir schläft, ich habe in meinem Zimmer ein kleines Bett für sie aufgestellt. Sie bleibt gerne hier, wir hängen sehr aneinander.

Ricciardi versuchte, aus dem Gesicht der Nonne ihre Gefühle abzulesen.

– Können Sie uns etwas über den Umgang Ihrer Schwester und Ihres Schwagers sagen? Etwas, das uns einen Hinweis geben könnte …

– Ich weiß nichts über das Leben meiner Schwester und ihres Mannes. Er war ehrgeizig, dachte nur an die Arbeit und hatte kein großes soziales Umfeld. Um die Kleine, ihre Ausbildung, kümmere ich mich gemeinsam mit meiner Schwester. Das ist alles.

Der schrille Ton der kindlichen, hellen Stimme stand im Gegensatz zur Härte ihrer Worte. Ricciardi ließ nicht locker:

– Ihre Schwester könnte Ihnen doch etwas anvertraut haben, etwa von Streitigkeiten oder Drohungen erzählt haben, die gegen sie oder ihren Mann gerichtet waren.

Ohne mit dem Wippen aufzuhören, antwortete die Nonne:

– Commissario, ich hatte nichts mit den Angelegenheiten der beiden zu tun. Meinen Schwager sah ich selten, und wenn, dann nur kurz; er war immer bei der Arbeit, wie ich schon sagte. Und da meine Schwester in seinem Schatten lebte, habe ich mich darauf beschränkt, ein einziges Thema anzusprechen: meine Nichte und ihren Unterricht.

Ricciardi hielt dem Blick der Nonne stand. Maione schabte mit einem Fuß über den Boden wie ein unruhiges Maultier.

– Irre ich mich oder kann es sein, dass Ihr Schwager Ihnen nicht besonders gefiel?

Auf dem runden, roten Gesicht der Nonne erschien ein trauriges Lächeln:

– Um jemanden nicht zu mögen, muss man ihn kennen, Commissario. Und ich habe meinen Schwager insgesamt vielleicht vier oder fünf Mal gesehen. Er war nie da, entweder arbeitete er am Hafen oder war auf einer Parteiversammlung. Und jetzt ist er tot, und wegen ihm starb auch meine arme Schwester, und meine Nichte hat nur noch mich, eine Ordensschwester.

Ricciardi hakte beim letzten Satz nach:

– Warum sagen Sie »wegen ihm«?

Schwester Veronica sah ihm gerade in die Augen.

– Er war der Mann, der Wichtigere der beiden. Meine Schwester, wie ich schon sagte, führte nur ein Schattendasein im Haus. Wer auch immer das getan hat, das ist sicher, hatte es auf ihn abgesehen, und meine Schwester hat er nur deshalb getötet, weil sie zufällig im Weg stand. Ihre Wache gestern hat mir erzählt, wie sie gefunden wurden. Die arme Costanza hat nur die Tür aufgemacht. Sie wollten ihn.

Im Garten brauste der Wind. Die Temperatur im Raum schien noch weiter zu sinken. Ricciardi sagte:

– Was werden Sie denn mit dem Mädchen machen? Was werden Sie ihr sagen?

Die Nonne sah aus dem Fenster und seufzte leise.

– Sie ist ein starkes Kind. Ich werde ihr sagen, ihre Eltern seien verreist, und nach und nach werde ich sie ins Bild setzen, am Ende vielleicht sagen, dass sie bei einem Unfall gestorben sind, irgendwas Romantisches, ein untergegangenes Schiff, ein entgleister Zug in einem weit entfernten Land. Und bis dahin versuche ich, ihr das Leben möglichst angenehm zu machen.

Sie hielt kurz inne und fixierte erneut Ricciardi:

– Meine Schwester war sanft, wissen Sie. Sie war eine feinfühlige, ruhige, gebildete Frau. Sie hätte es verdient, lange zu leben, Enkelkinder zu haben, in Frieden alt zu werden. Ich habe für sie gebetet, die ganze Nacht, für meinen Schwager auch. Es kann doch nicht sein, dass ich sie jetzt nie mehr sehen werde.

Tränen liefen ihr leise die Wangen herab. Sie zog ein riesiges Taschentuch aus ihrem Kleid und schnäuzte sich, es klang wie eine Karnevalströte; doch weder Maione noch Ricciardi war nach Schmunzeln zumute.

Nach einer Weile sagte die Frau:

– Müssen Sie ... möchten Sie mit Benedetta sprechen? Bitte, ich möchte, dass sie es so erfährt, wie ich Ihnen vorhin gesagt habe. Sie ist so klein, erst acht Jahre alt. Ihre Welt besteht aus Märchen und Helden, ich will nicht, dass ihr erster Kontakt mit der Realität gleich im Tod ihrer Eltern besteht.

Maione schaute zu Ricciardi, wartete dessen Zustimmung ab und sagte:

– Seien Sie unbesorgt, Schwester. Wir müssen nicht mit dem Mädchen sprechen. Selbst wenn wir ihr Fragen stellen sollten, wäre es nicht notwendig zu sagen, was geschehen ist. Behalten Sie sie bitte bei sich. Vielleicht werden wir in den nächsten Tagen mit ihr sprechen müssen.

– Danke, Brigadiere. Es wird nicht leicht werden. Weihnachten steht vor der Tür und sie wird wissen wollen, warum sie nicht zurück nach Hause kann. Ich schicke jemanden ihre Sachen abholen, Kleider und Puppen. Es wird nicht leicht werden.

Ricciardi wollte sich verabschieden:

– Sagen Sie uns bitte, wenn wir etwas für Sie tun können. Für Sie oder das Mädchen.

Schwester Veronica antwortete ihm ruhig:

– Sie können in der Tat etwas tun. Sie können dafür sorgen, dass derjenige, der das getan hat, dafür bezahlt. Teuer bezahlt. Also bitte ich Sie im Namen meiner Nichte und in meinem eigenen Namen darum, die Mörder meiner Schwester und meines Schwagers zu finden.

Als sie wieder draußen waren, blies der Wind noch stärker und das Meer rumorte unsichtbar jenseits der Villa Nazionale, doch beide hatte den Eindruck, sich an einem sehr behaglichen Ort zu befinden. Maione sagte:

– Meine Güte, Commissario, bei dieser Stimme platzt einem ja das Trommelfell. Und ihre Hand erst ... puh, wie eklig, feucht und schwabbelig ... armes kleines Mädchen, sie bleibt da bei einer merkwürdigen Gestalt.

Ricciardi seufzte:

– Aber zumindest liebt sie sie. Ein schöneres Schicksal als das so vieler Straßenkinder. Beeilen wir uns, Raffaele. Wir müssen festlegen, wie wir vorgehen wollen, viel haben wir nicht in der Hand. Du hast doch gehört, was Schwester Veronica gesagt hat? Wir müssen die Mörder finden.

IX

Er war sich sicher gewesen, ihn dort zu finden, und fand ihn tatsächlich. Ganz hinten im Raum saß er, weit weg von allen, und stierte mit dem Glas in der Hand ins Leere, während die anderen zur Musik einer verstimmten, halb kaputten Gitarre sangen.

Er ging durchs Lokal zu ihm hin, wartete auf eine Aufforderung zum Hinsetzen, die nicht kam, und ließ sich auf einem Hocker nieder. Der Trubel im Saal war ohrenbetäubend: ein Wirtshaus in einer Hafengasse am Samstagabend.

Lange schaute er ihn an, bevor er sagte:

– Du könntest wenigstens Hallo sagen. Weißt du, wie gefährlich es für mich ist, hierherzukommen? Sie könnten mich sehen.

Ohne aufzusehen, antwortete der andere mit belegter Stimme:

– Niemand hat dich hergebeten. Komm schon, verschwinde. Das ist doch das, was ihr alle am besten könnt.

Der eben angekommene Mann schlug mit der Faust auf den Tisch, die Flasche klirrte.

– Und du kannst nur heulen und jammern. Ich bin bloß hier, um dir eine Frage zu stellen: Warst du es? Ich muss es aus deinem Mund hören.

Der Betrunkene murmelte:

– Ich weiß nicht, wovon du redest. Es interessiert mich auch nicht. Also verschwinde und lass mich in Ruhe.

Die Musik hörte abrupt auf und zwei Männer begannen wild zu streiten. Der Wirt reagierte schnell, packte sie an den Schultern und warf sie raus. Der Gitarrist spielte weiter.

– Sag jetzt, warst du es? Seine Frau, Antonio ... war das nötig, auch die Frau? Und dann so?

Im Blick des Mannes, der Antonio genannt worden war, zeigte sich ein Anflug von Interesse:

– Was willst du damit sagen? Drück dich klarer aus!

– Nimmst du mich gerade auf den Arm? Na ja, vielleicht ist's besser, ich weiß es nicht. Tun wir einfach so, als wüsstest du nicht Bescheid, also sag ich's dir: Gestern Morgen wurden Garofalo und seine Frau ermordet. Abgestochen hat man sie. Reicht das? Hast du jetzt verstanden? Wenn ich du wäre, würd' ich schleunigst untertauchen; den ersten Frachter nach Amerika nehmen und gut' Nacht. Deshalb bin ich hergekommen, um dir das zu sagen. Jetzt hab' ich meine Pflicht getan. Schönen Abend noch, Antonio. Kannst dich weiter besaufen.

Er stand auf und ging, sich seinen Weg zwischen betrunkenen Tänzern bahnend, die er unsanft beiseiteschubste.

Antonio blieb sitzen, den Blick erneut ins Leere gerichtet. Langsam schüttelte er den Kopf und murmelte:

– Auch das. Auch das hast du mir genommen. Deine Seele soll verflucht sein.

X

In der Woche vor Weihnachten verwandelte sich das ganze Stadtzentrum in einen riesengroßen Markt, und das Präsidium lag mittendrin. Um zum Büro zu kommen, mussten Ricciardi und Maione sich durch Hunderte von Bettlern, Losverkäufern, Trödlern, Wasserträgern und Schuhputzern schleusen, die alle damit beschäftigt waren, sich gegenseitig die Kunden abzuluchsen. Die Luft war erfüllt von Gerüchen: Frittiertes, Pizza, Makkaroni, Meeresfrüchte, Karamellmandeln. Man musste aufpassen, nicht die Ware zu zertreten, die auf schmutzigen Leintüchern am Boden ausgestellt war, all die Gefäße, Gläser, Bestecke und Gerätschaften.

Maione geriet auf seinen Stiefelspitzen ins Tänzeln, als er der ausgestreckten offenen Hand eines Zigeunermädchens ausweichen wollte, das auf dem Straßenpflaster um ein Almosen bat.

– Verflixt nochmal! Hier kann man ja bald keinen Fuß mehr vor den anderen setzen. Und wie das duftet! Wie soll man's da schaffen, aufs Mittagessen zu warten?

Dank seines geringeren Körperumfangs schlängelte sich Ricciardi etwas leichter durch die Menge.

– Ausgerechnet jetzt muss Weihnachten sein! Das macht uns die Arbeit nicht gerade leichter. Es wird ein langer, mühsamer Weg werden in diesem ganzen Treiben.

Im Präsidium wurden sie bereits erwartet: Ponte, der Assistent des stellvertretenden Polizeipräsidenten Garzo, der seinerseits Chef des mobilen Einsatzkommandos war, passte sie am Fuß der breiten Freitreppe ab. Wie fast alle Angestellten des Präsidiums war er überzeugt, dass Ricciardi Unglück brachte und irgendwie mit dem Teufel im Bunde stand. Er schloss das aus Ricciardis ungewöhnlichen Ermittlungsmethoden, seinem Einzelgängertum und dem mangelnden Interesse für Beförderungen und Karriere trotz beruflicher Erfolge.

Ein merkwürdiger Typ, dieser Kommissar. Für Ponte, ein abergläubisches, ängstliches Kerlchen, gab es nur eine Lösung: jeden Kontakt zu ihm tunlichst zu vermeiden. Und ihm nur im äußersten Notfall in diese unglaublich grünen Augen zu schauen, die, soviel er wusste, ein Fenster zur Hölle waren.

– Guten Tag, Commissario. Brigadiere …

Maione machte keinen Hehl aus seiner Verachtung für Ponte – einen Polizisten, der freiwillig den Butler des Vizepräsidenten spielte! Da er außerdem wusste, warum der Mann Ricciardi beim Reden nicht ins Gesicht sah, wurde er ausgesprochen angriffslustig.

– Sieh mal einer an, wer da aus der Kanalisation aufgetaucht ist. Was willst du, Ponte? Wir haben zu tun, wir arbeiten an einem Mordfall, vielleicht weißt du ja noch, was das ist.

Ponte überhörte die Provokation; er beherrschte es perfekt, Auseinandersetzungen aus dem Weg zu gehen. Einen unbestimmten Punkt am Boden fixierend, antwortete er:

– Ich weiß, ich weiß, Brigadiere. Deshalb bin ich ja hier. Der Vizepräsident möchte Sie umgehend sehen.

– Unglaublich: Wir wissen nicht mal richtig, was los ist, und schon möchte Garzo Meldung haben. Na gut, bringen wir es gleich hinter uns. Umso schneller kommen wir zum Arbeiten.

Vizepräsident Angelo Garzo war überzeugt, sehr großes diplomatisches Geschick zu besitzen. Er hatte seine ganze Karriere darauf aufgebaut, auch wenn die Kollegen, die er mittels übler Nachrede und Beziehungen überflügelt hatte, dies anders beurteilen würden.

Im Grunde hatte auch die Familie seiner Frau, insbesondere ihr Onkel, der Präfekt von Salerno, nicht unerheblich dazu beigetragen, doch Garzo zog es vor, die Ursachen für seinen beruflichen Werdegang in Begabung und Ehrgeiz zu sehen.

Während er auf Ricciardi wartete, warf er einen Blick in den Spiegel: Der Mann, der ihm daraus entgegenlächelte, gefiel ihm. Der Schnurrbart war sein neuester Einfall gewesen. Er hatte lange darüber nachgedacht, denn er wollte nicht wirken wie jemand, der eine exzessive Körperpflege betrieb – solche Leute waren meist Faulenzer, hatte er gedacht. Dann aber, als seine Koteletten nach und nach ergrauten, war er zu der Überzeugung gelangt, dass ein Schnurrbart ein hübsches Pendant dazu abgeben und ihm mehr Autorität verleihen würde, woraufhin er diesen wie eine Rosenplantage gehegt und gepflegt hatte. Das Ergebnis war, wie er zugeben musste, zufriedenstellend.

Ricciardi, Ricciardi. Ein Kreuz und ein Segen. Nicht zu führen, unabhängig, undiszipliniert – aber auch ein Garant für Erfolg. Zudem besaß er den unvergleichlichen Vorteil, nicht im Mindesten an einer Karriere interessiert zu sein. Das hieß, er hatte es nicht auf seinen Posten abgesehen, wie er selbst hingegen auf den des Präsidenten. Und Garzo konnte sich gegenüber seinen Vorgesetzten, insbesondere im Ministerium von Rom, mit den Erfolgen des Kommissars schmücken.

Hin und wieder hatten sie natürlich schon in der Klemme gesessen, zum Beispiel, als der Lieblingstenor des Duce ermordet worden war. Und obwohl bereits ein umfassendes Geständnis vorlag, hatte Ricciardi unbedingt weitersuchen wollen, bis er herausfand, dass der Sänger durchaus kein Engel gewesen war. Vezzi hieß er. Und seine Frau, eine Freundin der Tochter des Duce, war daraufhin nach Neapel gezogen. Garzo hatte den Verdacht, dass sie sich in Ricciardi vernarrt hatte, wusste der Himmel warum.

Nun, der Kommissar mit den beunruhigend grünen Augen war ein Ross, das es zu bändigen galt. Und er, Garzo, war genau der Richtige für diese Aufgabe.

Ponte klopfte leise an und betrat Garzos Büro:

– Dottore, Commissario Ricciardi und Brigadiere Maione, wie Sie verlangt haben.

Maione warf ihm einen giftigen Blick zu und zischte:

– Sieh an, ein sprechendes Hündchen. Machst du auch Männchen?

Garzo setzte eine fröhliche und versöhnliche Miene auf.

– Ach, da ist er ja, unser Spitzenmann! Teuerster Ricciardi, bitte, setzen Sie sich. Guten Tag, Brigadiere.

Ricciardi trat ein, blieb aber stehen.

– Guten Tag, Dottore. Sie müssen entschuldigen, leider haben wir nicht viel Zeit. Wir untersuchen einen Doppelmord und Sie wissen ja: die ersten achtundvierzig Stunden können alles entscheiden.

Der Vizepräsident bebte. Wie konnte ein kleiner Angestellter es wagen, ihm zu sagen, er habe keine Zeit? Bleib diplomatisch, dachte er. Denk an die Diplomatie.

– Genau darüber wollte ich mit Ihnen sprechen. Ponte berichtete mir, dass Sie Dienst hatten, als der Anruf wegen der

Garofalos kam.

Dem Amtsdiener, der interessiert die Decke betrachtete, raunte Maione zu:

– Dem Geheimdienst entgeht nichts, was?

Garzo fuhr fort:

– Es handelt sich bei Garofalo um einen Offizier der Hafenmiliz. Einen Zenturio, um genau zu sein. Das entspricht …

Ricciardi fiel ihm ins Wort:

- … dem Dienstgrad eines Hauptmanns, wie wir erfahren haben.

Garzo lächelte wohlgefällig:

– Exakt. Wie ich sehe, hat sich die unfehlbare Maschinerie des mobilen Einsatzkommandos bereits in Gang gesetzt. Und wissen Sie etwas über die Hafenmiliz?

Ricciardi zuckte mit den Schultern. Er hatte die Hände nicht aus den Manteltaschen genommen, außer um sich die widerspenstige Haarsträhne zurückzustreichen, die ihm permanent in die Stirn fiel.

– Wir wissen, dass sie den Warenverkehr und den Fischfang kontrolliert.

– Ganz genau, – lobte Garzo. – Was aus ihr, in einer Hafenstadt wie unserer, eines der wichtigsten Polizeiorgane macht.

Maione runzelte die Stirn.

– Polizei? Ich dachte, die kümmern sich nur um Verwaltungsfragen.

Der Vizepräsident schätzte keine Einmischung seitens eines einfachen Untergebenen, wollte aber nicht unhöflich sein:

– Nein, im Bereich Fischfang und Warenverkehr unterstützen sie die Küstenpolizei. Sie verfügen über dieselben Kompetenzen, auch wenn sie keine eigenen Wasserfahrzeuge haben. Nun, der Punkt ist der: Wie jedes Organ der freiwilligen nationalen Miliz ist die Hafenmiliz etwas, das unter den Faschisten entstanden ist. Sie erstatten direkt den Schwarzhemden Bericht und diese dann wiederum Rom.

Ricciardi verzog das Gesicht.

– Allmählich verstehe ich. Das heißt wohl, unser Zenturio, Emanuele Garofalo, ist ein Toter erster Klasse.

Garzo spannte die Wangenmuskeln an, eine Mimik, die ihm, seit er einen Schnurrbart trug, besonders gut gelang und die er lange vor dem Spiegel geübt hatte.

– Ich weiß nicht, was Sie mit Ihrem Ton zum Ausdruck bringen möchten, aber ja, es handelt sich hier um einen Mord von Bedeutung. Der Mann wurde als möglicher zukünftiger Konsul gehandelt, heißt es. Er war wegen besonderer Verdienste befördert worden und bekannt für seine Rechtschaffenheit und sein Pflichtbewusstsein.

Es herrschte einen Moment Stille, während dessen Ricciardi sich am Kinn kratzte.

– Ich bitte um Verzeihung, Dottore. Wollen Sie mir etwas nahelegen?

Garzo wurde allmählich ungeduldig.

– Ich möchte Ihnen gar nichts nahelegen. Ich wollte Ihnen bloß sagen, dass … nun, aus Rom ist bereits eine Depesche eingetroffen, in der man uns nahelegt … das heißt, – er merkte, dass er dasselbe Verb widersprüchlich gebraucht hatte, – in der man uns ersucht, bei den Ermittlungen sorgfältig und vorsichtig vorzugehen.

Ricciardi hatte keine Miene verzogen, doch Maione wusste, dass er die Situation unglaublich genoss.

– Was die Sorgfalt betrifft, können Sie sich auf mich verlassen, Dottore, das wissen Sie. Dieselbe Sorgfalt, mit der wir jede Ermittlung führen. Aber vorsichtig? Was genau sollen wir denn tun?

Garzo fühlte sich an die Wand gedrängt. Mit dem Zeigefinger streichelte er seinen Schnurrbart, doch das ermutigte ihn nicht.

– Na, vorsichtig sein eben. Niemandem auf die Füße treten, wie Sie es so oft tun; nicht überheblich daherkommen, keinen wichtigen Leuten auf die Nerven fallen. Geben Sie bitte Acht, Ricciardi, nur dieses eine Mal!

Der Kommissar nickte.

– Seien Sie unbesorgt, Dottore. Wir werden all unsere … Vorsicht aufbieten. Können wir jetzt gehen?

Garzo entließ die beiden mit einem ungeduldigen Handzeichen. Er hatte das unangenehme Gefühl, erneut besiegt worden zu sein, ohne genau zu wissen, in welcher Art von Wettbewerb.

Beim Hinausgehen trat Maione Ponte wie zufällig auf den Fuß. Dem Amtsdiener entfuhr kein Laut der Klage.

XI

Ich hab' mich entschieden: Dieses Jahr mache ich noch einen Hügel.

Ich setze ihn hierher, neben den anderen. Dort können dann Felder und Wiesen sein, eine Schafherde, ein paar beleuchtete Häuschen. Die Kinder mögen Schafe und Hirten.

Vielleicht wird er nicht ganz so dicht besiedelt sein wie der andere, aber das ist unwichtig. Im Grunde ist's in der Stadt genauso: In manchen Teilen leben mehr Leute, in anderen weniger.

Ich muss nicht mal einen neuen Unterbau aus Holzbrettchen machen, ein dickeres Stück Kork wird's auch tun, etwas Moos für die Wiese, ein paar Bäumchen aus Draht. Der Kork ist hier. Ich muss ein Rechteck daraus ausschneiden, das ich dann festnagele.

Das Messer hab' ich schon in der Hand. Es erinnert mich an die beiden.

Fleisch ist nicht wie Kork: ganz leicht zu durchtrennen, es reicht ein entschlossener Stich. Das Problem besteht im Entschluss.

Jetzt weiß ich, wie es funktioniert. Man setzt das Messer an und drückt zu.

Das Fleisch gibt der Messerspitze nach, weil es elastisch ist; es sinkt ein wenig ein.

Doch dann reißt es.

Von diesem Moment an gibt es kein Zurück mehr.

XII

Maione schäumte vor Wut.

– Dieser dämliche Hanswurst. Will *uns* beibringen, wie wir zu arbeiten haben! Was denkt der sich eigentlich? Wenn ich die beiden nur sehe, ihn und Ponte, diese Witzfigur! Weiß Gott, eines Tages knöpf' ich mir sie vor und verpass' ihnen eine Backpfeife, dass ihnen Hören und Sehen vergeht. Garzo glaubt wohl, er braucht sich bloß drei Haare im Gesicht wachsen zu lassen, um kein Armleuchter mehr zu sein.

Ricciardi, in den alten Ledersessel hinter seinem Schreibtisch versunken, spielte nachdenklich mit dem Granatsplitter, der ihm als Briefbeschwerer diente.

– Und doch ist der gute alte Garzo uns noch nie zuvor so nützlich gewesen. Wir haben von ihm wichtige Hinweise erhalten.

Maione war nicht gewillt, sich zu beruhigen.

– Von dem kann gar nichts Nützliches kommen, weil er selbst schon zu nix zu gebrauchen ist. Wissen Sie, was Antonelli zufällig in der Telefonzentrale mitgehört hat? Nämlich wie Garzo zu seiner Frau am Telefon sagte: Um Verbrecher zu schnappen, muss Ricciardi sie wohl oder übel verstehen. Also ist er auch ein Krimineller. Das ist seine Begründung dafür, dass er nicht die Bohne versteht!

– Überleg doch mal, Raffaele. Die Leichen sind noch warm und schon gerät der Parteiapparat in Bewegung. Garzo unternimmt nie etwas, wenn er nicht dazu aufgefordert wird. Warum also hat die Miliz sich gleich eingeschaltet? Ich bin sicher, dass der Spaziergang, den wir demnächst zu Garofalos früherer Kaserne unternehmen, ein paar interessante Informationen zutage fördern wird.

Maione kratzte sich am Kopf.

– Meinen Sie? Dann ist's besser, wir machen den Spaziergang sofort. Sie sagen doch immer, dass die ersten Stunden die wichtigsten sind, nicht?

Livia Lucani, verwitwete Vezzi, genoss die weihnachtliche Stimmung in ihrer neuen Stadt.

All die besonderen Eigenschaften, die Neapel so einzigartig und interessant machten, vervielfachten sich in der Vorweihnachtszeit: die Rufe der fliegenden Händler am frühen Morgen, das Durcheinander auf der Straße, die Lieder. Und erst die Gerüche, überall kochte, brodelte und briet es, und die Konditoreien überboten sich gegenseitig mit immer neuen Leckereien. Jeder erfand sich flugs ein kleines Geschäft, versuchte, ein bisschen Geld zu verdienen.

Livia gewann den Eindruck einer allgemeinen Heiterkeit mit einem Hauch von Traurigkeit. Als ob die Bewohner dieses sonderbaren Ortes damit sagen wollten: Es ist schwer, sehr schwer, aber wir schaffen es trotzdem.

Am Tag zuvor hatte sie aus dem Autofenster eine seltsame Gestalt entdeckt: Sie trug einen Zweispitz, einen langen Überrock, etliche längere und kürzere Ketten, falsche Medaillen und einen farbigen Stock mit einer Schelle. In dieser Aufmachung bewegte sie sich auf merkwürdige Art hüpfend vorwärts, gefolgt von der üblichen Schar barfüßiger Kinder, und rief etwas, das Livia nicht hören konnte.

Als sie den Fahrer gefragt hatte, wer die Person sei, hatte er lachend geantwortet:

– Der Pazzariello, Signora, eine Art wandelnde Zeitung. Er zieht durchs Viertel, um bekanntzugeben, dass ein neues Geschäft eröffnet hat oder jemand seinen Hund vermisst oder dass zwei junge Leute endlich heiraten. Dabei singt und tanzt er und ist so angezogen wie jetzt, damit die Leute auf ihn aufmerksam werden.

Livia sah aus einer Tür vier schwarz gekleidete Frauen herauskommen; sie hörten dem Mann aufmerksam zu, lachten und gingen wieder hinein. An der Wohnungstür war ein schwarzes Band befestigt. Dem Fahrer entging der Blick der Signora nicht.

– Dem Pazzariello widersteht niemand: Sogar wer Totenwache hält, geht hinaus und hört, was er mitzuteilen hat.

Das war die Stadt, in die Livia sich gerade immer mehr verliebte. Die Stadt, in der sie nach und nach ihre Lebensfreude wiedergefunden hatte.

Immer noch erhielt sie Telefonanrufe, in denen ihre römischen Freundinnen sie zur Rückkehr in die Hauptstadt zu überreden suchten. Bei ihrer Abreise vor vier Monaten hatte sie gesagt, sie wolle ein paar Tage ans Meer fahren; sie war nicht wieder zurückgekehrt.

Wenn sie jetzt an das gesellschaftliche Leben dachte, das sie jahrelang in Rom geführt hatte, erschien es ihr unerträglich: die Falschheit der Leute, der Klatsch, all das boshafte Gerede. Ein pausenloser Wettstreit um die Gunst der neuen Machthaber, eine Haltung, die ihr von Natur aus fremd war. Gerade dieses Desinteresse und ihre Aufrichtigkeit hatten ihr die Freundschaft der aufmüpfigen Tochter des Duce eingetragen, einer jungen Frau, hinter deren scheinbarer Angriffslust und männlichem Gehabe sich eine sehr empfindsame Gefühlswelt verbarg.

Eddas Anrufe schätzte Livia sehr, aber auch ihr war es nicht gelungen, sie umzustimmen: Sie wollte nicht mehr nach Rom zurück. Und weil es sie amüsierte, dass alle unbedingt herausfinden wollten, warum sie die bezauberndste Protagonistin des geselligen römischen Lebens verloren hatten, sagte sie es niemandem.

Nachdem er sich hupend einen Weg durch das Heer von Bettlern und fliegenden Händlern gebahnt hatte, fuhr Livias Wagen in den Hof des Präsidiums ein. Die Wache am Eingang grüßte ehrerbietig und Livia nickte kurz; man kannte sie hier schon.

Ohne dem Fahrer zu bedeuten, dass sie aussteigen wolle, begann sie, leise zu zählen. Als sie bei acht angelangt war, stolperte Garzo atemlos und ohne Mantel aus der Tür, die zu den Büros führte.

– Signora, wie schön, dass Sie uns mit Ihrem Besuch beehren! Sie leuchten wie die helle Sonne an diesem tristen Tag, es ist mir eine Freude, Sie bei uns zu empfangen.

Livia legte ihre Hand auf den ihr dargebotenen Arm.

– Die Freude ist auf ganz auf meiner Seite, besonders bei solch einem galanten Empfang. Aber was sehe ich? Sie haben sich einen Schnurrbart stehen lassen! Er steht Ihnen wirklich sehr gut.

Garzo schien verlegen.

– Wissen Sie, Signora, mit fortschreitendem Alter schadet es nicht, etwas mehr Autorität auszustrahlen, finden Sie nicht auch?

Livia lachte.

– Sie legen viel Wert auf Autorität, hab' ich recht?

– Sicher, unbedingt. Es ist gar nicht so leicht, manchen meiner Jungs hier den Kopf zurechtzurücken. Eben sprach ich noch darüber mit Ihrem Freund Ricciardi und dem Brigadiere.

Sofort wurde Livia ernst.

– Oh, gibt es Schwierigkeiten? Er wollte ja schon so kurz nach dem Unfall wieder zur Arbeit und lässt sich von niemandem etwas sagen.

– Ja, ein echter Dickschädel, wie's bei uns heißt. Und zwar in jeder Hinsicht. Leider werden Sie ihn nicht vorfinden, er ist eben mit Maione weggegangen. Gerade ermittelt er in einem etwas heiklen Fall. Wie Sie sicherlich Gelegenheit haben werden, in Rom zu berichten, falls das Thema zur Sprache kommt, gehen wir sehr sorgfältig mit allem um, das mit Parteimitgliedern zu tun hat.

Durch die Enttäuschung über Ricciardis Abwesenheit hatte Livias Laune sich so plötzlich verschlechtert, dass sie Garzo nicht zugehört hatte.

– Ach ja, verstehe. Dann seien Sie doch bitte so freundlich und teilen ihm mit, dass … oder nein, sagen Sie ihm nichts. Vielleicht komme ich später wieder.

Garzo setzte sein unwiderstehlichstes Lächeln auf.

– Gerne doch, Signora. Er wird sicher sehr glücklich darüber sein.

Als sie mit dem Auto erneut durch die volle Stadt fuhr, fand Livia zurück zu ihrer guten Laune. Sie überlegte, dass der wahre Grund, warum sie hergezogen war, in jenem Mann mit den meergrünen, traurigen Augen zu suchen sei, den sie vor zwei Monaten endlich in den Armen halten durfte.

Was ihre römischen Freundinnen wohl dazu sagen würden, wenn sie es wüssten?

XIII

Während auf den Straßen ein wirres vorweihnachtliches Chaos herrschte, gewann man innerhalb des Hafens einen ganz anderen Eindruck. Waren- und Passagierverkehr waren ordentlich voneinander getrennt und eine Fülle von Personen, die sich gemäß einer geschickt organisierten Choreographie bewegten, erledigten ihre Arbeit sehr effizient.

Der Hafen war der größte Italiens und schien sich dieser Position bewusst zu sein: Ganze Geschwader von Gepäckträgern kreuzten die Wege der gerade von Bord gegangenen oder sich einschiffenden Besatzungen, Dutzende von Transportarbeitern beluden oder entluden unaufhörlich riesige Laderäume, schwere Fahrzeuge und Pferdekarren standen zwecks Warenkontrolle am Ausgang Schlange. Wer von den großen transatlantischen Kreuzfahrtschiffen an Land ging, wurde von hübschen Helferinnen in Uniform zum Fußgängerausgang geleitet. Maione stellte sich den Schock vor, den die Passagiere erleiden würden, wenn sie sich in dem erschreckenden Durcheinander der Stadt wiederfanden.

Ricciardi ging schnell. Die Hände in den Manteltaschen, die Haare zerzaust, blickte er starr vor sich hin. Den Augen seiner Seele offenbarten sich neben der vielbeschäftigten Menschenmenge auch andere Wesen.

Ein auf dem Kai stehender Jüngling, dessen Arm von einem Schiffstau abgetrennt worden war und dessen Blut kraftvoll aus der scharf durchschnittenen Arterie gepumpt wurde, murmelte: *Mama, hilf mir doch, Mama.* Ein Mann, der auf dem Boden neben einer Abladebühne saß, die nun von einer Gruppe fröhlich singender Arbeiter besetzt war, war von einer Kiste zerquetscht worden: Sein Brustkorb war eingedrückt und anhand der Kopfhaltung war leicht zu erkennen, dass seine Wirbelsäule gebrochen war. Er murmelte: *Das ist die letzte, die eine mach' ich noch und dann geh' ich.* Schade, überlegte der Kommissar. Wenn die vorletzte die letzte gewesen wäre, wärst du jetzt vielleicht zu Hause bei deinen Kindern. Du wolltest zu viel. Umso schlimmer für dich. Und auch ein bisschen für mich, dachte er.

Unter den vielen uniformierten Männern, die die Vorgänge im Hafen überwachten, befanden sich auch Angehörige der Hafenmiliz: Sie trugen einen graugrünen Filzhut und einen gleichfarbigen Militärrock mit Rückenschnalle. Tatkräftig wirkten sie, präzise und energisch. Während Maione auf die Kaserne zusteuerte, überlegte Ricciardi, dass eine Militärorganisation, die parallel zu der des Staates bestand, aber einer Partei verpflichtet war, tendenziell gefährlich war. Andererseits hatte diese Partei bei den letzten Wahlen mehr als neunzig Prozent der Stimmen erhalten, weshalb man sie leicht mit dem Staat verwechseln konnte.

Was ihn betraf und was er auch Modo begreiflich zu machen versuchte, wenn der ihn in seine antifaschistischen Hasstiraden mit einbezog, so interessierte Politik ihn nicht im Geringsten. Er war der Ansicht, dass die Wurzel allen Übels letztendlich die menschliche Natur war, und dagegen gab es kein Heilmittel.

Die Kaserne der Miliz lag nicht zentral, doch strategisch günstig: Nicht weit entfernt führten die Gleise der Warenwaggons daran vorbei, die von den Schiffen zum Bahnhof weiterfuhren. Das Zivilpersonal hielt sich, intuitiv vielleicht, ein wenig abseits. Man zog es vor, einen kleinen Umweg zu machen, anstatt an den Kasernenmauern entlangzulaufen. Es wirkte, als habe die bunte Hafenwelt nichts mit der Kaserne zu tun.

Auf der Suche nach dem Haupteingang gingen die beiden Polizisten um das Gebäude herum. Der Bau war zweistöckig, einfach und solide, wie es die Architektur des Regimes forderte. Zwischen dem ersten und dem zweiten Stock prangte über dem Eingangstor der Schriftzug »Kaserne Mussolini«. Ricciardi erinnerte sich an die Einweihungsfeier vor ein paar Jahren, unter Teilnahme des Duce höchstpersönlich, und daran, wie Garzo damals vor Anspannung zu zerplatzen drohte, was für ihn typisch bei solchen Anlässen war.

Die Wache am Eingang nahm ihre Personalien auf, dann sprach sie leise in eine moderne Sprechanlage. Maione dachte betrübt an die vielen Kilometer, die sie im Präsidium über Treppen und Korridore zurückgelegen mussten, um einfache dienstliche Mitteilungen zu machen. Eine Minute später erschien ein Unteroffizier, der sie mit steifem römischen Gruß empfing:

– Erster Gruppenkommandant Precchia Catello, – stellte er sich vor. – Folgen Sie mir bitte.

Der Kommandant erklomm im Laufschritt die große Freitreppe. Maione und Ricciardi wechselten einen amüsiert bedauernden Blick und folgten ihm, so schnell es ging. Der Kommissar glaubte die stummen Flüche des Brigadiere zu vernehmen, der bei jeder Stufe kurzatmiger wurde. Auf der Treppe herrschte ein reges Kommen und Gehen von Soldaten, die alle mit dem gleichen Enthusiasmus auf und ab rannten. Ricciardi hegte den boshaften Wunsch, einer von ihnen möge in seinem Eifer ins Stolpern geraten und bis ins Erdgeschoss purzeln. Er hätte aus eigener Tasche dafür gezahlt, ein derartiges Spektakel zu erleben.

Ihr Begleiter blieb schlagartig vor einer hohen, dunklen Holztür stehen. Sie wurde von einem Amtsgehilfen bewacht, der in der Nähe eines Schreibtisches strammstand. Es war kein Stuhl zu sehen. Der Kommandant klopfte ein einziges Mal an und führte sie hinein.

Sie betraten ein riesiges Büro. Das Dekor des Marmorbodens bestand einzig aus dem geometrischen Muster kleiner Fliesen in unterschiedlichen Farbtönen. An einer Wand hing ein großes Gemälde, das den Hafen von Neapel im Mittelalter darstellte, gegenüber eine sehr große Fotografie des Duce bei der Einweihung der Kaserne. Hinter dem Schreibtisch aus massivem, wertvollem Holz befanden sich die offiziellen Porträts des Regierungschefs und des Königs. In einer Ecke nahe dem breiten Fenster zum Balkon hielt ein goldener Speer mit Metallspitze die Handelsflagge.

Nirgendwo war ein Kreuz zu sehen. Hier drinnen, dachte Ricciardi, wird nur ein einziger Gott verehrt. Überrascht und ein wenig beunruhigt stellte er jedoch fest, dass hinter dem geöffneten Vorhang halb versteckt ein Bild des heiligen Sebastian hing, ähnlich dem, das er aus seinem Internat kannte und an das ihn tags zuvor Garofalos Leiche erinnert hatte.

Aus dem anderen Ende des Raumes kam ihnen ein Offizier entgegen. Der Unteroffizier, der sie begleitet hatte, schlug nahezu synchron zum römischen Gruß – seine behandschuhte Hand zerschnitt mit einem leisen Zischen die Luft – die Hacken zusammen. Der Offizier erwiderte zerstreut den Gruß, dann wandte er sich an Ricciardi und Maione:

– Bitte, setzen Sie sich. Ich bin Konsul Freda di Scanziano, Oberbefehlshaber der zweiten Legion der Hafenmiliz. Danke, Precchia, Sie können gehen.

– Jawohl, Herr Konsul. Ich bin draußen vor der Tür, falls Sie mich brauchen sollten.

Erneutes Hackenzusammenschlagen, Hand zum Gruß, Hacken, kehrt und raus. Aus dem hätte ein erstklassiger Tangotänzer werden können, dachte Maione.

Der Konsul wirkte wie ein Filmschauspieler: Er hätte gut in die Rolle des Großherzogs gepasst oder in die des Vaters der reichen Adligen, die sich in einen treuen Habenichts verliebt. Unter dem Fes mit Rutenbündel, Anker und Krone verrieten seine Augen Neugier und Intelligenz.

Die graugrüne Uniform des Mannes mit quer verlaufender blauer Schärpe wurde von einem Dutzend Medaillen geschmückt.

– Nun, meine Herren, was kann ich für Sie tun?

Ricciardi und Maione fühlten sich überrumpelt. Sie waren

darauf gefasst gewesen, verschiedene Grade von Unteroffizieren und Offizieren überwinden zu müssen und auf eine Mauer aus Schweigen und Phrasen zu stoßen. Ganz sicher hatten sie nicht damit gerechnet, sofort empfangen zu werden, auch noch direkt vom Konsul und Oberbefehlshaber der Legion.

Maione kam zuerst wieder zu sich.

– Herr Konsul, vielen Dank, dass Sie uns empfangen. Ich bin Brigadiere Maione vom königlichen Polizeipräsidium, mobiles Einsatzkommando, und das ist mein Vorgesetzter, Commissario Ricciardi. Wir sind gekommen, um ...

Der Konsul unterbrach ihn:

– Ich weiß schon, Brigadiere. Leider weiß ich, warum Sie hier sind. Und ich möchte Ihnen bereits jetzt danken für alles, was Sie tun werden, um die feigen Mörder, die dieses arme Kind zur Waise gemacht haben, der Justiz zu überantworten.

Ricciardi studierte das Gesicht des Funktionärs, um herauszufinden, welche Absicht er verfolgte, doch er sah darin nur das, was seine Worte ausgedrückt hatten.

– Deshalb sind wir hier. Sie werden verstehen, dass die Aufgabe, die Garofalo ... Zenturio Garofalo erfüllte, also seine Arbeit der Grund gewesen sein könnte, vielmehr aller Wahrscheinlichkeit nach der Grund dafür war, dass er und seine Frau auf so barbarische Weise getötet wurden. Deswegen fangen wir hier an. Uns nutzen alle Informationen, die wir über ihn bekommen können: die Kollegen, seine letzten Unternehmungen, eventuelle Streitfälle oder Drohungen. Alles.

Freda nickte. Dann aber stand er unerwartet auf und ging mit hinter dem Rücken verschränkten Händen zu dem langen Balkon, von dem aus man auf den Hafen sah; ein paar Schiffe wurden gerade entladen.

– Commissario, was wissen Sie über unser Korps? Über die

Hafenmiliz, meine ich?

Ricciardi sah zu Maione und zuckte dann mit den Schultern.

– Das, was jedermann weiß. Sie überwachen das Verladen und Entladen des Frachtguts und den Fischfang. Sie üben Tätigkeiten der Kriminalpolizei aus, sowohl im Hafen als auch an der Küste.

– Nein, das meinte ich nicht. Wissen Sie, wie wir uns zusammensetzen? Also wer wir sind?

– Ich weiß, dass junge Männer sich aussuchen können, anstelle des Wehrdienstes zur Miliz zu gehen. Dass die Mitglieder der Miliz einen Tagessold erhalten, was die Rekrutierung leichter macht. Dass es ziemlich selektive Auswahlkriterien gibt.

Freda schaute weiter aufs Meer.

– Ja, richtig. Stimmt alles. Aber da ist noch etwas anderes. – Er drehte sich zu seinen Gästen um, blieb aber am Balkon stehen. – Sie wissen bestimmt, dass unser Korps noch sehr jung ist, erst dreiundzwanzig gegründet. Direkt nach dem Marsch auf Rom. »Mussolinis Militärprothese« nannte ein Journalist uns einmal. Natürlich schreibt dieser Journalist heute nicht mehr.

– Kann ich mir denken, murmelte Maione.

Freda lächelte.

– Nun ja. Der Duce sagte, dass der Squadrismus, der zum Marsch auf Rom und zum Entstehen der Bewegung geführt hat, nicht sterben dürfe, und gründete unser Korps, das später in die verschiedenen Bereiche unterteilt wurde: Forst, Eisenbahn, Post und Telegraphie. Und wir, die Hafenmiliz.

Ricciardi fragte sich, worauf der Konsul wohl hinauswollte.

– Es wurde entschieden, dass man zur Führung des Korps

neben den Freiwilligen, die oft keinerlei militärische Erfahrung haben, und den Faschisten der ersten Stunde, voller Eifer, aber unter bestimmten Aspekten auch gefährlich, eben richtige Soldaten brauchte. Ich zum Beispiel war ein Hauptmann der Kriegsmarine. Ich befehligte einen Kreuzer, mein Leben spielte sich da draußen ab, auf dem Meer. Sie können sich nicht vorstellen, wie sehr mir die Luft auf dem offenen Meer fehlt.

Maione fragte:

– Wenn die Frage gestattet ist, Herr Konsul, warum haben Sie den Posten akzeptiert?

Als Freda antwortete, blickte er wieder aufs Meer.

– Was stellen Sie sich vor, Brigadiere! Bestimmte … Vorschläge kann man nicht ablehnen. Man sagte mir klipp und klar, dass ich in jedem Fall an Land versetzt werden würde, in eine Verwaltungsposition. Und dass meine Vergütung, wenn ich annähme, ausreichen würde, um meine Familie mehr als gebührend zu versorgen. Es hieß, es sei nur für ein paar Monate, höchstens ein Jahr, danach könne ich wieder zurück aufs Meer in eine angesehenere Position. Das ist jetzt sechs Jahre her und es ist keinerlei Änderung in Sicht.

Maione und Ricciardi sahen sich erneut an: Sie hatten noch nicht einmal damit gerechnet, vorgelassen zu werden, und nun schüttete der Oberbefehlshaber der Legion ihnen sogar sein Herz aus.

– Damit möchte ich Ihnen sagen, dass wir kein einfaches Freiwilligenkorps sind und auch kein Hilfsapparat der Hafenbehörde. Mit uns arbeiten andere … Organisationen zusammen, die denselben hohen Funktionären in Rom unterstellt sind. Wir haben sehr spezielle Aufgaben, die nicht alle kennen.

Wieder fragte sich Ricciardi, worauf der Konsul hinauswollte.

– Bitte entschuldigen Sie, wenn ich Sie unterbreche, aber unser Besuch zielt nicht auf die Untersuchung Ihrer Aufgaben ab, auch nicht der Aufgaben des verstorbenen Garofalo. Wir wollten nur ein paar Fragen stellen, um herauszufinden, ob jemand ihm gegenüber irgendeinen Groll hegte. Das ist alles.

Freda nickte, zum Meer gewandt. Dann drehte er sich um und blickte den Kommissar ausdruckslos an.

– Wie geht es Ihnen, Ricciardi? Ihr Unfall Anfang November hat keine Spuren hinterlassen, außer der Verletzung am Hinterkopf, die Doktor Modo mit sechs Stichen genäht hat?

XIV

Heute Nacht habe ich geträumt. Wahrscheinlich war der Wein schuld.

Ich hab' geträumt, dass ich deine Treppe hochgegangen bin, der kauzige Pförtner war wieder mal betrunken eingeschlafen und hat mich nicht reinkommen sehen. Meine Schritte waren leise, als wär' ich barfuß gewesen.

Ich habe an deine Tür geklopft, deine Frau hat geöffnet, sie hat mich erkannt und mich angelächelt. Ihr Lächeln hat mich vielleicht wütend gemacht – als ob sie nicht wüsste, was passiert war, was du mir angetan hattest.

Ich hab' geträumt, dass ich ein Messer in der Hand hatte, dasselbe, das ich im Dienst trug. Ich hab' deine Frau aus dem Weg geräumt, mit einer einzigen Bewegung. Ich tat's nicht gern, aber ohne Reue. Dann bin ich zu dir in dein Zimmer gekommen mit dem blutigen Messer, von dem es auf den Boden tropfte. Du hast mich angesehen und gelacht, furchtlos. Du hast gesagt, das Leben ist nun mal so, jeder nimmt sich, was er kann. Das sagtest du schon immer.

Und ich habe zugestoßen. Einmal, zehnmal, hundertmal. Die Stöße waren Stiche, wie die auf dem Körper des heiligen Sebastian, erinnerst du dich? Wir hatten uns so oft gefragt, warum sie ausgerechnet ihn ausgesucht hatten.

Zum Schluss warst du tot, lachtest aber noch. Ich bin aufgewacht und an meinen Händen war kein Blut.

Gott, was für ein schöner Traum. Es wird der Wein gewesen sein.

XV

Den Worten des Konsuls folgte betretenes Schweigen. Vom Fenster her erklang der Ton einer Sirene, die eine Ankunft oder Abfahrt ankündigte.

Maione ließ den Mund zuschnappen und schluckte. Dann sagte er:

– Was soll das bedeuten? Was wissen Sie vom Unfall des Kommissars?

Freda ging zum Schreibtisch, nahm ruhig Platz, setzte einen Kneifer mit goldenem Rahmen auf, nahm ein Blatt zur Hand und las halblaut vor:

– Also, was hätten wir denn hier: Raffaele Maione, einundfünfzig Jahre. Seit fünf Jahren Brigadiere. Drei Belobigungen, ein Lob, zwei Gratifikationen. Meinen Glückwunsch, ein hervorragendes Dienstzeugnis. Verheiratet mit Frau Lucia Caputo, Vico Concordia 16. Fünf lebende Kinder, drei Jungen, zwei Mädchen. Der älteste, Luca, ebenfalls Polizist, ist vor dreieinhalb Jahren im Dienst gestorben, während eines Einsatzes. Das tut mir sehr leid, mein Beileid. Schwächen: Isst gern und viel und trinkt maßvoll. Hier steht auch noch, Sie unterhalten eine Freundschaft zu einer Frau im Vico del Fico, der im Frühling dieses Jahres übel mitgespielt wurde – nun ja, aber eben nur eine Freundschaft.

Maione war sprachlos. Er schaute den Konsul mit weit auf-

gerissenen Augen an und atmete schwer. Der Mann fuhr fort:

– Sie sind der Lieblingskollege, der einzige, wie's scheint, von Kommissar Luigi Alfredo Ricciardi, einunddreißig Jahre alt, aus Fortino in der Provinz Salerno nahe der Lucania. Ihre Daten, Commissario, sind noch interessanter. Sie sind reich, sehr reich. Aber um Ihr Vermögen, Ihre Ländereien, Häuser und Grundstücke in Ihrem Geburtsort kümmert sich Rosa Vaglio, Ihre Kinderfrau, die bei Ihnen lebt. Trotzdem werden Sie von ein paar Gutsverwaltern beklaut – die gute Frau kann nicht alles mitbekommen. Ich habe die Namen hier, wenn Sie wollen, kann ich sie Ihnen geben.

Ricciardi sah ihm in die Augen, völlig ausdruckslos, seine Hände umfassten die Armlehnen des Stuhls. Freda fuhr fort:

– Brillante Ermittlungserfolge, kein Vermerk über Freundschaften mit Kollegen, man mag Sie nicht besonders, wie's scheint, mit Ausnahme des hier anwesenden Brigadiere Maione. Keinerlei Karriereabsichten, sehr zur Freude Ihres Vorgesetzten, Vizepräsident Garzo, eines ziemlichen Versagers.

Maione, der sich allmählich erholte, brummelte:

– Steht das auch da?

– Auch das, ja. Dann wäre da auch noch die Freundschaft … Hingabe wohl eher … der Signora Lucani Vezzi, einer Freundin der Familie Mussolini, ehemals Opernsängerin. Das hilft Ihnen, im Gegensatz zu Ihrer Freundschaft (hier sogar rot unterstrichen) zu Doktor Bruno Modo, der im Verdacht steht, ein militanter Antifaschist zu sein, aber dennoch ein verdienter Arzt im Pilgerkrankenhaus. Positiv hervorzuheben die Lösung berühmter Fälle, wie die Morde an dem Tenor Vezzi, dem Ehemann der oben genannten Signora, an der Herzogin Musso di Camparino et cetera. Alles richtig, nehme ich an?

Ricciardis Antwort erfolgte prompt:

– Wozu diese Flut von Informationen? Was möchten Sie uns damit sagen?

Freda hielt seinem Blick lange stand, dann antwortete er:

– Dieser Bericht, an mich persönlich adressiert, wurde von einem dunkel gekleideten Herrn vor etwa einer Stunde abgegeben. Er sagte dem Soldaten an der Pforte, dass Sie binnen vierzig Minuten hier eintreffen würden, und Sie sind genau achtunddreißig Minuten nach Ablieferung des Dokuments angekommen. Mündlich hat der Mann deutlich gemacht, es sei besser, Sie sofort zu empfangen. So machen sie es jedes Mal, etwa um auf eine zu überprüfende Rechtswidrigkeit hinzuweisen oder wenn wir ein augenscheinlich legales, aber nicht ganz koscheres Geschäft verfolgen sollen. In anderen Fällen sollen wir nur eine Durchfahrt oder eine Warenbewegung erfassen, den Namen einer Person melden, die zu einem bestimmten Ziel aufbricht, oder von jemandem, der den Hafen passiert.

Maione war bestürzt:

– Und die sagen Ihnen nicht mal den Grund? Wer sind die denn? Diese Leute, die über jeden Bescheid wissen?

– Explizit hat mir das nie jemand gesagt, Brigadiere. Weder mir noch den übrigen Oberbefehlshabern. Offiziell gibt es sie nicht und wird es sie nie geben, in Wahrheit aber halten sie sehr viele Fäden in der Hand. Commissario, ich wollte Ihnen nur klarmachen, dass dieser Mord, der sich hier in unserem Haus ereignet hat, noch viel schlimmer ist, als es scheint. Weil diese Tat sich im Grunde gegen unsere Uniform richtet und damit gegen das Regime, das sie repräsentiert.

Ricciardi blieb hartnäckig:

– Und was soll das heißen? Inwiefern sollte das Wesen des Verbrechens unsere Ermittlungen beeinflussen?

Freda spielte mit seinen Augengläsern und antwortete schließlich:

– Falls das Verbrechen, wie wir glauben, mit Garofalos Arbeit zusammenhängt, der Ausübung seiner Funktion, so ersuche ich Sie, es uns mitzuteilen. Damit wir die Chance haben, die Dinge in Ordnung zu bringen, und nach außen nicht der Eindruck entsteht, es gäbe Schwachstellen in unserer Handlungsfähigkeit. Denn das wäre desaströs.

Ricciardi schüttelte den Kopf:

– Und was würden Sie dann tun, Herr Konsul? Sollen wir Ihnen oder dem dunkel gekleideten Herrn, der Ihnen die Depeschen bringt, die Chance geben, der Justiz zuvorzukommen und einen Prozess zu verhindern, der einen öffentlichen Tumult auslösen könnte?

Freda schlug ganz plötzlich mit der Faust auf den Tisch, womit er Schreibfedern und Tintenfass zum Klirren brachte. Maione machte einen kleinen Satz auf dem Stuhl, Ricciardi zuckte wie üblich nicht mit der Wimper.

– Sie wollen also nicht verstehen! Dann erkläre ich es Ihnen: Das hier ist der wichtigste Anlaufhafen der Nation, der verkehrsreichste in Bezug auf Passagiere und Waren. Wir kontrollieren die Landungsstege, die Lager, den Wasserspiegel des angrenzenden Wassers, die ein- und ausfahrenden Dampfer. Wir kontrollieren alle Materialien vor der Einschiffung, einschließlich der Eisenbahnwaggons. Wir führen Aufsicht über die Besatzungen und Passagiere und tragen zur öffentlichen Sicherheit bei der Ein- und Ausschiffung bei. Wir sind für alle Ausländer der erste Kontakt mit den Streitkräften der Nation und der letzte, wenn sie wieder abreisen. Die Ermordung eines unserer Offiziere ist kein Straßendelikt, sondern ein Staatsproblem!

Ricciardi änderte seinen Ton nicht:

– Und was heißt das? Für uns ist jeder Ermordete etwas sehr Schlimmes. Jedes Mordopfer schreit nach Gerechtigkeit und gebietet uns, die Dinge in Ordnung zu bringen. Wenn Sie uns loswerden wollen, brauchen Sie bloß in Rom anzurufen und die Ermittlungen der Militärpolizei überantworten zu lassen. Warum tun Sie das nicht?

Freda hatte seine Selbstsicherheit verloren.

– Sie wissen nur zu gut, dass das nicht möglich ist! – Er errötete. – Auf dem Papier sind meine Männer Freiwillige, die Zivilisten gleichstehen. Die Partei hat sich so entschieden, um nicht an die Regeln für die Rekrutierung des Heeres und der Marine gebunden zu sein. Außerdem wurde Garofalo nicht in der Kaserne getötet, sondern bei sich zu Hause in seinem Bett. Das entzieht den Mord vollkommen unserer Gerichtsbarkeit, zum Teufel!

Ricciardi wollte gerne etwas versöhnlicher sein. Schließlich war der Konsul ihnen gegenüber sehr offen gewesen, als er ihnen seine eigene schwierige Position darlegte.

– Seien Sie unbesorgt. Ich versichere Ihnen, dass Sie umgehend benachrichtigt werden, falls und sobald wir die Schuldigen fassen, Sie haben mein Wort. Aber erst nach der Festnahme, wohlgemerkt, nicht eher. Ich möchte keinen Schuldigen vorfinden, der Selbstmord begangen hat. Danach klären Sie die Angelegenheit mit der Führungsspitze des Präsidiums; wie ich die kenne, werden Sie zweifellos zu einer Einigung gelangen. Die Mitteilungen an die Presse und an die Öffentlichkeit interessieren mich nicht.

Maione warf ihm einen überraschten Blick zu. Er war schon daran gewöhnt, die Strategien des Kommissars nicht augenblicklich zu verstehen, aber diese hier erschien ihm zu weit weg von dessen Grundsätzen, die er kannte und teilte. Man stelle sich das nur vor: Garzo würde sein Glück kaum fassen können und die Mörder ohne Weiteres der Geheimpolizei oder wem auch immer übergeben, solange jemand Höherstehendes ihm dafür auf die Schulter klopfte. Mit besten Grüßen an die Justiz.

Der Konsul nickte langsam; Ricciardis Vorschlag erschien ihm akzeptabel.

– In Ordnung. Aber ich warne Sie, Ricciardi, werden Sie nicht wortbrüchig. Hier steht, Sie seien ein Ehrenmann, aber die Sache ist zu wichtig für unsere Legion; denken Sie daran, dass wir nichts dem Zufall überlassen, damit unsere Funktion keinen Schaden nimmt.

Ricciardi nickte.

– Gut. Dann sind wir uns einig. Wir möchten allerdings vollkommene Bewegungsfreiheit innerhalb Ihrer Organisation. Wir müssen mit Garofalos Kollegen sprechen und mit jemandem, der seinen beruflichen Werdegang kennt, weiß, wie er Karriere gemacht hat, wie seine Vergangenheit aussah. Uns interessiert, mit wem er sprach, wem er sich anvertraute, auch was für Untersuchungen er durchführte oder womit er in diesen Tagen beschäftigt war.

Freda stand auf.

– Ja, natürlich. Ich rufe Ihnen sofort die Person, die Sie zu Garofalos Büro begleiten und all Ihre Fragen beantworten kann. Ich selbst hatte leider nicht oft mit ihm direkt zu tun. Um die Wahrheit zu sagen, gefiel er mir nicht besonders. Ich fand ihn zu honigsüß und unterwürfig, solche Typen sind immer gefährlich. Auch seine Beförderung … Aber dazu wird

Senior Spasiano, Garofalos direkter Vorgesetzter, Ihnen mehr sagen können. Ich werde ihn sofort herbestellen, Sie können gerne hier warten.

Ricciardi stand ebenfalls auf.

– Danke, Herr Konsul. Wir warten draußen, wir möchten Sie nicht länger stören.

Sie verabschiedeten sich, doch im Hinausgehen zögerte Ricciardi und fragte:

– Verzeihen Sie, eine letzte Sache noch: Warum hängt der heilige Sebastian in Ihrem Büro?

Der Konsul, bereits mit der Sprechanlage beschäftigt, schien überrascht über die Frage. Dann drehte er sich um und betrachtete das Bild, als würde er es zum ersten Mal sehen.

– Ach, der? Er ist der Schutzpatron der freiwilligen nationalen Miliz. Weiß der Himmel, warum.

XVI

Sobald sie draußen im Flur allein waren, platzte es aus Maione heraus:

– Commissario, das müssen Sie mir jetzt wirklich erklären, – zischte er und beobachtete dabei aus den Augenwinkeln den Amtsgehilfen, der in drei Metern Entfernung hinter dem Schreibtisch strammstand. – Warum haben Sie versprochen, dass wir diese Fanatiker benachrichtigen, wenn wir die Mörder fassen? Ebenso gut könnten wir sie anrufen, sobald wir einen Verdächtigen haben, dann sparen wir uns die Mühe und die Gefahren der Festnahme. Vielleicht war's ja sogar einer von ihnen, da können sie die Sache unter sich ausmachen.

Ricciardi verzog das Gesicht.

– Sieh mal, Raffaele, ich hatte nicht viel Zeit zum Nachdenken. Ich habe überlegt, dass, wenn ich Nein sage, was mein

erster Reflex gewesen wäre, sie uns augenblicklich von den Ermittlungen abziehen und vielleicht irgendein Unschuldiger dran glauben muss. Diese Typen sind nicht zimperlich, beim kleinsten Verdacht ziehen sie die Leute aus dem Verkehr und keiner weiß, was sie mit ihnen anstellen. Also war es besser, das Versprechen abzugeben, vielleicht können wir so herausfinden, was passiert ist und wer es war. Überleg doch mal: Nach der Festnahme sind wir beide nicht mehr zuständig. Glaubst du denn, dass einer wie Garzo nicht sofort alles daransetzen wird, diese Irren glücklich zu machen?

Maione schüttelte den großen Kopf, noch nicht ganz überzeugt.

– Also, ich weiß nicht, Commissario. Ihre Argumentation klingt schlüssig, muss ich zugeben, aber mir gefällt's trotzdem nicht, Abmachungen mit diesen Leuten zu treffen. Sie machen mir Angst. Haben Sie gehört, was die alles über uns wussten? Sogar die Sache mit Filomena – viel hätte ja nicht gefehlt, damit sie aus ihr meine Geliebte machen. Und Ihre Vermögensverhältnisse kannten sie, Ihre Kinderfrau. Diese miesen kleinen Spitzel!

Ricciardi seufzte.

– Sie müssen ein gigantisches Netz von Informanten haben, sogar jemanden im Präsidium. Woher hätten sie sonst wissen sollen, dass wir auf dem Weg hierher waren?

Die Frage blieb unbeantwortet, denn der schroffe Klang zusammenschlagender Absätze nur wenige Zentimeter von ihnen entfernt ließ sie zusammenzucken.

– Senior Renato Spasiano, zu Ihren Diensten. Der Konsul hat mich beauftragt, Sie ins Büro von Zenturio Garofalo zu führen und Ihre Fragen zu beantworten. Bitte folgen Sie mir.

Und schon setzte er sich, wie sollte es anders sein, im Laufschritt in Bewegung. Maione verdrehte die Augen.

Garofalos Büro befand sich im zweiten und letzten Stock der Kaserne. Es blickte zu der Seite, die den Landungsstegen gegenüberlag, auf ein tristes Panorama aus blinden Gleisen und verlassenen Waggons. Allerdings hörte man auf dieser Seite die Geräusche des Hafens und der Straße nur gedämpft.

Am Schreibtisch saß ein anderer Offizier, der beim Eintritt von Senior Spasiano blitzschnell aufsprang und zeitgleich zum römischen Gruß wie üblich perfekt die Hacken zusammenschlug.

– Das ist Manipelführer Criscuolo. Er überprüft die Vorgänge, die Zenturio Garofalo in Arbeit hatte, auf eventuell dringende Fälle. Criscuolo, sprechen Sie bitte ganz offen. Die Herren sind vom mobilen Einsatzkommando und untersuchen den Unfall.

Unfall, na klar, dachte Maione. Von wegen Unfall! Garofalo ist aus Versehen in ein Messer gerannt – dummerweise gleich dreißig Mal.

Criscuolo, ein großer, kräftiger Mann mit einem lächerlich dünnen schwarzen Schnurrbart, antwortete:

– Ich habe alle Unterlagen zu den laufenden Vorgängen durchgesehen. Wie Sie wissen, kümmerte sich Zenturio Garofalo um die Kontrolle der Kleinfischerei an der bewohnten Küste, einem Gebiet, das sich vom Hafen bis zur Nisida-Insel erstreckt. Die Papiere enthalten die Berichte der Inspektionen bis zu diesem Monat, wie vorgeschrieben mit Angabe der Fangmengen und der kontrollierten Fischfanggebiete. Außerdem die Aufstellungen der Ausrüstung der einzelnen Boote und die

Protokolle der Sitzungen der Bezirkskommission. Wenn ich

nichts übersehen habe, gibt es derzeit keine zu meldenden Verstöße.

Ricciardi unterbrach den Mann, während Maione fasziniert die Bewegungen des kleinen Schnurrbarts von Manipelführer Criscuolo beobachtete, die anscheinend unabhängig von seiner Oberlippe erfolgten.

– Bitte entschuldigen Sie, was meinen Sie mit »derzeit keine zu meldenden Verstöße«?

Spasiano erklärte es:

– Wie Sie vielleicht wissen, übt die Legion zahlreiche Aufgaben aus, unter anderem die Kontrolle des Fischfangs. Es gibt zum einen die großen Fischkutter mit großer Besatzung. Diese sind aufgrund ihrer Ausmaße hier im Hafen tätig, an den ihnen zugewiesenen Molen. Und zum anderen gibt es die kleinen, die Familienboote sozusagen, die an den Stränden der Vorstadtviertel anlegen, unterhalb des Kastell dell'Ovo, in Mergellina, Bagnoli et cetera. Zenturio Garofalo war zur Kontrolle dieser kleinen Boote abgestellt. Der Manipelführer, der mit ihm zusammenarbeitete, hat sichergestellt, dass der Zenturio keine offenen Vorgänge hatte, also festgestellte, aber noch nicht gemeldete Verstöße. Es gilt schnell zu reagieren, um zu verhindern, dass jemand, der rechtswidrig gehandelt hat, Abhilfe schafft und sich auf diese Weise einer Untersuchung entzieht.

Ricciardi nickte nachdenklich.

– Verstehe. Und hat Zenturio Garofalo kürzlich irgendeinen schweren Verstoß gemeldet, in dessen Folge eine Maßnahme gegen jemanden in Gang gesetzt wurde?

Spasiano gab die Frage durch ein Zeichen an Criscuolo weiter. Criscuolos Schnurrbart zuckte über der unbeweglichen Lippe wie die Schnurrhaare einer Katze.

– Nein, Commissario. Ein paar kleinere Sachen, wie sie immer vorkommen: irreguläre Netze, kleinere Übertretungen der Grenzen privater Gewässer. Leichte Ordnungswidrigkeiten. Der Zenturio wurde sehr geschätzt und war bekannt für seine Korrektheit; die Fischer wussten das und passten sich an.

Ricciardi wandte sich erneut an Spasiano:

– Der Konsul hat vorhin Garofalos Beförderung zum Zenturio erwähnt, genauer gesagt die Umstände, unter denen diese erfolgte. Was können Sie mir dazu sagen?

Spasiano traf diese Frage unvorbereitet. Er sah Criscuolo an, der mit Ausnahme eines Zuckens der Barthaare keine Miene verzog. Sodann errötete er, öffnete den Mund und schloss ihn wieder. Ricciardi wollte ihm zu Hilfe kommen.

– Der Konsul sagte mir, ich könne Sie alles fragen, was mir erforderlich erscheint. Sollte das ein Problem sein, können wir gerne zu ihm zurückgehen.

Maione lächelte honigsüß. Niemand außer Ricciardi verstand sich so gut darauf, in die Schwachstellen der Bürokratie einzudringen. Spasiano blinzelte und gab sofort nach.

– Garofalo war Zweiter Manipelführer. Der entsprechende militärische Dienstgrad ist Leutnant. Das bedeutet, dass er mit einem Vorgesetzten arbeitete, einem Offizier, der einem bestimmten Bereich vorstand, also einem bestimmten Kontrollsektor.

Er hielt inne und betrachtete seine Stiefelspitzen. Ricciardi und Maione warteten. Criscuolo verschob ein Blatt Papier auf dem Schreibtisch des Verstorbenen. Draußen ertönte der düstere Klang einer Sirene, den der immer stärker werdende Wind hertrug. Spasiano nahm seine Erzählung wieder auf:

– Der Offizier war Manipelführer Antonio Lomunno, einer der Jüngsten seines Dienstgrades mit guten Aussichten auf eine Beförderung. Der Kontrollsektor, dem er vorstand, war der Schmuggel, eine wahre Plage, vor allem, was Tabak, Gewürze und Kaffee betrifft. Sie arbeiteten gut, hatten verschiedene Händel auffliegen lassen.

Es folgte erneutes Schweigen. Diesmal hörte man Criscuolo seufzen. Maione entging nicht, dass auch sein Schnurrbart wieder zuckte. Dem Senior fiel das Weitersprechen ganz offensichtlich nicht leicht. Seine Stimme wurde leiser:

– Eines Tages klopft Garofalo an die Tür des Konsuls, ohne sich vom Amtsgehilfen melden zu lassen. Er sagt, er habe etwas aufzuzeigen und könne das nur im Beisein des höchsten Diensthabenden der Legion tun. Der Konsul ruft mich, um mit dabei zu sein und die Gehorsamsverweigerung gegebenenfalls bezeugen zu können. Garofalo meldet, einen wichtigen Fall von Kaffeeschmuggel entdeckt zu haben, der seit mehreren Monaten, eventuell schon Jahre andauere. Er sagt, er habe seinen Vorgesetzten, Lomunno, über diese Entdeckung informiert, sei von ihm aber aufgefordert worden zu schweigen.

Maione fiel auf, dass Criscuolo Spasiano vorwurfsvoll anstarrte.

Ricciardi fragte:

– Und warum sollte Lomunno Garofalo zu schweigen befohlen haben?

Spasiano fuhr fort:

– Eben. Der Konsul stellte dieselbe Frage. Garofalo berichtete, sein Vorgesetzter habe ihm sogar Disziplinarmaßnahmen angedroht, wenn er reden würde, und sagte, er habe den Grund dafür zunächst nicht verstanden. Er erzählte, später habe er einige der Schmuggler festgenommen und einer von ihnen habe ihm, um freigelassen zu werden, gestanden, er zahle Lomunno jeden Monat einen festen Betrag, damit er seinen Geschäften weiter frei nachgehen könne.

Criscuolo seufzte erneut. Maione fragte:

– Konnte Garofalo das denn beweisen? Oder reicht's schon, einen bloß zu beschuldigen, einfach so von heute auf morgen?

Spasiano antwortete:

– Selbstverständlich war es so, Brigadiere. Wir sind keine Wilden. Im Übrigen war Lomunnos dienstlicher Werdegang tadellos, ich hab's ja schon erwähnt, er war einer der besten Offiziere der Legion, erfahren und tüchtig, sehr intelligent und scharfsinnig. Doch Garofalo meinte, der Schmuggler, der allerdings anonym bleiben wollte, habe ihm den genauen Tag genannt, an dem er Lomunno die monatliche Summe zahlen würde, und dieser Tag war eben jener. Garofalo forderte uns auf, den Offizier zu durchsuchen, der gerade von einer Inspektion zurück in die Kaserne gekommen war.

Maione war erstaunt.

– Und Sie haben ihm geglaubt?

Spasiano zuckte mit den Schultern.

– Was hätten wir tun sollen? Der Konsul sagte zu Garofalo, falls die Anschuldigungen sich als unbegründet erweisen sollten, würde er zur Strafe unehrenhaft aus dem Korps entlassen und habe auch mit einer Anklage wegen Verleumdung eines Offiziers der freiwilligen nationalen Miliz zu rechnen.

– Was hat er darauf geantwortet? – wollte Maione wissen.

– Er fragte: Und wenn es stimmt? Was wäre dann mein Lohn?

Criscuolo schnaubte. Dann fragte er:

– Kann ich gehen? Ich mache später weiter, dann können Sie …

– Nein, bleib bitte, Criscuolo, – antwortete Spasiano, – es ist besser, wenn noch jemand anderes hört, was ich erzähle. Die Order stammt vom Konsul, aber es handelt sich nichtsdestoweniger um vertrauliche Informationen.

– Zu Befehl.

Ricciardi hatte den Wortwechsel aufmerksam verfolgt. Anscheinend war es Criscuolo unangenehm, einer Geschichte zuzuhören, die er doch eigentlich genau kennen musste. Spasiano sprach weiter:

– Wir waren dermaßen überzeugt davon, dass es sich um üble Nachrede handelte, dass der Konsul in meinem Beisein sagte: Sollte deine Behauptung stimmen, hätte Lomunno mit der Höchststrafe zu rechnen. Korruption ist ein Krebsgeschwür, das die Legion sich nicht leisten kann. Du hingegen würdest befördert werden, weil du den Mut hattest, … einen nichtswürdigen Kollegen anzuzeigen.

Ein kalter Nieselregen hatte zu fallen begonnen und sprenkelte die Fensterscheiben.

– Und wie ging's aus? – fragte Maione, vor allem, um das Schweigen zu brechen.

– Man fand Lomunno in seinem Büro mit einer großen Summe Bargeld bei sich. Er war nicht in der Lage zu erklären, woher die Scheine kamen, und wurde verhaftet. Garofalos Zeugenaussage war entscheidend, Lomunno wurde unehrenhaft aus der Miliz entlassen und saß anderthalb Jahre im Gefängnis.

Ricciardi hatte aufmerksam zugehört.

– Mit anderen Worten: Garofalo hat seinen Vorgesetzten ruiniert und dessen Platz eingenommen.

– Mehr noch. Er bekam den Posten, zu dem Lomunno befördert werden sollte, wurde also Zenturio. In Armeegraden gesprochen wurde er vom Leutnant übergangslos direkt zum Hauptmann, ohne die für jeden Dienstgrad vorgesehene Mindestdienstzeit einzuhalten. So etwas hatte es noch nie gegeben.

Maione traute seinen Ohren nicht.

– Ich bin mir nicht sicher, ob ich richtig verstanden habe. Was sagte Lomunno dazu?

– Er beteuerte natürlich seine Intergrität, wollte die Herkunft des Geldes aber nicht offenlegen. Es gehöre ihm, sagte er. Er habe es sein Leben lang gespart, um sich endlich ein Haus kaufen zu können.

– Ja, aber stand denn sein Wort somit nicht gegen das von Garofalo?

– Doch, aber niemand läuft mit fast zehntausend Lire in bar herum. Im Korps reicht außerdem wesentlich weniger für ein Disziplinarverfahren aus. Als einige unserer Offiziere seine Frau befragten, wusste sie nichts von dem Geld. Das galt als weiterer Beweis.

Ricciardi fixierte Spasiano.

– Da ist noch etwas, nicht? Die Geschichte geht noch weiter.

Spasiano schaute zu Criscuolo, der seinerseits den Boden anstarrte. Maione kam es vor, als ballte er die Hände zu Fäusten.

– Während Lomunnos Haft hat seine Frau sich umgebracht. Sie ist vom Balkon ihrer Wohnung gesprungen, an dem Tag, als man sie dort rausgeworfen hat. Die beiden Kinder hat eine Nachbarin zu sich genommen, bis zu seiner Entlassung.

Wind und Regen schlugen gegen das Fenster, man hörte das Grollen des Meeres. Ricciardi dachte, dass wie immer die Unschuldigen den Preis zahlten.

– Was ist aus ihnen geworden?

Spasiano zuckte mit den Schultern.

– Das alles ist vor etwa drei Jahren passiert. Wir wissen nichts Aktuelles. Auch weil wir uns, wie ich zugeben muss, nicht gern an die Sache erinnern, und zwar aus verschiedenen Gründen. In erster Linie ist es unschön, Lomunno völlig falsch eingeschätzt zu haben, denn er hatte einen sehr guten Ruf in der Kaserne. Außerdem wollen wir nicht wahrhaben, dass einer unserer besten Offiziere in Wahrheit korrupt war. Aber vor allem, auch wenn ich das außerhalb dieser vier Wände nie zugeben würde, gefällt uns nicht, wie die Geschichte ausgegangen ist.

Maione unterbrach ihn.

– Und für Lomunnos Familie, haben Sie da nichts getan? Wie sind seine Frau und die Kinder klargekommen, als er im Gefängnis war?

Er hatte den richtigen Nerv getroffen. Criscuolos Kopf schnellte in die Höhe, er schickte sich an zu sprechen, starrte dann aber wieder zu Boden. Spasiano antwortete:

– Nein. Wir hatten das Gefühl, es mit Pestkranken zu tun zu haben. Niemand von uns hat den Mut gehabt, ihnen zu helfen. Wir sind alle ein bisschen mitschuldig an dem, was passiert ist.

Mit der üblichen nüchternen Bewegung seiner schmalen Hand strich sich Ricciardi die Haarsträhne aus der Stirn. Dann fragte er:

– Und wo ist er jetzt, Lomunno mit seinen Kindern?

XVII

Der Kleine merkte es, trotz Wind und Regen und dem unablässigen Grollen des Meeres.

– Papa, hör doch! Jemand klopft an die Tür.

Der Mann hielt inne, legte Holz und Messer beiseite und ging aufmachen. Als er sah, wer es war, drehte er sich um und ging zum Tisch zurück, ließ aber offen.

Der Gast schloss die Tür hinter sich. Er sah sich um.

– Hier drinnen ist's ja kälter als draußen. Merkst du nicht, was für ein Hundewetter wir haben?

Der Mann hatte wieder zu schnitzen begonnen.

– Ist eben eine Bruchbude. Furchtbar zugig, der Wind dringt durchs Holz und die Glut verlöscht schnell. Was willst du? Wenn dir kalt ist, geh zurück nach Haus', ins Warme. Und nimm auch dein Gewissen mit.

Der Gast öffnete eine Tasche und zog daraus ein paar Kleidungsstücke hervor, die er dem Mädchen gab.

– Da, nimm, Adelina, der rote ist für dich, ein schöner dicker Pullover. Der blaue müsste Vittorios Größe haben, schau mal, ob er ihm passt. Hier sind auch zwei Wollmützen, meine Frau hat sie gestrickt, und zwei Schals. Die halten euch schön warm.

Der Schnitzende hob kaum den Blick von seinem Stück Holz.

– Warum bist du hier, hab' ich dich vielleicht um was gebeten? Als meine Frau dich brauchte oder irgendjemand anderen meiner sogenannten Freunde, wo warst du da? Und als sie beschloss, sich …

Der andere unterbrach ihn harsch, wobei er zu den Kindern sah.

– Antonio, bitte! Es reicht! Bist du verrückt geworden? Vor den Kindern!

– Und wenn schon, hat sie's nicht auch vor ihnen getan? Nicht mal sie hat ihrem Mann geglaubt. Auch sie hatte nicht die Kraft, mir dabei zu helfen zu beweisen, dass ich die Wahrheit gesagt hatte.

– Jetzt hör mir gut zu, Antonio. Du sitzt ernsthaft in der Klemme. Heute waren zwei Polizisten bei uns, ein Kommissar und ein Brigadiere. Spasiano hat Befehl erhalten, ihnen die komplette Geschichte zu erzählen.

– Bist du sicher?

– Natürlich, ich war ja dabei. Die beiden haben zugehört und zum Schluss sofort gefragt, ob wir wissen, wo du wohnst.

Antonio Lomunno knallte das Messer auf den Tisch. Das Mädchen, das mit einem Holzlöffel in einem Topf auf dem Herd rührte, zuckte zusammen.

– Verflucht! Wird diese Geschichte denn nie ein Ende haben?

Criscuolo tat einen Schritt in seine Richtung.

– Du kannst doch sagen, du warst auf dem Meer, als es passiert ist. Du kannst sagen, du warst auf dem Fischkutter oder du sagst ...

– Was heißt »du kannst sagen«? Du denkst also, dass ich es gewesen bin! Begreifst du nicht, dass, wenn ich das gewollt hätte ...

Er sah kurz zu seinem Sohn, der ihn mit offenem Mund anstarrte.

– ... dann hätte ich es damals getan, sofort und vor allen. Dieser feige Bastard. Ich hätte es schon damals getan und gut' Nacht.

Criscuolo fasste ihn am Arm und zischte:

– Sag das nicht, nicht einmal im Scherz. Du wärst nicht der,

der du bist, wenn du's getan hättest. Außerdem haben wir Maria geholfen, zwar nicht viel, aber trotzdem, während du gesessen hast. Mehr konnten wir nicht tun, du weißt, wie's ist. Wenn sie uns gesehen hätten – denn sie überwachten sie –, wären wir als Komplizen dran gewesen und geendet wie du. Auch wir hatten und haben ja Familie.

Lomunno sah ihn zähneknirschend an, die Augen voller Tränen:

– Und habt sie immer noch ... Stattdessen habe ich hier ein armes Ding von zwölf Jahren, dass seinem achtjährigen Brüderchen die Mutter ersetzen muss, während der Vater aufs Meer rausfährt. Und wozu? Für eine Hand voll muffigem Mehl und ein bisschen gestohlenen Fisch. Das ist meine Familie.

– Ganz genau, das ist deine Familie. Also sorge für sie, anstatt dir das Gehirn wegzusaufen. Vor allem musst du frei bleiben, was soll sonst aus den Kindern werden?

Lomunno ließ sich auf den Stuhl fallen.

– Na gut. Dann sag mir, was ich deiner Meinung nach tun soll.

Criscuolo sagte es ihm.

Als er fertig war, verbarg Lomunno sein Gesicht in den Händen.

– Weißt du, was du da von mir verlangst? Dasselbe zu tun, was er mir angetan hat.

Criscuolo, der neben ihm saß, nahm seine Hand.

– Nein, Antonio, nein. Das ist nicht dasselbe. Er hat gelogen und du nicht. Vielleicht wird's auch gar nicht nötig sein. Oder sie waren's nicht und können es beweisen, dann passiert niemandem was. So lange bist du sie aber wenigstens los.

– Ich weiß nicht, ob ich's schaffe. Ich weiß es wirklich nicht.

– Du musst es schaffen, Antonio. Ihnen zuliebe, für deine Kinder. Und im Andenken an Maria, die zerbrechlich war und es nicht geschafft hat.

Als er aufbrechen wollte, fiel sein Blick auf das Stück Holz, an dem Lomunno arbeitete, und er erkannte die Krippe, die dieser gerade baute.

– Du machst eine Krippe, was? Sehr gut, dann wissen die Kinder wenigstens, dass Weihnachten ist. In ein paar Tagen komm ich wieder und bring euch was Gutes zu essen für Heiligabend. Macht's gut, Kinder, gebt mir einen Kuss.

Im Hinausgehen hörte er, wie Lomunno nach ihm rief:

– Pasquale …

– Was ist, Antonio?

Die Augen des Freundes glänzten im Halbdunkel der Baracke. Sein Mund ging auf und wieder zu. Es war schwer, jemandem zu danken, den man offiziell nicht einmal gern hat.

Letztendlich sagte Antonio:

– Rasier dir diesen Schnurrbart ab. Es sieht lächerlich aus.

Criscuolo lächelte und ließ die Haare nach aller Kunst vibrieren.

– Ach was, du bist ja bloß neidisch …

Dann ging er.

Als Ricciardi und Maione die Kaserne verließen, war es Abend geworden. Es regnete nicht mehr, doch der Wind blies ihnen umso stärker um die Ohren. Beide Männer stellten ihre Mantelkrägen hoch.

Der Brigadiere zog seine Handschuhe über und schlug die Hände zusammen.

– Meine Güte, ist das kalt. Aber was wär' das sonst auch für ein Weihnachten? Na, heute haben wir ja so einiges über diesen Garofalo erfahren.

Ricciardi, dessen Haare vom Wind verweht wurden, antwortete nachdenklich:

– Auch über uns selbst, wie's scheint.

Maione stimmte ihm zu:

– Und manch einer behauptet immer noch, es gäbe keine Geheimpolizei. Erschreckend.

– Eben weil es sie gibt, konnte Lomunno so leicht zugrunde gerichtet werden. Die Miliz ist die Partei, die können sich nicht mal den Anflug eines Skandals leisten. Natürlich hat Garofalo hoch gewettet; hätten sie seine Anschuldigungen nicht überprüft, wäre ihm das sehr schlecht bekommen.

Ricciardi lief inzwischen zügig in Richtung Polizeipräsidium.

– Also musste er sich sicher sein. Seinem Kollegen hat er jedenfalls nicht bloß die Karriere, sondern auch das Leben zerstört. Denk nur an die Frau, die sich in den Tod stürzt aus Verzweiflung darüber, alles verloren zu haben: die Wohnung, ihren Mann, ihre Würde.

Maione stieß hinter Ricciardi schnaufend Dampf aus, wie eine kleine Lokomotive.

– Sie haben recht, Commissario, man kann jemandem das Leben stehlen, seine Träume und Hoffnungen. Das ist überhaupt das größte Verbrechen: der Raub der Hoffnung.

Ricciardi warf dem Arbeiter, der unter der letzten Last des Tages zerquetscht worden war, einen schiefen Blick zu. Er war allein auf dem Kai zurückgeblieben, von den Lebenden verlassen, die nach Hause gegangen waren.

– Die Hoffnung mag zwar zuletzt sterben, doch irgendwann

stirbt auch sie. Immerhin kennen wir am Ende des ersten Er-

mittlungstages nicht nur den Namen von Antonio Lomunno, der erst bei der Miliz und dann im Knast war.

– Ach nein, Commissario? Was wissen wir denn sonst noch?

Ricciardi starrte gedankenversunken nach vorne, der Wind blies ihm in den Rücken.

– Wir haben den heiligen Josef und den heiligen Sebastian.

– Auch den heiligen Gennaro, falls noch Bedarf ist ... Aber inwiefern?

– Die zerbrochene Josefsfigur: Wenn das Absicht war, hatte es einen Grund. Wir müssen dahinterkommen, was dieser Grund gewesen sein könnte. Auf den heiligen Sebastian bin ich selbst gekommen und will sehen, ob ich mit meiner Idee richtig liege. Wir sollten allerdings ein paar Leute fragen, die sich damit auskennen, denn von Heiligen haben weder du noch ich viel Ahnung.

Maione dachte eine Weile nach, denn sagte er:

– Spontan fällt mir nur ein einziger Experte auf diesem Gebiet ein: Don Pierino von der Pfarrei San Ferdinando.

– An ihn hab' ich auch gedacht. Vielleicht geh' ich morgen kurz zu ihm; er kann mir allerdings nur bei Josef weiterhelfen. Für den heiligen Sebastian brauche ich noch einen anderen Experten: Doktor Modo.

Maione brach in Gelächter aus.

– Was, den? Von Heiligen weiß der ja noch weniger als wir, außer beim Fluchen natürlich, da scheint er mir so einige zu kennen, wenn ich mich nicht irre. Aber ich treffe ihn natürlich gern.

– Nein, – erwiderte Ricciardi. Sie waren inzwischen im Hof des Präsidiums angelangt und endlich nicht mehr dem schneidenden Nordwind ausgesetzt. – Ich geh' hin, sowohl zu Don Pierino als auch zu Modo. Du kannst mir allerdings den Gefallen tun und morgen deinen Informanten besuchen, unseren guten alten Bambinella; er soll mal herumfragen, was die Leute über Lomunno und Garofalo wissen. Vielleicht war diese ganze Ehrbarkeit nur ein schöner Schein.

Maione dachte kurz nach. Dann sagte er:

– Zu Befehl, Commissario. Bambinella fange ich am besten frühmorgens oder spätabends ab, sonst ist er meistens unterwegs. Wenn Sie wollen, geh' ich jetzt gleich zu ihm.

– Nein, es ist schon spät, außerdem war's ein anstrengender Tag. Geh doch kurz hoch und unterschreib die Protokolle und dann geh nach Hause, es ist bald Weihnachten.

– Richtig, die Krippe ist auch noch nicht fertig. Wie auch? Bei uns ist's Tradition, dass ich sie mache, aber ich hab' nie Zeit. Ich weiß noch, dass Luca, als er klein war, mir immer unbedingt helfen wollte. Manchmal kommt's mir vor, als ob er noch daneben stehen würde, wissen Sie. Na ja, reden wir lieber nicht davon, es ist zu traurig. Danke, Commissario, wir sehen uns also morgen.

XVIII

Weihnachten ist ein Gefühl.

Es kann ein ganzes Jahr lang andauern, in froher Erwartung eines Geschenks, eines Kusses, eines im Kerzenschein auf der Zunge zergehenden Gebäcks.

Es schmeckt nach Zimt und Mandeln, nach Zuckerperlen und Hühnerbrühe.

Weihnachten ist ein Gefühl.

Es schwebt über Lichterketten mit Hunderten von Lämpchen an schwarzen Stromkabeln, die aussehen wie vom Himmel gefallene Sterne.

Es klingt in vielen Stimmen wider, blitzt auf in geheuchelter Zuneigung, vergessenen Umarmungen und guten Wünschen.

Weihnachten ist ein Gefühl.

Das Warten auf etwas Neues.

Oder auch nur auf die Heimkehr: in vollen, stinkenden Waggons mit verschnürten Kartons vom Arbeitsplatz zum Ort der alten Liebe, die in der Ferne neu entflammt.

Weihnachten ist ein Gefühl.

Es ist stark wie die Lust, bei Wind und Kälte nach Hause zu kommen, und auch zart wie der Klang eines Akkordeons in einem Wirtshaus für den hastig und ziellos Vorbeieilenden.

Weihnachten ist ein Gefühl.

Du kannst tagein, tagaus darauf warten, sobald es draußen kälter wird, es wird dich trotzdem plötzlich überkommen, wie ein durchgegangenes Pferd voller Schellen und Federbüsche.

Weihnachten ist ein Gefühl.

Es ist kraftvoll wie ein Herzschlag und leicht wie ein Wimpernschlag.

Doch manchmal trägt es ein Windstoß davon und es kommt nie an.

Nach getaner Arbeit eilte Maione die große Treppe im Präsidium hinunter, damit er endlich nach Hause kam. Warum sollte er sich's nicht eingestehen? Er fühlte sich glücklich.

Die letzten drei Jahre waren nicht leicht gewesen. Genau genommen waren es die schrecklichsten Jahre seines Lebens.

Begonnen hatte alles mit Lucas Tod. Es war furchtbar gewesen: ein Anruf, sein verzweifelter Lauf durch die schmalen

Gassen, ungezählte Blicke, die ihm aus Türen, Nischen und Hauseingängen folgten, und niemand auf der Straße. Der übliche kleine Menschenauflauf am Eingang des Kellers, in den er alleine runtergehen wollte, seine Gedanken, mein armer kleiner törichter Sohn, dem ich nicht mal beibringen konnte, dass ein guter Polizist vorsichtig ist. Und die Hände der Kollegen, die ihn davon abhalten wollten, tun Sie's nicht, Brigadiere, behalten Sie ihn lebend in Erinnerung.

Es schien ihm gestern gewesen zu sein, und doch waren drei Jahre vergangen. Er sah noch die klaren grünen Augen Ricciardis vor sich, mit dem er zuvor nie etwas zu tun haben wollte, weil ihm seine schweigsame Art nicht gefiel, wo er selbst doch so gerne redete. Ricciardi, der Unglück brachte, wie man im Präsidium munkelte. An jenem Tag aber war er erst später zum Tatort gekommen, genau, als auch er ankam – Luca hatte sich ganz allein ins Unglück gestürzt. Ricciardi war in den Keller gestiegen, einige Minuten dort geblieben, hatte ihn beiseitegenommen und ihm gesagt: Er hat dich geliebt. Seinen Papa, den alten Schmerbauch.

Noch heute, während er zum Tor hinausging und die Wache grüßte, fragte sich Maione, woher Ricciardi wissen konnte, dass Luca ihn zu Hause in den eigenen vier Wänden so genannt hatte, alter Schmerbauch – meist unter übermütigem Gelächter und durchaus wohlwollend. Und warum er ihm sofort geglaubt hatte, es ihm einleuchtete, dass Luca sich ausgerechnet Ricciardi als Überbringer seines letzten Grußes ausgesucht hatte.

Der nach Schnee riechende Wind peitschte ihm ins Gesicht, doch Maione war in Gedanken bei den Tagen nach dem Mord, als Ricciardi ihm als Einziger unermüdlich zur Seite stand. Ihre seltsame Freundschaft, die Zuneigung, die sie miteinander verband, war damals entstanden, im Verlaufe endloser Beschattungen, von Verhören, einer verlorenen und wiedergefundenen Fährte, die sie letztendlich zum Mörder führte und Letzteren dorthin, wo er hingehörte, ins Gefängnis.

Was Maione damals noch nicht wusste, war, dass die schlimmste Zeit erst später kam, als Zorn und Energie sich nicht mehr auf die Suche des Schuldigen verwenden ließen und er sich in einem Haus ohne Hoffnung wiederfand. Das Leben darin war in eine neue Art des Schweigens getaucht, seine Frau befand sich am Rande des Wahnsinns und er selbst und die fünf jüngeren Kinder kurz vor dem Abgrund, die Blicke ins Leere gerichtet.

Wie oft drohte der dünne Faden, der sie noch verband, zu zerreißen. Wie oft hätte sich ihre Liebe um ein Haar in Luft aufgelöst, wenn seine einst so wundervolle, nun dahindämmernde Frau traurig dasaß und aus dem Fenster starrte.

Doch dann, im Frühling, war etwas geschehen. Ein kleiner Funke der fast vergessenen Gefühle hatte eine neue, wundervolle Leidenschaft entfacht, deren Wärme das Haus wie eine unterm Schnee begrabene Blume zu neuem Leben erweckt hatte. Und heute, nach so langer Zeit, konnte Maione Weihnachten als einem Fest der Freude und der Fröhlichkeit entgegenblicken.

Gerade dachte er daran, dass er den Fisch für Heiligabend bestellen musste, weil er sonst nicht die besten Stücke bekommen würde, als sein Puls plötzlich kurz aussetzte.

Zunächst glaubte er, sich geirrt zu haben. Wahrscheinlich hatte er sich versehen, da es so windig war und seine Augen halb geschlossen, oder die Lichtverhältnisse hatten ihm einen

Streich gespielt. Als der Mann, der an der Ecke zum Vicolo della Tofa auf ihn wartete, jedoch seinen Zigarettenstummel wegwarf und austrat, sobald er ihn näher kommen sah, gab es keinen Zweifel mehr.

Franco Massa und Raffaele Maione waren schon als Kinder unzertrennlich gewesen. Tausend Streiche aushecken, trieben sie ihr Unwesen rund um die Piazzetta Concordia, trotzdem mochten die Kaufleute der Gegend die sympathischen Jungs: der eine spindeldürr mit einer Riesennase im hageren Gesicht, der andere dick und stets bereit, in ein geräuschvolles Lachen auszubrechen, das klang, als scheppere ein Wagen voller Töpfe eine Treppe runter. Man musste sie einfach gern haben, die beiden, auch wenn sie es sehr bunt trieben.

Unzertrennlich waren sie auch dann noch, als sie nicht mehr barfuß dem Pazzariello nachliefen oder sich an die Trolleybusse hängten, um auf einer waghalsigen Fahrt zum Meer an der Via Caracciolo zu gelangen und sich dort von den Felsen ins Wasser zu stürzen. Als Heranwachsende warteten sie vor der Schule der Piazza Dante gemeinsam auf die herauskommenden Mädchen. Als junge Männer teilten sie sich die Eintrittskarten zum Salone Margherita, wo junge Tänzerinnen ihre Röcke hochhoben; einer lenkte den Platzanweiser am Eingang ab und der andere schleuste sich zwischen den Beinen all der Söhne aus reichem Hause durch.

Es war eine jener überbordenden Freundschaften, die auch das restliche Leben einnehmen, bei denen einer die Eigenheiten des anderen unwillkürlich übernimmt und man vergisst, wer nun eigentlich wem gleicht.

Als Lucia in Raffaeles Leben trat, jener blonde Engel, der

die Mutter von Maiones sechs Kindern werden sollte, verlor er

Franco nicht aus den Augen, wie es so oft geschieht. Er wurde einfach Onkel Franco und die Kinder schlossen ihn ins Herz wie einen zweiten Vater. Allen voran Luca, dessen Pate er selbstverständlich war. Massa hatte immer noch das Foto vom Tag der Taufe auf dem Nachttisch stehen: Er selbst stocksteif und unbeholfen mit dem kleinen Bündel im Arm, Raffaele und Lucia gerührt und lächelnd links und rechts von ihm.

Als Patenonkel war er gewissenhaft und aufmerksam gewesen. Er hatte Luca Schritt für Schritt begleitet, seinen Umgang und seine Freundschaften mit strengem Auge überwacht. Oft bat der Junge sogar seinen Vater, bei Onkel Franco für ihn ein gutes Wort einzulegen, damit er ihm erlaube, abends länger auszugehen oder mal die Schule zu schwänzen.

Beide Freunde hatten sich für die Uniform entschieden, Maione bei der Polizei und Massa als Gefängniswärter. Es war nur natürlich, dass Luca sich ebenso entschied. Tragisch und natürlich.

Lucas Tod war schrecklich für Raffaele gewesen, aber nicht weniger für Franco. Er hatte keine eigene Familie, keine besondere Zuneigung. Sein Wunsch nach Kindern wurde von dem lauten, blonden, wunderschönen Jungen befriedigt, mit Augen so blau wie das Meer und dem gackernden Lachen des Vaters. Sein Tod hatte etwas in Massa zerbrochen, ein Feuer zum Erlöschen gebracht, das nie wieder brennen würde.

Nach einer Weile war es für die beiden alten Freunde schmerzhaft geworden, sich zu treffen. Jedes Mal, wenn sie sich sahen, herrschte zuerst Schweigen, dann fing Franco unweigerlich an zu weinen. Er weinte stumm, ohne seinen Gesichtsausdruck zu verändern; große Tränen rannen ihm dabei übers Gesicht wie bei einem plötzlichen Regenguss.

Mit der Zeit verabredeten sie sich nicht mehr. Begegneten sie sich einmal zufällig, nickten sie sich von Weitem zu, aber das geschah selten. Massa bewegte sich ohnehin kaum noch von Poggioreale weg, wo er mittlerweile eine leitende Funktion im Sicherheitsdienst des Gefängnisses innehatte, und wenn Maione an ihn dachte, spürte er jenen feinen Schmerz, der sich einstellt, wenn man zulässt, dass ein wichtiges Gefühl aus Nachlässigkeit verkümmert.

Als er den Freund nun an der Straßenecke stehen sah, die er täglich auf seinem Nachhauseweg passierte, kamen bei Maione in einer ungeheuren Gemütsbewegung gleichzeitig Freude und Gewissensbisse auf: Er freute sich auf ein frohes Weihnachtsfest, bei dem sein Sohn und sein bester Freund fehlten.

Er umarmte ihn herzlich wie in alten Zeiten; Franco ließ sich von ihm drücken und knuffte ihm die breiten Schultern – so hatten sie sich schon als Kinder begrüßt. Schließlich schob er den Freund jedoch von sich weg und sah ihm fest in die Augen. Mein Gott, was ist er gealtert, dachte Maione. Franco sah ihn lange an. Dann sagte er:

– Ich muss mit dir reden, Raffaele. Es ist wichtig. Eine halbe Stunde wird's schon dauern.

Maione war glücklich und verwirrt.

– Klar, Franco. Wann wollen wir uns sehen? Komm doch zu uns, Lucia und die Kinder würden sich bestimmt freuen. Ich wollte mich ohnehin wegen Weihnachten bei dir melden, kommst du an Heiligabend? Lucia macht Muscheln, du weißt doch, sie ist eine tolle Köchin.

Massa schien in Gedanken woanders zu sein.

– Weihnachten ... Ja, stimmt. Nein, ich muss sofort mit dir reden. Gehen wir in das Wirtshaus da drüben, ich geb' dir ein Glas Wein aus. Nur eine halbe Stunde, länger brauche ich

nicht.

Er steuerte auf die Taverne zu, ohne eine Antwort abzuwarten.

XIX Rosa Vaglio beobachtete vom Küchenfenster aus die Straße. Es blies ein kalter Wind und ihre Knochen schmerzten, doch sie fürchtete weder den einen noch die anderen, schließlich kam sie vom Land, aus den Bergen des Cilento. Dort war die Natur wild und verräterisch. Auch an Sonnentagen konnte es urplötzlich schneien, die Wolken versteckten sich dann hinter den Gipfeln und traten erst in Erscheinung, wenn es schon zu spät war.

Einmal hatte sie einen Wolf gesehen.

In der Hoffnung, seine stets blasse Frau würde vielleicht ein wenig Farbe bekommen, hatte der Baron von Malomonte, Luigi Alfredos Vater, die Familie zu seinem Gutshof in Sanza zu Füßen des Monte Cervati gebracht. Die stille und freundliche Baronin mit den grünen Augen hatte Rosa gebeten, sie auf einem Spaziergang zu begleiten. Sie wurden von einem kalten, schneidenden Regen überrascht. Schnell hatten sie Unterschlupf in einem Verschlag gesucht, in dem Holz gelagert wurde, und als es endlich aufgehört hatte zu regnen und sie wieder herauskamen, stand unmittelbar vor ihnen dieses wunderschöne Tier: Sein Fell war fast schwarz, seine Augen gelb und es selbst so groß wie die Fohlen, die der Baron als Rennpferde züchtete.

Sofort hatte Rosa die Baronin zurück in den Verschlag geschoben und sich dem Wolf gestellt, dem sie fest in die Augen sah. Sie hatte darin nichts Wildes entdeckt, stattdessen Intelligenz, Neugier, eine sehr große Einsamkeit. Der Wolf hatte sich umgedreht und war stumm auf den Gipfel zugelaufen.

Merkwürdig, dass er ihr gerade jetzt eingefallen war, nach so langer Zeit und so weit von den Bergen entfernt, während sie in der immer noch fremden Stadt auf die Straße hinunterschaute und auf die Heimkehr des jungen Herrn wartete, der wie üblich zu spät zum Abendessen kam. Vielleicht hatte sie im Blick des Tieres und des Kommissars dieselbe Krankheit erkannt.

Als man ihr Luigi Alfredo vor über dreißig Jahren in den Arm gelegt hatte, verwandelte sich ihre Arbeit in Liebe. Sie ersetzte ihm die Mutter, die die arme Baronin, von Natur aus schwach und krank und leider sehr früh verstorben, nicht sein konnte, doch sie hatte ihn nie richtig verstanden. Seit er aus dem Krankenhaus gekommen war, erschien er ihr noch viel einsamer. Es war nur ein Gefühl, aber sie wusste, dass sie sich nicht irrte.

Schlicht und ungebildet, wie sie war, begriff sie, dass ihren Jungen irgendetwas zutiefst quälte und peinigte – wenn sie bloß wüsste, was.

Sie vermutete, dass das Fräulein Colombo, die älteste Tochter des Huthändlers von gegenüber, etwas damit zu tun hatte. Rosa hatte sie angesprochen und mit ihr geredet, sie sogar zu sich ins Haus gebeten, als er nicht da war. Sie hatte gehofft, die junge Frau könne Luigi Alfredo von seiner Einsamkeit heilen, doch dann war sie am Tag des Unfalls plötzlich verschwunden und an ihrer Stelle tauchte jene merkwürdige Fremde auf, eine verwitwete Frau, die Rosa zu provokant, zu schön, zu unverfroren und überhaupt in allen Belangen zu übertrieben fand.

Nein, diese Livia gefiel ihr nicht. Sie schien ihr für ihren Jun-
 gen ungeeignet. Kaufe deines Nachbarn Rind und freie deines Nachbarn Kind, hieß es schließlich. Und wenn schon kein Mädchen aus dem Cilento zur Auswahl stand, was noch besser gewesen wäre, dann wenigstens ein nettes Fräulein aus dem Süden, tüchtig und zuverlässig, wie Enrica ihr vorgekommen war. Ganz sicher keine Frau, die rauchte und mit den Hüften wackelte, dass alle ihr hinterherschauten.

Rosa kniff die Augen im Wind zusammen. Von Weitem sah sie Ricciardi näher kommen, wie üblich ohne Hut, die Hände in den Taschen vergraben und mit gesenktem Kopf. Ihr Herz war voll vertrauter Zärtlichkeit und sie beschloss, dem Schicksal ein wenig nachzuhelfen.

In der Wirtsstube war nicht viel los. Wer Familie hatte, wollte in der Woche vor Weihnachten früh nach Hause.

Maione und Massa setzten sich an einen Tisch in der Ecke, der etwas abseits stand, und bestellten einen halben Liter Rotwein, um sich aufzuwärmen. Der Brigadiere bemühte sich, das Eis zu brechen:

– Wie geht es dir? Wie gesagt, Lucia und ich hatten vor, dich an Heiligabend zu uns einzuladen. Es ist alles besser geworden, weißt du, wir reden wieder, Lucia geht es gut. Sie interessiert sich wieder für die Familie. Auch die Kinder …

– Raffaele, bitte verzeih mir. Ich muss dir etwas sagen, das dir vielleicht weh tun wird. Es tut mir leid.

Maione schloss die Augen. Er hatte die Besorgnis im Blick seines Freundes gleich erkannt, und da er ihn zu gut kannte, war kein Irrtum möglich. Feige hatte er gehofft, dass es sich um ein Problem des anderen handeln würde; er hätte ihm dann natürlich von ganzem Herzen geholfen, doch seinen eigenen Frieden bewahrt, diesen so zerbrechlichen, so mühsam wiedererlangten Frieden. Aber es war anders.

– Ich habe keine Wahl, nicht? Hättest du es mir ersparen können, wärst du jetzt nicht hier. Dann hättest du für mich entschieden.

Massa trank einen großen Schluck Wein.

– So ist es. Aber leider hab' ich nicht das Recht dazu. Hör zu: Du weißt ja, dass ich, seit sie mich zum Chef des Sicherheitsdienstes gemacht haben, selbst keine Wache mehr in den Fluren halte. Aber die Jungs wissen, dass ich bestimmte Dinge persönlich verfolge, und berichten mir sofort alle Neuigkeiten. Letzte Woche, frag mich nicht warum, kam's zu einer Rauferei zwischen den Gefangenen, im Speisesaal. Die meisten von ihnen sind wilde Tiere, die nicht wissen wohin mit all der Gewalt, die in ihnen steckt. Oft reicht ein Blick, ein Wort, auch nur ein Unterton … was soll's, es sind ein paar Stühle durch die Luft geflogen, es hat Tritte und Fausthiebe gegeben, bis meine Leute gekommen sind und für Ruhe gesorgt haben.

Maione wartete, das Herz schlug ihm bis zum Hals. Massa fuhr fort:

– Aber es war schon zu spät. Ein Mann war auf dem Boden liegen geblieben, er hatte einen Tritt am Kopf abgekriegt, als er hingefallen war. Man hat ihn zur Krankenstation gebracht, aber es war klar, dass er's nicht schaffen würde. Du weißt wahrscheinlich, von wem die Rede ist, oder?

Maione schloss die Augen. Er. Der Mörder. Er war tot, der Kreis hatte sich geschlossen. Kaum hörte er Massa, der bereits weitersprach, noch zu.

– Sie haben mich sofort gerufen, denn sie wussten, dass der

Zustand des Mannes, alles, was er tat oder was ihm passierte, mir mitgeteilt werden sollte. Jeder einzelne Tag, den er absaß, war wie Balsam auf meiner Seele. Jeder gottverdammte Tag.

Massas Stimme war nur noch ein Flüstern und zitterte vor Hass. Er hatte die Lippen aufeinandergepresst, starrte ins Leere. Maione spürte einen Stich im Herzen, als ihm klarwurde, wie sehr sein Freund in diesen Jahren gelitten haben musste. Er selbst hatte Trost in seinen anderen Kindern und Lucia finden können, Franco nicht.

– Ich bin sofort hingegangen, wie du dir vorstellen kannst. Hab' mich ins Zimmer gestellt, nicht weit vom Bett entfernt. Seinen Todeskampf wollte ich sehen, Minute für Minute. Die Wunde war groß, ein Stiefeltritt an die Schläfe, keiner hat damit gerechnet, dass er aufwachen würde. Aber er ist aufgewacht.

Maione riss die Augen auf: Was in aller Welt war passiert?

– Er ist aufgewacht und hat nach einem Priester verlangt. Dieser Schuft, dieser gewissenlose Mörder wollte sich im letzten Moment in Sicherheit bringen, ein bisschen herumjammern und Gottes Segen bekommen. Er konnte nichts mehr sehen. Da hab' ich einen Stuhl genommen, ihn an sein Bett gestellt und den Priester gespielt. Ich hab' mich als Priester ausgegeben, Raffaele. Als Priester.

Er wiederholte die Worte vor allem für sich selbst. Maione schüttelte den Kopf, er kämpfte mit den Tränen.

– Ach Franco. Mein armer Freund.

– Ich hab' keine Angst, glaub mir. Ich hab' schon zu viel gesehen, mit meinen eigenen Augen, um Angst vor dem Jenseits zu haben. Ich wollte es aus seinem Mund hören, was er getan hatte. Also hab' ich ein paar Worte in erfundenem Latein genuschelt, und der Dummkopf ist drauf reingefallen und hat angefangen zu reden. Du kannst dir's ja vorstellen, ich kenne seine Akte auswendig, so oft hab' ich mir sie angesehen. Die ganze Litanei hat er mir aufgesagt, Diebstahl für Diebstahl, Raub für Raub und die Morde, eins, zwei, drei. Sogar einen, für den ihm nicht mal der Prozess gemacht worden war.

Maione hing buchstäblich an seinen Lippen.

– Und zu Luca, was hat er dir da gesagt? Hat er erzählt, wie's passiert ist? Wenn er was gesagt hat, wenn …

– Warte. Lass mich weitererzählen. Irgendwann hat er aufgehört und nichts mehr gesagt. Ich dachte, er sei gestorben, endlich. Aber er atmete noch, also hab' ich ihn gefragt: Und Luca Maione? Er hat nicht gleich geantwortet. Schließlich hat er mich gefragt: Woher wissen Sie von dem Polizisten?

Maione wartete mit angehaltenem Atem.

– Ich hab' zu ihm gesagt: Du stehst vor Gottes Pforte und Gott weiß alles. Wenn du jetzt lügst, wirst du keine Vergebung erlangen. Er hat geschwiegen und dann, so leise, dass ich mich vorbeugen musste, um ihn zu verstehen, gesagt: Den Polizisten hab' nicht ich umgebracht.

Die Leute um sie herum unterhielten sich, draußen erklangen Weihnachtslieder und das Geräusch des Windes, der unablässig durch die Gassen brauste. Doch Maione schien es, als habe sich eine schwere Stille auf sie herabgesenkt, wie die Stille in einer Kirche an einem Sommernachmittag.

– Was heißt das? Was soll das heißen, Franco? Wie kann das sein, dass nicht er ihn umgebracht hat? Wer hat ihn dann ermordet, meinen Luca? Er hat gelogen, der Mistkerl. Sogar kurz vorm Tod hat er noch gelogen!

Massa hatte noch ein Glas Wein getrunken. Seine blutunterlaufenen Augen und die roten Flecken im Gesicht wirkten, als habe er starkes Fieber.

– Das hab' ich auch gedacht. Aber dann hab' ich mir gesagt:

Warum sollte er? Er hat die anderen Morde gebeichtet, sogar einen, für den er nicht verurteilt worden war, und ihm ist klar, dass er stirbt. Was für einen Sinn hat es da zu lügen? Er wird kaum glauben, den Allmächtigen reinlegen zu können.

– Und?

– Also hab' ich gedacht: Mit diesem Zweifel kann ich nicht leben. Ich hab' zu ihm gesagt: Mein Sohn, ich kann dir nicht glauben, wenn du mir nicht sagst, was wirklich passiert ist. Und wenn ich dir nicht glauben kann, kann ich dir auch keine Absolution erteilen. So leid es mir tut, aber du kommst für deine Sünden in die Hölle.

– Und er? Wie hat er darauf reagiert?

– Er hat mir geglaubt und mir alles erzählt. An dem Tag hatte er außer seinen üblichen Kumpanen auch seinen kleinen Bruder, Biagio, mitgenommen. Der Junge hatte noch nie was angestellt, aus Respekt vor der Mutter hatte man ihn aus allem rausgehalten, aber der Kleine gab keine Ruhe. Die Bande hat sich sicher gefühlt, und der ältere Bruder hat's schließlich zugelassen. Aber Luca hat sie aufgespürt, er hatte sie beschattet; er war richtig gut, das hatte er von dir.

Maione nickte abwesend. Er erinnerte sich an die vielen Stunden, die er damit verbracht hatte, seinem Sohn die richtige Technik beizubringen.

– Luca hat gewusst, wie viele es waren, und hat sie reingehen sehen. Er hat genau mitgezählt. Der Junge hatte wirklich was drauf! Als er sicher war, dass alle drin waren, ist er in den Keller eingefallen und hat sie mit der Pistole in Schach gehalten; niemand hätte ihm so dumm kommen können. Er hatte nicht mit dem Jungen gerechnet, der Zigaretten holen war. Als er runterkam, hat er Luca gesehen, der ihm den Rücken zuwandte und die ganze Bande unter Beschuss hielt. Er ist in Panik geraten, und anstatt wegzurennen, hat er das Messer genommen, das sein Bruder ihm gegeben hatte, und … und hat getan, was er nicht hätte tun dürfen.

Maione streckte die Hand über den Tisch und packte Massas Arm.

– Das heißt, es war der Junge? Sein kleiner Bruder?

– Ja, er war's. Der ältere hat die restlichen Polizisten kommen hören und sehr schnell überlegt. Er hat sich das Messer geschnappt, seinem Bruder gesagt, sofort zu verschwinden, ohne zu rennen – es kannte ihn ja niemand –, und den Mord gestanden. Er hatte nichts zu verlieren, denn verurteilt hätte man ihn sowieso, er wurde ja wegen anderer Delikte und anderer Morde gesucht.

Es folgte ein langes Schweigen. Maione musste völlig neue Gedanken zu etwas sehr Wichtigem ordnen, das er erst vor Kurzem halbwegs erfolgreich verdrängt hatte.

– Das bedeutet ja, dass der wahre Schuldige, der Mörder meines Sohnes, unseres Sohnes, frei ist. Und seit drei Jahren gemütlich durch die Gegend spaziert und womöglich noch andere Leute auf dem Gewissen hat.

Massa nickte.

– Das hat mich auch bestürzt. Aber ich hab' nichts gesagt, hab' mit offenem Mund geschwiegen, bis das Schwein tot war.

Maione starrte ins Leere.

– Ich kann's nicht glauben.

– Es ist aber so. Deshalb bin ich hergekommen, obwohl mir klar war, dass ich dir die Feiertage verderbe. Aber so können wir diese Geschichte endlich zu Ende bringen und für Gerechtigkeit sorgen.

Maione schaute ihn an.

– Was meinst du damit?

Jetzt war es an Massa, über den Tisch zu greifen, um Maiones Hand zu nehmen.

– Verstehst du nicht? Es ist doch ganz einfach. Wir müssen diesen Biagio finden und ihn töten wie einen Hund, wie er's mit Luca gemacht hat. Ich hätte es schon getan, aber ich war bloß sein Taufpate. Du bist sein Vater, das Recht steht dir zu. Wenn du dich nicht dazu in der Lage fühlst, versteh ich's, dann sag's mir, und ich tu's. Ich warte schon lange darauf.

Maione fühlte sich wie betrunken.

– Das würdest du wirklich tun?

Massa lachte bitter.

– Raffaele, in den letzten dreieinhalb Jahren gab's keinen einzigen Tag, an dem ich nicht an Luca gedacht habe. Ich hatte nie Kinder und hab' auch keine gebraucht: Der Junge war mein Leben. Ich erinnere mich an ihn als Neugeborenes, als Kind, als Jugendlichen und als Mann. Wir haben uns ohne Worte verstanden, ich liebte ihn über alles. Dieser Bastard hat mir das Einzige genommen, das mir im Leben wirklich etwas bedeutet hat. All diese Jahre über, als ich noch glaubte, der Bruder war's, hab' ich jeden Moment darauf geachtet, dass er so einsaß, wie er's sollte, und ich hätte bis ans Ende meiner Tage darauf aufgepasst, dass er seine Strafe abbüßt. Du warst es, der ihn in den Knast geschickt hat, ich hätte ihn Stück für Stück auseinandergerissen, damals in diesem Keller. Du weißt, was das Gesetz sagt: Es können nicht verschiedene Personen für dasselbe Verbrechen belangt werden. Und außerdem: Wie sollten wir's beweisen? Durch meine Zeugenaussage, nachdem ich mich als Priester ausgegeben hab'? Ich, der Pate des Opfers?

Maione musste zugeben, dass sein Freund recht hatte. Der Mörder würde ungeschoren davonkommen. Er konnte aber nicht zulassen, dass Massa sich das Leben ruinierte. Wenn es schon jemand tun muss, dachte er, muss ich derjenige sein. Ich, der den Falschen eingelocht hat.

– Überlass mir die Sache, Franco. Lass mich ihn finden, ihm ins Gesicht schauen. Wenn ich's nicht schaffe, sag' ich dir Bescheid.

Massa sah ihn forschend an. Er wirkte entschlossen.

– Raffaele, du weißt ja: Luca soll in Frieden ruhen. Und er kann keinen Frieden finden, wenn sein Mörder ungestraft bleibt.

Maione stand auf:

– Ich weiß, Franco. Und verzeih, dass ich nach all der Zeit meinen Schmerz vergessen hatte. Ich danke dir für das, was du getan hast.

Massa trank sein letztes Glas aus und stand ebenfalls auf.

– Nein, ich muss dir danken, für Luca und die Erinnerung an ihn. Er war das einzig Schöne in meinem Leben. Lass von dir hören, Raffaele. Gib mir Bescheid.

So ging jeder der beiden seines Weges, grußlos und ohne gute Wünsche.

Sie wussten, dass es kein frohes Weihnachtsfest werden konnte.

XX

Der Sonntag vor Weihnachten ist ziemlich sonderbar.

Er ist ein bisschen wie ein gewöhnlicher Sonntag, weil die Glocken schon frühmorgens läuten, weil Feiertagsstimmung in der Luft liegt und die Leute in den Tag hinein leben, scheinbar ohne Verpflichtungen. Weil viele Läden geschlossen bleiben und mancher reiche Kaufmann sich eine Stunde mehr Schlaf gönnt. Weil die Mädchen heimliche Verabredungen im Kopf haben, wenn ihre Eltern sie losschicken, um eine Besorgung zu machen, die sie aus Faulheit nicht selbst erledigen möchten.

Aber es ist nicht bloß ein gewöhnlicher Sonntag.

Er ist auch ein bisschen wie ein Feiertag, weil die Bettler die Kirchen umschwärmen, um die Frömmler mit ihrem Elend zu konfrontieren und ein, zwei Münzen abzustauben. Weil die Villa Nazionale voller Ballon- und Gebäckverkäufer sein wird, mit Fäustlingen an den Händen und Wollfetzen ums Gesicht zum Schutz vor dem eiskalten Wind; sie werden die Kinder mit ihrer Ware anlocken, sie durch ihr Aussehen aber erschrecken. Weil der Wind den Duft von Karamellmandeln, gerösteten Kastanien, gerillten Artischocken und frittierten Pizzen überallhin trägt, sodass allen das Wasser im Mund zusammenläuft und die Mägen zu grummeln beginnen.

Aber es ist auch nicht bloß ein Feiertag.

Er ist auch ein bisschen wie Weihnachten, weil die Bürgersteige an jeder Promenade und den angrenzenden Sträßchen überhäuft sind mit Waren auf alten Leintüchern und jeder alles verkauft, ob legal oder nicht. Weil die potentiellen Kunden gezwungen sind, auf die Straße auszuweichen, und von Autos und Kutschen angehupt und mit Schlamm bespritzt werden. Weil die Gemüse- und Wurstverkäufer sehr kunstvoll große Bögen aus bunter Ware gefertigt haben: Um sie abzubauen, bräuchten sie Stunden, weshalb sie schon seit Tagen nicht mehr schließen und die Nächte mit den Kollegen schwatzend verbringen, eingewickelt in dicke Decken und mit einem Kohlenbecken vor den Füßen. Weil in der Via Santa Brigida in großen meerblauen Wannen flink die Aale züngeln, von denen ab und zu einer auf die Straße entwischt und vom Fischer zwischen den Beinen aufgeregt flüchtender Frauen wieder eingefangen wird.

Aber es ist noch nicht Weihnachten.

Enrica hatte beschlossen, ihrem Vater an diesem Morgen Gesellschaft zu leisten.

Giulio Colombo wollte den Sonntag nämlich dazu nutzen, sich auf die anstrengende Vorweihnachtswoche vorzubereiten, und war deshalb auf einen Sprung in den Laden gegangen, um nachzusehen, ob die Handschuhe, Hüte und Stöcke im Lager ausreichten, um die erhoffte Nachfrage nach Geschenken zu befriedigen. Aus dreißig Jahren Geschäftserfahrung wusste er, dass viele Leute, wenn ihnen in letzter Minute die Ideen fehlten, auf diese Art von Geschenken zurückgriffen. Daher war es ratsam, sich mit Waren einzudecken, insbesondere in den günstigen Preisklassen. Die Krise war überall zu spüren, was auch immer die Zeitungen darüber schreiben mochten.

Aus diesem Grund befanden sich Vater und Tochter nun in dem geschlossenen Laden – das Rollgitter war zur Hälfte herabgelassen – und machten sich gemeinsam ans Werk: Giulio zählte die Stücke und Enrica hakte auf einer Liste die entsprechenden Artikelnummern ab. Der wahre Grund, wie beide nur zu gut wussten, ohne darüber gesprochen zu haben, war ein anderer: Sie wollten Maria, Enricas Mutter, entgehen, die nicht müde wurde, sie Tag für Tag mit demselben Thema zu behelligen.

Giulio wusste, dass Enrica ihre Eigenarten hatte. Sie war nämlich genau wie er: sanft, freundlich, nie überschwänglich, nie laut, nicht jähzornig, dafür aber dickköpfig, entschlossen, fast krankhaft ordentlich und mit klaren, genauen Vorstellungen, die sich auch in ihren präzisen Bewegungen widerspiegelten. Obwohl sie schon fünfundzwanzig war, war sie nicht verlobt. Kein Mann lud sie je ein oder hatte den Vater um Erlaubnis gebeten, mit ihr ausgehen zu dürfen.

Nicht dass sie auf ihre Art nicht hübsch gewesen wäre, dachte Giulio und betrachtete sie aus den Augenwinkeln, doch sie entmutigte potentielle Verehrer stets mit einem höflichen *Nein danke*. Das wiederum trieb ihre Mutter in den Wahnsinn, denn sie war der Ansicht, dass eine Frau in diesem Alter bereits seit langem Haus und Familie und vor allem einen Mann haben sollte. Ihre Auffassung tat sie durchschnittlich zehn Mal am Tag in der ganzen Bandbreite der Tonlagen kund, von flehend bis befehlend.

Enrica zog sich in sich zurück. Sie antwortete der Mutter nur einsilbig, während sie weiter die Hausarbeit erledigte oder sich auf die Nachhilfestunden vorbereitete, die sie Kindern zu Hause erteilte.

Giulio verließ sich auf seine Tochter. Wenn sie warten wollte, sollte sie es tun. Wenn sie ihr Leben lang bei ihm bleiben wollte, würde er glücklich darüber sein. Die jüngere Schwester, die mit einem seiner Angestellten verheiratet war, einem enthusiastischen Faschisten, hatte bereits ein Kind, und war sie nicht im Grunde auch noch zu Hause? Was würde sich schon ändern? Es waren harte Zeiten, der Krieg war noch nicht lange vorbei, und die Haltung der Regierung war sehr militärisch, was dem liberalen und gebildeten Giulio keineswegs entging.

Er fühlte sich ruhiger, wenn seine Tochter unter seinem Dach lebte, anstatt sie in der Hand irgendeines Fanatikers zu wissen, wie sie zu Dutzenden herumliefen.

– Herrenhut aus dunkelgrauem Filz mit schwarzem Seidenband, – sagte er zu seiner Tochter, als ob seine Worte gelautet hätten: Ich hab' dich lieb.

– Artikel 15-26, ein Stück, – antwortete Enrica und machte ihr Häkchen. Als ob sie damit sagen wollte: Ich dich auch.

Ricciardi hatte sich alles genau ausgerechnet: Wenn er den Sonntag seinen Gesprächen mit Don Pierino und Doktor Modo widmete, würde er Zeit gewinnen. Der Priester und der Doktor waren die Einzigen, für die der Sonntag ein Tag wie jeder andere war, für ihn selbst galt übrigens das Gleiche.

Wie er es sah, zeigte sich die Persönlichkeit des verstorbenen Zenturio Garofalo allmählich in ihrer ganzen Ambivalenz. Zu dem Bild des mustergültigen und untadeligen Funktionärs, der die Geschenke der Fischer ablehnte und seinen Nachbarn ein vollkommen ungetrübtes Familienleben zeigte, gesellte sich das eines skrupellosen Karrieristen, der ohne zu zögern das Leben seines Vorgesetzten ruiniert hatte, um dessen Platz einzunehmen.

Nicht, dass so etwas in einer Zeit, in der Denunziationen belohnt wurden, zum ersten Mal vorgekommen wäre. Auch im Präsidium lief es nicht anders, soviel Ricciardi trotz seines Desinteresses mitbekam. Doch es war eine Sache, einen Mitstreiter zu überflügeln, indem man Beziehungen oder Empfehlungen spielen ließ, eine ganz andere aber, diesen für anderthalb Jahre in den Knast zu schicken und seine Frau in den Selbstmord zu treiben.

Auf seinem Weg durch die von Marktbesuchern wimmelnde Via Toledo zur Kirche von San Ferdinando rief Ricciardi sich die Krippe der Garofalos ins Gedächtnis: Vor seinem geistigen Auge sah er die Figur des heiligen Josef, zerbrochen und ungeschickt unter dem Tuch verborgen, und die der Madonna, die auf den Esel gekippt war. Indem man den Mann gepackt hatte, hatte man die Frau zu Fall gebracht. Das war zu symbolträchtig, um ein Zufall zu sein. Wie durch ein Wunder wich der Kommissar einer Mietdroschke aus, die ein vorwurfsvolles Hupen vernehmen ließ, und erinnerte sich an Garofalos letzten Gedanken: *Ich muss gar nichts und schulde niemandem etwas.* Was hatten die Mörder gefordert, das der Zenturio ihnen verweigerte? Ihr Besuch in der Kaserne hatte die Auswahl an Möglichkeiten eher vergrößert als eingegrenzt: Es konnte um Geld gehen, um Besitz, aber auch um verlorene Jahre.

Er musste auf Neuigkeiten von Maione warten, um zu erfahren, wo sich dieser Lomunno aufhielt, der sicher allen Grund hatte, das Opfer zu hassen. Natürlich nur, wenn es dem Brigadiere gelingen würde, seinen allwissenden Informanten an diesem Sonn- und Feiertag aufzuspüren.

Seine Gedanken schweiften zu Maione und dessen wiedergefundenem häuslichen Glück. Ricciardi, der ihm in den letzten Jahren in seinem Schmerz zur Seite gestanden hatte, war sehr froh darüber. Er wusste, wie wichtig dem Brigadiere seine Familie war, und hatte zufrieden bemerkt, wie nach und nach das Lächeln in sein breites Gesicht zurückkehrte.

Die Familie, die Liebe. Enrica. Ein Gedanke ergab den anderen, während er sich seinen Weg durch die Menge bahnte. Inzwischen hatte er fast die Piazza Trieste e Trento erreicht. Er wusste von dem Hutgeschäft ihres Vaters und erinnerte sich,

Enrica genau in jener Gegend in einen Laden hineingehen gesehen zu haben. Vielleicht war es der mit dem halb herabgelassenen Rollgitter? *Hut und Handschuhe?,* hatte Signora Garofalos Leiche gefragt und mit gesenktem Blick gelächelt, während dunkles Blut ihr aus der klaffenden Wunde am Hals floss. Möglicherweise waren der oder die Mörder, an die die Frage gerichtet war, Kunden von Enricas Vater und von der Frau bedient worden, die er liebte. Es gibt kein Schicksal, dachte Ricciardi. Andernfalls würde es sich über so etwas prächtig amüsieren.

Er war nun bei der Kirche angelangt, die die Gläubigen nach der Zehn-Uhr-Messe gerade verließen. Er wartete, bis die Menge sich gelichtet hatte, und ging schließlich hinein, in Gedanken immer noch bei Enrica und bei dem Schicksal, das nicht existierte.

Enrica dachte ebenso an das Schicksal – und an Ricciardi.

Genauer gesagt überlegte sie, wie schrecklich es war, monatelang auf eine Annäherung zu warten und ihn ausgerechnet dann, als alles sich zum Guten zu wenden schien, zu verlieren. Das Schicksal konnte grausam sein.

Sie erinnerte sich zum wiederholten Mal an ihr Glück beim Erhalt des Briefes von dem Mann, auf den sie ein Leben lang gewartet und in den sie sich aus der Ferne verliebt hatte, an den Kontakt zu seiner Kinderfrau, einer herben und freundlichen Dame, die bei ihm lebte und sie sogar zu sich nach Hause eingeladen hatte. Sie erinnerte sich an die Zimmer, die Sauberkeit der Wohnung, einen fremdartigen Duft, der vielleicht von seinem Rasierwasser stammen konnte, an die angelehnte Tür seines Zimmers, von dessen Fenster aus er ihr jeden Abend zuschaute, als wären sie verabredet.

Und dann, als der nächste Schritt nur noch ein Treffen sein konnte, ein Lächeln und ein Spaziergang Hand in Hand, passierte der Unfall. Während sie auf der Liste die Artikel abhakte, die ihr Vater ihr diktierte, fand sie sich in Gedanken im Wartesaal des Krankenhauses wieder: Es war November und der Regen peitschte gegen die Scheiben.

Sie hatte geglaubt, er würde sterben. Außerdem hatte sie diese wunderschöne Frau mit dem fremden Akzent rauchend und weinend auf und ab laufen sehen, nicht weniger verzweifelt als sie selbst. Sie hatte sich fehl am Platz gefühlt. Da hatte sie die Madonna von Pompeji um sein Leben gebeten und sich im Gegenzug dazu verpflichtet, ihn nie mehr wiederzusehen. Kurz darauf war der Doktor lächelnd herausgekommen; es hatte sogar aufgehört zu regnen.

Enrica war nie sehr gläubig gewesen, doch dies schien ihr ein unmissverständliches Zeichen zu sein. Sie war aufgestanden und geflohen, während die Signora, die Kinderfrau und der dicke Brigadiere zu Ricciardi ins Zimmer stürzten, um ihn zu sehen. Im Weggehen hatte sie sowohl Freude als auch Verzweiflung empfunden; das erste Gefühl war kurz danach verschwunden, das zweite begleitete sie noch immer.

Enrica hatte sich nie sonderlich um ihre Zukunft gesorgt. Sie hatte immer geglaubt, dass, falls es jemanden gab, den das Schicksal für sie bestimmt hatte, er früher oder später in ihrem Leben auftauchen und sie ihn auf den ersten Blick erkennen würde; falls nicht, würde sie sich auch mit keinem anderen zufriedengeben und lieber ganz verzichten.

Die romantische Vorstellung eines kleinen Mädchens, könnte man sagen, doch es war eben ihre Vorstellung und sie hing daran. Darin bestätigt worden war sie, als sie vor über einem

Jahr den Mann bemerkt hatte, der von seinem Fenster im Haus gegenüber zu ihr herübersah: Das war er und kein anderer. Er war aufgetaucht.

Doch nun hatte sie ihn verloren. Sie hatte ihn aus eigenem Willen aufgegeben – und ihn in die Klauen der schönen Fremden geraten lassen, ohne auch nur um ihn zu kämpfen.

Einen kurzen Moment lang fühlte sie sich ungemein entmutigt und ihre Augen füllten sich mit Tränen. Um ihre Traurigkeit vor ihrem Vater zu verbergen, drehte sie sich zur halb offenen Ladentür um und sah, wie Ricciardi die Kirche von San Ferdinando betrat.

XXI

Don Pierino versuchte gerade, das alte Fräulein Vaccaro loszuwerden. Die Dame war eines der einflussreichsten Pfarreimitglieder, eine vermögende und hochbetagte Frau. Unter den Gläubigen des Viertels zirkulierten Gerüchte, denen zufolge sie die Hundert bereits überschritten haben sollte, doch als wahrscheinlicher war es anzusehen, dass sie ihr Alter nach ihrem achtzigsten Geburtstag mindestens zehn Jahre lang nicht mehr gezählt hatte.

Von Zeit zu Zeit, nämlich genau alle drei Tage, hielt sie es für angezeigt, die Kirchenoberen über ihren prekären Gesundheitszustand auf den neuesten Stand zu bringen, und wehe dem, den sie dann gerade erwischte. Dem Pfarrer, Don Tommaso, der inzwischen ein gutes Gespür dafür entwickelt hatte, gelang es, sich gerade noch rechtzeitig aus dem Staub zu machen, bevor das Fräulein das Hauptschiff betrat. Don Pierino vermutete, dass sein Vorgesetzter ein Netz von Wachposten organisiert hatte und irgendein treuloser Ministrant ihn mit einem

Pfiff oder auf andere Weise vorwarnte, wie ein Geheimagent. Fest stand, dass immer er in die Klauen der Alten geriet. Da sie überzeugt war, ihre irdischen Leiden würden ihr in Verbindung mit der von ihr deklarierten Keuschheit zu einem sicheren und bequemen Aufstieg ins Paradies verhelfen, legte sie großen Wert darauf, ihre Beichtväter genauestens über die Fortschritte ihrer ungezählten Krankheiten zu unterrichten.

Während er sich also anhörte, wie sehr der Durchfall, den sie gerade erst überstanden hatte, die alte Dame entkräftet hatte, lächelte und nickte Don Pierino brav. Der kleine, stämmige stellvertretende Pfarrer mit den lebhaften olivschwarzen Augen war bei den Gläubigen sehr beliebt, ganz besonders bei den vielen Bedürftigen und Leidenden, die in dem dicht besiedelten Einzugsbereich der Kirche von San Ferdinando lebten. Bei kranken, ausgehungerten oder von Parasiten befallenen Kindern war Don Pierino stets als Erster zur Stelle, mit seinem breiten, ansteckenden Lächeln und dem für seinen Glauben typischen Optimismus.

Don Pierinos Glauben war nämlich fröhlicher Natur und bezog sich auf die gesamte Schöpfung. Der Pfarrer liebte die Kunst, vor allem die Musik, von der er nicht genug bekommen konnte. Er liebte das Land und die Natur, konnte die Stadt aber nur selten verlassen. Er liebte auch das Meer, das ihm von Geburt aus fremd war, mit dem er jedoch rasch Freundschaft geschlossen hatte.

Fräulein Vaccaro war eben zu den Folgen einer unangenehmen Gastritis übergegangen, auf deren bildreiche Beschreibung Don Pierino liebend gern verzichtet hätte, als er im Halbdunkel eines Seitenaltars eine bekannte Gestalt entdeckte. Eine, die ihm sehr lieb war.

Er hatte Ricciardi bei den Ermittlungen zum Tod des Tenors Arnaldo Vezzi kennengelernt, da er in dem Fall als Zeuge ausgesagt hatte. Obwohl die beiden Männer sich hinsichtlich Charakter, Bildung, Vorlieben und Glauben sehr voneinander unterschieden, mochten und schätzten sie sich sehr. Don Pierino interessierten jene grünen, scheinbar kühlen Augen: Durch sie hindurch sah er bis in Ricciardis Innerstes, das aus Schmerzen und unendlichem Leid zu bestehen schien, wegen etwas, das er niemandem gestehen konnte.

Der kleine fröhliche Pfarrer vermutete ein in einer furchtbaren Erinnerung verstricktes Herz, aber ein gütiges Herz voll Mitleid für seine Mitmenschen.

Wenn Ricciardi zu ihm kam, musste es sich um etwas sehr Dringendes handeln. Und Fräulein Vaccaro würde ihre Gastritis sicher auch ohne ihn überleben. Er sagte ihr, er müsse jemandem die Beichte abnehmen, der möglicherweise einen Mord bei einem Raubüberfall begangen habe, was, wie er wusste, ein persönliches Schreckensszenario der alten Dame war. Die Frau bekam große Augen – auf keinen Fall wollte sie von dem Verbrecher erkannt werden. Und schon machte sie sich, trotz Arthritis, überraschend flink aus dem Staub.

Während er Gott in Gedanken um Vergebung für die kleine Lüge bat, ging Don Pierino beschwingt auf Ricciardi zu.

– Commissario, wie ich mich freue! Wie geht es Ihnen? Ich habe von Ihrem Unfall erfahren und bin sofort hin zum Krankenhaus, aber sie waren schon nach Hause gegangen – entgegen der Empfehlung des Doktors. Ganz schön kalter Wind draußen, was? Andererseits kann es an Weihnachten kaum heiß sein.

Ricciardi erwiderte den Gruß des Priesters mit einem kur-

zen Druck seiner unruhigen Hand, die er gleich zurück in die
 Tasche steckte.

– Don Pierino. Ich freue mich auch, das wissen Sie. Und es tut mir leid, dass ich mich eine ganze Weile nicht habe blicken lassen, aber ... na ja, Sie haben ja davon gehört. Wie geht es Ihnen?

Der Pfarrer lächelte. Seine Hände hatte er über dem Bauch verschränkt.

– Oh, mir geht's gut. Das Leben geht seinen Gang, also kein Grund zur Klage. Sie sehen bestimmt Schlimmeres als ich, da draußen auf den Straßen, und wissen, dass wir beide uns nicht beschweren können.

– Sehr richtig. Ich bin hier, weil ich ein paar Informationen bräuchte, wie üblich. Haben Sie eine Minute Zeit für mich?

– Aber natürlich, sicher ... Sie haben mich von der alten Dame erlöst, die Sie vorhin gesehen haben, also bin ich jetzt ganz für Sie da. Nur frei heraus mit den Fragen.

Ricciardi nutzte das freundliche Entgegenkommen des Pfarrers und legte gleich los:

– Können wir uns ein wenig über die Krippe unterhalten?

Don Pierino lächelte glücklich wie ein Kind, dem man ein Eis in Aussicht stellt.

– Sicher doch. Kommen Sie, folgen Sie mir. Bitte sehr.

Er hakte Ricciardi unter, der ihn, obwohl er kein Riese war, deutlich überragte, und führte ihn etwa zehn Meter weiter zu einem der Seitenaltare, wo eine Krippe aufgebaut worden war. Die Konstruktion nahm eine Fläche von mehreren Quadratmetern ein: Vorne befanden sich große antike Hirtenfiguren, deren Maße zur Mitte hin schrumpften, wodurch der Eindruck räumlicher Tiefe entstand. Ricciardi konnte nicht umhin, erstaunt zu sein.

Don Pierino hüpfte wie ein kleiner Junge.

– Schön, nicht? Ist sie nicht wunderschön? Ich kümmere mich selbst darum, ein paar Kinder aus der Pfarrei helfen mir dabei. Viele der Figuren sind sehr alt, sie gehören der Kirche seit Jahrhunderten; andere haben wir erst in den letzten Jahren geschenkt bekommen. Wieder andere haben wir gekauft oder sind von Leuten aus der Pfarrei hergestellt worden, die sehr geschickt mit Nadel und Faden oder mit Ton umgehen können.

Ricciardi betrachtete das Kunstwerk fasziniert:

– Sehr bemerkenswert, Pater. Wirklich schön, mein Kompliment. Haben die Figuren eigentlich eine symbolische Bedeutung? Ich meine, stehen sie für etwas?

Don Pierino nickte, ohne den Blick von der Miniaturlandschaft abzuwenden.

– Selbstverständlich. Die Krippe gehört zu unseren ältesten und gefestigtsten Traditionen. Durch sie sind im Laufe der Stadtgeschichte Situationen und Personen dargestellt worden, die Teil des Volksglaubens geworden waren. Schauen Sie, jede Krippe, auch die einfachste, besteht aus drei Ebenen: Oben ist das Schloss von Herodes, es steht für die Macht und den Machtmissbrauch; in der Mitte befindet sich die Landschaft mit der Schafherde, den Hirten und dem Rest; unten, ganz vorne, die Grotte mit Maria, Josef und dem Jesuskind. In die Landschaft hineingesetzt sehen Sie die Tempelruinen, die den Triumph der Christenheit über die heidnischen Götter symbolisieren, die Taverne, die für die menschliche Veranlagung zum Laster steht, und so weiter. Jeder Bestandteil der Krippe hat eine Bedeutung, die wichtigen haben sogar mehrere.

Ricciardi hörte aufmerksam zu.

– Alles hat eine oder mehrere Bedeutungen, sagen Sie. Können Sie mir ein Beispiel nennen?

Der Pfarrer nickte freudig. Er war glücklich, über sein Fachgebiet reden zu können.

– Natürlich. Beginnen wir bei den Orten und den architektonischen Elementen. Über den Tempel und die Taverne habe ich ja schon gesprochen. Zur Taverne vielleicht noch Folgendes: Das Festmahl, das Sie darin im Gange sehen, verweist darauf, dass die Gasthäuser und Herbergen die Heilige Familie abgewiesen haben, als diese eine Unterkunft suchte. Die Taverne steht also für die menschliche Bosheit und den Egoismus, den die Ankunft Christi ins Licht rücken wird. Der Ofen, den Sie dort sehen, fehlt nie: Er stellt nicht nur eines der ältesten Gewerbe dar, sondern weist auch auf das Brot hin, das gemeinsam mit dem Wein zu den Grundlagen unseres Glaubens gehört. Die Brücke über den Fluss, die Sie im Hintergrund sehen, bezieht sich auf eine alte Legende: Diese besagt, dass in ihren Fundamenten drei Kinder begraben sind, die eigens getötet wurden, um die Bögen durch einen Zauber zu stabilisieren. Gemeint ist die Verbindung zwischen der Welt der Lebenden und der der Toten. Auch der Brunnen steht für einen direkten Zusammenhang der Erde mit der Unterwelt. Wie Sie sehen, sind auch das Dunkle und das Böse in der Krippe vertreten. Wie im echten Leben, nicht wahr?

Ricciardi dachte nach. Eine Brücke, die die Welt der Lebenden mit der Welt der Toten verband. Wäre er selbst ein Hirte der Krippe gewesen, hätten sie ihn genau auf diese Brücke stellen können.

Von diesen Überlegungen einmal abgesehen erschien ihm die Symbolik der Krippe jedenfalls ziemlich verzwickt. Es würde nicht leicht sein zu begreifen, was der Mörder zum Ausdruck bringen wollte, als er die Figur des heiligen Josef zerbrach, vorausgesetzt natürlich, dass er damit überhaupt etwas ausdrücken wollte.

– Und die Personen? Haben sie auch eine Bedeutung?

Don Pierino nickte.

– Aber sicher, Commissario. Sehen Sie den Markt im Hintergrund? Jede Figur stellt einen Monat dar, der Metzger den Januar, der Ricotta-Verkäufer den Februar und so weiter bis zum Dezember, der vom Fischverkäufer symbolisiert wird. Das wären schon mal zwölf. Die Zigeunerin mit dem Korb voll Eisenwaren sagt die Zukunft voraus und symbolisiert das Schicksal Jesu, der am Kreuz gestorben ist. Der schlafende Mann dort bei der Herde zum Beispiel … hier wird's nun lustig … soll bedeuten, dass die Ankunft Christi die Menschen aus dem Schlaf der Unkenntnis des wahren Glaubens geweckt hat, er stellt also die Dummen dar und hieß im Volksmund immer Benito. Tja, so nennt ihn jetzt natürlich – aus naheliegenden Gründen – niemand mehr. Er heißt neuerdings »der schlafende Hirte«. Aber alle wissen, was sein eigentlicher Name ist, und lachen hinter vorgehaltener Hand darüber.

Ricciardi wollte etwas anderes wissen.

– Und die Heilige Familie? Hat auch sie eine Symbolik, eine Bedeutung?

Don Pierino breitete die Arme aus:

– Gewiss, Commissario. Bitte entschuldigen Sie, dass ich so viel plappere, ich könnte stundenlang von der Krippe erzählen. Die Familie, natürlich: Das Jesuskind: Kindheit, Weisheit, Reinheit und Unschuld. Die Madonna: Mutterschaft, Fürsprache, Keuschheit. Der heilige Josef …

Ricciardi betonte sein Interesse:

– Ja?

– Josef stellt verschiedene Dinge dar. Er ist der Menschlichste der drei, da er weder eine jungfräuliche Mutter noch Gottes Sohn ist. Er ist Mensch, Sie sehen es ja, er ist wie ein Hirte gekleidet. Aber er ist auch Jesus vermeintlicher Vater und ein Zimmermann. Für die Christenheit stellt er neben der Vaterschaft die Arbeit, die Härte des Lebens und die täglichen Opfer dar, insbesondere wenn man Kinder aufzuziehen hat.

Ricciardi stellte die Frage, auf die es ihm schon seit Beginn der Unterhaltung ankam:

– Und wenn nun jemand die Absicht hatte, ausgerechnet diese Figur, den heiligen Josef also, zu entweihen, was glauben Sie, hat er wohl damit sagen wollen?

Don Pierino strich sich mit der Hand nachdenklich übers Kinn.

– Das ist sicher keine schöne Geste, Commissario. Ich habe keine Ahnung. Wahrscheinlich eine Anspielung auf die Arbeit und auf die Vaterschaft. Vielleicht wollte derjenige sein Unbehagen darüber zum Ausdruck bringen, dass man ihm eines der beiden Rechte, insbesondere das Recht auf Arbeit, genommen hat. Der heilige Josef ist der Schutzpatron der Arbeiter. Mehr kann ich Ihnen nicht sagen.

Lange Zeit betrachtete der Kommissar die Krippe. Etliche kleine Lämpchen und von den Gläubigen angezündete Kerzen beleuchteten sie. Dankbarkeit, Wünsche, Symbole, Heilige – welch komplizierte Stadt, dachte er.

– Ich danke Ihnen, Pater. Vielleicht werde ich Sie nochmal brauchen, wir verfolgen gerade einen etwas komplizierten Fall.

Don Pierino lächelte ihn selig an:

– Für mich ist es immer eine große Freude, Sie zu sehen, Commissario. Sie wissen, wie ich über Sie denke: In Ihrem Herzen gibt es sehr viel Liebe, von der Sie selbst gar nichts wissen. Bis bald, besuchen Sie mich, wann immer Sie wollen.

Don Pierino begleitete den Kommissar nach draußen bis zur Treppe der Kirche. Bevor er ging, drehte Ricciardi sich um und sagte:

– Eine letzte Frage noch: Warum wurde der heilige Sebastian von so vielen Pfeilen getötet?

Don Pierino überlegte.

– Der heilige Sebastian, sagen Sie? Einer der ersten Märtyrer. Er war der Führer der Wachen Diokletians, eines römischen Kaisers und brutalen Christenverfolgers. Als der Imperator merkte, dass er zum christlichen Glauben konvertiert war, ließ er ihn an einen Pfahl anketten und von einer Einheit Bogenschützen durchbohren. Deshalb ist er so dargestellt, mit so vielen Pfeilen, die ihn treffen. Und darum ist er der Schutzpatron ...

– ... der Miliz, ja, ich weiß. Vielen Dank, Pater. Sie sind mir immer eine große Hilfe.

Als der Kommissar seines Weges ging, schauten ihm zwei Personen nach: Der Priester und eine hinter einem Rollgitter verborgene junge Frau.

XXII

Bambinella ging zur Messe, seit er denken konnte.

Schon als Kind war er jeden Sonntag in der Kirche gewesen, und so hielt er es auch heute. Manchmal ging er sogar unter der Woche hin, falls er aus irgendeinem Grund Lust hatte, sich Gott nahe zu fühlen.

Er erinnerte sich noch an einen Priester, den er mit etwa zehn Jahren kennenlernte; damals spürte er bereits, dass er anders war als die übrigen Jungs seines Alters. Es war ein Anderssein, mit dem die Stadt schon immer lebte, bekannt und offensichtlich, doch er unterschied sich eben, und Kinder können, wie man weiß, sehr grausam sein. Bambinella floh also dorthin, wo er vor Verfolgung sicher war, und genoss die angenehme Kühle, den Duft des Weihrauchs.

Der Priester setzte sich zu ihm und sprach mit ihm, als wäre er erwachsen. Er sprach vom Leben, davon, wie schwierig es sein konnte. Bambinella verstand ihn nicht, doch wenn er jetzt daran zurückdachte, glaubte er, dass Don Corrado, so hieß der Priester, ihm von seinem eigenen Anderssein erzählt hatte, auch wenn er nicht dieselbe Art gewählt hatte, damit zu leben. Der Priester gefiel ihm. Vielleicht hatte er sich sogar in ihn verliebt, aber es geschah nie etwas.

Kurz darauf begannen die Männer, ihn anzufassen, und Bambinella entdeckte, dass es für ihn einfacher war, Frau als Mann zu sein und nicht länger zu verstecken, was mit aller Kraft zum Vorschein trat: in anmutigen Bewegungen, den langen Wimpern, den großen braunen Augen und in seinem Herzen.

Zur Messe ging er aber immer noch. Das Halbdunkel spendete ihm Trost, er mochte den Weihrauchgeruch und erinnerte sich gerne an Don Corrado, der stundenlang mit ihm geredet hatte. Er ging früh hin, zum ersten Gottesdienst um sieben Uhr, zu dem auch die Leute kamen, die sonntags arbeiteten, und die Frömmlerinnen, die die vorderen Bänke in Beschlag nahmen und dort bis zum Abend ausharrten, zwischen den Messen ihre Rosenkränze aufsagten und leise miteinander tuschelten.

Bambinella kannte jeden und jedermanns Geschichten. Sein Beruf wurde hingenommen, als gehöre er zum Leben, und in einem Mikrokosmos, in dem soziale Unterschiede daran festgemacht wurden, ob man zumindest einmal täglich etwas zu essen hatte, galt er fast schon als privilegiert. Weil er Leuten in ernsten Schwierigkeiten bereitwillig half, zogen ihn am Ende alle ins Vertrauen; wie eine Spinne saß er also inmitten des gigantischen Netzes aus Klatsch und Tratsch, das sich um die ganze Stadt spannte.

Niemand wusste, wie er richtig hieß, weil er ohne Familie auf der Straße aufgewachsen war und mal hier, mal dort geschlafen und gegessen hatte; seinen Namen verdankte er einem bekannten Volkslied.

Sonntagmorgens um sieben war nicht viel los draußen. Die kleinen Straßen und Gassen des Viertels, sonst verstopft von Leuten und Waren, lagen grau und still da und wurden nur vom Wind und ein paar Sonnenstrahlen gestreift, die ab und zu kurz durch die dicke schwarze Wolkendecke am Himmel blitzten. Bambinellas Absätze kündigten seine Ankunft schon von Weitem an. Unter tief herabgezogenen Mützenschirmen und den Kragen von Wintermänteln, die schon so oft gewendet worden waren, dass der Stoff dünn wie Hemdstoff war, zeichnete sich hier und da ein Lächeln ab. So kreuzten sich von weitem Blicke und wurden Grüße getauscht wie in einem kleinen Dorf, bevor die Stadt beginnen würde, sich hektisch und sinnlos im Kreis zu drehen.

Als er den letzten Absatz der dunklen, kalten Treppe bei sich zu Hause nahm, eingehüllt in seinen langen Mantel, unter dem die schwarzen Strümpfe und hohen Schuhe herausschauten, erwartete Bambinella ein überraschender Anblick: Auf der letzten Stufe, direkt vor seiner Haustür und das Gesicht auf

beide Hände gestützt, saß Brigadiere Maione.

– Ach, herrje, Brigadiere, na Sie haben mich vielleicht erschreckt! Ich dachte schon, es ist irgendein Übeltäter. Was machen Sie denn hier, am frühen Morgen und bei der Kälte, Sie holen sich ja den Tod! Na los, stehen Sie schon auf und kommen Sie mit rein.

Maione war unrasiert und trug deutliche Spuren einer schlaflosen Nacht.

– Na endlich bist du da, Bambinella. Darf man erfahren, wo du dich so früh am Sonntagmorgen rumtreibst?

Die beiden verband ein eigentümliches Vertrauensverhältnis. Vor Jahren war Bambinella einmal festgenommen worden, zusammen mit einer Gruppe von Prostituierten, die um das San Carlo herum auf Kundenfang gingen: Ihre Jugend und Schönheit standen in deutlichem Kontrast zum Aussehen der anderen – die meisten zu alt, um in einem der zahlreichen genehmigten Bordelle einen warmen, sicheren Platz zu finden. Als klar war, warum auch Bambinella diese Art von Asyl nicht bekommen würde, hatte Maione, einem unerklärlichen Impuls folgend, ihn freigelassen. Vielleicht folgte er dabei nur seinem Gespür für Symmetrie, denn das seltsame Wesen mit den langen Beinen, dem kantigen Gesicht und den breiten Schultern war keiner der übrigen festgenommenen Nutten ähnlich.

Sie hatten eine sonderbare Freundschaft geschlossen: Maione merkte schon bald, wie viele wertvolle Informationen Bambinella ihm zusichern konnte, und der Transvestit hatte den brummigen, doch gutmütigen Polizisten ins Herz geschlossen.

Jedes Mal, wenn die Ermittlungen zu einer Straftat an einen toten Punkt gelangten oder irgendeine Angabe zu überprüfen war, kletterte Maione also unter Stöhnen und Ächzen zu der kleinen Dachwohnung hinauf, in der Bambinella seinen Beruf ausübte. Dort, hinter dem Vicolo di San Nicola da Tolentino, befand sich sozusagen das Zentrum des Spinnennetzes.

– Nein, wie romantisch! Ein Verehrer auf der Türschwelle seiner Liebsten, und das frühmorgens am Sonntag vor Weihnachten. Man kommt nichtsahnend aus der Kirche und wer hockt da schon? Ein wunderschöner wartender Mann. Nicht mal im Kino gibt's solche Geschichten!

Maione rieb sich die Augen. Er versuchte, einen klaren Kopf zu bekommen.

– So 'ne Geschichte wird's auch diesmal nicht geben. Hör mal, Bambinella, erspar' mir das Geschwätz, ich hab' furchtbares Kopfweh und mir platzt gleich der Schädel. Heut' Nacht hab' ich kein Auge zugetan. Meiner Frau hab' ich gesagt, dass ich was Wichtiges für die Arbeit erledigen muss, und bin weg, bevor sie's merkt und mich mit Fragen bombardiert.

Bambinella legte seine Hände mit den langen lackierten Fingernägeln vor dem Mund zusammen; die Gebärde hätte weiblicher nicht sein können.

– Oh là, là, dann muss es ja was Ernstes sein! Besser, ich mach Ihnen gleich einen Malzkaffee, der wird guttun gegen das Kopfweh. Haben Sie schon gefrühstückt? Ich hab' Zuckerkringel und Gebäck da, die hat mir ein Kunde mitgebracht. Möchten Sie welche?

Maione verzog das Gesicht:

– Um Himmels willen, das fehlte mir noch morgens in der Früh, ich soll wohl gleich ins Krankenhaus? Kaffee nehme ich gern, danke. Das Zeugs schmeckt zwar widerlich, aber zumindest werd' ich damit den bitteren Geschmack im Mund los.

Bambinella kicherte, während er sich am Herd zu schaffen machte.

– Freundlich wie immer, danke, Brigadiere. Eigentlich wollten Sie ja sagen: Bambinella, so wie du den Malzkaffee machst, mit deinen goldenen Händchen, macht ihn sonst keine. Und wüssten Sie erst, was ich sonst noch so anstelle mit meinen Goldhändchen ... Einer meiner Kunden, ein Metzger aus La Torretta, sagt, dass meine Hände einen Toten zum Leben erwecken könnten, insbesondere wenn ...

– Bitte, Bambinella, – unterbrach Maione ihn brüsk, – ich kann heute Morgen wirklich alles ertragen, bloß keine Details aus deinem Berufsleben. Und wenn ich außerdem dran denken muss, was du mit deinen Händen tust, wird mir auch noch der Malzkaffee zuwider, also lass gut sein.

– Wie Sie möchten, Brigadiere. Manche beruflichen Erfolge würde man eben gerne ab und zu mit jemandem teilen, zumindest mit seinen Freunden. Nun, was verschafft mir denn die Ehre, so früh am Sonntagmorgen? Ich glaub nicht, dass wir uns sonntags schon mal gesehen haben. Und dann ist ja auch Weihnachten. Lassen Sie mich raten: die Sache in Mergellina, stimmt's? Das Ehepaar, der von der Hafenmiliz, oder?

Maione schüttelte bewundernd den Kopf.

– Unglaublich. Dabei kannst du nicht mal lesen und es nicht aus der Zeitung haben. Woher um Himmels willen weißt du das?

Bambinella kratzte sich die Haare, die ihm widerspenstig auf dem ordentlich rasierten Handrücken nachwuchsen.

– Reiner Zufall, Brigadiere, wirklich. Ich hab' ein paar Kolleginnen, die im Bordell in La Torretta arbeiten, erinnern Sie sich, wir waren mal zusammen da, um eine von ihnen zu befragen, die irgendwas wusste, was Sie wissen wollten. Manchmal haben meine Freundinnen auch Fischer und Geldverleiher aus der Gegend als Kunden. Die Fischer können nicht viel zahlen, aber sie schenken ihnen frischen Fisch und die Mädchen braten ihn sich auf den Zimmern, auch wenn Madame sich drüber aufregt, weil sie findet, dass ein Bordell nach Rosen duften und nicht nach Frittiertem stinken sollte …

Maione hob die Hände zu einer flehenden Geste.

– Um Gottes willen, Bambinella, tu's mir zuliebe und bleib beim Thema. Heut' halt ich's nicht aus, deinen Ausschmückungen zu folgen. Bitte nur die Fakten.

Bambinella stülpte die rot angemalten Lippen nach vorn und zog eine Schnute.

– Böser, böser Brigadiere. Nicht mal reden darf ich, wie ich will. Jedenfalls hab' ich eins der Mädchen getroffen und sie hat mir gesagt, dass von nichts anderem geredet wird als vom Tod dieses … wie heißt er noch … Garofalo, glaub ich. Und dass eine Menge Dinge über ihn gesagt werden.

– Was denn zum Beispiel?

Bambinella kicherte nervös, die langen Finger vorm Mund.

– Mein Gott, woher soll ich das wissen? Ich hab' nicht nachgefragt, konnte ja nicht wissen, dass Sie an dem Fall dran sind, Sie und der schöne Kommissar mit den grünen Augen, der angeblich Unglück bringt. Sonst hätte ich mich natürlich informiert.

Maione fuhr auf:

– Ich hab' dir tausend Mal gesagt, ich will nicht, dass du sowas über den Commissario sagst, dass er Unglück bringt! Es stimmt einfach nicht. Wer's trotzdem denkt, soll kommen und mir's ins Gesicht sagen, dem hau' ich alle Zähne aus, dann ist Schluss damit!

Bambinella klimperte mit den falschen Wimpern.

– Ich sag's doch nur, damit Sie wütend werden. Männer, die sich aufregen, machen mich unglaublich an.

Maione erwiderte müde:

– Bambinella, lass bitte das Albern, ich bin wegen sehr ernster Dinge hier. Also, hör gut zu, wir haben keine Zeit und ich muss dich um zwei Dinge bitten. Erstens: Du musst sofort zu deinen Freundinnen nach La Torretta gehen und dir alles sagen lassen, was sie über diesen Garofalo wissen. Vor allem, ob jemand ihm Böses wollte oder ihm gedroht hatte.

Während Bambinella zuhörte, trank er in kleinen geräuschvollen Schlucken seinen Malzkaffee aus einem chinesischen Tässchen, wobei er den rechten kleinen Finger abgespreizte.

– Und die zweite Sache?

Maione runzelte die Stirn. Was er zu tun beabsichtigte, gefiel ihm nicht. Er hatte so etwas noch nie getan: berufliche Kontakte zu privaten Zwecken zu nutzen. Erst seufzte er tief, dann sagte er:

– Ich brauche noch etwas anderes. Die Sache ist streng vertraulich, Bambinella, es darf niemand davon erfahren, wirklich gar keiner. Du musst jemanden für mich finden: einen gewissen Biagio Candela. Er dürfte ziemlich jung sein. Leider kann ich dir nicht sagen, was er macht oder wo er wohnt, nur dass sein Bruder – er hieß … er heißt Mario, Mario Candela – im Gefängnis ist, in Poggioreale.

Bambinella hörte aufmerksam zu. Er sah dem Brigadiere dabei direkt ins Gesicht und verzog selbst keine Miene. Dann nickte er und sagte mit tiefer Stimme, ganz ohne die übliche Geziertheit:

– Ich weiß, wer Mario Candela ist, Brigadiere. Er ist letzte

Woche im Gefängnis gestorben, nach einer Rauferei. Und ich weiß auch, was er getan hat, warum er im Gefängnis war.

Er machte eine Pause, in der er sich über die Haarstoppeln auf seinem Handrücken strich.

– Ich rasiere sie dauernd ab, aber sie wachsen immer wieder nach. So ist die Natur eben. Sie lässt sich nicht verstecken. Man kämpft dagegen an, aber es ist nichts zu machen. Sind Sie sicher, dass Sie diesen Biagio Candela ausfindig machen wollen? Haben Sie es sich gut überlegt?

Maione fragte sich, was und wie viel Bambinella über die Ermordung seines Sohnes wusste. Er hatte nie darüber nachgedacht.

– Ja, Bambinella. Ich will wissen, wo er steckt. Wenn du mir nicht helfen willst, danke trotzdem, ich schaff's auch allein, weißt du.

Bambinella betrachtete das Fenster: Eine Taube saß zusammengekauert auf der Fensterbank, den Kopf unterm Flügel, und versuchte, sich vor dem kalten Dezemberwind zu schützen.

– Bis zum Abend wird sie tot sein, das arme Tier. Und keiner kann was dran ändern.

Als er sich wieder Maione zuwandte, lächelte er.

– Wir sind Freunde, Brigadiere. Und Freunde helfen sich – unbegrenzt, ohne nachzufragen. Keine Sorge, ich werde Sie wissen lassen, wo Sie diesen Biagio Candela finden. Kommen Sie heute Abend wieder, dann reden wir darüber. Über beides.

Maione trank den miserablen Malzkaffe in einem Zug, nickte kurz zum Abschied und ging dem Sonntag mit gesenktem Kopf entgegen.

XXIII

Ricciardi hatte im Krankenhaus anrufen lassen und Doktor Modo für ein Uhr zum Mittagessen ins Gambrinus eingeladen. Dort angelangt, setzte er sich an denselben Tisch wie immer mit Blick auf die Via Chiaia und bestellte einen Kaffee, um sich die Wartezeit zu vertreiben.

Das Gambrinus war der einzige Ort, an dem Ricciardi sich gerne aufhielt. Den ganzen Tag über herrschte dort ein reges Kommen und Gehen von Leuten unterschiedlichsten Schlags – jeder Kundentyp hatte seine eigene Uhrzeit. Der Kommissar mochte die Stuckelemente und Jugendstilfresken, das gedämpfte Licht, die unaufdringlichen Kellner. Den abgestandenen Duft der alten Stadt.

Es gab bequeme kleine Sessel aus rotem Samt, eine ausgezeichnete Musik, die vom Flügel in der Mitte des Saals kam, und exzellente Sfogliatelle. Grund genug für Ricciardi, sich in dem historischen Café wie zu Hause zu fühlen.

Er kam schon seit Jahren her und nicht einer der Kellner, die daran gewöhnt waren, ihn etwas abseits an dem kleinen Tisch in der Ecke sitzen zu sehen, hatte sich je einen besonderen Gruß oder sonstige Vertraulichkeiten erlaubt. Ricciardi schätzte Diskretion über alles, doch sie war überall zur Seltenheit geworden und in Neapel fast nie zu finden.

Durch die große Fensterscheibe sah er einen wahren Strom von Menschen auf und ab gehen. Die meisten waren beladen mit Päckchen und Paketen, trugen Handschuhe und Hüte und waren vor Kälte ganz rot im Gesicht. Ihr Lachen und ihre Unterhaltungen drangen durch das dicke Glas nicht bis zu ihm. Das Ganze wirkte wie ein Stummfilm in Farbe, auch wenn Letztere in der blassen Wintersonne recht fahl wirkte.

An der Ecke zur Via Toledo saß am Boden eine eingemummelte Alte, die mit ausgestreckter Hand um ein Almosen bat.
Hin und wieder ließ ein Passant eine Münze hineinfallen und die Frau ließ sie flink unter den verschlissenen Decken verschwinden.

Fast direkt daneben stand ein Drehorgel spielender Junge mit halbem Lächeln. Halb deswegen, weil der Rest seines Gesichts, ebenso wie das Bein und der Arm der entsprechenden Körperseite, nur ein unförmiger Haufen blutigen Fleisches war. Ricciardi, der das Bild des Kindes seit einer Woche täglich sah, erinnerte sich an den Unfall: Ein Fahrzeug war spätabends um die Kurve gebraust; vielleicht wollte der kleine Bettler einen letzten freigebigen Passanten abfangen und hatte stattdessen den Rennwagen eines kurzsichtigen Fahrers erwischt. So was kommt vor, dachte Ricciardi.

Der Junge mit dem schiefen Lächeln sagte: *Frohe Weihnachten, frohes Fest, der Herr. Ein bisschen Kleingeld bitte für ein Lied auf meiner Drehorgel!* Für Ricciardi sah es nun so aus, als ob er Kunden für die alte Frau anlockte, er selbst brauchte ja keine mehr. Dem Kommissar wäre es allerdings lieber gewesen, es wäre umgekehrt und der Kleine mit den Frostbeulen an den Händen würde noch seine Drehorgel spielen. Zerstreut fasste er sich an seine eigene Wunde, die immer mehr verheilte.

– Tut's weh? Selber schuld. Nächstes Mal hörst du auf mich und bleibst im Bett liegen, bis alles heil ist, bevor du rumläufst und anständigen Leuten auf den Wecker fällst, – sagte Doktor Modo. Dann ließ er sich wie ein Mehlsack auf den zweiten Sessel am Tisch fallen.

Der Arzt zog Hut und Handschuhe aus und rieb sich die Hände, um sie aufzuwärmen.

– Nein, es tut nicht weh, juckt höchstens ein bisschen. Mein Arzt ist wirklich tüchtig, weißt du, nur war ich kurzfristig außerstande, ihm zuzuhören. Ich hab' also das Beste bekommen, ohne das Schlimmste ertragen zu müssen: sein Geschwätz.

– Ach, und ich dachte, du unterhältst dich glänzend mit mir!

Ricciardi verzog das Gesicht wie im Schmerz.

– Klar. So glänzend, dass ich nicht mal sonntags ohne dich auskomme, wie du siehst.

Modo versuchte, den Kellner auf sich aufmerksam zu machen.

– Dein Anruf eben hat mich ziemlich gekränkt. Erstens weil du, obwohl Sonntag ist, davon ausgegangen bist, dass ich arbeite; und zweitens, weil du damit recht hattest.

– Tja, Bruno, leider bin ich der Letzte, der dir etwas über Freizeitvergnügungen beibringen kann. Aber du weißt ja, wie entscheidend die ersten Stunden und Tage nach einem Mord für das Sammeln von Informationen sind.

Modo lachte.

– Nette Ausrede, um nicht zugeben zu müssen, dass man nichts mit seinem freien Sonntag anzufangen weiß. Gut, ich beschwere mich ja nicht: Immerhin kriege ich ein kostenloses Mittagessen, was nur recht und billig sein kann für einen armen, mittellosen Arzt. Und du – steinreich und geizig, wie du angeblich bist – wirst bezahlen müssen.

Nun lachte auch Ricciardi:

– Weder steinreich, zumindest glaub' ich das nicht und es wär mir auch egal, noch geizig. Aber das subtile Vergnügen, mit dir zu Mittag zu essen, zeigt, wie gerne ich leide. Na los, lass uns bestellen, es wird spät und ich hab' noch eine andere Verabredung an diesem langen Sonn- und Arbeitstag.

Aus den Augenwinkeln sah Ricciardi den Hund, der sich draußen in der Nähe der Bettlerin niederließ. Er legte sich dicht an die Mauer, wo er vor Wind geschützt war, und zwar so, dass er den Eingang des Cafés im Blick hatte. Sein weiß-braun geschecktes Fell schien glänzender als sonst.

– Ich hab' ihn waschen lassen, – sagte Modo, dem Blick des Kommissars folgend. – Will mir nichts einfangen, wenn er mal ins Haus kommt. Schließlich bin ich immer noch Arzt.

– Das hätte ich nicht gedacht. Du hast ihn also adoptiert. Modo, der Hundebesitzer.

Modo lachte.

– Du kennst ihn nicht. Er ist kein Hund, den man besitzen kann; er sucht sich selbst aus, bei wem er bleiben möchte. Wir führen eine offene Beziehung, ohne Verpflichtungen, weder für ihn noch für mich. Du kannst es zwar nicht wissen, mein einsamer Freund, aber so ist jede große Liebe: frei von Ketten und Riegeln.

Als sie fertig waren, hatte die Menschenmenge auf der Straße sich gelichtet, auch weil inzwischen ein eiskalter dichter Nieselregen herabfiel. Die alte Bettlerin hatte sich schwerfällig erhoben und Zuflucht in einem Hauseingang gesucht. Ricciardi sah den kleinen Jungen, der als Einziger trocken blieb, während er weiter um ein bisschen Kleingeld für ein Lied bat, das er nie mehr spielen würde.

– Also, Bruno, was hat die Autopsie der Garofalos ergeben? Hast du etwas Neues entdeckt?

Modo reckte sich und streckte die Beine unterm Tisch aus.

– Wusste ich's doch, dass ich mir mein Essen verdienen muss. Nun, sie waren recht gut in Form, die beiden. Gut genährt, in guter gesundheitlicher Verfassung, keine schlimmen

Krankheiten. Die Frau hatte drei Goldzähne, ihm fehlten ein paar, das muss schon länger her sein, nichts Besonderes. Bei dem Mann begannen die Gelenke sich ein wenig zu verhärten; hätte man ihn leben lassen, hätte er vielleicht in vier, fünf Jahren Probleme mit den Knien und Hüften bekommen. Aber alles in allem ging es ihnen gut.

Ricciardi wartete.

– Also als ich sie gesehen hab, waren sie ja nicht gerade putzmunter, wenn ich ehrlich bin. Was kannst du mir zu ihrem Tod sagen?

Modo stimmte ihm zu.

– Du hast recht, es ging ihnen nicht gut. Ich hab' Gewebe- und Organproben entnommen: Sie sind morgens gestorben, ein paar Stunden bevor man sie gefunden hat, vielleicht gegen acht, neun Uhr. Die Frau ist innerhalb kürzester Zeit verblutet, durchtrennte Halsschlagader. Wie ich mir schon nach der ersten Untersuchung gedacht hatte: ein einziger sauberer Schnitt von rechts nach links. Es gibt zwei Möglichkeiten: Entweder war die Klinge sehr scharf oder jemand hat ihr während des Schnitts den Kopf festgehalten.

Ricciardi hörte sehr aufmerksam zu.

– Hast du Zeichen einer tätlichen Auseinandersetzung an ihrem Körper gefunden? Blaue Flecken, Blutergüsse, irgendwas?

– Nein, überhaupt nichts. Das ist das Erste, wonach ich suche. Es gibt keine Zeichen, die Frau hatte nicht damit gerechnet.

– War es ein Rechts- oder ein Linkshänder?

Modo zuckte mit den Schultern:

– Ich kann's nicht sagen. Dazu müsste man wissen, ob der

Täter vor ihr stand, wie ich glaube, oder hinter ihr. Vom Opfer aus gesehen geht der Schnitt von links nach rechts. Aber es gibt nichts, was auf einen Kampf hindeutet. Die Frau hat keinen Widerstand geleistet.

Ricciardi sah im Geiste Signora Garofalo vor sich, wie sie lächelnd und aus der schrecklichen Wunde stark blutend so liebenswürdig und höflich *Hut und Handschuhe?* fragte. Vor ihr, dachte er bei sich. Der Mörder stand vor ihr.

– Und ihr Mann, Bruno, was kannst du zu ihm sagen? Wie kam's zu diesen ganzen Messerstichen?

– Das musst du schon den Mörder oder vielmehr die Mörder fragen, denn meiner Meinung nach waren dabei mehrere Personen im Spiel, ich hab's dir ja schon gesagt. Tödlich war bereits der allererste Stoß, ins Herz. Er hätte gereicht. Während der Mann starb, was höchstens ein paar Sekunden gedauert haben kann, folgten mindestens fünf weitere Stiche zwischen Brustkorb und Abdomen. Das kann ich sicher sagen, weil die Wunden geblutet haben, wenn auch nur kurz, das Herz hatte da noch nicht aufgehört zu schlagen. Die anderen sechsundzwanzig ... sechsundzwanzig, hörst du ... bekam er, als er schon tot war.

Ricciardi dachte an den blutüberströmten Garofalo, der beteuerte, niemandem etwas schuldig zu sein.

– Du bestätigst also, dass es sich deiner Ansicht nach um mehr als einen Mörder handelt?

Der Pianist im Gambrinus ließ den Nachmittag mit einem herzzerreißenden Tango beginnen. Ein Paar erhob sich von seinem Tisch und fing an zu tanzen.

– Ja, und ich sag dir auch warum: Der erste Messerstich war ein tiefer, fester Hieb. Es steckte Kraft dahinter. Der Mörder hat das Messer zuerst aufgesetzt, wie beim Zielen, und es dem Opfer dann langsam und sicher ins Herz gerammt. Keine leichte Sache, weißt du; außer Entschlossenheit, wie du dir vorstellen kannst, braucht es dazu eine wirklich starke Hand, weil der Schwung fehlt, den man hat, wenn man von weiter oben zusticht. Die anderen Verletzungen sind nicht so tief und wurden dem Opfer alle von rechts nach links zugefügt.

Ricciardi sah zerstreut den umherwirbelnden Tänzern zu. Die Frau sang leise und verzückt vor sich hin:

> ... terra di sogni e di chimere
> se una chitarra suona
> cantano mille capinere
> hanno la chioma bruna
> hanno la febbre in cor
> chi va a cercar fortuna
> vi troverà l'amor ...

> ... Land der Träume und Trugbilder
> wenn eine Gitarre erklingt
> zwitschern tausend Mönchsgrasmücken
> ihr Gefieder ist braun
> ihr Herz ist fiebrig
> wer sein Glück sucht
> wird dort Liebe finden ...

– Woraus schließt du aber dann, dass noch eine andere Hand im Spiel war? Wenn die Richtung doch dieselbe ist ...

Modo schüttelte den Kopf.

– Du musst mich ausreden lassen. Ich spreche jetzt von der

ersten Gruppe von Verletzungen. Außer denen gibt es noch andere, mehr als ein Dutzend, bei denen sich die Richtung ändert. Die Stiche gehen von links nach rechts, sind nicht so tief, aber heftiger. Das muss ein zweiter Arm mit neuer Kraft gewesen sein. Also jemand anderes, würde ich sagen.

Der Doktor war sich seines Befundes sicher, und Ricciardi wusste genau, wie gewissenhaft er war. Das Bild nahm langsam Gestalt an.

– Was ist also dein abschließender Eindruck?

Modo verschränkte die Hände hinterm Kopf. Er folgte Ricciardis Blick, der weiter das tanzende Paar beobachtete:

… e nell'oscurità
ognuno vuol godere
son baci di passion
l'amor non sa tacere
e questa è la canzon
di mille capinere …

… und in der Finsternis
möchte jeder etwas davon haben
es sind Küsse der Leidenschaft
die Liebe kann nicht schweigen
und dies ist das Lied
von tausend Mönchsgrasmücken …

– Mein abschließender Eindruck, wie du es ausdrückst, mein lieber Ritter der Finsternis, genannt *Ricciardi der Fröhliche*, ist, dass die Morde mit einer bestimmten Absicht begannen und dann die Leidenschaft mit ins Spiel kam, wie bei der Mönchsgrasmücke im Lied der hübschen jungen Frau, die ich nebenbei bemerkt für eine Edelnutte halte. Sie wollten für Gerechtigkeit sorgen, eine Hinrichtung nach allen Regeln vollziehen, doch dann haben alle bei der Party mitgemacht, entweder jeder mit dem eigenen Messer oder sie gaben sich dasselbe Messer weiter. So wird keiner bei einem Überfall oder im Streit umgebracht. Du und dein Freund Maione, der den Sonntag hoffentlich bei einem guten Ragù zu Hause verbringt, müsst nach jemandem suchen, dessen Motiv sehr starker Hass war. Denn der war nötig, um diesen Mord auszuführen. Für die Frau gilt das nicht; die Frau war bloß ein zu vernachlässigendes Hindernis.

Vor Ricciardis geistigem Auge erschienen die Figur der Madonna, die auf den Esel gekippt war, und die Scherben des heiligen Josef. Auf der nun fast menschenleeren Straße starrte der verunglückte kleine Junge im Regen ins Leere und bat um ein bisschen Kleingeld für sein Lied auf der Drehorgel.

Ein paar Meter von ihm entfernt wartete der Hund, mit einem aufgestellten und einem angelegten Ohr, zusammengerollt auf den Doktor. Sein Fell bewegte sich leicht im Wind.

Im Café endete der Tango mit einem letzten Akkord und einem leicht verwackelten Abschluss.

Modo fragte:

– Spendierst du mir noch einen Kaffee?

Draußen war es Abend geworden.

XXIV

Maione hatte gewartet, bis es Abend wurde, und einen furchtbaren inneren Kampf ausgefochten, damit keiner bei ihm zu Hause merkte, wie es um seine Gemütsverfassung stand.

Was Franco Massa ihm gesagt hatte, hatte auf einen Schlag den mühsam errichteten Schutzwall in sich zusammenstürzen lassen, hinter den er Schmerz und Trauer um den Tod seines Sohnes verbannt hatte.

Jetzt erst wurde ihm klar, wie wichtig es für ihn gewesen war, den Schuldigen nach Recht und Gesetz bestraft zu wissen, um sein eigenes inneres Gleichgewicht wiederzufinden und sich in sein Schicksal zu ergeben. Maione war ein einfacher Mann, das war ihm durchaus bewusst; auf eine Tat musste seiner Meinung nach eine Reaktion folgen. Durch die Festnahme des mutmaßlichen Mörders hatte er Luca natürlich nicht wieder zum Leben erweckt, doch zumindest hatte er seine Pflicht als Polizist erfüllt.

Er erinnerte sich noch undeutlich an das mehrtägige Gerichtsverfahren. Eigentlich hatte er gar nicht hingehen wollen, doch Lucia hatte ihn gebeten, es zu tun, da sie nicht die Kraft dazu hatte. Sie wollte nicht, dass die Leute dachten, sie hätten Luca schon vergessen. Das Ganze war ihm verworren und unwirklich vorgekommen, in den Nächten hatte er kaum geschlafen und war wie benommen gewesen.

Er erinnerte sich an den Gerichtssaal im Castel Capuano, an den Geruch von Holz und Staub, an die Kälte im Raum, die blinden Blicke der Büsten und Statuen großer Anwälte der Vergangenheit. Er erinnerte sich an die melodische Stimme des Staatsanwalts, der forderte, an dem Angeklagten ein Exempel zu statuieren, und an das weiße, blutleere Gesicht dessen, den er damals für Lucas Mörder hielt.

Er erinnerte sich vage daran, wie die Mutter, eine Frau, die

wesentlich älter aussah, als sie war, unablässig geweint hatte und von jemandem gestützt wurde.

Ebenso vage sah er einen Jungen vor sich, der nicht älter als Luca sein konnte, am Arm der Mutter. Er war blass, hatte helle Haut und helle Haare. Ihm fiel ein, wie er gedacht und zu Ricciardi neben ihm gesagt hatte, er verstehe nicht, wie man jemanden umbringen könne, der so sehr dem eigenen Bruder glich. Ricciardi hatte geantwortet, dass es doch im Grunde immer so sei.

Das Gesicht, das ganz allmählich aus dem Nebel der Erinnerungen auftauchte, die er hatte auslöschen wollen, war das Gesicht von Lucas Mörder. Heute wusste er das. Hätte er es nur damals schon gewusst.

Während er mit den Kindern spielte, Radio hörte und aß wie jeden Sonntag, nagte dieser Gedanke die ganze Zeit über an Maione. Gewöhn dich lieber daran, dachte er. Bis du wieder beginnen kannst, alles von Neuem zu verdrängen. Aber es ist spät geworden. Ich denke mir eine Ausrede für Lucia aus und gehe zu Bambinella.

Der trug seinen rotgeblümten schwarzen Kimono mit Seidenband um die Taille und ein schwarzes spitzenbesetztes Unterkleid, das aus dem Dekolleté herausschaute. Die langen rabenschwarzen Haare hatte er zum Pferdeschwanz gebunden und mit einem großen Hornkamm zusammengesteckt. Auf der Brust und im Gesicht zeichnete sich schwach ein dunkler Schatten ab: die widerspenstigen Härchen.

Bambinella war damit beschäftigt, die Leiche der Taube, die am Morgen mit dem kalten Wind gekämpft hatte, in ein Stück

Zeitungspapier zu wickeln. Heiße Tränen rannen ihm das Gesicht herab. Er trocknete sie mit einem Taschentuch, in das er sich von Zeit zu Zeit schnäuzte.

– Haben Sie gesehen, Brigadiere? Sie ist tot. Ich wusste es. Ich hab' gesehen, dass sie schlecht dran war; wenn sie anfangen, den Kopf unter die Flügel zu stecken, sind sie am Sterben. Armes Tier!

Wieder putzte er sich die Nase. Es klang wie eine heisere Posaune.

– Komm schon, Bambinella, Kopf hoch, es war bloß eine Taube. Was ist das schon? Wie die Menschen kommen und gehen, kommen und gehen auch die Tauben, find dich damit ab.

– Ich kann nichts dafür, Brigadiere, ich hab' ein weiches Herz, die Tierchen tun mir leid, genau wie die Kinder. Keiner beschützt sie. Die toten Tauben begrabe ich draußen hinter der Terrasse. Leider darf ich ja keine Tiere halten und außerdem hab' ich zu arbeiten, sonst wär's bei mir sicher voll mit Katzen und Hunden.

– Ein Tierheim! Das fehlte ja gerade noch hier oben. Hör mal, tut mir leid, wenn ich dich gerade heut' am Sonntag damit nerve, aber ich muss wissen, ob du was rausgefunden hast.

Bambinella setzte sich anmutig in den niedrigen Korbweidensessel, die Beine sittsam nebeneinandergestellt, die Arme vor der Brust verschränkt.

– Brigadiere, Sie kränken mich. Glauben Sie denn, wenn ich einem Freund etwas zusage, halte ich mein Versprechen nicht?

– Das Gerede von der Freundschaft kannst du dir sparen. Du besorgst mir Informationen und ich steck dich dafür nicht in den Knast – so einfach ist das. Meinst du, Polizisten haben

Freunde wie dich? Trödeln wir nicht rum, ich hab' meiner Frau gesagt, ich geh' spazieren, und muss gleich wieder zurück.

Bambinella lächelte listig und kokett.

– Das sagen Sie doch nur, weil Sie's nicht zugeben wollen, dabei wissen Sie ganz genau, dass wir Freunde sind. Wenn Sie natürlich ein bisschen mehr wollen, vergessen Sie nicht, für Sie ist's gratis. Sie haben ja keine Ahnung, wie viele meiner Kunden herkommen und ihrer Frau sagen, dass sie spazieren gehen …

Maione tat, als greife er sich eine Vase und würde sie nach Bambinella werfen.

– Irgendwann versohl ich dir noch den Hintern, so wahr mir Gott helfe! Untersteh dich nicht noch mal, verstanden? Ob gratis oder nicht, ich will davon nichts hören, klar?

Bambinella gab sich verstimmt.

– Ist ja gut, dann gibt's eben kein Techtelmechtel heut' Abend, macht nix, denn früher oder später … halt, stopp, nicht wütend werden. Okay, fangen wir bei dem Typ von der Hafenmiliz an. Da beweist sich mal wieder, dass nicht alles ist, wie es scheint.

– Was meinst du damit?

– Damit meine ich, dass hinter all seiner Ehrbarkeit, die besagt, dass er weder ein Doppelleben führte noch eine Geliebte hatte, Karten spielte oder sonst irgendwas, in Wahrheit ein ganz schöner Dreckskerl steckte.

Maione war verblüfft.

– Das heißt, er hatte eine Geliebte und spielte Karten?

Bambinella lachte.

– Ach, woher denn! Er hatte wirklich keine Laster, was das

betrifft. Er war absolut ... wie soll ich sagen? Gestreng. Genau so, wie er aussah.

– Warum sagst du dann, er war ein Dreckskerl?

– Ich erkläre es Ihnen: Die Freundin von mir, die im Bordell von La Torretta arbeitet, also nicht Gilda, die haben Sie ja neulich kennengelernt, die hier heißt Concetta, nennt sich aber Colette wie diese Schauspielerin, wie heißt sie noch gleich? Verflixt, ich komm nicht drauf ...

Maione schickte sich an, noch einmal nach der imaginären Vase zu greifen.

– Schon gut, Brigadiere, Sie wissen doch, dass ich's auf meine Art erzählen muss. Also, verschiedene Kunden von ihr sind Fischer, und sie könnte ständig essen, also lässt sie sich von ihnen in Naturalien bezahlen, wenn sie gerade keine zahlenden Kunden hat, versteht sich. Und sie sagt, dass dieser Garofalo, seit er über die Kontrolleure der Fischer zu bestimmen hatte, ihnen drohte.

Maione hakte nach:

– Inwiefern drohte er ihnen?

– Er verlangte Geld von ihnen, damit er ihre Boote nicht beschlagnahmte. Ich hab's nicht genau verstanden, aber anscheinend konnte er sich, wenn er wollte, die Boote schnappen. Sie wissen ja, Brigadiere, das Boot ist alles, was ein Fischer hat. Nimmt man's ihm weg, ist er mitsamt seiner Familie erledigt. Na ja, dieser Garofalo erpresste sie.

Maione war verwirrt.

– Aber wenn die Zeugen doch sagen, dass er nicht mal Fisch als Geschenk annahm, den die Leute ihm nach Hause brachten? Ich hab's mit eigenen Ohren gehört.

Bambinella kicherte verschlagen.

– So war es auch, das hat mir auch Concetta gesagt. Sie sagt, es sei alles organisiert gewesen. Er selbst hat den Fischern gesagt, ihm den Fisch zu bringen, und sie dann weggeschickt, um allen zu zeigen, dass er sich nicht bestechen lässt. Ziemlich clever, nicht?

– Unglaublich! Ein starkes Stück, so was. Und wie viele Fischer hat er erpresst?

Bambinella zuckte mit den Schultern.

– Das wusste meine Freundin auch nicht. Sie hat mir aber erzählt, dass einer von ihnen nicht mehr zahlen konnte, weil er ein krankes Kind hat – es scheint im Sterben zu liegen – und die Behandlung zahlen musste. Dieser Garofalo hat zu ihm gesagt, das interessiere ihn einen Dreck, er solle gefälligst das Geld beschaffen, sonst würde er ihm das Boot beschlagnahmen. Und der Fischer hat vor allen anderen losgeheult und gesagt, bevor sein Sohn sterben würde, würde er Garofalo umbringen, ihm mit dem Messer den Bauch aufschlitzen, hat er gesagt.

Maione wurde noch aufmerksamer.

– Das hat er gesagt? Mit dem Messer? Wann war das?

– Vor drei oder vier Tagen.

– Weißt du seinen Namen?

Bambinella nickte.

– Ja. Er heißt Boccia, Aristide Boccia, und wohnt im Borgo Marinari unterhalb des Kastell dell'Ovo. Meine Freundin sagt, außer ihm seien mindestens noch drei weitere Männer erpresst worden.

Maione dachte nach.

– Ich verstehe. Eine neue Fährte also. Danke, Bambinella. Und hör mal, wegen dieser anderen Sache …

Bambinella lächelte traurig.

– Die weiß ich schon, Brigadiere. Sind Sie sicher, dass Sie es auch wissen wollen? Wollen Sie nicht nochmal drüber nachdenken? In ein paar Tagen ist Weihnachten.

Maione spürte ein Frösteln. Er fühlte sich sehr schwach, vielleicht bekam er Fieber.

– Ich hab' schon drüber nachgedacht, glaub mir. Lange sogar. Also, wenn du was weißt, sag's mir.

Bambinella seufzte, dann sagte er:

– Biagio Candela, Auszubildender. Er wohnt im Vico Santi Filippo e Giacomo, Nummer 22. Nachdem … seit dem Tag, als der Bruder ins Gefängnis kam, hat er – scheint's – alle früheren Kontakte abgebrochen, geheiratet und zwei Kinder gekriegt. Na ja, und wie viele andere da draußen wird er sich wohl auf Weihnachten vorbereiten. Entschuldigen Sie mich, Brigadiere, ich muss das arme Tier begraben.

Mit im Wind wehendem Kimono trat Bambinella auf die Terrasse heraus, um die verstorbene Taube zu beerdigen.

XXV

Ich weiß noch, wie Angelina aus dem Haus kam und sich hier zu mir ans Meer stellte.

Das Wasser spritzte uns fast bis zu den Füßen, die vertäuten Boote schaukelten heftig. Ich betrachtete die Lichter der Stadt, sie schienen ganz nah zu sein, denn der Wind hatte die Luft klar gemacht. So eine Kälte, Mann. Eine Eiseskälte.

Sie ist mir nachgegangen, weil sie wusste, dass ich hergekommen war, um zu weinen. Ich will nicht, dass sie mich sieht oder die Kinder. Vor allem Vincenzino. Ich weiß, dass er mich sieht auch wenn er fast die ganze Zeit über schläft. Der Doktor hat's gesagt, als er das letzte Mal hier war: Er sieht und hört Sie, aber er ist zu

schwach, um zu antworten.

Ich hatte Angelina nicht kommen sehen. Wie sie so in den schwarzen Schal gewickelt dastand, sogar der Kopf war darunter verschwunden, bin ich erschrocken. Ich dachte an den Tod, und sie sah aus wie der Tod – das weiße Gesicht, die eingefallenen Augen.

Angelina war ein junges Mädchen gewesen. Vor ein paar Monaten noch war sie ein Mädchen, immer am Lachen, voller Lebensfreude. Alle kannten ihr Lachen hier im Ort. Aber jetzt lacht sie nicht. Nicht mehr.

Sie war jung und ist plötzlich alt geworden, mit Vincenzinos Krankheit gealtert. Eine alte Frau, die aussieht wie der Tod.

Sie stellt sich neben mich und betrachtet die Lichter der Stadt in der klaren Nachtluft. Du musst die Krippe fertig machen, sagt sie. Bald ist Weihnachten und die Krippe ist noch nicht fertig. Du weißt doch, wie sehr Vincenzino daran hängt.

Wir haben kein Geld dafür, sage ich ihr. Wir haben kein Geld für Essen, für Vincenzinos Medizin und erst recht nicht für Weihnachten, die Krippe, Gebäck und solchen Quatsch. Wie kalt das hier draußen ist. Aber ich kann nicht reingehen, weil ich immer noch weine.

Angelina zittert nicht, sie schaut die Lichter an. Ihre Stimme ist leise und fest. Wieso? sagt sie. Den Blutsauger haben wir uns doch jetzt vom Hals geschafft, das Aas, da werden wir wieder welches haben. Wir werden essen können und Vincenzino gesund machen, wie der Doktor gesagt hat.

Bist du sicher? frage ich sie. Bist du sicher, dass nicht gleich der Nächste kommt, wo Garofalo weg ist, und dann noch einer und noch einer? Vielleicht will er sogar noch mehr. Ich kann so nicht weitermachen, ich schaff's nicht.

Sie dreht sich zu mir um und lächelt. Ihr Lächeln macht mir Angst, sie sieht aus wie ein Skelett, ein Totenkopf. Ich habe nicht mitbekommen, dass sie sich dermaßen abgenutzt hat.

Der kann doch genauso enden, der Nächste, oder nicht? Er kann auch in seinem Blut dahinsiechen. Vergiss nicht: Er ist tot, aber Vincenzino lebt noch.

Einer muss also in jedem Fall sterben. Willst du das damit sagen?

Sie schaut wieder die Lichter an, zieht den Schal fester um sich.

Sollte es einen Nächsten geben, wird auch er sterben, sagt sie. Wenn ich meinen Sohn retten muss, stirbt er auch.

Ich bring' ihn eigenhändig um, wenn's sein muss.

XXVI

Bevor er diesen langen arbeitsreichen Sonntag abschließen konnte, blieb Ricciardi noch eine letzte Sache zu tun. Daher ging er nun rasch in Richtung Arco Mirelli, bevor es zu spät sein würde. Er kannte die Öffnungszeiten des Klosters an den schulfreien Tagen nicht, wollte es aber zumindest versuchen, um Zeit zu sparen.

Die Novizin erkannte ihn diesmal gleich wieder. Ricciardi fragte nach Schwester Veronica. Dann wartete er, bis die junge Frau zurückkam, um ihn abzuholen, und ihn bat, ihr zu folgen.

Sie durchquerten den Garten, aus dem die hohen Sandsteinmauern den Wind fernhielten. Nur die Nähe zum Meer war durch das Brausen der Wellen zu erkennen; ansonsten handelte es sich um einen Ort außerhalb von Zeit und Raum.

Er wurde bis zum Ende einer Steintreppe begleitet. Dort wartete er kurz in der Nähe eines großen Gemäldes, das die

Jungfrau Maria darstellte. Es war ein wunderschönes Bild und trotz seines Alters sehr gut erhalten. Ricciardi war fasziniert: Die Züge der Frau waren äußerst zart, drückten aber ungeheuren Schmerz aus, ihr Blick war zum Himmel gerichtet, der ein kaltes Licht aussandte. Auf Marias Haupt strahlte ein Heiligenschein, in ihrer Brust klaffte eine offene Wunde, in der ein nacktes, schlagendes Herz zu sehen war, das zwei Degen durchbohrten. Eine der Hände der Madonna war in stummem, sorgenvollem Flehen gen Himmel gerichtet, die andere zeigte auf ihre Brust mit dem leidenden Herzen.

Verwundert hörte Ricciardi Kinderstimmen und das Geklapper von Geschirr aus einem nahe gelegenen Raum. Er hatte geglaubt, im Kloster herrsche sonntags andächtige Stille, stattdessen schien es ihm jetzt viel eher eine Schule zu sein als bei seinem ersten Besuch.

Von Weitem sah er durch den Flur die rundliche, ein wenig lächerliche Gestalt Schwester Veronicas wippend näher kommen. Sie überfiel ihn gleich mit ihrer eigentümlichen Trompetenstimme:

– Ich bin überrascht, Commissario. Was führt Sie her – am Sonntag und zu dieser Uhrzeit?

Ricciardi begrüßte die Frau. Bei der Berührung ihrer winzigen kalten und feuchten Hand spürte er dasselbe Unbehagen wie beim ersten Mal. Er nahm sich vor, sie das nächste Mal schon aus der Ferne zu grüßen.

– Guten Abend, Schwester. Ich störe nur ungern, aber ich muss Sie etwas fragen. Wenn Sie zu tun haben, kann ich ein andermal wiederkommen.

Schwester Veronica warf einen Blick auf den Flur, in dem das Geschnatter der Kinder widerhallte. Auf ihrem dicken, geröteten Gesicht zeichnete sich ein zufriedenes Lächeln ab.

– Sonntags lassen wir die Kinder der Armen aus der Umgebung zu uns ins Kloster, die meisten stammen aus Fischer- und Arbeiterfamilien. Wir geben ihnen zu essen, lassen sie ein bisschen im Warmen spielen. Es sind nicht dieselben Kinder, die hier zur Schule gehen, es ist ein wohltätiges Werk unserer Anstalt. Gerade jetzt, wo Weihnachten vor der Tür steht, erwartet viele von ihnen nicht dasselbe Glück wie in wohlhabenden Familien, also Süßes, Geschenke, eine Krippe. Wir versuchen, dieser Ungleichheit ein wenig abzuhelfen.

Ricciardi nickte.

– Das ehrt Sie. Ich wollte vor allem gerne wissen, wie es dem Mädchen geht, Ihrer Nichte.

Schwester Veronica seufzte und warf einen flüchtigen Blick auf das Bild der Madonna.

– Was soll ich Ihnen sagen, Commissario? Sie fragt nicht und sagt nichts. Sie ist ein sensibles, zurückhaltendes Kind. Ich bin die ganze Zeit bei ihr, sehe sie schlafen, sie scheint keine Albträume zu haben, zumindest nicht im Moment. Ich glaube, ihr ist noch nicht bewusst, was geschehen ist.

Ricciardi verstand das, es war eine übliche Reaktion.

– Und Sie, Schwester? Wie geht es Ihnen?

– Ich versuche, den Zorn aus meinem Herzen zu verscheuchen. Ich versuche, nicht an meine Schwester zu denken, daran, wie sanft sie war, an die Jahre unserer Kindheit und wie nah wir uns standen. Ich glaube, dass ich denjenigen, der das getan hat, nicht hasse. Wir dürfen nicht hassen, wissen Sie? Wenn sie, – sagte sie und wies mit dem Kopf auf die Jungfrau Maria auf dem Gemälde, – die Menschheit nicht hasste, die ihren Sohn gekreuzigt hat, und sich sogar bei ihm für uns alle einsetzte, wer sind dann wir schon, dass wir uns gegenseitig hassen könnten?

Ricciardi fühlte sich hin und her gerissen, wie jedes Mal, wenn er mit der unerschütterlichen Logik des Glaubens konfrontiert wurde. Einerseits beneidete er die Fähigkeit, die eigenen Gefühle zu kontrollieren, andererseits bereitete ihm das Fehlen menschlicher Empfindungen, und seien sie auch negativ wie Wut oder der Wunsch nach Rache, Unbehagen.

– Meine Schwester und ihr Mann, – sagte Schwester Veronica eben, – sind zurückgekehrt ins Haus ihres Vaters. Wer das getan hat, muss dafür bestraft werden und wird es sicher auch vor dem Jüngsten Gericht, nicht bloß hier auf Erden. Es lohnt sich nicht zu hassen.

– Ich verstehe, Schwester. Wir müssen unsere Ermittlungen allerdings fortsetzen. Als wir uns letztes Mal gesehen haben, fragte ich Sie, ob Ihre Schwester oder Ihr Schwager Ihnen etwas über etwaige Drohungen oder Ähnliches anvertraut haben.

Schwester Veronica erinnerte sich sehr gut. Sie antwortete in ihrem schrillen Ton, der durch den Widerhall des Korridors noch verstärkt wurde:

– Und ich habe Ihnen bereits geantwortet: Nein, sie hatten mir nichts dergleichen anvertraut. Ich habe gestern und heute weiter darüber nachgedacht, aber es fällt mir einfach nichts ein.

Ricciardi wurde nun deutlicher bezüglich des Grundes seines Besuchs.

– Richtig. Ich wollte Sie allerdings fragen, ob ich – natürlich in Ihrem Beisein – einen Augenblick mit dem Mädchen sprechen dürfte, vielleicht erinnert sie sich an etwas oder an jemanden.

Schwester Veronica verzog das Gesicht zu einer komischen Grimasse.

– Commissario, ich weiß nicht, ob …

Während sie sprach, ging eine Tür auf und ein kleiner Junge rannte blitzschnell hinter ihr vorbei.

– Schwester Veronica, ich muss mal, – stieß er dabei hervor.

Ohne hinzusehen, streckte die Nonne ihre Hand aus und packte den Kleinen am Ohr, womit sie ihn zu einem plötzlichen und schmerzhaften Abbremsen zwang. Ricciardi erinnerte sie an ein Reptil mit Greifzunge, das ein fliegendes Insekt einfängt.

– Und was tust du zuerst vor dem Bild der Madonna?

Der Junge fiel auf die Knie und bekreuzigte sich eilig. Doch die Nonne, die ihren Griff nicht gelockert hatte, gab sich nicht damit zufrieden.

– Die Heiligenbilder heißen so, weil sie heilig sind, das hab' ich euch schon hundert Mal erklärt. Wenn ihr an einem vorbeikommt, ob in der Kirche oder auf der Straße, müsst ihr stehen bleiben und euch bekreuzigen, vielleicht sogar ein kurzes Gebet sprechen. Wie heißt es? Gegrüßet seiest du, Maria, voll der Gnade …

Der Junge ratterte den Rest des Gebets in einem Atemzug herunter, bekreuzigte sich noch einmal und wurde endlich freigelassen, sodass er den Flur entlang in Richtung Toilette stürzen konnte.

Schwester Veronica lächelte:

– Sie sind ein bisschen unzivilisiert, aber unschuldige Seelen. Na gut, Commissario, ich hole Benedetta. Aber bitte machen Sie es kurz.

Das Mädchen gleicht seiner Tante mehr als seinen Eltern, dachte Ricciardi, sobald er die Nonne mit ihrer Nichte im Flur näher kommen sah. Derselbe wippende Gang, dasselbe runde, rote Gesicht. Der Kommissar bewunderte die Kleine dafür, die ständig verschwitzte Hand Schwester Veronicas ohne Ekel zu

halten; er selbst hätte das nicht geschafft.

Der Ausdruck des Mädchens war ernst und reumütig, was nicht ganz zu seinem Alter und dem Farbklecks auf seiner Schürze passte. Ricciardi wartete, bis es sich nach der vorgeschriebenen knienden Begrüßung des Madonnenbildes wieder erhoben hatte.

– Guten Abend, Benedetta. Ich bin … ein Freund deiner Tante und wollte dich etwas fragen.

Die Kleine deutete einen Knicks an, wobei sie sich anmutig den Saum ihrer Schürze hielt.

– Guten Abend, mein Herr. Bitte, fragen Sie ruhig. Meine Tante hat mir aufgetragen, Ihnen auf alles zu antworten.

Ricciardi war erleichtert zu hören, dass die Stimme des Kindes vollkommen normal war und nicht so penetrant wie die seiner Tante.

– Hast du deine Eltern in den letzten Tagen wegen irgendetwas streiten gehört? Waren sie beunruhigt oder aufgeregt?

Das Mädchen dachte aufmerksam nach, dann schüttelte es den Kopf.

– Nein, mein Herr. Papa und Mama geht's gut, danke. Wenn Papa nach Hause kommt, bekommt er von Mama und mir einen Kuss und wir fangen sofort an zu essen. Dann hört er Radio und liest die Zeitung, Mama stickt und ich male, und danach gehen wir schlafen.

Ricciardi pflichtete ihr bei:

– Sicher, sicher. Und erinnerst du dich vielleicht daran, dass jemand zu euch zu Besuch kam? Jemand, der vorher noch nie da war?

Das Mädchen runzelte die Stirn, während es sich zu erinnern versuchte. Ricciardi fiel das Bild von Signora Costanza Garofalo ein, wie sie ihn mit durchgeschnittener Kehle anlächelte. Es tat ihm leid, dass sie ihre Tochter nicht aufwachsen sehen würde.

– Vor einiger Zeit, ich weiß aber nicht mehr wann, waren ein Mann und eine schwarz gekleidete Frau da. Papa las gerade die Zeitung, wir hatten schon gegessen. Ich mochte sie nicht. Sie redeten laut, auch Papa redete laut. Meine Tante will nicht, dass laut geredet wird. Stimmt's, Tante?

Schwester Veronica nickte und streichelte ihrer Nichte den Kopf. Ricciardi, der sich nebenbei fragte, wie Schwester Veronica mit ihrer Stimme fürs Flüstern eintreten konnte, hielt es für angebracht nachzuhaken:

– Erinnerst du dich an etwas über die beiden? Was hatten sie an, irgendetwas Typisches? Warum mochtest du sie nicht?

Das Mädchen sagte:

– Die Frau trug ein schwarzes Tuch auf dem Kopf. Und ich mochte sie nicht, weil sie stanken. Sie stanken nach Fisch.

XXVII

Es gibt Leute, die ganz anders sind, als man es dem äußeren Anschein nach erwarten würde. So können zarte, schüchterne junge Frauen auf der Bühne eine Stimme und Wildheit entwickeln, die einer Löwin würdig wären, beleibte Herren leichtfüßig zu Walzer- und Tangonoten umherwirbeln, und freche, ungehobelte Flegel erschaffen mit einem Pinsel in der Hand die zierlichsten Schnörkel und hübschesten Landschaften.

Maione zum Beispiel konnte gut beschatten.

Man hätte das nie und nimmer gedacht, da er groß und dick,

plump und laut war, eine tiefe, dröhnende Stimme hatte und ein kräftiges, metallisches Lachen, das klang, als rollte eine leere Dose eine Treppe hinunter. Trotzdem besaß er dieses Talent und nutzte es ausdauernd und diskret.

Vielleicht lag es an seiner Ortskenntnis und seinem Einfühlungsvermögen; vielleicht wäre er anderswo nicht in der Lage gewesen, buchstäblich zu verschwinden und sich in dem bunten Treiben einer Stadt aufzulösen, die sich fortwährend bewegte und veränderte. Doch hier gelang es ihm, und wie.

Natürlich hatte er seine eigene Methode. Er kam früh an, schlenderte ein wenig herum und sah sich um. Auf diese Weise ermittelte er verborgene Winkel, Einbuchtungen, Licht- und Schattenzonen. Er prüfte, aus welcher Richtung Wind und Luftströmungen kamen.

Dann wählte er sein Ziel aus, also das, was er sehen wollte, um sich den besten Blickwinkel für seinen Beobachtungsposten zu suchen. Er sog die Atmosphäre des Ortes in sich auf und verschmolz vollkommen mit seiner Umgebung.

Die Sache ließ sich nicht mit Worten erklären: Es handelte sich fast um so etwas wie Instinkt, ähnlich der Musikalität, die jemanden, der weder lesen noch schreiben kann, dazu befähigt, rein intuitiv eine komplizierte Melodie auf einem Instrument zu spielen, das er noch nie in der Hand gehalten hat. Eine angeborene Begabung, die der Brigadiere noch weiter verfeinert hatte: durch eine professionelle Technik, eine natürliche Beobachtungsgabe und jahrelange Übung.

Daher war er nun imstande, einem Verdächtigen kilometerweit durch die Stadt zu folgen, sogar in fast menschenleeren Gegenden, ohne dass der es auch nur ahnte. Da Maione alle Gassen und Winkel kannte und Abkürzungen nutzte, von denen die meisten nichts wussten, gelang es ihm sogar, zu Fuß ein Fahrzeug zu verfolgen, ohne den Anschluss zu verlieren. Einmal hatte er, anstatt einem motorisierten Einbrecher nachzujagen, anhand des Akzents des Mannes dessen Ziel erraten und ihn dort frisch und aufgeräumt erwartet.

Observieren war das Spezialgebiet des Brigadiere. Er nutzte den Schatten eines Hauseingangs, den Trubel in einem Café, die Dunkelheit eines Kinosaals, um darin einzutauchen und in jeder Hinsicht unsichtbar zu werden. Stundenlang konnte er so zusehen, was sich in einem Haus oder Raum abspielte, ja sogar anhand des Mienenspiels der beschatteten Person Rückschlüsse auf deren Gedanken und Gefühle ziehen.

Zu ebendiesem Zweck hatte er sich an jenem Tag zu sehr früher Stunde im Vico Santi Filippo e Giacomo in der Nähe von San Gregorio Armeno eingefunden.

Lucia hatte er gesagt, er habe etwas Wichtiges zu erledigen. Seine Frau war schon daran gewöhnt, dass Maione in der heißen Phase einer Ermittlung bisweilen auch vor Tagesanbruch arbeiten musste, und sie wusste von dem ermordeten Ehepaar aus Mergellina. Trotzdem war ihr in Raffaeles Worten eine Spur von Unaufrichtigkeit aufgefallen. Nichts Besonderes eigentlich – ein kurzes Zögern, eine für ihn unübliche Formulierung, aber etwas hatte sie gespürt. Natürlich nichts, was man nicht wie eine lästige Fliege aus seinen Gedanken verscheuchen könnte, bei all den Weihnachtsvorbereitungen für eine siebenköpfige Familie. Schon bald hatte sie nicht mehr daran gedacht und sich darauf beschränkt, ihrem Mann seinen Kaffee eine Stunde früher zu kochen, damit er sich noch im Dunkeln auf den Weg machen konnte.

In der ganzen Stadt gab es keinen Ort, an dem Weihnachten gegenwärtiger war als in San Gregorio Armeno. Es war

die Straße der Figurenmacher, jener besonderen Kunsthandwerker, die fast schon Künstler zu nennen waren und die die Tonfiguren für die Krippen herstellten. Jede Arbeitsmethode war dort vertreten. Manche brauchten Monate, um einen einzigen Kopf und zwei Hände herzustellen: Diese würden, an einem Körper aus Draht und Werg befestigt und mit einem von den besten Schneidern genähten Anzug entsprechend gekleidet, die ältesten Krippen vervollständigen, ohne sich vom Original zu unterscheiden. Andere wiederum produzierten mithilfe von Formen Dutzende Tonhirten am Tag, die alle die gleiche Gestalt, aber unterschiedliche, meist hastig aufgetragene Farben hatten, für wenig Geld verkauft wurden und die ärmsten Kinder glücklich machen sollten.

Die Kunsthandwerker konnten es natürlich nicht wissen und wussten es auch nicht, aber die Tradition der Straße reichte bis in die Antike zurück. Es war der Ort, an dem vor sehr, sehr langer Zeit kleine Tonstatuen zur Verehrung der Fruchtbarkeitsgöttin Ceres hergestellt wurden, der ein berühmter Tempel gewidmet war. Die Statuen dienten als beliebtes Souvenir einer langen Pilgerreise und traten in den Beuteln der Gläubigen, die in ihre Heimat zurückkehrten, ihren Weg in die ganze Welt an.

Auf jenem Tempel war vor über tausend Jahren eine Kirche entstanden und danach eine andere Kirche. Neapel war schon immer eine sedimentäre Stadt, die für jede Epoche eine eigene Schicht bereithielt, unter Bewahrung des Genius Loci. Die vorweihnachtliche Betriebsamkeit der Straße kam Maione nun sehr zugute: Noch vor Sonnenaufgang herrschte ein Kommen und Gehen von Arbeitern und Lieferanten, die alle Hände voll zu tun hatten, und hier und da wartete verstohlen ein Antiquar darauf, dass die besten Läden öffneten, um darin kostbar ausgeführte Stücke zu erwerben, die er in seinem eigenen erlesenen Geschäft in Chiaia als antik weiterverkaufen wollte. Je mehr Trubel herrschte, desto wahrscheinlicher war es, unbemerkt zu bleiben.

Hausnummern 12, 16, 20. In die Nähe der 22 gelangte er, als sich gerade das Holztor öffnete und jemand heraustrat.

Maione zog sich rasch und geräuschlos zurück in den Schatten. In der Mauer des Wohnhauses von gegenüber befand sich eine willkommene Einbuchtung. Sie ließ einen dunklen Winkel entstehen, von dem aus es möglich war, die Straße zu beobachten, ohne gesehen zu werden.

Der Jemand, der aus dem Tor herauskam, war ein junger Mann oder fast noch ein Bub. Unter der tief herabgezogenen Mütze schauten einige helle Haarsträhnen hervor, der kümmerliche Mantel bedeckte kaum seine Beine. Der junge Mann ging ein paar Schritte, dann blieb er stehen und blickte nach oben. Auf einem kleinen Balkon im ersten Stock zeigte sich eine dunkelhaarige Frau; sie war in eine Decke gehüllt und trug etwas im Arm. Der Mann grüßte winkend, die Frau antwortete mit einem Kopfnicken. Aus dem Bündel schnellte ein Ärmchen hervor und man hörte eine Stimme rufen:

– Papa, Papa!

Die Mutter steckte die Arme des Kleinen lächelnd wieder unter die warme Decke, während der Jüngling auf der Straße lachte und den beiden eine Kusshand zuwarf.

Diese Hand, dachte Maione, hat meinen Sohn getötet.

Rosa Vaglio besah sich ihre linke Hand. Sie zitterte.

Bemerkt hatte sie das vor einiger Zeit, noch gar nicht lange her, vielleicht ein paar Monate. Und sofort war ihr eingefallen, dass ihr Vater dasselbe Problem gehabt hatte. Sie hatte ihre Familie besucht, nachdem sie einige Jahre für den Baron von Malomonte gearbeitet hatte. Erst hatte sie natürlich die Erlaubnis dazu eingeholt; ihr Geburtsort war nämlich einen ganzen Tagesmarsch weit entfernt. Die Baronin wollte, dass der Gutsverwalter sie mit dem Wagen hinbringen sollte, aber Rosa hatte das Angebot nicht angenommen. Damals war sie noch jung. Sie hätte sich zugetraut, zu Fuß bis ans Ende der Welt zu laufen. Heute fiel es ihr schon schwer, zur Piazza di Capodimonte zu gehen, um Obst und Gemüse zu kaufen.

Ihre Familie hatte sich in der Zeit ihrer Abwesenheit sehr verändert. Die Schäden des Alters waren sicher größer als der Nutzen des Geldes, das sie jeden Monat nach Hause schickte. Von elf Geschwistern waren drei übrig geblieben. Die anderen waren ausgezogen, um ihr Glück zu suchen, oder tot.

Ihr Vater hatte dieses Zittern der Hand – als ob er fortwährend Erstaunen ausdrücken wollte. Sein Blick allerdings war verwirrt. Er wirkte wie eine stumme Bitte um Hilfe.

Als sie fortging, fühlte sie sich erleichtert. Sie versprach, bald wiederzukommen, kehrte aber nie mehr zurück. Später erfuhr sie, dass ihr Vater einige Jahre darauf gestorben war.

Und jetzt sah sie dem Zittern ihrer eigenen Hand zu. Es war leicht, kaum wahrzunehmen. Noch glich es dem Zittern des Vaters nicht, so wie sie es in Erinnerung hatte; aber es war da und wurde nach und nach mehr, wie Unkraut.

Es war ein Zeichen wie viele andere: die Rückenschmerzen, die Mühe beim Bücken und Aufrichten, die Notwendigkeit, eine Brille zu tragen, um genauer zu sehen.

Eine alte Frau bin ich geworden, sagte sie sich. Eine unnütze, jämmerliche alte Frau. Mein Körper hört auf zu funktionieren;
was ich früher machen konnte, kann ich jetzt nicht mehr.

Ihr Gedächtnis allerdings funktionierte noch gut, und ihre Vorstellungen waren sehr klar.

Eine insbesondere: Der junge Herr musste heiraten. Es ging nicht, dass sie ihn alleine zurückließ, seinen Gespenstern auslieferte, seiner unbegreiflichen Traurigkeit, einer abgrundtiefen Einsamkeit, aus der er anscheinend nicht herauszutreten beabsichtigte. Rosa wusste, dass die richtige Frau ihn glücklich machen würde. Sie fühlte es. Die Geborgenheit einer Familie, die Verantwortung für Frau und Kinder würden genügen, damit Luigi Alfredo sein Leben wieder anpacken würde, seine gesellschaftliche Position pflegen, sein Vermögen verwalten – alles Dinge, für die er bisher keinerlei Interesse gezeigt hatte.

Und sie hatte die richtige Frau bereits ausgemacht, auch wenn das Mädchen leider noch schüchterner und zurückhaltender war als er. Ganz sicher konnte sie das Feld nicht jener affektierten Fremden mit dem Chauffeur überlassen.

Rosa fasste eine Hand mit der anderen, um sie festzuhalten. Noch nicht, dachte sie. Ich habe noch zu tun. Ich muss dem Schicksal nachhelfen: Was nicht von alleine geschieht, muss ich geschehen lassen.

XXVIII

Weihnachten ist warm.

Aus den Fenstern der Häuser in der Via Toledo und in Chiaia dringt Kerzenlicht und Gelächter. Schaut man hinein, erkennt man fröhliche Gesichter und von Sekt und Wein gerötete Wangen, auch wenn es noch ein paar Tage sind bis Heiligabend. Es herrscht freudige Erwartung, alle sind gespannt. Es wird ein Fest geben, das alle glücklich machen wird.

Weihnachten ist kalt.

Der Wind heult durch die Straßen der neuen Viertel, wo die Leute in den Baracken eng zusammenrücken, um Schutz und Wärme zu finden. Wenn man genau horcht, hört man ein Kind weinen, doch Kälte und Hunger lassen die Klage immer schwächer werden. Es ist nicht sicher, wer von ihnen den Winter überstehen und im Januar noch leben wird.

Weihnachten ist warm.

Mütter streicheln ihren Söhnen lächelnd den Kopf, während sie überlegen, ob sie die Kleinen wie im letzten Jahr als Matrosen anziehen oder ob sie schon groß genug sind, um an Heiligabend aufs Familienfoto zu kommen: in Krawatte und Anzugjacke, ordentlich gekämmt und mit ernstem Gesicht.

Weihnachten ist kalt.

Ein Mann kehrt mit einem Stück Brot zurück nach Hause. Es ist das Einzige, was er nach einem ganzen Tag Arbeitssuche gefunden hat. Er hat es von einem Karren gestohlen und ist eine Stunde lang gerannt. Sechs Münder warten auf ihn, er selbst hat auch Hunger. Er bleibt stehen, setzt sich auf den Boden und isst ein wenig davon. Tränen laufen ihm die Wangen hinab.

Weihnachten ist warm.

Der Großvater wird achtzig, genau an Weihnachten. Während seine Söhne nach dem Essen vor dem Kachelofen ihren Brandy nippen, hören sie der Tanzmusik im Radio zu und denken über ein Geschenk nach. Er besitzt schon alles, was er braucht, denn als erfolgreicher Arzt hat er viel verdient. Lachend beschließen sie, ihm einen neuen Hausmantel zu kaufen, wie letztes Jahr. Doch der Großvater wird überraschend am 23. Dezember sterben und der Morgenrock seine Schachtel nie verlassen.

Weihnachten ist kalt.

Unter einem Baustellengerüst beim Hafen liegt eine alte Bettlerin im Sterben. Sie hat das Bewusstsein verloren. Bronchitis, Kälte und Hunger haben am Ende gesiegt. Sie träumt davon, ein Wiegenlied zu singen; sechzehn Kinder hatte sie, die man ihr eins nach dem anderen weggenommen hat, sie weiß nicht einmal, ob sie leben oder tot sind. Aber sie erinnert sich an das Wiegenlied, das sie einmal gesungen hat – für eines ihrer Kinder oder das Kind einer anderen. Sechzehn Kinder hatte sie und stirbt nun allein unter dem Gerüst einer Baustelle. Morgen wird man sie in ihren Lumpen fortschaffen, sie in einen Graben voller Leute wie sie werfen.

Weihnachten, warm und kalt, verursacht ein Frösteln.

Ricciardi wartete auf Maione, der ausnahmsweise zu spät war. Zwischen ihnen bestand nämlich die stillschweigende Vereinbarung, dass sie sich während einer laufenden Ermittlung schon sehr früh im Büro des Kommissars trafen, um den Stand der Dinge festzustellen und den Tag rechtzeitig zu planen. Ricciardi sorgte sich allerdings nicht besonders: Maione hatte endlich sein Gleichgewicht wiedergefunden, und ein warmes, behagliches Zuhause bei dieser Kälte früh am Morgen zu verlassen war sicher nicht leicht.

Der Kommissar hing sehr am Brigadiere. Sein Wohlbefinden lag ihm am Herzen. In den letzten drei Jahren – so lange arbeiteten sie nun schon zusammen – hatte er gelernt, seine

Gefühle und Gedanken zu lesen. Maione war ein aufrichtiger,

entschlossener, dickköpfiger Mann. Er scheute die Arbeit nicht und empfand immer noch Mitleid, wenn ihm Schmerz und Leiden begegneten – eine Eigenschaft, die Ricciardi mehr als alles andere schätzte.

Er konnte sich noch gut an den Nachmittag erinnern, an dem sie zum ersten Mal in engen Kontakt miteinander kamen. Das war, als Maiones Sohn Luca gestorben war.

Er hatte den Jungen zuvor ein paar Mal gesehen: ein Neuling bei der Polizei, der durch seine Energie und seinen Ehrgeiz hervorstach, blond, blaue Augen, ein stattlicher Bursche. Bei der Beerdigung war ihm aufgefallen, dass er seiner Mutter sehr geglichen hatte.

Ricciardi war auf den Anruf hin sofort zum Tatort geeilt und dort noch vor Maione eingetroffen, der anderswo im Einsatz war. Er war allein in den Keller gegangen, wo man die Leiche gefunden hatte. Dort sah er Luca neben seinem eigenen am Boden zusammengesunkenen Körper stehen, ganz nah an der Wand, wie um sich zu verstecken. Ricciardi war nun der Einzige, der ihn noch sehen konnte. Aus seinem Mund quoll ein rötlicher Schaum, die Bläschen eines letzten Atemzugs. Der Messerstich in den Rücken hatte die Lunge durchbohrt.

Ich liebe dich, alter Schmerbauch. Ich liebe dich.

Nur diese Worte sagte Lucas Abbild. Ricciardi wusste sofort, von wem die Rede war. Als Maione ankam, nahm er ihn zur Seite und wich zum ersten und letzten Mal von einem Grundsatz ab, an den er sich sein ganzes Leben lang gehalten hatte. Er sagte es ihm. Er wiederholte für ihn den letzten Satz des toten Sohnes.

Der Brigadiere stellte ihm keine Fragen, weder damals noch sonst irgendwann. Aber er wurde sein treuer Begleiter.

Die Gabe, wie Ricciardi seine Fähigkeit, den letzten Schmerz eines Sterbenden wahrzunehmen, nannte, half fast nie dabei, herauszufinden, wie es zum Tod gekommen war. Es war ein Gefühl, ein simpler Ausdruck des Leidens, das Verarbeiten der Loslösung, der Trennung. Wie ein Schrei, ein Seufzer oder ein Bedauern. Oder alles zusammen.

Maione kam atemlos ins Büro gestürzt.

– Entschuldigen Sie, Commissario. Ich hab' mich ein bisschen verspätet.

– Ach was, ich bin auch noch nicht lange da. Setz dich, dann können wir drüber reden, wie der Tag gestern gelaufen ist.

Sie besprachen die Ergebnisse ihrer jeweiligen sonntäglichen Bemühungen: Ricciardi berichtete, was er vom Doktor und Don Pierino bezüglich Autopsie und Krippensymbolik sowie von der Tochter der Garofalos erfahren hatte.

Maione hörte aufmerksam zu. Wenn er sich konzentrierte, hatte er die Augen stets halb geschlossen, als ob er gleich einschlafen würde. Als Ricciardi fertig war, sagte er, was Bambinella ihm erzählt hatte.

– Das würde alles zusammenpassen, Commissario. Die Besucher, die nach Fisch stanken, der zerbrochene heilige Josef, der für den arbeitenden Familienvater steht, die Vermutung, dass Garofalo von zwei Personen erstochen wurde.

Ricciardi sah nachdenklich aus dem Fenster auf den Platz hinaus, der sich nach und nach mit Menschen füllte. Der Wind rüttelte an der beschlagenen Glasscheibe.

– Richtig, es würde zusammenpassen. Was aber nicht bedeutet, dass es wirklich so ist. Zunächst mal müssen wir herausfinden, was dieser Lomunno macht, der Kerl, dessen Kün-

digung Garofalo herbeigeführt hat. Und dass ein Ehepaar, das nach Fisch stank, mit Garofalo gestritten hat, bedeutet nicht, dass es ihn und seine Frau später auch tötete.

Maione stimmte ihm zu.

– Ja, sicher. Wir müssen natürlich alle Hinweise überprüfen, wie immer. Aber eines steht fest, Commissario, es gibt jetzt mindestens zwei Verdächtige: Lomunno und den Fischer, Aristide Boccia. Vielleicht sogar noch mehr, falls er noch andere Leute erpresst hat. Mit der Ehrbarkeit und Anständigkeit des Verstorbenen scheint's wohl doch nicht so weit her gewesen zu sein.

Ricciardi schaute immer noch nach draußen.

– Das Allerschwierigste, Raffaele, ist, hinter das Motiv zu kommen. Was bringt eine oder mehrere Personen, die vielleicht Kinder, Verwandte, Freunde und schwer zu arbeiten haben, dazu zu denken: Ich such' mir jetzt ein scharfes Messer, geh' zu Garofalo und murks' ihn ab, und die Frau gleich mit.

Maione schwieg mit gesenktem Blick. Ricciardi fuhr fort:

– Es braucht schon eine ungeheure Wut dazu, glaube ich. Oder große Verzweiflung. In jedem Fall Schmerz und Leid. Um zu beschließen, jemanden kaltblütig zu ermorden, ohne den plötzlichen Gefühlsausbruch eines Streits oder einer Auseinandersetzung, musst du schon sicher sein, dass es keine andere Lösung gibt.

Maione sah auf.

– Genauso ist es, Commissario. Eine Sache ist's, jemanden im Affekt zu töten, eine andere, einen Mord erst zu beschließen und dann auszuführen. Dazu muss man echt verzweifelt sein. Und keine Alternative haben.

Von draußen hörte man ein langes Hupen; irgendetwas behinderte den Verkehr. Ricciardi stand seufzend auf:

– Lass uns losgehen und dieser Art von Verzweiflung ins Gesicht blicken.

XXIX

Sie werden kommen, ganz bestimmt sogar. Na und?

Ich warte schon seit Jahren auf sie, wenn ich's mir recht überlege. Seit damals.

Damals hätte ich es tun sollen. Dafür sorgen sollen, dass der Tag nicht in Schande für mich endet. Ich hätte ihn aus dem Weg räumen sollen, mitsamt seiner Falschheit, ihm den Hals durchschneiden für seine Niedertracht.

Sie werden kommen und mich nach dem Grund fragen. Und ich werde ihnen sagen, dass es keinen Unterschied macht, ob man etwas tut oder von ganzem Herzen tun will.

Wenn es aber keinen Unterschied macht, habe ich es schon hundert Mal getan. Hundert Mal Blut vergossen, es hundert Mal aus den vielen Stichwunden spritzen sehen, hundert Mal zugestochen.

Sie werden kommen und Fragen stellen. Ich werde ihnen sagen, dass ich mich in Gedanken nie von dem Tag wegbewegt habe, an dem mein Leben zu Staub verfiel. Dass auch ich gestorben bin durch den Tod meiner Liebsten.

Sie werden kommen und ich werde ihnen verheimlichen müssen, wie oft ich mir gewünscht habe, dass es passiert.

Durch mich passiert.

XXX

Enrica musste blinzeln, kaum dass sie aus der Haustür getreten war, denn draußen wehte ein starker, kalter Wind.

Ihre Brille war beschlagen, sie musste sie ausziehen, um die Gläser abzuwischen. Als sie sie wieder aufsetzte und ihre Umgebung nun klar erkennen konnte, stand direkt vor ihrer Nase Rosa Vaglio, die mit der rechten Hand ihren Hut festhielt, während die linke eine fast leere Einkaufstasche umfasste.

Der Ausdruck der Alten war entschlossen: zusammengekniffene Lippen, halb geschlossene Augen, vorstehender Oberkiefer. Sie duldete keinen Widerspruch.

– Fräulein, tun Sie mir doch den Gefallen und begleiten mich zum Einkaufen, ich muss ein paar Dinge fürs Weihnachtsessen besorgen. Ich bin alt, leider schaffe ich's nicht alleine.

Und schon packte sie die junge Frau am Arm und zog sie auf die Straße; die Ärmste hatte nicht mal Zeit, sich umzuschauen.

Ricciardi und Maione erreichten die Gasse hinter San Giovanni a Mare entsprechend der Anschrift, die sie in der Kaserne erhalten hatten.

Maione las den Zettel zum wiederholten Mal.

– Hier ist es, Commissario. Merkwürdig, aber es ist wirklich hier.

Der Ort war in vielerlei Hinsicht beunruhigend. Die beiden Polizisten waren bloß um eine Ecke gebogen und hatten Weihnachten damit buchstäblich verlassen, um eine Art Niemandsland aus Elend und Trostlosigkeit zu betreten.

Alle Zeichen des christlichen Fests, auch die armseligsten, waren gänzlich verschwunden. Vor ihnen lag ein Schotterweg, zu dessen Seiten aus Holzstücken und verrosteten Blechen mehr schlecht als recht zusammengezimmerte Baracken standen. Ein paar zerlumpte Kinder spielten am Boden im Schlamm von Rinnsalen, welche die Stelle einer Kanalisation einnahmen. Das einzige Geräusch außer dem Wind kam von einem regelmäßig gegen den Türpfosten schlagenden Laden.

Sie wandten sich an das älteste der Kinder.

– He du, weißt du vielleicht, wo hier ein gewisser Lomunno wohnt?

Der Junge stand auf, ging ein paar Meter weiter und zeigte auf die Tür einer Baracke. Er blieb so stehen, mit erhobenem Arm, wie eine Marionette.

Maione klopfte an die Tür. Kurz darauf öffnete ihm ein Mann; in seiner Hand blitzte ein fettes Messer.

Der Brigadiere trat instinktiv einen Schritt zurück und griff zu seiner Pistolentasche.

Ricciardi legte ihm die Hand auf den Arm.

– Ganz ruhig. Er konnte nicht wissen, wer wir sind. Sind Sie Antonio Lomunno?

Der Mann schaute die beiden an, dann glitt sein Blick zu dem Messer, das er in der Hand hielt, als sähe er es zum ersten Mal.

– Ja, das bin ich. Es tut mir leid, ich war am Schnitzen. Sie sind …

Maione hatte sich wieder gefasst, behielt die Klinge jedoch weiterhin im Blick:

– Brigadiere Maione und Commissario Ricciardi vom mobilen Einsatzkommando. Wir müssen Ihnen ein paar Fragen stellen. Dürfen wir reinkommen?

Von der anderen Seite des Tischchens in dem kleinen Café um

die Ecke, wo sie sie fast gewaltsam hingeschleppt hatte, starrte Rosa Enrica hartnäckig an.

Nach einem langen, peinlichen Schweigen, während dessen die junge Frau ausgiebig ihre im Schoß gefalteten Hände betrachtet hatte, sagte die Kinderfrau:

– Also gut, meine Liebe, darf man erfahren, was passiert ist?

Enrica blinzelte und sah zu ihr auf:

– Wie meinen Sie das? Nichts ist passiert. Ich …

Rosa hatte nicht vor, lockerzulassen.

– Das kann nicht sein. Es muss etwas passiert sein. Neulich waren Sie doch noch bei mir und mir kam's vor, als würden Sie sich für den jungen Herrn interessieren, was ganz bestimmt auch für ihn gilt. Dann war der Unfall, Sie sind sogar ins Krankenhaus gekommen, ich erinnere mich genau an Ihre Angst, an Ihr Entsetzen. Und dann, als sich Gott sei Dank zeigte, dass es nichts Schlimmes war, sind Sie einfach von der Bildfläche verschwunden – kein Besuch, nichts.

Enrica versuchte halbherzig zu protestieren:

– Das stimmt nicht, ich bin nicht verschwunden. Es war bloß viel zu tun, bald ist Weihnachten und mein kleiner Neffe …

Rosa fegte die Ausreden mit einer entschlossenen Handbewegung beiseite.

– Ach was, mit so was brauchen Sie mir nicht zu kommen. Einen Mann können Sie für dumm verkaufen, eine andere Frau nicht. Sogar die Fensterläden schließen Sie abends, der Ärmste schaut raus und bekommt nicht mal mehr einen freundlichen Gruß zu sehen. Er leidet, ich sehe es ja. Deshalb versuche ich, die Sache zu begreifen: Wenn Sie es leid sind und kein Interesse mehr haben, sagen Sie es ruhig, ich bin Ihnen nicht böse.

Das Mädchen schnellte in die Höhe wie eine Feder:

– Oh, wie können Sie so etwas nur denken? Halten Sie mich für so flatterhaft?

Endlich zufrieden, lehnte Rosa sich auf ihrem Stuhl zurück:

– Nein, eben nicht. Deshalb habe ich mich auch gewundert. Also, dann sagen Sie mir jetzt, was wirklich passiert ist.

– Ich würde lügen, wenn ich sagen würde, dass ich nicht weiß, warum Sie hier sind.

Das Innere der Baracke spiegelte das äußere Erscheinungsbild wider, es zeugte von furchtbarem Elend. Ein etwa zehnjähriges Mädchen hatte sie mit einer Verneigung begrüßt und dann weiter in einem Topf gerührt, der über dem Feuer hing. Ein starker Blumenkohlgeruch ließ keinen Zweifel daran, was da vor sich hin kochte.

Auf dem Boden neben dem Tisch saß ein kleiner Junge. Er steckte in einem Pullover, der ihm mehrere Nummern zu groß war. Der eingetrocknete Schleim über seiner Oberlippe ließ auf eine Verwahrlosung schließen, die einem das Herz zusammenzog.

Der Mann hatte sich an den Tisch gesetzt, ohne den beiden Polizisten zu bedeuten, ebenfalls Platz zu nehmen. Sie blieben daher stehen. Lomunno hatte angefangen, mit einer gewissen Gewandtheit weiter zu schnitzen. Das Stück Holz in seiner Hand schien wohl ein Pferd zu werden.

Hinter ihm nahm auf einem wackligen Untersatz eine selbstgebaute Krippe Form an, zu der auch einige gut gemachte Hirten gehörten. Der Mann folgte dem Blick des Kommissars.

– Die Krippe. Keine Ahnung, warum die Gläubiger sich nicht an den Figuren vergriffen haben. Ein paar Hirten sind natürlich verlorengegangen, ich schnitze sie selbst nach, Sie sehn es ja. Das hier wird Melchiors Pferd. Für die Kinder gibt's kein Weihnachten ohne Krippe. Sie kommen vielleicht ohne Mutter aus, aber nicht ohne Krippe.

Er lachte düster und sein nach billigem Wein stinkender Atem drang bis zu Maione. Der Brigadiere beobachtete, dass das Mädchen den Vater ausdruckslos ansah.

Ricciardi sagte:

– Wenn Sie wissen, warum wir hier sind, Lomunno, dann sagen Sie uns, was wir wissen wollen.

Der Mann fixierte Ricciardi lange. Dann sah er hinab auf das Holzpferd, das unter dem Messer Gestalt annahm.

– Eines Tages geh' ich ins Büro – man schätzte mich da, achtete mich hoch. Ich war ein treues Parteimitglied, ein Freiwilliger der ersten Stunde. Ich machte meine Arbeit gern, alle hatten eine hohe Meinung von mir, oder vielmehr glaubte ich, es sei so. In meinem Büro steht mein Chef mit zwei Wachen und einem Mann in Zivil. Der Mann kommt auf mich zu und sagt: Sie wurden bestochen. Dann steckt er die Hand in meine Jackentasche und nimmt mein Geld heraus. Alles Geld, was ich in meinem Leben gespart hatte. Ich hatte es nach und nach zur Seite gelegt, zu Hause nichts von Gehaltserhöhungen und Gratifikationen erzählt, um meiner Frau eines Tages geben zu können, was sie sich gewünscht hatte: ein Haus.

Draußen kreischte eine Möwe, die sich ganz nah über der Baracke befinden musste.

– Nur einem einzigen Menschen hatte ich dieses kleine, unnütze Geheimnis anvertraut. Nur einer wusste, dass ich das

Geld an dem Tag bei meinem Onkel abholen würde, der nach Amerika aufbrach. Ich versuchte, es zu erklären, aber man ließ mich gar nicht ausreden. Kaffee, sagten sie. Kaffee und Zigaretten. Du hast Geld genommen, damit die Schmuggler ihre Ware an Land bringen können. Wir haben Zeugen.

Ricciardi fragte:

– Und die Zeugen? Wurden sie Ihnen nicht gegenübergestellt?

Lomunno warf den Kopf zurück und lachte, es klang finster. Seine Tochter sah ihn erneut ausdruckslos an und rührte dann weiter im Topf.

– Sie wissen anscheinend nicht, wie's läuft. Die Miliz, die politische Polizei, die Geheimpolizei. Die machen kurzen Prozess: Sie versprechen den Zeugen Straffreiheit und das war's. Lomunno geht in den Knast, der Dreckskerl wird befördert. Einer verliert, der andere gewinnt. Bis zur nächsten Runde. Aber es gibt keine nächste Runde.

Ricciardi hatte ihn die ganze Zeit über beobachtet, seine Augen funkelten im Halbdunkel. Der Gestank von Schmutz und Blumenkohl war unerträglich.

– Wirklich? Mir scheint, es hat sehr wohl eine nächste Runde gegeben und Garofalo hat dabei den Kürzeren gezogen.

Lomunno rammte das Messer heftig in den Tisch, was einen dumpfen Knall ergab. Maione trat einen Schritt vor, die Hand am Griff seiner Pistole. Das Mädchen hörte nicht auf zu rühren.

– Glauben Sie? Glauben Sie das wirklich, Commissario? Schauen Sie sich doch um, was sehen Sie hier? Einen bedauernswerten, nutzlosen Mann ohne Ehre, der von den Almosen seiner früheren Freunde lebt – haben ein schlechtes Gewissen,

weil sie nicht zu mir gehalten haben, damals, als es nötig war.
 Zwei Kinder ohne Kindheit und Familie; von einem Nachbarn zum nächsten geschickt hat man sie, bis ihr Vater aus dem Knast kam, weil die Mutter eines schönen Tages vom Balkon gesprungen ist. Und Sie glauben sagen zu können, wem es schlechter und wem besser geht?

Ricciardi änderte seinen Ton nicht.

– Ein kleines Mädchen hat keine Eltern mehr. Eine unschuldige Frau wurde ermordet und ein Mann in seinem Bett abgeschlachtet. Wir sind die Polizei und müssen herausfinden, wer es war. Kommen wir also zurück auf den Grund unserer Anwesenheit: Waren Sie es?

Es trat Stille ein. Das Mädchen hörte auf zu rühren, nahm sein Brüderchen auf den Arm und floh nach draußen. Lomunno verbarg das Gesicht in den Händen und blieb eine Weile so sitzen. Schließlich hob er den Kopf und antwortete:

– Ja, ich hab's getan. Hundert Mal am Tag in meiner Gefängniszelle. Auf grausamste Art und Weise, nur ihn, weder die Frau noch die Tochter, ich kenne das Mädchen seit seiner Geburt, es hatte nichts mit der Sache zu tun. Und dann weitere hundert Male, nachdem ich erfahren hatte, dass meine Frau sich umgebracht hat und mir noch sechs Monate fehlten und ich nicht wusste, was aus den Kindern werden würde. Und noch hundert Mal, als ich sie in diese Baracke gebracht habe. Ich schlafe auf ihnen, damit sie keine Bronchitis kriegen, und bleibe die ganze Nacht wach, um die Mäuse zu verjagen. Ja, ich hab's getan. Wenn Sie mich aber fragen, ob sich das auch außerhalb meines Kopfes abgespielt hat, dann ist die Antwort nein, ich hab's nicht getan. Wenn meine Frau noch leben würde, ich jemanden gehabt hätte, der sich um die Kinder kümmern kann, wäre ich vielleicht seine Treppe hochgestiegen und hätte Gebrauch von meinem Messer hier gemacht. Aber so wie die Dinge stehen, hätte ich auch gleich die Kinder selbst umbringen und dann nach Mergellina gehen können.

Wieder hörte man die Möwen kreischen.

Maione nahm seinen Mut zusammen.

– Entschuldigen Sie die Frage, Lomunno, aber wie schaffen Sie es, sich durchzuschlagen?

– Jeden Tag aufs Neue, Brigadiere. Ich hab' nichts gelernt, ich war bloß Hafenbeamter und später dann bei der Miliz. Ein wenig helfen mir meine ehemaligen Kameraden, aber heimlich. Sie kommen nachts her, in Zivil, und geben sowohl beim Kommen als auch beim Gehen Acht, nicht gesehen zu werden. Dass sie Angst haben, kann ich ihnen nicht verübeln, man wird schnell zum Komplizen abgestempelt. Seit ein paar Tagen helfe ich ein paar Firmen am Hafen bei der Buchhaltung, im Namen anderer Leute natürlich. Ich hab' ein bisschen Geld dafür bekommen, und diesmal werd' ich's nicht ins Wirtshaus tragen, sondern es meinen Kindern ein bisschen nett machen zu Weihnachten.

– Lomunno, wir müssen Sie das fragen: Wo waren Sie am Morgen des 18. Dezember zwischen sieben und eins?

Der Mann schaute zu Maione auf.

– Auf Arbeitssuche, Brigadiere. Durch die ganze Stadt gerannt bin ich, um Arbeit zu suchen. Morgens war ich am Hafen. Ein paar Türen wurden mir vor der Nase zugeknallt, andere höflich geschlossen, wieder andere einen Spalt offen gelassen. Ich kann Ihnen ein paar Anschriften von Firmen nennen, bei jeder war ich aber nur ein paar Minuten. Theoretisch – ich sag's Ihnen lieber, bevor Sie's mir sagen – hätte ich also Gelegenheit gehabt, zwischendurch mal schnell Garofalo und seine

Frau abzumurksen. Ich war selber Polizist, wenn man so will. Ich weiß, wie Sie denken.

Dann trat er einen Schritt vor und legte Maione die Hand auf den Arm:

– Brigadiere, hören Sie mich an: Ich war es nicht. Ich hätte es tun wollen, vielleicht sogar sollen. Es tut mir auch leid wegen der Frau und des Mädchens. Was ich allerdings noch mehr bedaure, ist, dass dieser Bastard nicht durch meine Hand zu Tode kam. Aber für jemanden, der Kinder hat, ist Rache teuer, zu teuer. Ich kann sie mir nicht leisten.

XXI

Als Enrica in ihrer Erzählung bei dem Versprechen angelangte, das sie der Madonna von Pompeji gegeben hatte, glaubte sie, Rosa müsse sie nun endgültig hoch achten. Eine Frau ihres Alters, glaubte Enrica, musste eine so heilige Sache unbedingt für verbindlich halten. Doch Rosa überraschte sie einmal mehr:

– Meiner Meinung nach gilt dieses Versprechen nicht, – verkündete sie.

– Was heißt, es gilt nicht?

Rosa zählte ihre Argumente an den Fingern ab.

– Erstens wussten Sie nicht, wie es um den jungen Herrn stand, Sie sagten nämlich: Wenn Ihr ihn bewahrt, werde ich ihn nicht wiedersehen. Aber wovor sollte die Madonna ihn denn bewahren, wo er sich bloß den Kopf gestoßen hatte? Zweitens muss man ein Gelübde auf eine bestimmte Weise ablegen, doch wohl nicht so, im Wartesaal von einem Krankenhaus; man muss in eine Kirche gehen und es vor einem Heiligenbild aussprechen, was Sie nicht getan haben. Drittens: Man kann nur auf etwas verzichten, das einen ganz allein betrifft und keinen anderen. Mit diesem Gelübde haben Sie aber auch ihm etwas Wichtiges weggenommen, und schließlich hat er gar nichts versprochen.

Enrica schüttelte mehrere Male den Kopf.

– Aber ich weiß doch, dass ich's versprochen habe. Ich kann doch kein Versprechen brechen, das ich der Madonna gegeben habe. Und außerdem, außerdem ... ist da noch diese Frau, die schöne Fremde. Ich hab' sie schon früher mit ihm zusammen gesehen, mehr als einmal, sodass ich geglaubt hatte, sie ... na ja, sie seien verlobt. Wenn sie ihm nicht gefallen würde, würde er sie doch wegschicken, oder nicht? Ich weiß nicht, was ich tun soll ...

Ihre Augen füllten sich mit Tränen. Rosa schaute flüchtig zu ihrer Hand, die leicht zitterte; sie durfte keine Zeit mit diesen Dummheiten verlieren.

– Genau deshalb wollte ich ja mit Ihnen sprechen. Reden wir Klartext, meine Liebe: Männer sind schwach. Sie glauben, alles selbst zu entscheiden, zu wählen und zu tun, dabei entscheiden, wählen und tun sie genau das, was wir für sie beschließen. Aber nicht alle von uns – nur die stärksten und resolutesten. Die Frau, die Sie meinen, diese Fremde ... Sie finden sie ja schön, aber mir kommt sie eher dürr und kränklich vor ... scheint mir sehr resolut zu sein. Was wollen wir also tun, wollen wir ihr freie Hand lassen? Wollen wir sie entscheiden lassen, damit sie ihn sich schnappt und ihn irgendwohin in den Norden schleppt?

Enrica riss die Augen auf.

– Nein, natürlich nicht. Auf keinen Fall. Wissen Sie, Signora, eine Sache weiß ich ganz sicher: Ich werde nie einen anderen lieben. Nie. Entweder er oder keiner.

Rosa platzierte ihren beträchtlichen Hintern etwas bequemer auf dem Stuhl und richtete sich den Hut mit kriegerischer Miene.

– Na also, dann wären also zwei Dinge zu tun: Zuerst gehen Sie zu einem Priester wegen dieser Sache mit dem Gelübde, dann hätten wir das hinter uns. Und dann muss entschieden werden, wie wir weiter vorgehen, um die Sache in Ordnung zu bringen, bevor die Frau aus dem Norden unsern Jungen in die Finger bekommt.

Enrica begriff, dass sie nicht mehr allein war.

– Wegen des Priesters hätte ich schon eine Idee. Ich kenne vielleicht einen, der unser Problem verstehen könnte.

Kaum waren sie um die Ecke gebogen und hatten die Gasse verlassen, befanden sich Ricciardi und Maione wieder mitten im Weihnachtstrubel, aber das reichte nicht aus, um die traurige Begegnung mit Lomunno vergessen zu machen.

– Keine Ahnung, wie's Ihnen geht, Commissario, aber mich hat das Gespräch mit Lomunno ganz schön mitgenommen. Ich weiß auch nicht genau, was ich davon halten soll.

Ricciardi lief neben ihm mit vom Mantelkragen verdecktem, eingezogenem Kopf, den Blick ins Leere gerichtet.

– So ist es immer, wenn man Hoffnungslosigkeit und Verzweiflung sieht. Er hat noch nicht wieder angefangen zu leben, vielleicht versucht er es jetzt gerade. Was nicht heißt, dass er die Garofalos nicht getötet hat. Rache, weißt du, ist wie ein wildes Tier. Sie brütet im Verborgenen, manchmal jahrelang, schnellt dann plötzlich empor und verschlingt alles.

Maione war nachdenklich:

– Schon richtig, aber es stimmt auch, was er gesagt hat: Die Rache ist teuer. Man muss sie sich leisten können. Was hätte es ihm gebracht, sich zu rächen? Er hätte seine Kinder damit endgültig ins Verderben gestürzt.

– Rache ist nicht rational. Eines Abends kurz vor Weihnachten sitzt du vielleicht, wie Lomunno, halb betrunken da und findest es plötzlich ungerecht, dass der geliebte Mensch tot ist und der Schuldige fröhlich und zufrieden weiterlebt und sich aufs Fest freut. Also beschließt du, selbst für Gerechtigkeit zu sorgen. Du schnappst dir ein Messer, eine Pistole oder was auch immer und bringst die Dinge in Ordnung.

Maione schlug das Herz bis zum Hals.

– Die Dinge in Ordnung bringen, ja ... wer zu bezahlen hat, zahlt dann endlich. Alles stimmt wieder.

Ricciardi blieb schlagartig stehen.

– Bloß, dass auf diese Weise leider gar nichts in Ordnung kommt. Um einen Fehler wiedergutzumachen, begeht man noch einen, dann noch einen und so fort, und alles nimmt kein Ende. Verzeihen ist schwer, vielleicht unmöglich. Aber es ist Sache der Justiz, die Dinge in Ordnung zu bringen. Meinst du nicht?

Maione war durcheinander.

– Rache ist menschlich, Commissario. Manchmal ist es schwieriger, sich nicht zu rächen, als sich zu rächen.

Ricciardi ging wieder schnellen Schrittes weiter.

– Ja, das stimmt. Also können wir Lomunno in unserem Fall nicht als möglichen Schuldigen ausschließen. Im Übrigen hat er kein Alibi, zumindest keines, das ihn über jeden Verdacht erheben würde, und seine wiedergefundene Ruhe, diese Lust auf

Weihnachten und Familie, auf eine Krippe und Gebäck für die

Kinder könnte bedeuten, dass sein Gewissen nun schweigt, gerade weil er sich gerächt hat.

Maione nickte nachdenklich.

– Sie haben recht. Andererseits ist Lomunno allein. Wem gehörte dann die zweite Hand, die dem Doktor zufolge Garofalo verletzt hat?

Sie waren in der Nähe des Präsidiums angelangt. Um ein Haar überfuhr sie der vollgepackte Karren eines Topfhändlers, dessen Ladung mit lautem Klirren aneinanderschlug.

Ricciardi sagte:

– Wir müssen zum Borgo Marinari und diese Erpressungsgeschichte weiter vertiefen. Vielleicht haben wir dort mehr Glück.

Als er in den Hof des Präsidiums bog, sah er dort Livias geparkten Wagen und sie selbst, die sich daran anlehnte und lächelnd rauchte. Ihm entging nicht, dass etwa zehn seiner Kollegen trotz Kälte rein zufällig gerade am Fenster standen.

Mit blitzenden Augen schnippte die Frau die Asche der Zigarette weg.

– Gerade rechtzeitig, bevor mir die Nase abgefroren wäre. Ciao, Ricciardi. Schön, dich wiederzusehen.

XXXII

Die todbringenden Hände beenden ihre Arbeit.

Sie sind langsamer geworden, weil sie schon zu weit waren, die Vorbereitung aber einer bestimmten Choreographie zu folgen hat, alles zu seiner Zeit, Schritt für Schritt, bis zum großen Finale. Das Finale besteht nur aus einer einzigen Bewegung.

Die Hände sind geschäftig, sie halten keinen Augenblick still. So viele Dinge sind richtig zu rücken, zu verschieben, hier ein wenig nach vorn, da ein wenig nach hinten.

Man mochte glauben, wenn das Gröbste erst mal getan war, die Landschaft mit Grotten, Terrassen, Tempeln und Schluchten geschaffen, sei die Arbeit fast fertig – weit gefehlt.

Die todbringenden Hände wissen genau, dass die Details den Unterschied machen. Die Vorbereitung ist zwar wichtig, genau wie die Ausführung, doch die Details unterscheiden eine gut gemachte von einer oberflächlichen Arbeit.

Die Hände füllen den Brunnen mit echtem fließendem Wasser. Der Brunnen versetzt die Kinder in Verzückung: Der dünne Wasserstrahl, der sich inmitten der regungslosen Figuren bewegt, lässt die ganze Krippe echt erscheinen.

Sie ordnen auch die Gräser und Kräuter richtig an: Rosmarin, Myrte, Moos, Mäusedorn. Die todbringenden Hände kennen die Tradition: Die Kräuter vertreiben die bösen Geister, die die Häuser von Allerseelen bis zum Dreikönigstag heimsuchen. An Weihnachten sollen sie verscheucht sein, die bösen Geister.

Denn wer tot ist, ist tot und soll bei den Toten bleiben. Er soll nicht wiederkehren.

Die todbringenden Hände berühren einander leicht, wohlgefällig. Es fehlt wirklich nicht mehr viel.

Und alles wird perfekt sein.

XXXIII

Maione nutzte Livias Besuch, um sich aus dem Staub zu machen, trotz Ricciardis hilfesuchendem Blick.

– Wenn Sie erlauben, Commissario, erledige ich rasch ein paar Besorgungen für Weihnachten. Wir sehen uns in einer Stunde, dann machen wir unseren Spaziergang nach Borgo Marinari.

Livia mischte sich ins Gespräch:

– Ein herrlicher, sehr ursprünglicher Ort. Ich mag die Häuser der Fischer und die Boote am Kastell dell'Ovo. Im Sommer war ich dort; lohnt sich ein Besuch auch im Winter?

Ricciardi machte es kurz:

– Nein, das lohnt sich nicht. Wir müssen wegen der Arbeit hin, ein paar Leute vernehmen. Ist gut, Maione, geh nur. Aber bleib nicht zu lange weg, wir haben zu tun.

Unter den neugierigen Blicken der Angestellten des Präsidiums sowie einer unbestimmten Zahl von Anwälten begaben sich Livia und Ricciardi zu dessen Büro. Ein Mann in Handschellen, der gerade von zwei Wachen in seine Zelle geführt werden sollte, ließ sich zu einem langen, bewundernden Pfiff hinreißen, als er die Frau vorbeigehen sah. Einer der Polizisten verpasste ihm einen Klaps auf den Hinterkopf, wechselte aber mit seinem Kumpel einen komplizenhaften Blick: Die da konnte ganz sicher nicht unbemerkt vorbeigehen.

Ricciardi allerdings konnte es nicht leiden, wenn ihm zu viel Aufmerksamkeit zuteilwurde, weshalb er seine Schritte beschleunigte und einen langen Seufzer der Erleichterung ausstieß, als er die Tür hinter sich schloss.

– Musste es unbedingt so ein theatralischer Auftritt sein? Livia streifte sich die Handschuhe ab.

– Ich freue mich auch, dich zu sehen, danke. Einen schönen Tag auch dir, wie geht es dir?

Der Kommissar verstand.

– Tut mir leid. Guten Tag, Livia. Du weißt ja, ich mag's nicht, im Mittelpunkt zu stehen. Das Präsidium ist wie ein großes Dorf, es wird getratscht und gewitzelt und alles auf Kosten der Arbeit.

Die Besucherin machte es sich auf dem Sessel bequem, nachdem sie den an Manschetten und Kragen mit Pelz besetzten Mantel abgelegt hatte.

– Ach ja, die Arbeit. Die einzige Sorge. Nie eine Pause einlegen, nie auf das hören, was das Herz verlangt.

– Livia, ich bitte dich. Bring mich nicht in Verlegenheit.

– Ach so ist das, ich bringe dich in Verlegenheit, wie schön. Hör mal, Ricciardi, und wenn wir Klartext redeten, ein für alle Mal? Wenn wir der Wahrheit einfach ins Gesicht sähen, glaubst du nicht, das wäre besser für uns beide?

Ricciardi ging zum Fenster, von wo aus er den Verkehr auf dem Platz beobachtete. Die letzten Blätter der kahlen Steineichen bewegten sich im Wind, fahrende Händler überquerten eilig die Straße, um ihre Ware zu den am meisten frequentierten Plätzen zu bringen. In der Ferne zeichneten sich, schon fast verblasst, die Bilder einer Mutter und ihrer Tochter ab, die vor etwa drei Monaten bei einem Verkehrsunfall ums Leben gekommen waren. Die beiden, die – anders als die Passanten – leichte Sommerkleidung trugen, wechselten unverständliche Worte: *Beeil dich, wir sind spät dran*, sagte die Mutter mit den glatt abgetrennten Beinen. *Mein Kreisel, ich hab' meinen Kreisel verloren*, antwortete das Mädchen mit dem zerschmetterten Schädel. Das Spielzeug war zu hastig aufgehoben worden. Man kehrt nicht plötzlich um, nachdem man die Straße bereits überquert hat.

Man kehrt nicht um.

– Livia, du weißt, wie ich darüber denke. Wir haben es schon oft besprochen. Du bist eine wunderschöne Frau, das weißt du und zeigt man dir auch. Du kannst jeden Mann haben, den du willst. Und selbst ohne deine Schönheit wärst du noch klug, geistreich, vermögend. Warum ich? Mit allen Problemen, all meinen Unzulänglichkeiten?

Die Frau nahm die Frage, die sie sich im Übrigen oft selbst stellte, durchaus ernst. Sie dachte an ihre Verehrer, sowohl an die früheren, die sie immer noch aus Rom anriefen, als auch an die neuen, die ihr nun jeden Morgen Blumen und Süßigkeiten mit glühenden Liebeserklärungen schickten.

– Ich möchte aber dich. Sieh mal, Ricciardi: Ich sehe in dir zwei verschiedene und voneinander unabhängige Personen. Die eine hält die andere versteckt, angekettet, als ob sie sie entführt hätte, und zwingt sie zu einer langen, unfreiwilligen Einsamkeit. Doch hinter dem scheinbaren Mangel an Gefühlen steckt jemand, der gerne lachen und ans Licht kommen möchte, geliebt werden möchte. Du weißt, dass ich vor gar nicht langer Zeit den Beweis dafür erhalten habe.

Ricciardi seufzte und kehrte dem Fenster den Rücken zu.

– Den Beweis, sagst du?

Livia lachte nervös. Dieser Mann beunruhigte sie zutiefst; zum ersten Mal in ihrem Leben wusste sie nicht, wie sie sich verhalten sollte.

– Ich weiß, was du sagen willst. Dass es dir schlecht ging, dass du Fieber hattest. Dass es regnete, stark sogar, und du schlimmen Kummer wegen etwas hattest. Aber du lagst in meinen Armen, Ricciardi, und eine Frau spürt, wann ein Mann ganz bei sich selbst ist.

Ricciardi schaute sie lange an. Ihr dreistes Auftreten, die aggressiven Worte standen im Widerspruch zu Livias verlorenem Blick und ihrer leicht zitternden Unterlippe. Das erweichte ihm das Herz.

– Ich sage nicht, dass ich nicht bei mir war. Auch nicht, dass ich mich nicht daran erinnere, was in jener Nacht zwischen uns passiert ist. Ich war schwach, das ja, und schleppte eine große Last mit mir herum. Meine Einsamkeit wog zu schwer und ich schaffte es nicht, sie allein zu tragen. Ich wollte zu dir kommen, Livia, das muss ich zugeben, auch wenn ich dann nicht an deine Tür geklopft habe. Ich habe mich nach Wärme gesehnt, nach Haut und Händen. Bitte verzeih mir.

Ricciardis Schwächeeingeständnis verwirrte Livia aufs Neue, weil sie nicht damit gerechnet hatte.

– Verstehst du denn nicht, dass ich dir genau das geben möchte? Ein wenig Wärme und Freude? Jetzt sag' ich dir mal was: Ich stelle keine Forderungen, diese Art von Frau bin ich nicht. Du bist zu mir gekommen, darüber hab' ich mich gefreut. Es war sehr schön mit dir, aber ich sehe auch ein, dass es eine Art Flucht war. – Sie schlug die Hand vor die Augen. – Aber es beweist auch, wie es für jemanden wie dich möglich ist, wenn schon nicht glücklich, dann doch wenigstens unbeschwert zu sein.

Ricciardi hörte ihr im Stehen zu, die Hände in den Taschen, seine widerspenstige Haarsträhne im Gesicht, die grünen Augen ausdruckslos.

– Es gibt Dinge, die du über mich nicht weißt, Livia. Ich bin nicht so ... distanziert, sagen wir, weil ich es mir ausgesucht habe. Jeder hat seine Eigenarten, und meine halten mich fern von bestimmten Gefühlen. – Er schloss die Augen halb und hörte das Mädchen, das auf der Straße sein Spielzeug suchte. –

Und da ist noch was anderes. Ich empfinde etwas für jemanden, ich glaube, etwas Ernstes. Ich hab's dir mal gesagt. Es gibt eine andere Frau, will ich damit sagen.

Livia wurde schwindelig. Ihr Herz schlug heftig. Kämpfe, sagte sie zu sich. Wenn du diesen Mann wirklich willst, dann kämpfe.

– Und weiß sie es? Hast du ihr gesagt, was du für sie empfindest? Hast du sie berührt, mit ihr geschlafen? Hat sie deinen Atem auf ihrer Haut gespürt?

Ricciardi wollte etwas sagen, ließ es dann aber. Er wurde blass.

– Nein, sie weiß es nicht. Ich hab's ihr nicht gesagt.

Livia lachte, aber ihr Blick blieb ernst:

– Ja, und? Das heißt doch, dass dich mit mir etwas mehr verbindet, nicht? Es war zwar nur ein Augenblick, aber wir haben ihn geteilt. Zumindest das haben wir gemeinsam.

Ricciardi blickte sich um: Er sah den alten hölzernen Lehnstuhl, den Schreibtisch mit der abgenutzten olivgrünen Unterlage, die Glühbirne, die in der Mitte des Zimmers von der Decke baumelte, weil der seit einem Jahr kaputte Lampenschirm nie ersetzt worden war. Das Tintenfass aus Kristall, den Briefbeschwerer, bestehend aus einem Granatsplitter. Seine Welt.

– Schau dich um, Livia. Was siehst du? Ein altes, schäbiges Büro. Mein Leben findet hier statt, mehr als in irgendeiner Wohnung, in der ich mich nicht zu Hause fühle. Was kann jemand wie ich einer Frau geben? Ich weiß nicht, wie lange ich leben werde, aber meine Zeit werde ich hier verbringen. Warum willst du so einen Mann?

Livia stand auf. Sie lächelte sanft, aber von ihrer Wange fiel eine Träne herab.

– Du verstehst es nicht, stimmt's? Du kannst es dir nicht vorstellen. Es gibt kein *Warum*. Man verliebt sich, einfach so, ohne Grund. Auch eine Frau wie ich, die ein sehr ausgefülltes Leben hatte, die viel Glück und viel Unglück erfahren hat, kann sich noch verlieben. Es ist ein Geschenk, das du mir gemacht hast, Ricciardi, ob du mich nun willst oder nicht: Durch dich habe ich begriffen, dass ich noch lebe, dass ich mich noch verlieben kann.

Sie drehte sich um, ging auf die Tür zu, legte die Hand auf die Klinke. Dann wandte sie sich ihm wieder zu:

– Ich möchte, dass du es weißt: Ich werde für diese Liebe kämpfen. Ich werde nichts unversucht lassen. Denn ich weiß, dass du mich tief in deinem Inneren auch willst, dass du befreit werden möchtest aus dieser unseligen Gefangenschaft, die du dir selbst auferlegt hast – Gott allein weiß, wie und warum. Unterschätze eine liebende Frau nicht, Ricciardi. Das wäre dumm.

Sie verließ das Zimmer und eilte zu ihrem Wagen. Im Auto ließ sie ihren Tränen freien Lauf.

Als das Fahrzeug den Hof verließ, beobachteten es verstohlen zwei Augen aus dem gegenüberliegenden Hauseingang.

XXXIV

In dem Gewimmel von San Gregorio Armeno musste Maione an die elende Behausung denken, in der Lomunnos Familie oder zumindest die, die davon übrig geblieben waren, lebten. So wie Weihnachten am Eingang zu jener Schotterstraße aufgehört und die Bewohner ihrem Schicksal überlassen zu haben schien, zeugte hier jedes einzelne Fenster, jede Tür und jeder Laden unüber-

sehbar davon, dass das wichtigste Fest des Jahres bevorstand
 und man sich lieber darauf vorbereiten sollte.

Das Viertel war von jeher der Ort der Krippenfiguren, des Dekors, der schönen Dinge für zu Hause. Das Geschäft begann Ende Oktober und ging bis zum Dreikönigstag, um danach in eine Art Winterschlaf zu fallen, während dessen man sich auf die Herstellung von Stoffblumen spezialisierte, mit denen die Hüte und Kleider der Damen in den Städten geschmückt wurden.

Mindestens sechs von den Kaufleuten bezahlte Dudelsackpfeifer spielten ihre Melodien. Obwohl es noch hell war, hatte jeder Laden seinen Lichterschmuck eingeschaltet, um die Blicke der zahlreichen Passanten auf sich zu ziehen, und alle Figurenmacher hatten auf der Straße ihre schönsten Werke ausgestellt – ein buntes Schauspiel, das bezauberte und entzückte.

Maione allerdings hatte keine Augen für die Ware der Händler, sondern dachte über das nach, was er zu tun beabsichtigte.

Er war zu der Überzeugung gelangt, dass der junge Mann ihn nicht wiedererkennen würde. Zu den Verhandlungen vor Gericht war der Brigadiere in Zivil erschienen und im Hintergrund geblieben, hatte sich unter die Menge der Schaulustigen gemischt. Noch nach fast vier Jahren erinnerte er sich gut daran, dass er sich auf merkwürdige Weise unbeteiligt gefühlt hatte, als ob die ganze Sache ihn nichts anginge.

Jetzt, nach so langer Zeit, würde der Mörder seines Sohnes ihn in Uniform nicht erkennen, selbst wenn er ihn sehen würde. Er wollte bloß wissen, wo er arbeitete. Maione glaubte, dass es nicht weit weg von seiner Wohnung sein dürfte, aber natürlich konnte er da auch falschliegen. Vielleicht arbeitete Biagio im Stahlwerk von Bagnoli oder auf irgendeiner Baustelle am

Vomero, was weitere Ermittlungen notwendig gemacht hätte, vielleicht auch noch einen Besuch bei Bambinella.

Gerade als er sich das durch den Kopf gehen ließ, sah er ihn. Über einen kleinen Tisch gebeugt saß er im Eingang von einem der größten Figurenmacherläden und war damit beschäftigt, das Gesicht einer Holzfigur mit einem kleinen Spachtel zu modellieren. Maione wurde in dem ganzen Gedränge auf ihn aufmerksam, weil sich um ihn herum mehrere Leute versammelt hatten, die ihm verzückt bei der Arbeit zusahen.

Er trat zu der Gruppe, blieb aber hinter den anderen. Seine Köpergröße erlaubte es ihm, über die Neugierigen hinwegzublicken. Der junge Mann hielt den Kopf gesenkt und wirkte so abwesend, als sei er völlig allein. Er verlieh einem Gesicht den Feinschliff, einem Köpfchen, wie man sagte. Es gehörte zu einer alten Frau mit zum Knoten gebundenen Haaren, hohlen Wangen, aufgerissenen, ein wenig vorstehenden Augen.

Der Junge war sehr geschickt. Seine schroffen Bewegungen ließen ein menschliches Antlitz entstehen, das Staunen und Überraschung ausdrückte. Auf dem Tischchen lagen zwei Hände mit krummen Fingern, angespannt, als hielten sie etwas fest. Sie waren noch nicht bemalt, vermittelten aber schon jetzt den Eindruck vollkommener Lebendigkeit. Zum Schluss würden Kopf und Hände nach uralter Art an einem Körper aus Draht und Werg befestigt werden, der ein spitzenbesetztes Seidenkleid erhielt.

Maione bemerkte, dass der Junge, konzentriert und in gebückter Haltung, mit der linken Hand arbeitete. Schmerzvoll erinnerte er sich an den Polizeibericht zu Lucas Ermordung, in dem von einer einzigen tödlichen Verletzung unterhalb des linken Schulterblatts die Rede gewesen war. Ein Linkshänder, und der verurteilte Bruder war Rechtshänder gewesen. Es war niemandem aufgefallen. Er hatte gestanden, warum hätte man noch weiterforschen sollen? Auch Maione hatte damals keinerlei Verdacht geschöpft.

Der Gedanke riss ihn aus seinem Staunen darüber, aus einem Stück Holz das Gesicht einer Frau entstehen zu sehen, und führte ihn brüsk zum Grund seiner Anwesenheit zurück. Er ging ein paar Schritte zurück, nahm eine Tonkuh vom Verkaufsstand und ging damit zum Besitzer des Ladens, der zufrieden hinter der Kasse stand.

– Guten Tag. Ganz schön was los heute, was?

Der Mann beäugte argwöhnisch Maiones Uniform, lächelte aber freundlich.

– Stimmt, Brigadiere, wenigstens in der Vorweihnachtswoche kommen ein paar Leute her. Die meisten wollen bloß schauen, denn die schönen Dinge haben ihren Preis, man sieht gern zu, kauft dann aber die günstigeren Figuren.

Maione täuschte Anteilnahme vor.

– Gewiss, das Geld ist knapp heutzutage. Die Leute kaufen lieber was zu essen.

Der Ladenbesitzer wollte seinen Berufsstand verteidigen.

– Das verstehe ich. Aber was wäre Weihnachten ohne Krippe? Wir leben davon, zugegeben. Aber die Tradition der Stadt will es, dass es in jedem Haus, auch im allerärmsten, zumindest die Heilige Familie gibt. Klar laufen die Läden besser, die billiges Zeug produzieren, diesen Ramsch aus Ton, mehr schlecht als recht bemalt. Was wir herstellen, sind Kunstwerke.

Maione lenkte das Gespräch dahin, wo er es haben wollte:

– Ja wirklich, Sie haben wunderschöne Sachen. Der Junge da hinten zum Beispiel, der die alte Frau schnitzt, scheint mir recht tüchtig zu sein.

Der Besitzer kam hinter der Kasse hervor und sah zur Tür hinaus. Zufrieden stellte er fest, dass die Gruppe von Leuten um das Tischchen seines Mitarbeiters größer geworden war.

– Er ist tüchtig, das stimmt. Ich arbeite seit vierzig Jahren in meinem Beruf und half vorher schon im Laden meines Vaters. Ich hab' noch nie jemanden so schnell dazulernen sehen. Der Junge arbeitet mehr und besser als dieser Taugenichts von meinem Sohn, der seit fünfzehn Jahren im Geschäft ist und immer noch kein Holz anrührt.

Maione gab ein gerade noch wohlerzogenes Interesse vor:

– Ach, und wie lange ist der Junge denn schon bei Ihnen?

– Biagio? Dreieinhalb Jahre werden es sein, das ist jetzt sein viertes Weihnachten. Ich weiß noch, wie er hierherkam: Einen ganzen Tag lang hat er sich draußen rumgedrückt, durchs Schaufenster geschaut, sich an die Tür gestellt, ohne reinzukommen. Irgendwann hab' ich ihm zugerufen: He Bursche, was suchst du denn? Nichts, hat er gesagt. Brauchen Sie vielleicht jemanden zum Saubermachen? In Ordnung, hab' ich geantwortet, aber nur jetzt für die Feiertage. Dann hat sich einer der Arbeiter bei einer Prügelei verletzt, sie haben ihm die Finger gebrochen, und er sprang für ihn ein. Bis heute. Er vollbringt wahre Wunder mit dem Messer.

Maione spürte einen heftigen Stich bei diesen Worten. Einem hilflosen Jungen eine Klinge in den Rücken zu rammen ist wahrlich kein Wunderwerk.

– Er hilft Ihnen also, es läuft alles gut. Und beträgt er sich auch anständig?

Das war keine ungewöhnliche Frage, von einem Polizisten gestellt. Der Besitzer schöpfte keinen Verdacht.

– Absolut, Brigadiere, ein Goldjunge. Er ist verheiratet und hat zwei kleine Kinder. Nachdem er ein paar Monate hier war, hat er ganz in der Nähe eine Wohnung gefunden. Seine Frau ist noch fleißiger als er, wirklich ein tüchtiges Mädchen. Sie bemüht sich redlich, hilft in den umliegenden Haushalten mit aus und lässt die Kinder bei einer älteren Nachbarin. Jeder hier im Viertel mag sie. Gerade ist sie bei meiner Frau, gegenüber. Ab und zu schaut sie aus dem Fenster, um ihrem Mann bei der Arbeit zuzusehen. Da ist sie ja, sehen Sie sie?

Als er dem Blick des Mannes folgte, sah Maione am Fenster des zweiten Stocks im Haus gegenüber die dunkelhaarige junge Frau, die er schon am Morgen gesehen hatte. Sie erschien dort nur kurz, lächelte und warf ihrem Mann einen Kuss zu, der den Gruß mit einem Kopfnicken erwiderte, ohne mit der Arbeit aufzuhören.

Der Besitzer suchte Maiones Blick.

– Es ist doch herzerwärmend, wenn zwei junge Menschen sich so gern haben und sich solche Mühe geben, um sich durchzuschlagen. Bestimmt kommt's Ihnen sonderbar vor, wo Sie doch von morgens bis abends mit dem übelsten Gesindel zu tun haben, nicht?

Maione zuckte mit den Schultern.

– Ich weiß nicht. Manchmal sind die Leute anders, als es scheint. Im Guten wie im Schlechten. Es ist spät geworden, ich muss los. Was schulde ich Ihnen für die Kuh?

Während er eilig zurück zum Präsidium ging, tobte in Maione ein Sturm. Verheiratet, zwei kleine Kinder – Lucas Leben hätte auch so sein können. Da war doch dieses Mädchen gewesen, wie hieß sie noch gleich? Marianna. Die Tochter von Rosario, dem Fahrradmechaniker.

Die kleineren Geschwister hatten ihn damit aufgezogen, Luca hat eine Freundin, Luca hat eine Freundin, sangen sie, und er tat lachend so, als wolle er sie fangen. Vielleicht wäre er jetzt verheiratet und ich wäre schon Opa. Hätte eine Enkelin und einen Enkel. Und der andere Kerl, der heute mit seinen Schnitzkünsten prahlt, würde mit seinem Bruder auf Raubzug gehen. Vielleicht hätte es schon ein böses Ende mit ihm genommen und er wäre selbst von einem anderen seiner Sorte auf der Straße kaltgemacht worden.

Maione hörte wieder die Stimme Franco Massas, Lucas Paten, der den Priester gespielt hatte: Wir müssen diesen Biagio finden und ihn töten wie einen Hund, wie er's mit Luca gemacht hat. Ihn töten wie einen Hund. Wie einen Hund. Wenn du's nicht kannst, tu ich es.

Während die Dudelsackpfeifer ihre Melodien spielten und die Leute sich aufs Weihnachtsfest freuten, dachte Raffaele Maione an den Tod.

XXXV

Beim Klang des Dudelsacks, der von der Straße her durchs Fenster kam, dachte Lucia Maione ans Leben.

Sie überlegte, dass das Leben eine merkwürdige Sache war, die niemand je verstanden hatte, weder Philosophen noch Liedermacher, und erst recht nicht sie selbst, eine ungebildete Mutter und Hausfrau.

Sie erinnerte sich an ihr Leben bis vor ein paar Monaten. Falls man das Leben nennen konnte. Tag und Nacht hatte sie fast ausschließlich im Bett verbracht, ohne je tief zu schlafen, in einem Zustand fortwährenden Halbschlafs, der von Bildern, unterbrochenen Gedanken, Erinnerungen bevölkert war. Wenn eine Mutter von heute auf morgen einen Sohn verliert, dessen Hemden noch zum Bügeln bereitliegen und dessen Lachen ihr noch in den Ohren klingt, ist unklar, was mit ihr passieren wird.

Sie hantierte weiter in der Küche. Die Kinder spielten nebenan. Auch sie sind meine Kinder, hatte sie sich gesagt. Sie haben Anspruch auf eine Mutter.

Dieses Argument hatte leider fast drei Jahre lang nicht gereicht. Selbst ihr Mann oder die Wohnung schienen ihr keine hinlänglichen Gründe zu sein, das Leben wiederaufzunehmen. Das Einzige, was sie tun wollte, war das Stückchen Himmel zu betrachten, das man von ihrem Bett aus sah, und darauf zu warten, dass ein blonder Engel vorbeikommen und sie mit sich nehmen würde.

Dann, eines Tages, war sie plötzlich aufgestanden. Vielleicht war es die Frühlingsluft gewesen, ein neuer Duft, eine Art Aufbruchsstimmung. Sie hatte sich ans Fenster gestellt und herausgeschaut. Den kleinen Platz hatte sie gesehen, die schmalen Gässchen, die hoch und runter führten. Sie hatte das Leben gesehen, das wie sonst seinen Lauf nahm, und auf einmal Sehnsucht danach gehabt.

Gerade noch rechtzeitig, dachte sie, während sie verschiedene Zutaten auf dem Tisch aufreihte. Sie war Gefahr gelaufen, ihren Mann zu verlieren und die Liebe der Kinder. Um ein Haar wäre sie allein geblieben in der Hölle eines nie endenden Schmerzes. Doch dann hatte sie begriffen, dass ihr hübscher blonder Junge, der sie, wenn er nach Hause kam, stets in den Arm genommen und herumgewirbelt hatte, bis sie ganz außer Atem war, und sie »meine Süße« nannte, sie auf keinen Fall in jenem Zustand hätte sehen wollen. Also hatte sie sich gekämmt und ein neues Kleid angezogen. Und im Schlafzimmerspiegel ein unsicheres Lächeln ausprobiert.

Von da an hatte sie nach und nach alle Familientraditionen wieder eingeführt. Und jetzt, da Weihnachten vor der Tür stand, wurde von ihr das beste Essen des Viertels erwartet; ihr Mann und ihre Kinder waren immer von allen Freunden um ihre Kochkünste beneidet worden.

Die Hände in die Hüften gestützt und mit umgebundener Schürze begutachtete sie, was sich vor ihr auf dem Tisch befand: Verschiedene Sorten Fleisch, Wurst und Speck, viel frisches Gemüse, eine scharfe Peperoni und ein Glas Rotwein – also alles, was man zu einer guten Hochzeitssuppe brauchte. In ihrer Schlichtheit war sie eines der schwierigsten Gerichte des Jahres – doch was wäre Weihnachten ohne sie?

Lucia lächelte, weil sie an Raffaele denken musste, der verrückt nach ihrer Hochzeitssuppe war. Dann allerdings trübte sich ihr Lächeln.

Ihr Mann kam ihr sonderbar vor. Seine Miene hatte sich kaum wahrnehmbar verändert, es lag ein Schatten darauf, auch wenn er versuchte, es zu verbergen: Er schien traurig oder vielleicht ein wenig melancholisch zu sein. Konnte es an Weihnachten liegen, an der Erinnerung an Luca, die sie selbst ja ständig begleitete, ihren Mann jedoch ganz kalt erwischt hatte? Überall der Klang der Dudelsäcke, die das Bild des Sohnes heraufbeschworen, als er noch klein war und sich sündhaft teure Geschenke wünschte.

Aber irgendetwas passte für Lucia nicht zusammen: Der Kummer war zu plötzlich in Raffaeles Augen zu lesen gewesen und ihr genau am Samstagabend aufgefallen, als er nach Hause kam.

Die neue Ermittlung vielleicht? Sein Mitleid für das Mädchen, das auf so furchtbare Art zur Waise geworden war, wie er ihr erzählt hatte? Schon möglich. Aber irgendetwas passte ihrer Meinung nach trotzdem nicht zusammen.

Während sie den Speck auf dem Küchenbrett in kleine Würfel schnitt, erinnerte sie sich daran, wie sie im letzten Frühling kurz geglaubt hatte, Raffaele könnte sich für eine andere Frau interessieren. Es war für sie ein starker Ansporn gewesen, sich ihren alten Platz sehr schnell zurückzuerobern. Sie würde nie wieder jemandem erlauben, ihr Leben zu überschatten.

Denn das Leben war wichtig: Wenn man es verloren und wiedergefunden hatte, war es unverzeihlich, es erneut zu verlieren.

Sie konzentrierte sich auf Raffaele, während sie sang und weiter Speck schnippelte.

Angelina spürte Vincenzinos Fieber, als sie ihm die Lippen auf die Stirn drückte. Er glühte. Schon wieder.

Nur ein paar Meter vom Haus entfernt brauste immer noch das Meer, aber der Geruch, der in der Luft lag, war anders geworden. Die Alten hatten gesagt, der Nordwind würde in den nächsten Stunden nachlassen und nur die Kälte würde übrig bleiben.

Für Vincenzino war das keine gute Nachricht. Seine Lunge pfiff, wenn er nachts im Schlaf atmete, und Angelina tat kein Auge zu. Stattdessen lauschte sie dem Geräusch wie einem Sterbegesang.

Der Doktor hatte ihnen gesagt, welche Arzneien sie besorgen sollten. Genauso gut hätte er ihnen Gold, Weihrauch und Myrrhe aufschreiben können, es wäre dasselbe gewesen.

Medikamente waren für die Reichen da. Ärzte waren für die Reichen da. Oder für Diebe wie den Zenturio, der ihren Mann ruiniert hatte.

Sie dachte an die große helle Wohnung. Daran, wie warm es dort gewesen war, als ob der Winter aus Respekt, die Kälte vor Angst draußen geblieben wären. An all die Lichter, das glänzende Silber, die spiegelblanken Böden, die weichen Teppiche, die sich anfühlten wie Sand unter den Füßen, wenn man im Sommer barfuß läuft und das Gefühl hat, auf Wolken zu wandeln.

Sie dachte an Garofalos Frau, ihr freundliches, falsches, ironisches Lächeln. *Hut und Handschuhe?*, hatte sie gefragt. Ausgerechnet sie beide, die noch nie im Leben Handschuhe besessen hatten. Sie selbst trug denselben schwarzen Schal um den Kopf, der schon ihrer Mutter gehört hatte, und Aristide die Baskenmütze, die nach Meerwasser und Schmerz roch und nach etlichen Nächten, die er auf dem Boot mit Beten verbracht hatte, für ein bisschen Fisch.

Noch während sie an die Garofalos dachte, kam, als würden ihre schwarzen Seelen von der Hölle aus die Fäden bewegen, Alfonso, ihr ältester Sohn, herein: Mama, rief er aufgeregt, sie sind da. Sie sind draußen auf dem Platz und fragen nach uns.

Angelina dachte an ihren Mann und an das niederträchtige, schwarze Meer, das jede Nacht versuchte, ihn an sich zu reißen, das ihnen allen aber auch zu essen gab. Sie dachte an Vincenzino, das Pfeifen seiner Lungen, das inzwischen auch tagsüber zu hören war, und an seine glühend heiße Stirn. Sie dachte an ihre Eltern, die sie Rechtschaffenheit und Aufrichtigkeit gelehrt hatten. Sie dachte ans Essen, an die Medikamente, an die Teppiche und das Silber.

Eine Weile überlegte sie, einfach nichts zu tun: niemandem

ihren Namen zu sagen, nicht rauszugehen und die Tür nicht zu öffnen. So zu tun, als seien sie bereits alle tot, wie es sicherlich auch der Fall wäre, wenn niemand dieser bösen Geschichte ein Ende gesetzt hätte. Kurz dachte sie daran.

Doch dann seufzte sie und stand auf. Sie nahm ihren Schal und wickelte ihn um Kopf und Körper. Sie warf einen Blick in den Wandspiegel, der einzige Luxus in dem sechs mal sechs Meter großen Zimmer, das ihre Wohnung war, und erschrak über die alte, blasse Frau darin. Dann ließ sie den Blick über die erloschene Feuerstelle gleiten, über das gefährlich nah an Vincenzinos Bett gerückte Kohlenbecken, das dort stand in der Hoffnung, ihn vor dem drohenden Tod zu bewahren, und über die kleine traurige Krippe, die Aristide geschnitzt und mit trockenen Algen geschmückt hatte, damit auch für seine Kinder Weihnachten sein sollte.

Sie schaute genau hin, sah jedoch keine Hoffnung.

Also trat sie hinaus in den Wind und ging den Polizisten entgegen.

XXXVI

Der Weg vom Präsidium bis zum Viertel der Fischer war nicht weit, doch er bot wunderschöne Ansichten.

Man ging am Königspalast entlang mit dem Laubengang der Kirche des heiligen Franziskus, der die Piazza del Plebiscito begrenzte. Von dort aus bog man in die Via Cesario Console, die hinunter zum Meer führte. Rechts standen die großen Luxushotels, davor warteten die Droschken. Die Fahrer standen im Wind und rauchten, hielten sich mit der Hand den Hut fest und unterhielten sich schreiend. Gegenüber war wiederum das Meer, dessen Gischt bis auf die Straße spritzte, sodass sich die vorbeifahrenden Autos und Kutschen in der Mitte der Fahrbahn hielten und der Gegenverkehr fast auf den Bürgersteig ausweichen musste.

Das riesige Kastell zeichnete sich im Abendlicht dunkel und unheimlich ab. Bei solchem Wetter wirkte es mit seinen Kanonen und Mauerzinnen weniger bedrohlich und wurde vielmehr zum Schutz, da es den Wind aus den Gässchen des Viertels fernhielt.

Die letzten Fischer waren vor über hundert Jahren von Santa Lucia in die eigens für sie gebauten niedrigen Wohnhäuser umgesiedelt worden. Viele hatten im Erdgeschoss kleine Gaststätten eröffnet, in denen im Sommer der frisch gefangene Fisch zubereitet wurde und die sogar bei den Touristen in Mode gekommen waren. Der appetitliche Duft von Gegrilltem gelangte nämlich bis zu den luxuriösen Hotelzimmern. Doch abgesehen von diesem saisonalen Geschäft lebten die Leute im Viertel vom Beruf ihrer Väter, Großväter und Urgroßväter.

Übriggeblieben waren nur noch ein paar Dutzend Familien, die nach Jahrhunderten alle miteinander verwandt waren. Die fähigsten und ehrgeizigsten jungen Leute hatten es vorgezogen, sich auf den großen Überseedampfern nach Amerika einzuschiffen oder im Sumpf der Stadt leichteres Geld zu machen. Die, die noch da waren, konnten oder wollten nichts anderes tun.

Ricciardi und Maione hatten ihren Weg schweigend zurückgelegt; es war windig, man verstand kaum sein eigenes Wort und beide waren mit ihren eigenen Gedanken beschäftigt.

Der Brigadiere war von einer großen inneren Unruhe befallen. Er dachte an Rache, Gerechtigkeit, ans Leben und an den Tod. Sein schlichtes Gemüt, das nur zwischen Richtig und Falsch unterschied, konnte es nicht zulassen, dass ein Mörder, der für seinen eigenen ungeheuren Schmerz verantwortlich war und seine Frau drei Jahre lang zu einem Schattendasein verdammt hatte, nicht für das begangene Verbrechen bestraft wurde. Dessen war er sich vollkommen sicher.

Andererseits fragte er sich: War er denn der Richter? Er war Polizist und gewohnt, Grundsätze zu befolgen, die anderswo festgelegt worden waren, in Gesetzen nämlich, die intelligentere und gebildetere Männer als er beschlossen hatten und die er lediglich anwenden sollte. Er fing die Verbrecher und übergab sie. Von dem Zeitpunkt an – ein Grundsatz, an den er sich sein ganzes Leben lang gehalten hatte – war es nicht mehr seine Aufgabe, sich um das Schicksal der Person zu kümmern, die die Straftaten begangen hatte. Es hätte ihm auch nicht gefallen, Richter zu sein. Er war immer der Ansicht gewesen, ein schwaches Gewissen zu haben, und hätte nicht mehr ruhig schlafen können.

Er wusste allerdings auch genau, dass Biagio nach dem Gesetz ungestraft davonkommen würde: Es hatte schon einen Prozess und eine entsprechende Verurteilung gegeben. Das Geständnis des sterbenden Bruders war durch Massas Täuschung zustande gekommen, indem er sich als Priester ausgegeben hatte. Ohnehin gab es keine Beweise.

Maione fragte sich, was Lucia gewollt hätte. Am liebsten hätte er mit ihr sprechen wollen, um die schreckliche Neuigkeit mit ihr zu teilen und sie um Rat zu bitten, was nun zu tun und vor allem wie es zu tun sei. Der Gedanke an seine Frau quälte ihn. Er erinnerte sich an ihr furchtbares Leid, die Traurigkeit, die immer noch aus ihren Blicken sprach, ihre Pein an den Tagen nach dem Mord. Wie viel Mitleid hätte Lucia für denjenigen gehabt, der diesen Schmerz verursacht hatte? Nein, er konnte ihr den ganzen Kummer nicht noch einmal zumuten. Die Verantwortung für das, was zu tun war, ruhte ganz allein auf seinen Schultern. Am Ende war er gegen seinen Willen doch noch zum Richter geworden, und auf dem Prüfstein stand sein eigenes Gewissen.

Neben ihm ging Ricciardi, der ebenfalls von einer Flut von Gedanken bestürmt wurde.

Livias Besuch hatte ihn stärker aufgewühlt als erwartet. Er hatte sie nach dem Unfall schon gesehen, sie war die Erste gewesen, die ins Krankenhaus geeilt kam. Auch im Präsidium war sie mehrere Male erschienen – zur großen Freude der Klatschmäuler und des Vizepräsidenten Garzo, der sein breites Grinsen liebend gern für jeden bereithielt, der ihn lobend in Rom erwähnen konnte. Allerdings hatte Ricciardi dafür gesorgt, nie mit ihr allein zu sein.

Diesmal jedoch hatte er sich ihr nicht entziehen können. Er hatte es auch zuvor nicht aus Feigheit getan, sondern um sie nicht verletzen zu müssen. Nur zu gut wusste er – wie es dann ja auch passiert war –, dass er es nicht lassen können würde, ganz genau das zu sagen, was er fühlte. Leider brachte er keine rhetorischen Kunststücke zustande und die Diplomatie gehörte nicht zu seinen wenigen Tugenden.

Er glaubte Livia nicht zu lieben, fragte sich aber, ob das wirklich stimmte. Seine dürftige Begabung in Gefühlsfragen, seine geringe Erfahrung und das Fehlen früherer Beziehungen ließen diesbezüglich Zweifel in ihm aufkommen. Es schmeichelte ihm, dass alle Livia bewunderten; er mochte ihre exotische Ausstrahlung, ihre geschmeidigen Bewegungen, ihren leicht wilden Duft; sie hatte er instinktiv gesucht, als Einsamkeit, Fieber und Beklemmnis ihm im Novemberregen unerträglich geworden waren. Aber, fragte sich Ricciardi, war das Liebe?

Da war natürlich noch Enrica. Ihre innere und äußere Ruhe, der Funke Fröhlichkeit hinter den Gläsern ihrer runden Hornbrille. Seine Freude, sie zu sehen, der Frieden, den er fand, wenn er sie abends hinter ihrem Fenster erblickte, sein aktueller Schmerz über die geschlossenen Fensterläden. War das nun Liebe?

Die Frage jedoch, die ihn am meisten quälte, war: War in seinem Leben überhaupt Platz für die Liebe?

Nachdem er sie als eine der beiden Hauptursachen für ein Verbrechen erkannt hatte, sogar noch heimtückischer und unbegreiflicher als der Hunger? Nachdem er Tag für Tag ihre dramatischen Folgen zu sehen bekommen hatte, Blut, Schmerz und Leid? Nachdem er die Schwächen kannte, die sie mit sich brachte, den Abschied und die Verlustangst, wollte er sie da wirklich in seinem Leben, die Liebe?

Er hatte sie immer sorgfältig gemieden. Stets hatte er sie mit Misstrauen betrachtet und aus der Ferne, ihre Auswirkungen mit äußerster Vorsicht gehandhabt, um nicht davon angesteckt zu werden. Und nun fragte er sich sogar nach dem Unterschied zwischen zwei Gefühlen, die er empfand, und versuchte, ihnen auf den Grund zu gehen.

Was zum Teufel geschieht mit dir, Ricciardi? fragte er sich. Hast du beschlossen, dich ins Leere zu stürzen, in den Abgrund, an dessen Rand du stets gewandelt bist? Hast du gar keine Angst mehr?

Er versuchte, sich auf die laufenden Ermittlungen zu konzentrieren. Das Blut, die Leichen, die Wundmale blitzten kurz in seiner Erinnerung auf und er hörte wieder die letzten Worte der Toten. Er sah auch die Betretenheit von Garofalos Kollegen, die zwar behilflich sein wollten, gleichzeitig aber fürchteten, irgendjemand in Rom oder in Neapel könne insgeheim beabsichtigen, die Schwachstellen der Miliz an die Öffentlichkeit zu bringen. Die Verzweiflung und das Leid Lomunnos, eines Mannes, der sein Leben verloren hatte und noch nicht wieder von den Toten auferstanden war. Das ernste Gesicht des Mädchens, das barfuß auf Zehenspitzen in dem übelriechenden Topf rührte, und die traurige Entschlossenheit, mit der es sein Brüderchen vom Boden aufgehoben und weggebracht hatte, als die Worte des Vaters immer zorniger wurden. Sie war offensichtlich daran gewöhnt.

Ricciardi hätte nicht sagen können, ob Garofalos ehemaliger Kollege für den Doppelmord verantwortlich war. Die Erfahrung hatte ihn gelehrt, dass ein Schuldiger gewöhnlich nicht sagte, es tue ihm leid, die Straftat nicht begangen zu haben. Lomunno schien es aber aufrichtig mitzunehmen, keine Rache geübt zu haben, die für ihn vielleicht befreiend gewesen wäre und auf die er nur aus Liebe zu seinen Kindern verzichtet hatte. Auch hatte er kein überprüfbares Alibi: eine Ausgangslage, die sonst geradewegs zur Verhaftung und, in Ermangelung anderer Verdächtiger, wahrscheinlich zur Verurteilung führen würde. Lomunno hatte sich so sehr gewünscht, den Mord zu begehen, dass er am Ende vielleicht überzeugt sein würde, tatsächlich der Schuldige zu sein.

Die Nachforschungen, die Ricciardi und Maione anstellten,

mussten also eine andere Hypothese ans Licht bringen, wenn Lomunnos Kinder nicht den einzigen noch verbliebenen Elternteil verlieren sollten. Allerdings, überlegte der Kommissar, war Lomunno ganz klar ein aggressiver Mensch voll ungezügeltem Zorn und tiefem Schmerz. Ricciardi erinnerte sich, wie er mit Wucht das Messer in die Tischplatte gerammt hatte. Vielleicht war er es doch, dachte er.

Fast ohne es zu merken, kamen sie im Fischerdorf an. Keinem der beiden Männer war aufgefallen, dass sie zwanzig Minuten lang gelaufen waren, ohne ein Wort zu wechseln.

Das Meer tobte im Wind.

XXXVII

Natürlich war ihnen klar, dass sie gemeldet worden waren, wie es immer geschah. Schon in der Via Partenope hatten sie bemerkt, dass sich aus einer Gruppe bettelnder Kinder ein Kurier gelöst hatte, der eilig im Fischerviertel verschwunden war.

Maione war besorgt: Es war, als würde ihre Ankunft von Fanfaren begleitet werden.

Nicht, dass sie Anonymität gebraucht hätten. Weder planten sie einen Überfall noch wollten sie jemanden verhaften, falls es nicht notwendig sein sollte. Aber die spontane Reaktion auf ihr Erscheinen zu sehen wäre ein Vorteil gewesen, wenn auch nur ein sehr kleiner. Sie waren es mittlerweile gewohnt, darauf zu verzichten.

Was sich nun vor ihren Augen abspielte, machte sie betroffen. Mitten auf einem verlassenen kleinen Platz stand im peitschenden Wind eine in einen schwarzen Schal eingehüllte Frau. Hinter ihr befanden sich zwei Kinder, ein etwas größerer Junge und ein Mädchen, das sich am Rock seiner vermeintlichen Mutter festhielt.

Die Personen bewegten sich nicht. Wären ihre Kleider nicht im Wind geflattert, hätte es sich auch um eine Skulpturengruppe handeln können, die Verewigung der Mutterschaft in modernen Zeiten. Sie standen still, die Gesichter in Richtung der Polizisten gewandt. Ricciardi blickte rundherum. Er ahnte, dass hinter den geschlossenen Fensterläden der umliegenden Häuser viele Blicke auf ihn gerichtet waren.

Maione seufzte und ging auf die Frau zu:

– Guten Abend, Signora. Wir sind Brigadiere Maione und Commissario Ricciardi vom mobilen Einsatzkommando. Wir würden gern mit Herrn Aristide Boccia sprechen. Kennen Sie ihn?

Die Frau blieb regungslos und stumm. Maione sah Ricciardi fragend an. Hatte sie ihn gehört? Verstand sie, was er sagte? Als er seine Frage gerade wiederholen wollte, antwortete die Frau:

– Er ist mein Mann. Im Moment ist er draußen auf See. Kommen Sie mit mir.

Sie bewegte sich auf die Tür einer Kellerwohnung zu, gefolgt von den zwei Kindern, Maione und Ricciardi. Sehr viele Augenpaare beobachteten die Szene.

Das Zimmer, das sie betraten, ließ die beiden sofort an Lomunno und dessen elende Behausung denken. Diese hier war vielleicht sogar noch ärmlicher, aber man merkte, dass dort eine Frau wohnte: Auf dem Tisch lag ein verschlissenes besticktes Deckchen, am einzigen Fenster hing eine geflickte, doch saubere Gardine. Es gab ein von Hand koloriertes Foto aus der Zeit der Jahrhundertwende, auf dem ein Paar zu sehen war; die Frau war sitzend, der Mann stehend abgelichtet worden. Davor brannte ein kleines Licht. Im ganzen Raum duftete es nach Fischsuppe.

Der Junge rannte zu einem Bettchen, das in dem am besten vor Zugluft geschützten Teil des Zimmers stand.

– Das ist mein Bruder Vincenzino. Er stirbt!

In seinem Ton klang Stolz mit, als ob das Kind in der Wiege sich zu einer denkwürdigen Tat anschickte. Maione besah sich seine Fingernägel.

Die Mutter sagte zu ihrem Sohn:

– Alfonso, geh raus und warte auf Papa. Er soll sofort herkommen. Und vergiss nicht, geh nicht zu nah ans Wasser, das Meer ist heute gefährlich.

Dann wandte sie sich an Maione:

– Es tut mir leid, aber ich habe nichts, was ich Ihnen anbieten könnte.

– Machen Sie sich keine Gedanken, Signora. Wir müssen Ihnen nur ein paar Fragen stellen, vielleicht sollten wir auf Ihren Mann warten.

Die Frau nickte. Ricciardi fiel auf, dass sie aus der Nähe betrachtet viel jünger wirkte, als er zuerst gedacht hatte.

– Eine Frage, Signora: Woher wussten Sie, dass wir Ihren Mann suchen?

Die Frau hielt dem Blick der merkwürdig klaren Augen stand.

– Die Dinge sprechen sich rum. So wie Sie Bescheid wissen, weil Sie gekommen sind, um meinen Mann zu suchen, so wissen auch wir Bescheid.

Klingt logisch, dachte Ricciardi, aber es ist keine Antwort.

Die Tür ging auf und herein kamen Alfonso, der älteste Sohn, und ein Mann, der sagte:

– Ich bin Aristide Boccia. Sie haben mich gesucht?

Sie schauten ihn an. Er trug die typische Fischerkleidung: einen langen Überrock und einen großen Hut, beides aus Öltuch. In der Hand hielt er eine erloschene Laterne und war klatschnass.

– Richtig, wir sind hier, um mit Ihnen zu sprechen. Mein Name ist Maione und das ist Commissario Ricciardi, von der Polizei. Wir müssen Ihnen ein paar Fragen stellen.

Boccia brachte eine Art müdes Grinsen zustande. Er hatte ein eckiges, sonnengegerbtes Gesicht, aus dem sein Alter sich nicht ablesen ließ.

– Und wir sind auch hier, wie Sie sehen. Wir haben uns nicht aus dem Staub gemacht.

Ricciardi hakte nach:

– Warum haben Sie mit uns gerechnet? Woher wussten Sie, dass wir kommen würden?

Boccia starrte ihn ausdruckslos an.

– Weil wir bei den Garofalos waren, meine Frau und ich. Zwei Tage bevor sie ermordet wurden.

Vom Bettchen her kam etwas wie ein Pfeifen. Die Mutter trat heran und hantierte eine Weile darin. Der Mann sprach weiter, fast in entschuldigendem Ton:

– Mein jüngster Sohn, Vincenzino. Er hat etwas an der Lunge, seit ein paar Monaten atmet er nicht richtig, jetzt ist es noch schlimmer geworden, er hat ständig Fieber. Vier Jahre alt ist er. Für ihn schnitze ich auch die Krippe, wer weiß, ob er's noch schafft, sie fertig zu sehen.

Draußen donnerte das Meer und unterstrich so auf dramatische Weise den letzten Satz des Mannes.

In Boccias Stimme jedoch lag keinerlei Dramatik, keinerlei
 Selbstmitleid. Es war, als spreche er von der Wetterlage. Er fuhr fort:

– Wegen ihm sind wir letzte Woche zu Zenturio Garofalo gegangen. Wäre es Vincenzino gut gegangen, hätten wir den Mund gehalten und so weitergemacht.

Maione fragte:

– Was wollen Sie damit sagen?

Boccia hatte den Überrock aus Öltuch ausgezogen und ihn zusammen mit dem Hut auf einen Hocker in der Nähe der Tür gelegt. Sein Sohn sprang sofort auf, nahm ihn und brachte ihn in ein Schränkchen beim Herd. Eingespielte Bewegungsabläufe einer ganz normalen Familie.

– Was wissen Sie über unseren Beruf? Kennen Sie irgendeinen Fischer?

Maione schüttelte den Kopf, Ricciardi sagte nichts.

– Man verdient nichts dabei. Die Leute glauben, in einem Golf wie diesem gäbe es Fische zuhauf, aber das stimmt nicht. Manchmal sind wir den ganzen Tag auf See und fangen nichts. Wir kennen uns aus, ändern unsere Standorte, schließen uns zusammen. Aber was wir auch tun, wir kommen gerade so über die Runden.

Die Frau rückte für ihren Mann einen Stuhl an den Tisch und er ließ sich erschöpft darauf fallen.

– Seit vier Uhr morgens bin ich draußen gewesen, über zwölf Stunden. Bei hohem Seegang ist's noch schwieriger, man sollte eigentlich gar nicht rausfahren. Aber was sollen meine Kinder dann essen? Also riskieren wir, dass das Meer unser Netz wegspült, das Segel setzen wir erst gar nicht, sondern rudern. Wir teilen uns zu viert ein Boot.

Ricciardi hörte aufmerksam zu:

– Sie haben uns nicht gesagt, warum Sie neulich zu Garofalo gegangen sind.

Der Mann bedeckte sich mit der Hand das Gesicht. Maione fiel auf, dass es verletzt war, ein paar dünne blutige Streifen. Boccia bemerkte seinen Blick und sagte:

– Das sind Kleinigkeiten, Brigadiere. Kleine Kratzer von den Netzen, den Seilen, den Rudern. Die tieferen Wunden sehen Sie in dem Kinderbettchen.

Die Frau stellte sich neben ihren Mann, den Blick fest auf die beiden Polizisten gerichtet. Der Mann sprach weiter:

– Sie wissen ja, es gibt Gesetze zum Fischfang. Es sind komische, ziemlich unverständliche Gesetze, aber wir leben trotzdem von der Fischerei. An guten Tagen fangen wir mit unserem Boot zwei, drei Doppelzentner. An schlechten Tagen auch mal gar nichts. Wir dürfen keine Jungfische fangen, was bedeutet, dass wir an bestimmte Stellen des Meeres, wo die Fische laichen, nicht hindürfen. Wir dürfen auch nicht in privaten Gewässern fischen, als ob das Meer Gitter und Tore hätte. Wir dürfen keine Sprengstoffe benutzen, das verstehe ich, das ist auch richtig. Wir brauchen Lizenzen und Konzessionen und müssen alle Steuerquittungen aufheben.

Der Mann war erschöpft und sprach mit kaum hörbarer Stimme. Das Licht im Raum kam von zwei Laternen, die draußen in der Zugluft baumelten, und erhellte das Zimmer durch die alten und halb kaputten Fensterflügel.

– Die Miliz kontrolliert die Fischer. Auch wenn jemand alle Vorgaben erfüllt, gibt's zusätzlich noch was zu zahlen. So war's immer und keiner von uns beschwert sich darüber. Es ist wie eine weitere Steuer. Und dann kam Garofalo.

Maione nickte, die Information passte zu dem, was er von

Bambinella erfahren hatte.

– Und was hat sich geändert?

– Am Anfang erschien er uns besser als die anderen, viel besser. Er hat alle Bootsbesitzer zusammengerufen und hat zu uns gesagt: Von jetzt an müsst ihr niemandem etwas abgeben. Niemandem. Sie können sich wohl vorstellen, wie froh wir waren – endlich eine Ausgabe weniger auf dem Buckel. Das hat fast ein Jahr lang gedauert.

– Und dann?

– Dann eines Tages kam er hierher in unser Viertel. Es war Sommer, wir waren draußen auf dem Platz, haben ein bisschen Musik gemacht, getanzt. Hin und wieder feiern wir, wenn der Tag gut gelaufen ist, die Leute hören uns sogar noch in den Hotels, sie lehnen sich aus den Fenstern und klatschen in die Hände. Er kommt also her, allein, in Uniform. Nimmt ein paar von uns zur Seite und sagt: Ist euch klar, dass ihr in den Gewässern des Herzogs Soundso gefischt habt, in Posilippo? Wir sehen uns an und sagen: Das kann nicht sein. Wir passen gut auf, wohin wir rudern, und da unten fängt man ohnehin nichts. Darauf er: Seht ihr? Woher wisst ihr denn, dass man nichts fängt, wenn ihr nicht da gewesen seid? Und er verpasste uns ein Bußgeld.

Maione und Ricciardi sahen sich an.

– Ein Bußgeld? Ist das denn schlimm?

Boccia lachte hämisch.

– Das Geld ist gar nichts. Schlimm ist was anderes: Wenn man innerhalb eines Jahres eine zweite Strafe derselben Art erhält, kann einem die Konzession für bis zu sechs Monate entzogen werden. Rückfällig werden nennt man das.

Maione nickte.

– Dann hatte er Sie also in der Hand.

– Ganz genau, Brigadiere. Wenn einem wie mir die Konzession entzogen wird, kann man sich genauso gut die ganze Familie schnappen, ins Boot setzen, aufs Meer rausfahren und sie ertränken. Lieber kurz und schmerzlos sterben als den Hungertod.

– Und was wollte Garofalo?

– Er hatte sich seine Opfer gut ausgesucht, Commissario. Die Männer, die am häufigsten rausfuhren, die mit kleinen Kindern. Die sich keine Pausen leisten konnten. Er wartete auf dem Markt auf uns und sackte das Geld gleich von den Händlern ein. Zehn, zwanzig Prozent. Je nachdem, wie der Tag gelaufen war.

– Und Sie, ist Ihnen nie in den Sinn gekommen, ihn anzuzeigen?

Wieder lachte Boccia.

– Ihn anzeigen? Unser Wort gegen das eines Zenturios der Miliz, eines Faschisten? Uns hätten sie ins Gefängnis gesteckt und ihn befördert, glauben Sie mir. Sie hätten gesagt, dass wir ihn loswerden wollen, damit wir unsere Ruhe haben. Wir konnten nichts tun.

Maione konnte es nicht fassen.

– Das heißt, ihr habt nichts getan? Ihr habt euch der Situation gefügt, gezahlt und geschwiegen?

– Wir sind's gewohnt, Brigadiere. Es war schon immer so: Mal der eine, mal der andere, aber immer dasselbe. Garofalo allerdings hat nie genug bekommen, er wollte immer mehr. Ich hätte es trotzdem geschafft, wenn Vincenzino nicht krank geworden wäre.

Die Frau trat einen Schritt vor, aus dem Schatten heraus.

– Ich hab' Aristide darum gebeten. Als der Doktor gegangen war, der gesagt hatte, dass es ohne die Medikamente keine Hoffnung gäbe, hab' ich gesagt: Lass uns hingehen und mit ihnen reden. Ich hab' gedacht, dass er ja auch eine Tochter hat und nah am Meer wohnt, also wissen musste, wie hart das Leben der Fischer ist. Aristide wollte nicht. Ach was, hat er gesagt, du spinnst, der interessiert sich doch einen Dreck für uns und Vincenzino. Aber ich hab' nicht lockergelassen. Ich hab' gesagt: Wenn wir ihm ins Gesicht sehen, mit ihm reden, vielleicht lässt er uns dann wenigstens so lange in Ruhe, bis es Vincenzino ein bisschen besser geht. Eigentlich schuldete er uns das.

Ricciardi dachte an das Abbild Garofalos, das, aus allen Wunden blutend, kaltschnäuzig wiederholte: *Ich muss gar nichts und schulde niemandem etwas.*

– Zu guter Letzt sind Sie dann zu ihm gegangen.

– Ja. Ohne was mitzubringen, denn er hatte uns ja x-mal gesagt, keiner soll ihm was nach Hause bringen, weil die Nachbarn nicht denken sollten, er nimmt uns aus. Wir haben gehofft, dass zumindest seine Frau, die ja auch Mutter war, uns verstehen und Gnade walten lassen würde, wie die Jungfrau Maria, Mitleid haben würde mit uns einfachen Arbeitern.

Vor Ricciardis und Maiones geistigem Auge erschienen der zerbrochene heilige Josef und die auf den Esel gekippte Madonna.

– Wie hat man Sie empfangen?

– Aufgemacht hat uns die Signora, zusammen mit dem Mädchen. Sobald sie uns gesehen hat, hat die Kleine gesagt: Mama, die Leute stinken. Ihre Mutter hat angefangen zu lachen, dann ist er dazugekommen. Nicht mal hinsetzen durften wir uns.

Ihr Mann setzte die Erzählung fort:

– Ich hatte mir genau zurechtgelegt, was ich sagen wollte: der Kleine, die teure Medizin. Von wegen! Die haben sich angeschaut und herzlich gelacht. Er hat gesagt: Wenn du nicht sofort freiwillig gehst, ruf ich meine Kollegen und lass dich einsperren. Meine Frau hat sich an die Signora gewandt …

– … und zu ihr gesagt: Signora, Sie sind auch Mutter, mein Sohn ist sehr krank.

Maione hörte zu, obwohl er lieber nichts hören wollte.

– Und was hat sie Ihnen geantwortet?

Die Frau sah wie versteinert aus.

– Sie hat freundlich gelächelt und gesagt: Ach, fürs Geld sind die Männer verantwortlich, meinst du nicht? Wir sollten uns um unsere Angelegenheiten kümmern. Außerdem hast du ja drei Kinder, ich hab' nur das eine Mädchen. Als ob ich, weil ich drei habe, auf Vincenzino auch verzichten könnte.

Wieder grollte das Meer. Durch die Fensterläden drang kein Licht mehr, es war Nacht geworden. Ricciardi fragte:

– Was haben Sie daraufhin getan?

Mann und Frau schauten sich an. Er wandte den Blick zuerst ab.

– Was sollten wir schon tun? Wir sind zurück nach Hause gegangen und haben uns in unser Schicksal gefügt.

Maione wartete kurz und fragte dann:

– Sie sind also nicht wieder zu den Garofalos gegangen?

Es folgte eine Stille, die unendlich lange schien. Dann sagte die Frau:

– Nein, Brigadiere. Wir sind nicht mehr hingegangen. Als aber die Nachricht von ihrem Tod kam, ich will ehrlich sein, war das für uns wie eine Befreiung. Es waren keine rechtschaffenen Leute. Sie hatten kein Mitleid mit jemandem wie uns.

Eine Mutter und ein Vater sollten Mitleid kennen. Zumindest mit den Kindern. Was können die Kinder dafür?

Vom Bettchen kam ein schauriges, leises Pfeifen. Die Eltern sahen sich wieder kurz an.

Ricciardi stand auf:

– Wir gehen. Komm, Maione.

An der Tür blieb er stehen und drehte sich noch einmal zu der Frau um:

– Ein Freund von mir wird nach Ihrem Jungen sehen kommen, Signora. Er ist Arzt, ein Mann mit weißen Haaren und einem Hund. Er ist der beste von allen, wenn man noch etwas tun kann, wird er's tun. Wegen der Medikamente machen Sie sich keine Sorgen, er wird sich darum kümmern. Sie haben recht: Die Kinder können nichts dafür.

XXXVIII

An jenem Morgen ließ der Wind schlagartig nach – einfach so, als hätte jemand an einem Schalter gedreht und das tagelange, ständige Brausen an der Küste mit einem Mal abgestellt.

Zuerst merkten es die Frühaufsteher: Verwirrt sahen sie nach oben und hielten die Nasen schnuppernd in die Luft. Kapaune und Truthähne, die auf den Balkonen nach langer häuslicher Aufzucht ahnungslos ihre letzten Lebensstunden verbrachten, ließen sich mit frischer Inbrunst vernehmen, und die Hühner, die nun nicht mehr von verrückt gewordenen Zeitungsseiten verfolgt wurden, eroberten erneut die Gassen.

Die Straßenhändler mit festem Standort änderten umgehend

ihre Taktik: Sie kehrten auf die begehrteren Verkaufsplätze zurück, die von den starken Böen an den Tagen zuvor wie leergefegt waren. Die Schuhputzer bezogen wieder Stellung vor der Einkaufspassage, um Ärzte und Rechtsanwälte abzupassen, die die Straße just an dieser Stelle überquerten; die Zeitungsverkäufer riefen ihre Ware wie zuvor auf den Plätzen aus, wo die vornehmen Herren sich nun nicht mehr mit einer Hand den Hut festhalten mussten.

Sogar der Winter selbst schien vom plötzlichen Ableben des Nordwinds überrascht zu sein: Ein paar Stunden lang blieben die Temperaturen mild, als sähe das Klima sich unschlüssig um und erinnere sich nicht an Datum oder Jahreszeit.

Das Heer der fliegenden Händler, die unablässig in Bewegung waren, um ihren Aktionsradius zu vergrößern, stürmte unverzüglich die Flaniermeilen. Die Rufe der Verkäufer, mit denen sie ihre Waren und Dienstleistungen anboten, um den bestehenden Bedarf zu decken oder auch neue Bedürfnisse zu wecken, folgten schon bald in kurzen Abständen aufeinander: Der Kuttelbräter stellte Kutteln und Schweinsfüße aus, die mit einem Spritzer Zitrone und Pfeffer zu essen waren; mit ihm im Wettstreit befanden sich die brodelnden Wassertöpfe der Maccaroniverkäufer und die Pfannen mit kochend heißem Öl, in denen Pizzen, Panzarotti und Kartoffelkroketten frittiert wurden, bei deren Verzehr man sich regelmäßig den Mund verbrannte. Die Wasserverkäuferinnen trugen wieder ihre Krüge auf dem Kopf umher und boten die eisenhaltige Erfrischung aus den Chiatamone-Quellen feil; die Kioske hielten mit Zitronenlimonade dagegen.

Esst und trinkt, ohne euch zu Tisch zu setzen, sogar am frühen Morgen – das war die Botschaft an den letzten zwei Tagen vor Weihnachten. Weiße Rauchschwaden erhoben sich wie wandelnde Ladenschilder über den Holzkohlegrillen mit gerösteten Kastanien und Artischocken. Es gab Walnüsse, Haselnüsse, Lupinensamen, getrocknete Kürbiskerne.

Benommen von der Reichhaltigkeit des Angebots, schloss auch das Heer der Passanten seine Reihen: die potenziellen Käufer gegen die potenziellen Verkäufer. Binnen kurzer Zeit herrschte auf Straßen und Plätzen ein einziges heilloses Durcheinander, wurden Geschäfte begonnen und nie abgeschlossen, konnte man Rufe und gespielte Streitgespräche vernehmen, kam es zu endlosen Verhandlungen und unsicheren Abkommen.

Das Ganze dauerte ein paar Stunden. Dann sank die Temperatur allmählich wieder.

Schwester Veronica überlegte, dass, genau genommen, fast alles mit den Kindern zu tun hatte.

Alles wurde für sie getan, alles drehte sich um sie, und das war richtig so. Waren die Kinder denn nicht die Zukunft? Setzte man nicht auf sie alle Hoffnung? Was hätte sie also Besseres tun können, als Kinder zu unterrichten?

Die Nonne vermutete, aufgrund ihres kleinen Wuchses und ihrer hellen Stimme für diese Aufgabe ausgewählt worden zu sein: Beides machte aus ihr eine Art Fabelgestalt, eine Fee mit Zauberkräften. Es war Sinn und Zweck ihres Lebens, sich um die Kinder zu kümmern.

Selbst die Schmerzensmutter, welcher der Orden geweiht war, war ja vor allem eines, Mutter nämlich, und hatte sich um ein Kind zu kümmern: einen Sohn, der ihr, ohne ihre Schuld, ewigen Schmerz zugefügt hatte und noch immer zufügte.

Während Schwester Veronica durch die Bankreihen schritt

und den Schülern dabei zusah, wie sie ihren Eltern den traditionellen Weihnachtsbrief schrieben, kam sie zu dem Schluss, dass es keine wichtigere, verantwortungsvollere Funktion gab, als sich den Kindern zu widmen, und dass die Kinder auch denen gehörten, die sie liebten, und nicht bloß denen, die sie zur Welt gebracht hatten. Sonst hätte Marias von Degen durchbohrtes Herz keinen Sinn gehabt, nicht?

Aus den Augenwinkeln beobachtete sie, dass zwei Buben sich etwas zuflüsterten. Sie warnte sie vernehmlich:

– Vorsicht, ich sehe euch!

Augenblicklich äffte jemand die Nonne von irgendwo auf der anderen Seite des Klassenzimmers nach, wobei ihre Stimme und der Tonfall ohne Worte perfekt wiedergegeben wurden:

– Pèpe, pepèpepe!

Die ganze Klasse brach in Gelächter aus, das auf den finsteren Blick der Schwester hin sofort verstummte. Insgeheim musste die Frau sich jedoch eingestehen, dass die Nachahmung sehr gelungen war, und sie unterdrückte ein Lachen. Was für reizende kleine Schlingel!

Sie näherte sich der letzten Bank, in der ihre Nichte Benedetta saß. Das Mädchen war konzentriert über sein Blatt gebeugt und schrieb einer Mutter, die es nie wiedersehen sollte.

Bei der Erinnerung an ihre arme Schwester spürte Schwester Veronica einen Stich im Herzen. Aber das Kind, dachte sie, hatte mehr Glück als viele andere: Zumindest hatte Benedetta eine Tante, die sich um sie kümmern konnte.

Das Wichtigste war nun, Weihnachten zu überstehen: Die Feiertage waren immer am schwierigsten, wenn man erst kurz zuvor einen lieben Menschen verloren hatte. Doch wenn die

Madonna es geschafft hatte, mit all den Degen in der Brust, würden auch sie und Benedetta darüber hinwegkommen.

Im Vorbeigehen streichelte sie wohlwollend einem Jungen über den Kopf. Sobald sie vorüber war, wischte der Kleine sich mit einem Taschentuch demonstrativ die Stelle trocken, an der die Nonne ihn berührt hatte. Die Klasse brach erneut in Gelächter aus.

Ricciardi und Maione fanden sich zu ihrem morgendlichen Treffen im Büro des Kommissars ein. Beide waren schlecht gelaunt, müde und unkonzentriert.

Maione hatte die üblichen zwei Tassen Malzkaffee mitgebracht.

– Liebe Güte, heute Morgen schmeckt die Brühe noch schlechter als sonst.

Ricciardi antwortete:

– Na ja, zumindest ist's was Warmes. Also sag, was hältst du von den Fischern?

– Ich hab' nicht den Eindruck, dass wir mit unseren Ermittlungen weitergekommen sind. Sowohl Lomunno als auch Boccia könnten es gewesen sein. Bei den Boccias käme ja auch noch die Frau als Mittäterin in Frage, das würde zu den Autopsieergebnissen passen und zu den beiden Händen, einer starken und einer schwachen, die laut Modo bei Garofalos Ermordung am Werk waren.

Ricciardi ergänzte den Gedankengang:

– Und der scheint ja wirklich ein abscheulicher Kerl gewesen zu sein. Was bedeutet, dass auch jemand anders ihn ermordet haben könnte, erpresste Fischer zum Beispiel, von denen wir nichts wissen, oder vielleicht irgendein Kollege, der kurz davor war, genau wie Lomunno zu enden.

Maione nickte. Angewidert stellte er die leere Tasse zurück auf den Schreibtisch.

– Das Zeug kann man wirklich kaum trinken. Auf jeden Fall sollten wir sowohl Boccias als auch Lomunnos Aussage überprüfen. Der Fischer war auf See, als der Mord passiert ist; er hat gesagt, dass sie um vier Uhr morgens rausfahren und frühestens zwölf Stunden später wieder zurückkommen. Also müssen wir seine drei Kollegen befragen. Und Lomunno hat bei den Firmen im Hafen die Runde gemacht. Vielleicht hat ihn jemand gesehen und erinnert sich an ihn.

Ricciardi starrte vor sich ins Leere.

– Davon erwarte ich mir nicht allzu viel. Was sollen Boccias Kameraden schon sagen? Dass er nicht bei ihnen war? Und selbst wenn jemand bestätigt, Lomunno getroffen zu haben: Wie könnten wir sicher sein, dass er den Hafen nicht verlassen hat, um das Verbrechen zu begehen, und danach zurückgekommen ist? Zugegeben: Wir müssen die Fragen stellen, weil es unsere Pflicht ist und damit wir etwas ins Protokoll schreiben können. Den Mord werden wir dadurch nicht aufklären.

Maione schaute nach draußen.

– Haben Sie gesehen, Commissario? Der Wind hat nachgelassen. Vielleicht wird das ein guter Tag für die Fischer.

Ricciardi folgte Maiones Blick und sah, wie der Verkehr auf dem Platz zunahm.

– Man sollte allerdings stets wissen, was man an Land ziehen möchte. Fangen wir an: Ich geh' zum Hafen und du befragst Boccias Bootsgenossen. Aber zuerst lass uns noch einmal gemeinsam zur Wohnung der Garofalos laufen, um herauszufinden, ob unsere verstorbenen Eheleute außer dem Fischerpärchen noch anderen Besuch hatten.

XXXIX

Livia hatte sich gerade fertig angezogen, als das Dienstmädchen dezent an ihre Zimmertür klopfte.

– Verzeihung, Signora. Da ist ein Herr, der nach Ihnen verlangt.

Das beunruhigte Livia: Sie erwartete keinen Besuch, und wenn ein Mann morgens um diese Uhrzeit in der Wohnung einer alleinstehenden Frau auftauchte, hatte er entweder kein Benehmen oder ein sehr dringendes Anliegen.

– Bitte ihn ins Wohnzimmer, Teresa. Ich komme sofort.

Ihr Verdacht bestätigte sich, sowie sie das Zimmer betrat, denn dort am Fenster stand, elegant und gelassen wie immer, Falco.

Livia hatte keine Ahnung, ob das sein Vorname, Familienname oder keines von beidem war. Sie hatte den Mann vor ein paar Monaten kennengelernt, als sie den Empfang zu Ehren Edda Mussolinis vorbereitete, die Neapel in Begleitung ihres Vaters einen Besuch abstattete. Das Fest hatte dann wegen Ricciardis Unfall gar nicht stattgefunden. Falco war damals plötzlich aufgetaucht, ohne von irgendjemandem angekündigt worden zu sein, und hatte verlangt, in die Organisation der Veranstaltung mit einbezogen zu werden.

Er hatte angegeben, zu einer streng geheimen Vereinigung zu gehören, deren städtische Zweigstelle unter anderem dafür zuständig sei, die bestmöglichen Sicherheitsvorkehrungen für den Duce und seine Familie zu treffen. Danach hatte er Livia allerdings einen detaillierten Bericht über Ricciardi abgegeben und damit durchblicken lassen, dass es sich bei der namenlosen Organisation, deren Mitglied er zu sein behauptete, um nichts anderes als eine Art Geheimpolizei handelte.

Obwohl Livia den Nutzen der erhaltenen Informationen zu schätzen wusste, hatte der Mann sie verstört: Die Kälte in seinen Worten und sein ausführliches Wissen über Einzelheiten aus dem Leben fremder Leute waren ihr unheimlich gewesen. Ihr war klargeworden, dass keine Person des öffentlichen Lebens der scharfen Kontrolle Falcos und seiner Leute entging. Als er nach seinem letzten Besuch leise ihre Wohnung verlassen hatte, war sie erleichtert gewesen und hatte sich gewünscht, ihn nicht wiederzusehen.

Stattdessen stand er jetzt vor ihr, drei Tage vor Weihnachten und am frühen Morgen. Und wie üblich hatte er das permanent überwachte Eingangstor passiert, ohne dass der Pförtner es gemeldet hatte, wie er es sonst sogar bei den Lieferanten tat. Livia war unbestimmt verärgert und machte keinen Hehl daraus.

– Guten Tag. Waren wir verabredet? Es muss mir wohl entfallen sein.

Falco wandte sich ihr mit einer leichten Verneigung zu.

– Guten Tag, Signora. Haben Sie bemerkt, dass der Wind sich ganz plötzlich gelegt hat? Das kommt selten vor. Jetzt werden die Temperaturen noch weiter fallen.

Livia lächelte reserviert.

– Auch über diese Informationen verfügen Sie? Hat es Ihnen Ihr Korrespondent im Himmel mitgeteilt? Oder der liebe Gott höchstpersönlich?

Falco lächelte ebenfalls, ohne dass sich sein Blick änderte.

– Nein, Signora. Ich hatte bloß Verwandte, die Fischer waren, deshalb kann ich das Wetter für ein paar Stunden voraussagen.

Livia kam sich nun ein wenig albern vor und wollte ihr Verhalten wiedergutmachen, indem sie sich bemühte, etwas gast-

freundlicher zu sein.

– Ach so. Möchten Sie Platz nehmen? Haben Sie schon gefrühstückt?

Falco setzte sich nicht.

– Danke, Signora. Ich habe schon gegessen, ich bin schon eine Weile auf. Es tut mir leid, Sie so früh zu stören, aber wie Sie wissen, sind wir lieber dann unterwegs, wenn es auf den Straßen noch ruhig zugeht. Auch wenn jetzt, ein paar Tage vor Weihnachten, immer viel los ist.

Livia machte eine Handbewegung.

– In dieser Stadt ist doch immer was los. Alles voller Menschen jeder Couleur.

– Was uns manchmal hilft und manchmal weniger. Ich kann mir vorstellen, dass es dort, wo Sie herkommen, weniger chaotisch zugeht, hab' ich recht?

– Na ja, in Rom …

– Ich meinte Pesaro, Ihre Heimatstadt. Auch wenn Sie schon fast zwei Jahre lang nicht mehr dort gewesen sind, das letzte Mal vor zweiundzwanzig Monaten, um genau zu sein.

Diese detaillierte Angabe aus ihrem Leben ließ Livia erstarren. Sie hätte nicht einmal selbst sagen können, wie lange sie ihre Eltern nicht mehr besucht hatte, und dieser Unbekannte, der da in ihrem Wohnzimmer stand, kannte alle ihre Schritte der letzten beiden Jahre auswendig.

Sie begriff, dass das seine Art war, sie daran zu erinnern, dass man sich Schwatz und Plänkeleien bei ihm sparen konnte.

– Welchem Umstand verdanke ich Ihren Besuch, Falco? Ich habe nicht damit gerechnet, Sie so bald wiederzusehen.

– Ich muss Ihnen gestehen, Signora, dass die Besuche bei Ihnen zu meinen angenehmsten Aufgaben gehören.

Livia erwiderte schroff:

– Sehr liebenswürdig. Ich nehme an, mir darauf etwas einbilden zu können, da die Artigkeit von einem so zurückhaltenden Mann kommt.

Falco neigte erneut den Kopf.

– Sie sind Komplimente sicher gewohnt. Wie ich hörte, hat Ihnen gestern Morgen sogar ein Häftling seine Bewunderung bekundet.

Wieder spürte Livia ein unheimliches Frösteln. Sie beschloss, den Scherz nicht weiter mitzumachen.

– Falco, ich muss Sie noch einmal fragen, was Sie von mir wollen. Ich habe heute noch andere Verpflichtungen.

Der Mann nahm einen betrübten Gesichtsausdruck an.

– Schade, wenn man gezwungen ist, unsympathisch zu sein. Das ist ein Teil meiner Arbeit, an den ich mich einfach nicht gewöhnen kann. Ich kenne Ihre Verpflichtungen, Signora. Sie möchten zwei Theaterkarten kaufen gehen.

Das war nun wirklich zu viel: Sie hatte ihre Absicht niemandem mitgeteilt.

– Und woher wissen Sie das schon wieder?

– Sagen wir, Sie wurden gestern gehört, als Sie den Fahrer anwiesen, den Wagen zu diesem Zweck bereitzumachen. Ich kann mir vorstellen, aber das ist nur so eine Idee von mir, dass Sie in den Kursaal in der Via Filangieri möchten.

Livia bekam vor Staunen den Mund nicht zu; sie konnte bloß mit dem Kopf nicken. Falco lächelte:

– Dazu waren keine Ermittlungen nötig. Die Aufführung wird schon lange erwartet, ein Einakter von diesem jungen, sehr beliebten Ensemble, den drei Geschwistern. Es heißt, sie seien wirklich fantastisch.

Livia nickte vorsichtig.

– Ja. Es ist ein neues Stück, das der Älteste der drei geschrieben hat, der Leiter der Truppe. Es handelt von Weihnachten.

– Und Sie wollen auf keinen Fall die Premiere morgen Abend verpassen. Sie möchten zwei Karten im Parkett: Eine ist für Sie. Und die andere?

Livia rutschte verlegen auf ihrem Sessel hin und her.

– Ich glaube weder, dass es Sie etwas angeht, noch, dass es die nationale Sicherheit betrifft, mit wem ich ins Theater gehe!

Falco senkte den Blick und spielte mit der Krempe des Hutes, den er in der Hand hielt.

– Gewiss. Ich werde es Ihnen erklären: Die nationale Sicherheit ist eine komplexe Angelegenheit, die viel mit Information, mit Propaganda zu tun hat. Was zählt, ist das öffentliche Bild einer Person. Sie sind bedeutenden Persönlichkeiten des Regimes sehr teuer. Sie mögen Sie und Ihr Wohlergehen liegt ihnen am Herzen. Ihr eigensinniges Frequentieren eines gewissen Mannes, dessen Namen ich nicht zu nennen brauche, beunruhigt ein wenig.

Livia ballte die Fäuste, um sich unter Kontrolle zu halten. Die Augen zu zwei Schlitzen verengt, zischte sie:

– Der Mann heißt Luigi Alfredo Ricciardi und ist ein Kommissar der Kriminalpolizei. Mir scheint, seine Stellung spricht dafür, dass ich mich in guten Händen befinde, nicht wahr? Und dass es nur mich etwas angeht, mit wem ich verkehren möchte. Nicht etwa meine Freunde, so hochstehend sie auch sein mögen.

Falco seufzte leise.

– Das stimmt. Und ich versichere Ihnen, dass dem Herrn derzeit nichts zur Last gelegt wird, obgleich bestimmte Punkte seines Privatlebens eine gewisse Besorgnis erwecken. Das Problem ist, dass alle ruhiger wären, wenn Sie nach Rom zurückkehren würden, Signora. Der Mann, von dem wir sprechen, bewegt sich nicht im selben Milieu wie Sie; einige seiner Freundschaften sind, nun ja, zweifelhaft. Da ist zum Beispiel dieser Doktor, der ... aber das sagte ich Ihnen bereits. Sie bewegen sich auf rutschigem Boden, das meine ich.

Livia musste fast lachen: Niemand außer ihr sah ihre Beziehung zu Ricciardi mit Wohlwollen. Nicht einmal Ricciardi selbst.

– Falco, wenn das eine Warnung ist, weiß ich sie zu schätzen. Ich muss Ihnen allerdings sagen, und Sie können es von mir aus berichten, wem immer Sie wollen, dass ich erwachsen genug bin, um meine Entscheidungen überlegt zu treffen. Und nach Rom – auch das dürfen Sie gerne so weitergeben – beabsichtige ich nicht zurückzukehren.

Der Mann spielte immer noch mit seinem Hut. Er sah zu ihr auf.

– Das dachte ich mir. Ich hatte auch vorausgesehen, dass Ihre Antwort so ausfallen würde. Um ehrlich zu sein, freut sich ein Teil von mir, dass meine Einschätzung richtig war. Trotzdem erlaube ich mir, Sie noch ein letztes Mal darauf hinzuweisen: Manche Bekanntschaften, die vielleicht leichtfertig und mit besten Absichten geschlossen wurden, können sich als äußerst schädlich erweisen. Und manche Beziehungen oder Freundschaften decken einen nicht ewig.

Livia schnaubte:

– Falco, ich sagte Ihnen bereits, dass ich mit Ricciardi zurzeit nur sporadischen und zufälligen Umgang pflege und die

Initiative dazu leider fast ausschließlich von mir ausgeht. Würde er sich um mich bemühen …

Falco unterbrach sie:

– Ich spreche gar nicht von Ihrem Umgang, sondern von seinem. Sollten Sie ihm nämlich zufällig und im Rahmen einer allgemeinen Unterhaltung von einer Äußerung oder einer Reise einer bestimmten … Freundin aus Rom erzählen und er die Angelegenheit seinem Freund weitererzählen, würde das zu einer Frage der nationalen Sicherheit werden. Und sowohl Sie wie er als auch wir wären dafür verantwortlich. Ist Ihnen das klar?

Es folgte ein langes Schweigen. Livia begriff, dass Falco ihr mit diesem konstruierten Beispiel klarmachen wollte, welchem Grad an Überwachung sie unterlag. Sie beschloss, sich dafür erkenntlich zu zeigen.

– Ich habe verstanden. Vielen Dank für die Information. Ich verspreche Ihnen strengste Vertraulichkeit, seien Sie unbesorgt. Und bitte sagen Sie allen, dass sie beruhigt sein können. Ich rede äußerst wenig mit Ricciardi und er noch weniger mit mir. Deshalb wollte ich ihn ins Theater einladen: Dort muss man sich wenigstens nicht unterhalten.

Falco grinste:

– Nur eine Frage der Zeit, Signora. Ich kann nicht verstehen, wie und warum man einer Frau wie Ihnen so lange widerstehen kann. Einen schönen Tag noch und entschuldigen Sie die Störung. Ich hoffe, Sie amüsieren sich im Kursaal.

XL

Beniamino Ferro, der Pförtner des Gebäudes im Largo del Leone 2 in Mergellina, geht einen Schritt zurück und betrachtet sein Werk.

Er ist ziemlich stolz auf die Krippe, die er eben fertiggestellt hat: In Anbetracht der Aufgaben, die es ihm nicht erlaubt haben, sich so lange wie eigentlich nötig auf die Arbeit zu konzentrieren, ist er mit dem Ergebnis zufrieden.

Um ehrlich zu sein, hätte er mehr Zeit gehabt, wenn er nicht so oft das Bedürfnis verspürt hätte, sich die Kehle ein wenig zu erfrischen. Und wenn er nicht gelegentlich kurz eingenickt wäre, infolge der Erfrischung, die er seiner Kehle zuführte, wäre sogar noch mehr Zeit gewesen.

Aber Beniamino ist gern nachsichtig mit sich: Ein alleinstehender Mann ohne Frau und Kinder, die ihm zur Hand gehen könnten, wird sich wohl einmal eine Pause gönnen dürfen, findet er. Und wenn während einer dieser Pausen jemand auftaucht, der so ungezogen ist, das Haus zu betreten, ohne sich beim Pförtner zu melden, der gerade Pause macht, ist das sicher nicht seine Schuld. Also die Schuld des Pförtners.

Wirklich schön, die Krippe. Es ist alles da: Moos und Kräuter zur Vertreibung der bösen Geister, die beiden Gefährten Zi' Vicienzo und Zi' Pascale, einer fröhlich, der andere traurig, die den Karneval und den Tod darstellen, die Jungfrau Stefania, die einen Stein unterm Kleid versteckt, um schwanger auszusehen, und dann auf wundersame Weise den heiligen Stefan zur Welt bringt. Und Cicci Bacco, der Weinhändler, Ferros Lieblingsfigur, weil die Krippe schließlich auch etwas Heiteres hat, weil die Geburt Jesu das Schönste ist, was auf der Welt geschehen konnte.

Beniamino sieht jetzt alles mit getrübtem Blick, denn seine

Augen sind voll Tränen. Er erinnert sich an seinen Vater, an den Brauch, zu Hause eine Krippe zu bauen. Auch daran, wie er ihm haarklein die Bedeutung jedes Krauts, jedes Hauses und jedes Hirten erklärte. Die Krippe steht für die ganze Welt, für Vergangenheit, Gegenwart und Zukunft, Beniamino – vergiss das nicht. Die Krippe ist wie unsere Welt: Alles scheint wie zufällig zusammengewürfelt, aber in Wahrheit hat jeder seine Bedeutung. Und obwohl Beniamino nie Kinder gehabt hat, weiß er doch, wie schön die Krippe ist.

Er legt das scharfe, robuste Messer weg und seine Gedanken schweifen ab zu Garofalo. Liebe Güte, war der ruppig gewesen, und aufgeblasen erst! Wenn er vorbeiging und Beniamino eingenickt war, weil das schließlich hin und wieder passieren kann, weckte er ihn brüllend auf. Einmal war er ihn sogar im Wirtshaus suchen gekommen, es herrschte eine Bullenhitze an dem Tag und Ferro hatte nur kurz seinen Durst gelöscht – seine Kehle war vielleicht trocken gewesen, er hätte Sägespäne spucken können.

Garofalo hatte ihn öffentlich zur Schnecke gemacht: Er sagte, dass man ein Haus an seinem Pförtner erkenne und dass er eine Schande für die Bewohner sei. Dass er früher oder später dafür sorgen würde, dass Ferro gefeuert werde, weil es unzumutbar sei, dass ein Mann wie er, der Rang und Namen hatte, in einem Haus mit einem solchen Pförtner wohnte.

Beniamino hatte ihm das sehr übel genommen, richtig übel. Auch wenn die Frau des Zenturios immer lächelte, das Mädchen hübsch und seine Schwägerin, die Nonne, sympathisch war und ihn amüsierte.

Garofalo aber war ein Scheusal. Ein gemeiner, aufgeblasener Bastard. Ferro ist froh, dass er seine Krippe nicht mehr fertig gesehen hat.

Don Pierino bewunderte wieder einmal die Krippe in der Kirche San Ferdinando. Er machte eigens einen riesigen Umweg von der Sakristei zum Beichtstuhl, nur um daran vorbeizugehen: eine kleine Freude, die er sich gerne gestattete.

In dieser Hinsicht unterschied er sich nicht von dem kleinen Jungen, der er einmal gewesen war: Weihnachten war die Krippe und die Krippe war Weihnachten gewesen in der feuchten Kälte von Santa Maria Capua Vetere, seinem Heimatort. Der Pfarrer des Dorfes, der ihn dem einfachen Glauben nähergebracht hatte, aus dem er bis heute Kraft schöpfte, baute stets eine, die ihm als Kind riesig erschienen war: voller Personen, Tiere und Häuser. Er verbrachte Stunden damit, sich vorzustellen, selbst einer der Hirten zu sein und sich in jener friedlichen, unbeschwerten Märchenwelt zu bewegen.

Auf einmal fühlte er sich beobachtet und fürchtete schon, es sei die alte Vaccaro, die ihm von irgendeiner aktuellen Unpässlichkeit berichten wollte. Als er sich umdrehte, stand jedoch überraschenderweise Fräulein Colombo vor ihm, die Tochter des Huthändlers mit dem Laden gegenüber der Kirche. Er kannte sie eigentlich kaum. Ihre Familie war sehr zurückhaltend; sie nahm zwar am Sonntagsgottesdienst teil, besuchte die Pfarrei an den übrigen Tagen aber selten. Der Priester erinnerte sich, einmal stellvertretend für Don Tommaso das Geschäft gesegnet zu haben und bei dieser Gelegenheit einem Teil der Colombos begegnet zu sein: dem Vater, einem freundlichen Mann mittleren Alters, der Mutter, die wohl ganz gerne tratschte, und ebenjener hochgewachsenen, scheuen jungen Frau, die ihm zugleich sanft und verschlossen erschienen war.

Im Augenblick fühlte sie sich offensichtlich unbehaglich. Sie stand zwei Meter von ihm entfernt, hielt ihre Handtasche mit

beiden Händen fest und schien nicht zu wissen, ob sie lieber mit ihm reden oder weglaufen sollte. Er beschloss, ihr aus der Verlegenheit zu helfen.

– Guten Tag. Sie sind doch Fräulein Colombo, hab' ich recht? Wie geht es Ihnen?

Die junge Frau war sichtlich erleichtert, sich nicht mehr aus dem Staub machen zu können: Sie war gesehen worden.

– Guten Tag. Ja, das bin ich. Ich möchte ... ich würde Sie gerne etwas fragen, wenn Sie ein paar Minuten Zeit haben. Aber wenn Sie zu tun haben, kann ich auch ein andermal wiederkommen.

Don Pierino betrachtete sie: Der Blick der Frau sprach für einen starken inneren Aufruhr. Er hatte Erfahrung darin, Momente der Seelenqual zu erkennen, die verrieten, dass jemand dringend Hilfe brauchte, aber nicht imstande war, ausdrücklich darum zu bitten. Eine solche stumme Bitte abzulehnen hieße, die Person im Stich zu lassen, und konnte sehr großen Schmerz hervorrufen.

– Nein, überhaupt nicht, ich habe Zeit. Ich stehe Ihnen also gerne zur Verfügung. Kommen Sie, setzen wir uns ins Büro.

Was Don Pierino »Büro« nannte, war eine Art Durchgangsraum, den man in der Sakristei vom Aufbewahrungsraum der Messgewänder abgetrennt hatte. Ein Schreibtisch und zwei Stühle nahmen das kleine Zimmer fast vollständig ein; es wurde für Gespräche mit den Gläubigen genutzt, die keine eigentliche Beichte, aber doch vertraulich waren.

Ein wenig verkrampft nahm Enrica Platz. Sie suchte nach der richtigen Art, ihr Anliegen vorzubringen, doch Don Pierino war ihr nicht vertraut genug, dass sie sofort darauf zu sprechen kommen konnte. Der Pfarrer wusste, dass er ihr helfen musste, ihre Schüchternheit zu überwinden.

– Nun, wie geht's Ihrer Familie, sind alle wohlauf? Wie weit sind Sie mit den Weihnachtsvorbereitungen? Haben Sie eine Krippe? Wissen Sie schon, was Sie kochen werden?

Mit diesen belanglosen Themen wollte er ihr die Befangenheit nehmen. Enrica verstand das und war ihm dankbar dafür.

– Um die Krippe kümmert sich mein Vater. Da lässt er sonst niemanden ran. Meine kleinen Brüder dürfen zuschauen und er tut so, als ließe er sich ein bisschen helfen. Wir Frauen sind ganz mit dem Essen beschäftigt, das ist vielleicht eine Arbeit. Aber es macht auch Spaß.

Don Pierino nahm seine übliche Haltung an, die Hände über dem Bauch gefaltet.

– Und Ihre seelische Verfassung? Wie fühlen Sie sich? Sind Sie fröhlich, unbeschwert, mit sich im Reinen?

Da wären wir beim Thema, dachte Enrica.

– Wo Sie es schon ansprechen – eigentlich nicht besonders. Ich hatte das Bedürfnis, mit Ihnen zu reden. Vielleicht können Sie ... mir etwas erklären und mir einen Rat geben.

Der Priester nickte ernst.

– Dafür bin ich da. Um Ihnen dabei zu helfen, Ihren inneren Frieden zu finden. Nur dafür.

– Ich weiß. Dann erzähle ich Ihnen eine kleine Geschichte, wenn Sie Zeit haben.

– Ich höre.

Und Enrica erzählte.

Sie beschrieb das Entstehen eines Gefühls, das im Laufe von Wochen, Monaten und Jahreszeiten – durch geschlossene Fenster im Winter und geöffnete Fenster im Sommer – immer stärker geworden war. Erzählte von Stickereien, die sie in langen Nächten bedächtig im Schein eines Lampenschirms und zum Klang der Tanzlieder aus dem Radio angefertigt hatte. Von einer Gestalt, die in fünf Metern Entfernung ein Stockwerk höher mit verschränkten Armen im Halbdunkel stand, und davon, wie schwierig diese Entfernung wegen all der gesellschaftlichen Konventionen, die das Leben der Leute vergifteten, zu überbrücken war.

Sie sprach auch von zwei flüchtigen Begegnungen, einer in der Nähe eines Gemüsestands, von zwei verzweifelten grünen Augen und einer überstürzten Flucht, bei der bloß eine Brokkolispur zurückblieb, und einer anderen, die sie nur vage beschrieb, die mit seiner Arbeit zu tun hatte und im Beisein einer zweiten Person stattfand, mit der sie am Ende einige Worte wechselte, während er sie ansah, als würde er ertrinken, mit offenem Mund und weit aufgerissenen Augen.

Schließlich erwähnte sie zwei unbeholfene, förmliche, doch immer wieder gelesene Briefe, der eine mit der absurden Bitte um die Erlaubnis, sie zu grüßen, und ihre Antwort, in der sie ihm dies sehr gern gewährte.

Dann schwieg sie, mit gesenktem Blick und wohl wissend, dass sie während des Gesprächs – sie hätte nicht sagen können, wann genau – aus ihrer Tasche ein Taschentuch geholt hatte, das sie wieder und wieder zerknüllte.

Don Pierino hatte ihr ruhig zugehört und an ihrer Erzählung durch ein sehr differenziertes und ausdrucksstarkes Mienenspiel Anteil genommen. Er ahnte, dass es sich nicht um eine simple Liebesgeschichte handelte, und wartete auf die Fortsetzung.

Als Enrica erneut zu sprechen begann, war ihr Ton anders, sorgenvoller und weniger suggestiv, geworden.

Sie erzählte von ihrem Glücksgefühl, als sie glaubte, dass sie sich nun bald treffen und das Eis schmelzen würde, davon, wie sie sich gegenüber ihrer Mutter, die sie durch ein arrangiertes Treffen mit einem anderen Mann zusammenbringen wollte, ausnahmsweise durchgesetzt hatte. Und von ihrem Kontakt zu jemandem aus seiner Familie, einer freundlichen und entschlossenen alten Kinderfrau, die ihr wohlgesinnt war. Sie erwähnte auch kurz die geheimnisvolle, attraktive Fremde, die sie mit ihm zusammen gesehen hatte, fügte aber sofort hinzu, das Verhalten des Mannes gegenüber jener Frau sei ihr nicht besonders interessiert und liebevoll erschienen.

Schließlich atmete sie tief ein und sprach von dem Unfall. Vom Krankenhaus, von der furchtbaren Anspannung, als sie geglaubt hatte, er sei tot. Von den bleichen Gesichtern der wenigen Anwesenden, der Kinderfrau, jener Dame, eines Arbeitskollegen.

Und sie erzählte von ihrem Versprechen an die Madonna von Pompeji, ihn nicht mehr wiederzusehen, wenn er gerettet würde.

Schon nach den ersten Worten über den Unfall war Don Pierino ein Verdacht gekommen: Ein Zusammenhang mit dem, was seinem Freund Ricciardi zugestoßen war, schien ihm wirklich zu absurd. Als Enrica aber weitererzählte, erwachte in ihm die leise Hoffnung, den sonderbaren, hoffnungslosen Mann mit den grünen Augen doch noch glücklich und geliebt zu sehen. So ein schönes Weihnachtsgeschenk, sagte sich Don Pierino. Oder besser gesagt ein wunderbares Geschenk, das Weihnachten ihm da gemacht hatte.

Während Enrica weitererzählte, arbeitete der Verstand des Priesters schnell: Sie sagte, dass sie sich an das Versprechen gebunden fühle, obwohl die Kinderfrau zu ihr gekommen sei, um sie davon zu überzeugen, nicht aus dem Leben des jungen Herrn zu verschwinden, dass sie unsicher sei, weil sie die Gefühle des Mannes nicht genau kenne und die Frau, die sie bei ihm gesehen hatte, für ihn als Partnerin vielleicht geeigneter sei als sie, dass sie allerdings, obwohl die Vernunft ihr all diese Dinge eingab, wenn sie abends darauf verzichtete, die Fensterläden zu öffnen, das Gefühl habe zu sterben.

– Was soll ich bloß tun? Ich habe ein Versprechen gegeben und Sie werden sicher sagen, dass ich es halten muss. Ich habe es freiwillig abgegeben und würde es auch wieder tun. Warum fühle ich mich dann so elend?

Don Pierino faltete die Hände vor seinem Gesicht und schloss die Augen. Als er sie wieder öffnete, war sein Blick vollkommen entschlossen.

– Mein Fräulein, Sie haben der Madonna etwas versprochen, was nicht Ihnen gehörte. Sie haben die Liebe eines anderen Menschen geopfert, seine Einsamkeit und sein und Ihr Unglück versprochen. So etwas möchte weder die Madonna, noch möchte es Gott für seine Kinder.

Enrica hörte ihm mit weit aufgerissenen Augen zu, die rot vor Tränen und Schlaflosigkeit waren.

– Ich bin sicher, dass Sie in Ihrem Herzen bereits wissen, was richtig und was falsch ist. Unser Glaube ist nicht dazu da, der Liebe Grenzen zu setzen, sie einzuschränken oder zu verhindern. Er ist dazu da, neues Leben zu schaffen, sich hinzugeben und gemeinsam zu leben, Familien zu gründen, damit wir in schweren Zeiten nicht allein sind. Wie könnte Gott es vorziehen, jemanden zur Einsamkeit zu verdammen, der Liebe empfinden kann?

Die junge Frau hing verzückt an den Lippen des Priesters.

– Sie meinen also ... das heißt, ich soll ...

– Sie sollten für Ihr Glück kämpfen, wie alle Menschen es immer tun. Und dabei natürlich die anderen achten und Ihren Nächsten und das Leben lieben, das unser allergrößtes Geschenk ist. Sie sollten demjenigen, der vielleicht nicht wagt, Sie anzusprechen, zureden und zuhören, zulächeln und ihm alle Liebe zeigen, die Sie empfinden.

Enrica lächelte nun. Don Pierino fand, dass sie dabei vollständig den Ausdruck wechselte, als wäre jede Faser ihres Körpers daran beteiligt.

– Ich sollte mich also bemühen, Mut fassen und für mein Glück kämpfen, richtig? Ich sollte die Initiative ergreifen.

Der Priester merkte, dass die junge Frau nicht mehr zu ihm, sondern mit sich selbst sprach. Er lehnte sich wieder bequem zurück, faltete die Hände vor dem Bauch und sah zufrieden aus.

– Das haben Sie genau richtig verstanden. Falls er aber nicht wollen und seine Wahl anders ausfallen sollte, so werden Sie einen anderen Weg finden, um glücklich zu sein, denn es gibt mehr als einen Weg, glauben Sie mir. Für Sie ist es am wichtigsten, sicher zu sein, alles in Ihrer Macht Stehende getan zu haben, um glücklich zu werden. Ganz einfach, nicht?

Enrica stand auf. Ihre Augen leuchteten.

– Ja, wirklich. Ich habe das nie so gesehen, konnte es irgendwie nicht sehen. In Wahrheit ist alles so einfach. Wenn man glücklich sein möchte, muss man sich anstrengen, um es zu werden. Ich danke Ihnen von ganzem Herzen. Vielen, vielen Dank.

Don Pierino lächelte:

– Ich danke Ihnen, dafür, dass Sie mich ins Vertrauen gezogen haben. Und bitte: Halten Sie mich auf dem Laufenden.

XLI

Es war nun richtig kalt.

Maione und Ricciardi kamen steif gefroren im Largo del Leone an, obwohl es windstill war und sie die ganze Zeit schnell gegangen waren, um sich aufzuwärmen. Der Brigadiere versuchte schon gar nicht mehr, eine Straßenbahnfahrt vorzuschlagen; den Kopf im Mantelkragen und raschen Schrittes machte sich sein Vorgesetzter direkt zu Fuß auf den Weg zu ihrem Ziel.

Unterwegs hatten sie sich eine Kleinigkeit zu essen geholt – Ricciardi eine Sfogliatella und Maione zwei Panzarotti –, um Zeit zu sparen und mit den Ermittlungen voranzukommen, da es schon bald dunkel werden würde. Sie wussten, dass Weihnachten alles zum Stillstand bringen und die Feiertagsträgheit ihrer Untersuchung bis zum Dreikönigstag eine Wand des Schweigens und viele geschlossene Türen entgegensetzen würde, wodurch die Mörder ganz klar im Vorteil wären.

Maione verstand nicht genau, warum sie sich ein weiteres Mal an den Tatort begaben. Er fand es unnötig. Schließlich musste er noch ins Fischerviertel, um Boccias Bootskameraden zu befragen, und bevor es Abend wurde, wollte er noch einmal nachsehen, was die Hände taten, die seinen Sohn getötet hatten und nun in San Gregorio Armeno Holzfiguren schnitzten. Nur so, bloß damit er sich entschließen konnte, sein Leben und das des Mörders zu zerstören – entsprechend dem absurden Ehrenkodex, mit dem er aufgewachsen war.

Ricciardi wollte den Pförtner wiedersehen. Zwar war der Mann oft betrunken und sah nicht besonders zuverlässig aus,
aber der Kommissar hatte ihn noch nicht zum Schauplatz des Verbrechens befragt: Vielleicht konnte er sich diesmal, falls er etwas nüchterner war, ja an weitere Details erinnern.

Sie hatten Glück: Ferro war an seinem Platz, und dieses Mal wirke er zurechnungsfähiger. Er hatte eben die Krippe in den Hauseingang gestellt und schien stolz auf sich zu sein.

Eine Gruppe von Kindern bestaunte sein Werk: Man hörte anerkennende Pfiffe, Seufzer und gelegentliches Händeklatschen.

Als der Mann die Polizisten kommen sah, veränderte sich sein Gesichtsausdruck. Sein Blick wurde besorgt und misstrauisch; er verscheuchte die Kinder, als ob sie Fliegen wären, und ging den beiden entgegen.

– Guten Abend. Sie wünschen?

Die zwei sahen sich ein wenig überrascht an. Es schien, als hätte der Pförtner sie nicht wiedererkannt.

– Hallo, Ferro. Sie sollen uns zur Wohnung der Garofalos begleiten.

Ricciardi war gewollt brüsk aufgetreten, um die Reaktion des Mannes zu sehen. Dieser kniff nun die Augen zusammen.

– Ach, Commissario, bitte entschuldigen Sie, ich war geblendet und hab' Sie nicht erkannt. Gerade habe ich die Krippe aufgestellt; ich dachte, wenn sie schon fertig ist, kann ich sie auch in den Hauseingang stellen. Ich hab' sie eben den Kindern aus dem Haus gezeigt.

Maione schaltete sich in das Gespräch ein:

– Während wir nach oben gehen, Ferro, würde ich gern wissen, ob Ihnen in den letzten Tagen etwas eingefallen ist. War jemand zu Besuch bei den Garofalos? Haben Sie einen Streit

gehört? Solche Dinge eben.

Ferro hatte einen Schlüsselbund von einem Schlüsselbrett genommen und stieg die Treppe vor ihnen hoch.

– Wo ich darüber nachdenke – ja, es war jemand bei ihnen gewesen. Ein Ehepaar, Mann und Frau. Das war vielleicht drei, vier Tage vor ... nun ja, vor dem Vorfall.

– Wie sahen die beiden aus? Haben sie Ihnen ihren Namen gesagt?

– Nein, ehrlich gesagt nicht, sie haben nichts gesagt. Ich hab' sie auch nicht gefragt, weil ich sie erst gesehen hab', als sie runterkamen. Als sie hochgingen, war ich ... war ich gerade nicht da.

– Woher wussten Sie dann, dass die Leute bei den Garofalos waren?

– Ich habe Garofalo später danach gefragt. Aus Neugier.

Somit war der Besuch der Boccias bestätigt, dachte Maione.

– Hatten Sie die beiden schon einmal gesehen? Oder haben Sie sie danach wiedergesehen?

– Nein, Brigadiere, weder noch. Nur dieses eine Mal. Ich kann Ihnen auch nicht sagen, wie lange sie geblieben sind, weil ...

Maione beendete seinen Satz für ihn:

- ... weil Sie, als sie ankamen, nicht da waren, ich weiß.

Ferro hatte den Mund geöffnet und war zur Seite getreten, ohne in die Wohnung hineinzuschauen. Ricciardi beobachtete ihn.

– Gehen Sie vor, Ferro. Führen Sie uns hinein.

Der Mann warf ihm einen entsetzten Blick zu.

– Commissario, ich möchte lieber ... also, ich warte hier draußen auf Sie.

Ricciardi sah nicht weg.

– Nein. Sie warten nicht auf uns. Sie gehen mit rein.

Sein Ton ließ keine Widerrede zu. Maione ging auf den Mann zu; der schloss die Augen halb, öffnete die Tür und trat ein.

Die Wohnung lag im Halbdunkel, da nur wenig Licht durch die fast zugezogenen Vorhänge drang. Auf dem Boden im Eingangsbereich waren dennoch die Flecken zu erkennen, die Costanza Garofalos Blut verursacht hatte. Ferro schwankte und hielt sich am Türpfosten fest, während Ricciardi fast mit dem durchscheinenden Abbild der Frau zusammenstieß, die mit gesenktem Blick lächelnd fragte: *Hut und Handschuhe?* Wellen schwarzer Flüssigkeit schwappten aus dem tödlichen Schnitt.

– Gütiger Himmel, ist das denn ... Blut da?

Ricciardi studierte den Gesichtsausdruck des Pförtners; er schien kein Theater zu spielen: Er war blass geworden und sah aus, als würde er jeden Augenblick ohnmächtig zu Boden fallen.

Maione ging auf ihn zu und fasste ihn am Arm.

– Kommen Sie, Ferro. Bringen Sie uns ins Schlafzimmer.

Der Mann folgte dieser Aufforderung nicht gleich; stattdessen hielt er sich eine Hand vors Gesicht, als wolle er das Blut nicht sehen. Dann durchmaß er mit wackeligen Schritten den Flur. Ricciardi folgte ihm mit seinem Blick und bemerkte, dass er die Wohnung offensichtlich kannte. Davon abgesehen, dass er mitgenommen war, bewegte er sich ziemlich sicher. Dem Kommissar fiel auf, dass er sehr genau darauf achtete, wo er seine Füße hinsetzte, um den Blutflecken auszuweichen, die den Weg von einer Leiche zur anderen wiesen, obwohl sie in der Dunkelheit kaum zu sehen waren.

Im Schlafzimmer angelangt, ließ Ferro sich beim Anblick

des riesigen dunklen Flecks auf dem Bettlaken mit einem Kla-

gelaut in einen kleinen Sessel fallen.

– Ach du meine Güte! Heilige Mutter Gottes, steh uns bei.

Ricciardi drehte Garofalos Abbild den Rücken zu und wandte sich an den Pförtner:

– Ich wollte, dass Sie es mit eigenen Augen sehen, Ferro. Und frage Sie, ob Sie irgendeine Ahnung haben, wer es gewesen sein könnte.

Der Pförtner begann leise zu weinen. Den Blick fest auf den Blutfleck gerichtet, murmelte er:

– Niemand, Commissario. Wenn ich jemanden kennen würde, der fähig ist, so etwas zu tun, würde ich schleunigst das Weite suchen, glauben Sie mir. Und das arme Mädchen, es war so hübsch an dem Morgen, mit seinen Zöpfen ... und jetzt wird es seine Eltern nie mehr sehen. Zenturio Garofalo war ... na ja, er war nicht ganz einfach, möge er in Frieden ruhen. Mag sein, dass ihn nicht alle mochten und sich die Leute über ihn aufregten, aber ihn so umzubringen ... da fällt mir niemand ein. Absolut niemand.

Und doch hat es ganz offensichtlich jemanden gegeben, dachte Ricciardi.

– Gehen wir durch die übrigen Zimmer. Vielleicht ist etwas gestohlen worden, an das Sie sich erinnern und von dem wir nichts wissen können.

Er wollte sehen, ob der Mann irgendeine Reaktion zeigte. Die Polizei hatte bereits alles in Augenschein genommen; wenn etwas gefehlt hätte, wäre das anhand leerer Stellen auf den Möbeln oder an den Wänden aufgefallen.

Ferro schien erleichtert, den Tatort verlassen zu können, und führte Maione und Ricciardi in die übrigen Zimmer, stumm und mit mechanischem Gang. Bei der Krippe im Nebenraum des Schlafzimmers seufzte er kurz, doch nichts deutete darauf hin, dass er das Fehlen des heiligen Josefs bemerkte oder ihm auffiel, dass die Jungfrau Maria auf den Esel gekippt war.

Sie beendeten ihren Rundgang und fanden sich schließlich am Eingang wieder. Beim Anblick der Spuren von Signora Garofalos Leiche hielt Ferro den Atem an, stieg darüber und trat hinaus auf den Treppenabsatz, wo er hörbar einatmete. Er zog eine zerknitterte Zigarette aus der Tasche, versuchte, sie mit einem Streichholz anzuzünden, schaffte es aber nicht, weil seine Hand zitterte; nach einer Weile gab er es auf und erbrach sich schließlich in eine Ecke der breiten Treppe.

XLII

Sie beschlossen, am Meer entlangzulaufen. Die Kälte war überall gleich und es gab keinen Wind, vor dem man zwischen den Bäumen der Villa Nazionale Schutz suchen musste; also konnten sie sich auch den Anblick des Sonnenuntergangs über dem endlich ruhigen Meer gönnen.

Ferros Reaktion und die spärlichen Informationen, die sie von ihm erhalten hatten, waren das Thema der wenigen Sätze, die Maione und Ricciardi auf ihrem Weg miteinander wechselten.

– Mir kam er ehrlich verstört vor. Er hat's nicht gepackt, man hat gemerkt, dass er kein Blut gewohnt ist.

Ricciardi allerdings war unschlüssig.

– Ein bisschen theatralisch, seine Reaktion, findest du nicht? Außerdem war er heute nüchtern. Was dir passiert, wenn du betrunken bist, wirkt anders, wenn du es nach dem Rausch wiedersiehst. Ich weiß nicht. Als wir an der Krippe vorbeigegangen sind, hat er keinerlei Reaktion gezeigt.

– Stimmt. Und er hat zugegeben, die Boccias gesehen zu haben, als sie kamen, um mit Garofalo zu reden. Das ist im Moment das einzig Sichere, was wir in der Hand haben, was, Commissario?

Ricciardi nickte, er lief mit gesenktem Kopf.

– Ja, der Besuch der Boccias. Sie waren zu zweit; das wäre zumindest eine Erklärung für die beiden Hände, die den Zenturio laut Modo getötet haben. Er meinte allerdings, dass die »schwächere« Hand, die Garofalo die leichteren Wunden beigebracht hat, eine linke Hand gewesen sei, und ich hatte den Eindruck, dass Signora Boccia Rechtshänderin ist. Aber das will nichts heißen. Lomunno zum Beispiel hätte auch jemanden mitgebracht haben können.

Maione stimmte ihm zu.

– Und unser Freund Ferro könnte im Rausch eine Dummheit begangen haben, an die er sich gar nicht erinnert. Es kann alles und nichts sein. Ach herrje, unser Job ist manchmal wirklich zum Kotzen.

Sie liefen am Strand entlang, zu ihrer Linken die Straße, auf der Autos und Kutschen fuhren, und rechts das Meer. Es waren nur wenige Fußgänger unterwegs und die paar, die man sah, kauerten sich vor Kälte zusammen.

Auf dem Sand standen in kleinen Gruppen die Fischer ohne Boot zusammen. Gerade wurden die Netze ausgebracht, was zu dieser Zeit des Jahres zweimal täglich geschah.

Kleine Boote mit nur einem Ruder fuhren ein paar hundert Meter hinaus, wobei sie ein Ende des Netzes an Land ließen, und warfen das große Flechtwerk aus, das die Frauen früh morgens und abends flickten, indem sie die Löcher schlossen, die die Strömung hineingerissen hatte. Waren die Netze einmal ausgeworfen, kehrten die kleinen Boote zurück ans Land und die Fischer rollten die Taue auf dem Bürgersteig vor dem Strand aus. Darauf hakten die Männer, barfuß und mit bis zum Knie heraufgekrempelten Hosen, die Taue der Netze an einen Tragriemen aus Leinen und begannen, in Gruppen von vier oder fünf Mann pro Seite, zuerst das Tau und dann das Netz nach hinten zu ziehen, indem sie entlang der Strandpromenade rückwärtsgingen und so das Netz ans Ufer zogen: Sein Inhalt trug dann hoffentlich dazu bei, dass ihre Familien einen weiteren Tag überleben konnten. Während die Männer zogen, wickelten die Kinder die Taue am Strand zu großen Rollen auf.

Zu anderen Zeiten, wenn die Geschäfte nicht so vielversprechend waren wie an Weihnachten, wurde die beschwerliche Arbeit nur morgens getan. Aber nun stand bereits eine Gruppe potentieller Käufer auf der Suche nach günstigem Fisch, der nicht durch die Hand von Groß- und Einzelhändlern ging und dadurch verteuert wurde, wartend auf der Straße zusammen, und die Anstrengung versprach sich zu lohnen.

Maione ging etwas langsamer.

– Die rackern sich wirklich ganz schön ab, die Fischer. Die da unten fischen vom Strand aus, sehn Sie nur, Commissario, bei der Kälte barfuß im Wasser, die haben doch schon Frostbeulen an den Beinen.

Ricciardi gab ihm recht.

– Ja, ein hartes Leben. Auch für die, die mit dem Boot rausfahren, so wie Boccia, muss es schrecklich sein. Und dann kommt einer wie Garofalo und presst dich aus, bis du nicht mehr kannst.

Sie waren nun auf der Höhe des Fischerviertels angelangt,

unter dem riesigen, dunklen Kastell. Ricciardi gab Maione ein

Zeichen:

– Trennen wir uns hier. Du gehst zu Boccias Kameraden, die um diese Uhrzeit vom Meer zurückkommen. Ich laufe zum Hafen, um herauszufinden, wie Lomunno am Tag des Mordes seinen Vormittag verbracht hat. Danach geh aber gleich nach Hause, du brauchst nicht wieder ins Präsidium. Die Berichte schreiben wir morgen, falls es was Neues gibt.

Maione nickte.

– Wie Sie befehlen, Commissario. In zwei Tagen ist schon Heiligabend. Weihnachten ist da.

– Ja, es ist da. Und wir sind noch weit vom Ziel entfernt, fürchte ich. Viel Glück.

Es ist schon Weihnachten.

Rosa dachte daran wie üblich mit gemischten Gefühlen: Sie war unruhig wegen der Hausarbeiten, die noch zu erledigen waren, freute sich aufs Fest und machte sich andererseits Sorgen wegen des zu Ende gehenden und des bald neu beginnenden Jahres.

Das Essen für Heiligabend musste natürlich vorbereitet werden. Auch wenn sie nur zu zweit waren, legte sie doch Wert darauf, die Bräuche aus ihrer Heimat aufrechtzuerhalten. In dieser chaotischen Stadt, an die sie sich wohl nie ganz gewöhnen würde, sollte wenigstens die Erinnerung an ihre Wurzeln bestehen bleiben.

Die Vorbereitungen waren nicht einfach, denn das Weihnachtszeremoniell des Cilento war ziemlich streng. An Heiligabend hatte es fettarme Kost zu geben: Man aß Scàmmaro, also hausgemachte Spaghetti mit Sardellen, Oliven, Kapern und Peperoni, außerdem Blumenkohl, Kartoffeln und Brokkoli, als Beilage und zur Stärkung, und Stockfisch nach salernitanischer Art, der paniert, gebraten und dann unter reichlich Zwiebeln, grünen Oliven und kleinen Tomaten, die schon Monate zuvor auf dem Balkon zum Trocknen aufgehängt worden waren, in den Backofen geschoben wurde.

Das eigentliche Weihnachtsessen war etwas ganz anderes: Dazu gab es einzeln von Hand aufgedrehte Fusilli zu einer dicken Fleischsoße und reichlich reifem, geriebenem Ziegenkäse, danach ein Hüftstück vom Rind in Brühe und Scauratielli, in siedendem Öl frittierte süße Teigbrezeln, die mit Honig beträufelt und heiß verzehrt wurden.

Es war eine anstrengende, aber dankbare Arbeit. Wenn mit dem Mädchen der Colombos erst alles zum Besten stünde, würde sie Enrica ihre Kochrezepte haarklein beibringen, damit die Erinnerung daran nicht verloren ging.

Da war allerdings nicht nur das Essen. Weihnachten bestand noch aus anderen Dingen. Die junge Baronin, Luigi Alfredos schon vor vielen Jahren gestorbene Mutter, hatte aus der Stadt eine Krippe mitgebracht. Sie hatte ihrer Familie gehört und zählte wenige sehr antike Figuren, die Heilige Familie, die Heiligen Drei Könige, ein paar Schafe und einige Hirten. Rosa erinnerte sich gut daran, wie die Frau mit ihren zarten Kinderhänden die einzelnen Teile kurz vor Weihnachten auf einem Tischchen arrangierte und sie nach dem Dreikönigstag dann wieder wegnahm und vorsichtig in eine geblümte Schachtel legte. Die Baronin legte sehr großen Wert darauf, vor allem, als der junge Herr noch klein war; sie sagte, dass bestimmte Bilder für die Kinder das Weihnachtsfest darstellten und sie sich ein Leben lang daran erinnerten.

Die geblümte Schachtel war mit ihnen nach Neapel umgezogen und Rosa sorgte dafür, dass an Weihnachten jedes Mal die kleine Krippe der Baronin Marta von Malomonte auf dem Tischchen stand, wie ein zärtlicher Gruß aus dem Jenseits der Mutter an ihren Sohn.

Wer würde sich um diese Dinge kümmern – das Essen, die Krippe –, wenn sie nicht mehr lebte? Traurig betrachtete sie ihre leicht zitternde rechte Hand. Sie musste doch jemandem Ereignisse, Geschichten und Traditionen beschreiben, erzählen und einschärfen, sonst würde der junge Herr, nachdem sie tot und vergessen war, den Heiligabend ganz allein in irgendeinem Gasthaus verbringen. Ohne jede Erinnerung.

Rosa fragte sich, ob das Fräulein Colombo endlich beschlossen hatte, ihr Schicksal tatkräftig in die Hand zu nehmen. Sie hoffte es ja, nach ihrem Gespräch am Tag zuvor. Sie selbst konnte wirklich nicht mehr tun.

Nun wollte sie die geblümte Schachtel holen gehen. Solange sie da war, würden die alten Bräuche beibehalten werden.

Und zwar alle.

XLIII

Maione begab sich direkt zu der kleinen Mole, wo die Fischerboote anlegten. Es war ein schmaler Holzsteg, den schwere Felsblöcke am Meeresgrund verankerten.

Im Schatten eines Lagerraums des nahe gelegenen Bootsvereins verborgen, machte der Brigadiere sich zum Warten bereit. Er wollte Boccias Kollegen zuerst sehen, um später auf jeden von ihnen einzeln zugehen und ihre jeweiligen Versionen miteinander vergleichen zu können. Nicht, dass er sich irgendwelche Illusionen machte – er hätte darauf gewettet, dass die Fischer zusammenhalten würden, um ihren Freund zu schützen.

Nach und nach trudelten die Boote ein und holten ihre Segel ein. Der Brigadiere merkte sofort, dass es ein guter Tag gewesen sein musste: Die Männer waren fröhlich und die großen Körbe, die sie abluden, voller Fische, die oft sogar noch lebten – ein Meer von Silber, das im Licht der untergehenden Sonne glitzerte.

Boccias Boot legte als eines der letzten an; offensichtlich hatte man die günstigen Bedingungen bis zuletzt ausnutzen wollen. Die Männer luden aus und brachten das Boot in Ordnung; sie bauten das Segel ab, legten die Ruder weg und holten das Netz ein.

Maione wartete. Dabei fiel ihm auf, dass zwei der Männer ganz eindeutig Vater und Sohn waren. Der dritte war hager und von sehr dunkler Hautfarbe, fast wie ein Farbiger. Auf der Mole war auch Alfonso, Boccias Sohn, der seinen Vater wie am Vortag abholte. Boccia verabschiedete sich von seinen Kameraden und folgte dem Jungen mit finsterer Miene. Maione überlegte, dass er sich vielleicht wegen seines jüngsten Kindes sorgte. Aber es konnten natürlich auch Gewissensbisse sein.

Die anderen drei trennten sich nach kurzer Zeit: Der Vater und sein halbwüchsiger Sohn gingen gemeinsam auf die Eingangstür eines nahe gelegenen Wohnhauses zu, während der hagere, dunkle Mann rauchend und langsamen Schrittes auf ein nicht weit entferntes Wirtshaus zusteuerte. Maione folgte den ersten beiden.

Er klopfte kräftig an die Haustür, der Junge öffnete. Er zeigte weder Angst noch Unbehagen, lediglich Neugier. Dann schien ihm etwas klarzuwerden. Boccia musste wohl von ihrem Besuch erzählt haben.

Maione wurde hereingebeten; man bot ihm ein Glas Wein an, das er ablehnte. Bei den zwei Männern befand sich noch eine sehr betagte Frau, vielleicht die Großmutter des Jungen. Maione nannte den Grund seines Besuchs, hatte aber den Eindruck, dass das keineswegs nötig war.

– Ja, Brigadiere, da können Sie sicher sein: Aristide war mit uns draußen auf See, – sagte der Mann. – Wir hätten sonst nicht rausfahren können.

Maione fragte:

– Warum denn nicht?

Der Mann rauchte und schützte seine Zigarette dabei mit der hohlen Hand, wie er es sonst wohl auch draußen bei Wind tat.

– Wir benutzen ein Schleppnetz. Wissen Sie, was das bedeutet?

Maione zuckte mit den Schultern.

– Dann erklär' ich's Ihnen. Also, das Schleppnetz hat zwei Enden: Eins davon wird ins Meer abgelassen und an einem Anker befestigt, der das Netz festhält; das andere Ende bleibt auf dem Boot, das einen Kreis beschreibt und es mitschleppt. Man braucht zwei Mann pro Seite. Eigentlich bräuchte man noch jemanden, der die bunten Stoffstücke auf den Tauen kontrolliert, um sicher zu sein, dass man der Reihe nach vorgeht und das Netz sich nicht verheddert. Wir kommen ohne diese fünfte Person aus, denn durch fünf zu teilen wäre unmöglich, und einer von uns, meistens Aristide, kontrolliert auch noch die Taue, während er ein Ende festhält.

Maione fragte:

– Das heißt also?

– Das heißt, dass es schon zu viert schwierig genug ist, zu dritt wäre es unmöglich.

– Hätten Sie ihn nicht ersetzen können? Ich sag' nicht, dass Sie's getan haben, verstehen Sie mich richtig.

Der Junge kicherte und sagte:

– Wie denn? Die Plackerei tut sich niemand freiwillig an. Und alle haben mit dem eigenen Boot zu tun.

Auch bei dem anderen Mann, der damit beschäftigt war, sich im Wirtshaus des Viertels zu betrinken, hatte der Brigadiere nicht mehr Glück. Das vierte Besatzungsmitglied, der hagere, dunkle Kerl, antwortete ihm einsilbig und bestätigte, Boccia sei an besagtem Freitag mit im Boot gewesen »genau wie an jedem anderen gottverfluchten Tag«.

Als Maione aufbrach, sagte er allerdings noch:

– Brigadiere, Aristide ist wirklich in Ordnung. Und Garofalo war ein Bastard der übelsten Sorte. Hätt' er dasselbe mir angetan, hätt' ich ihm das Herz mit den Zähnen aus der Brust gerissen.

Diese heftige Bemerkung aus dem Mund eines Mannes, dessen schwarzes Gesicht im Dunkeln kaum zu erkennen war, ließ den Polizisten schaudern. Daher erwiderte er:

– Sie wissen, dass es die Justiz gibt. Niemand darf sie sich selbst zurechtbiegen.

Der Mann nickte und sagte:

– Die Justiz gibt's, das stimmt. Aber wenn man einem den Sohn wegnimmt, gibt's nur noch eins: die Selbstjustiz. So viel ist sicher.

Er sprach von Boccia und seinem Sohn, aber Maione spürte, wie sich ihm der Magen zusammenzog.

Der Gedanke an Vincenzino und das schreckliche Pfeifen, das aus seinem kleinen Bettchen kam, bewegte den Brigadiere dazu, noch bei den Boccias vorbeizuschauen, bevor er den Ort verließ.

Vor der Tür, die auf den kleinen Platz hinausging, spielte Alfonso, der älteste Sohn, mit einem bekannten braungescheckten Hund. Drinnen beugte sich Doktor Modo in Hemdsärmeln über das Kinderbett.

– Oh, mein lieber Brigadiere. Jetzt werden wir also schon zu Hausbesuchen bestellt? Ihr Freund gibt Order und ich muss springen.

– Na ja, aber wenigstens geht's diesmal nicht darum, sich einen Toten anzuschauen, das müsste Sie doch freuen, oder?

Modo strich sich mit der Hand die weißen Haare aus der Stirn, die ihm vor den Augen hingen.

– Wir sind allerdings gefährlich nah dran, würd' ich sagen. Der Zustand des Kindes ist sehr ernst, ich denke, ich bin gerade noch rechtzeitig gekommen. Der Kleine hatte hohes Fieber, zum Glück hat er eine starke Konstitution.

Ein wenig abseits standen, eng beieinander und sichtlich entsetzt, beide Eltern. Das Gesicht der Mutter war bleich und sprach von schlaflosen Nächten, der Vater hatte seine Arbeitskleidung noch nicht abgelegt.

Maione wollte ihnen Mut machen.

– Machen Sie sich keine Sorgen. Wie der Commissario schon sagte, ist unser Doktor hier der einzige Arzt in Neapel, der Wunder bewirken kann.

Modo täuschte eine ärgerliche Geste vor.

– Die Wunder könnt ihr bei Gott beantragen, er hat ja auch bald Geburtstag. Ich bin Wissenschaftler, und als solcher sage ich, dass es ein Verbrechen ist, es mit einem Kind so weit kommen zu lassen, wo schon eine einfache Behandlung zu Beginn der Krankheit gereicht hätte, es zu heilen.

Boccia sprach mit finsterer Stimme:

– Da sagen Sie was Wahres, Doktor. Aber Medizin ist teuer, und wenn jemand entscheiden muss, ob seine Kinder essen oder behandelt werden sollen, hofft er, dass sie aus eigener Kraft gesund werden.

Modo war verärgert.

– Es ist aber falsch, so zu denken! Kommen Sie doch zumindest ins Krankenhaus, nicht? Fragen Sie, wie schlimm es ist, informieren Sie sich!

Maione lächelte den Boccias zu.

– Keine Sorge, der Doktor ist immer so, er brüllt und tobt, aber dann bringt er doch alles ins Lot. Seien Sie unbesorgt.

Der Arzt warf ihm einen grimmigen Blick zu, dann konzentrierte er sich wieder auf den Kleinen. Nach ein paar Minuten richtete er sich auf, rückte sich die Hosenträger zurecht und zog die gelockerte Krawatte wieder fest.

– Er hat jetzt kein Fieber mehr. Wir müssen die Wirkung der Arznei abwarten, dic ich ihm gegeben habe. In etwa sechs Stunden muss er diese Pillen einnehmen und in acht Stunden diese hier. Falls er hustet und Sie das Pfeifen wieder hören, Signora, geben Sie ihm einen Löffel von diesem Sirup hier. Haben Sie alles genau verstanden?

Boccia trat einen Schritt vor und sah Modo stolz an.

– Herr Doktor, ich kann Ihnen die Medikamente nicht bezahlen. Auch nicht Ihren Hausbesuch.

Modo schaute erst zu Maione, bevor er antwortete:

– Wer sagt etwas davon, dass Sie mich bezahlen sollen oder

die Medikamente? Haben Sie nicht gehört, dass ich der Privat-

arzt des Kommissars und des Brigadiere hier bin? Keine Sorge, Sie schulden mir nicht eine Lira. Wir sehen uns morgen Abend, da komme ich zur Kontrolle.

Maione folgte dem Blick der Eltern zu ihrem Sohn, der nun endlich friedlich schlief. Jenseits des Fensters schwappte das Meer leise und gemächlich gegen die vertäuten Boote.

Das Gesicht der Frau entspannte sich; es war das erste Mal, dass der Brigadiere sie ruhig und gelassen sah.

– Dann erlauben Sie uns, Ihnen morgen etwas Fisch zu schenken. In zwei Tagen ist ja schon Weihnachten.

Modo sah sie erfreut an.

– Ah, sehen Sie, damit machen Sie mir wirklich eine Freude. Vielen Dank, Signora, ich nehme das Angebot gerne an.

Modo pfiff kurz und leise, worauf sich eine schwanzwedelnde Gestalt aus dem Schatten löste und ihm im Licht der Straßenlaternen folgte.

Der Doktor stellte den Mantelkragen auf, setzte sich den Hut auf den Kopf und ging seines Weges.

XLIV

Ricciardi fühlte sich ganz starr vor Kälte und in seinem Kopf schwirrte alles durcheinander.

Seine Runde bei den wenigen Import- und Exportfirmen am Hafen hatte keinerlei Ergebnis gebracht. Die Verantwortlichen erinnerten sich vage daran, dass Lomunno vor ein paar Tagen bei ihnen gewesen war, um nach Arbeit zu fragen, doch sie hätten nicht einmal das genaue Datum, geschweige denn die Uhrzeit nennen können. Einige hatten ihn erst gar nicht eingelassen: Entweder war nichts frei oder man fürchtete, die

Miliz gegen sich zu haben, wenn man jemanden einstellte, den diese unehrenhaft entlassen hatte.

Jedoch bestätigten alle, von ihm vor seiner Entlassung einen sehr guten Eindruck gehabt und sich über die Anschuldigungen und seine Verhaftung gewundert zu haben.

Ein Mann, der Verwaltungschef einer Reederei war, sagte ihm sogar, er habe den Eindruck, dass nicht alle in der Miliz von Lomunnos Schuld überzeugt seien und sie den verstorbenen Garofalo, dessen mustergültige Fassade nicht besonders glaubhaft war, nicht ausstehen konnten.

Dieses letzte Gespräch bewog Ricciardi spontan dazu, noch einmal in der Kaserne vorbeizuschauen. Zumindest würde er sich dort ein wenig aufwärmen können.

Der Unteroffizier an der Pforte war derselbe Mann wie beim letzten Mal; er erkannte den Kommissar und grüßte mit dem üblichen enthusiastischen Hackenzusammenschlagen. Ricciardi fragte direkt nach dem Konsul. Nach einem kurzen Wortwechsel an der Sprechanlage erschien der Soldat, der draußen vor der Tür des Oberbefehlshabers postiert war, um ihn zu ihm zu bringen.

Der Empfang war herzlich. Der Konsul kam ihm durch sein riesiges Büro entgegen.

– Commissario, da sind Sie ja. Ihr Besuch ist diesmal gar nicht angekündigt worden, wie kommt's?

Ricciardi verzog das Gesicht zu etwas, das fast ein Lächeln hätte sein können.

– Guten Abend, Herr Konsul. Dazu hätte man meine Gedanken lesen müssen. Ich habe erst vor zwei Minuten beschlossen, bei Ihnen reinzuschauen.

Freda lachte amüsiert.

– Da haben wir's: die einzige Art, einer Meldung zu entgehen. Was kann ich für Sie tun? Wie laufen die Ermittlungen?

– Nicht sehr gut. Wir verfolgen immer noch mehrere Fährten. Leider – oder vielleicht zum Glück – reicht es nicht, dass jemand ein vortreffliches Tatmotiv hat, um die Tat auch wirklich zu begehen.

Der Konsul ließ sich in seinen Lehnstuhl fallen.

– Verstehe. Ich bin mir der Schwierigkeiten durchaus bewusst; bestimmte Umstände sind nicht leicht zu interpretieren.

Ricciardi beugte sich ein wenig vor.

– Herr Konsul, ich muss Sie etwas fragen. Und zwar inoffiziell, so wie ich heute Abend auch nicht offiziell hier bin. Aus welchem Grund haben Sie uns auf Lomunnos Fährte geführt? Als wir neulich hier waren, haben Sie dafür gesorgt, dass wir Andeutungen und Hinweise auf das erhielten, was damals geschehen war, und erfuhren, weshalb Lomunno aus der Miliz geworfen und Garofalo befördert worden war. Warum?

Freda blickte zum Fenster, obwohl es draußen dunkel war. Er schien lange über die Antwort nachzudenken.

– Als wir von Garofalos tragischem Ende erfahren haben, haben wir alle hier an Lomunno gedacht. Sie werden zugeben, dass er sehr triftige Beweggründe hatte, um … den Mord zu begehen. Und diejenigen von uns, die ihn, nicht offiziell natürlich, getroffen hatten, als er aus dem Gefängnis herauskam, haben von einem Mann erzählt, den Zorn und Schmerz völlig verbittert hatten: Seine Frau war tot, seine Karriere beendet, und die Bedingungen, unter denen er mit seinen Kindern lebte, erbärmlich. Damit wir uns richtig verstehen, Commissario: Niemand von uns hat auch nur den kleinsten Hinweis auf seine Schuld; aber es hätte gepasst, wenn es Lomunno gewesen wäre. Andererseits kennt man sich natürlich hier drinnen, wenn man so eng zusammenarbeitet. Und Lomunno mochten alle, im Gegensatz zu Garofalo.

Ricciardi wartete.

– Daraus folgt?

– Folglich, – fuhr der Konsul fort, – haben wir es vorgezogen, dass Sie die Angelegenheit von uns erfahren und nicht aus den Gerichtsakten oder durch die üble Nachrede der Leute. Das ist alles.

Ricciardi dachte schnell nach: Er musste unbedingt wissen, ob der Konsul und somit die Miliz Garofalo im Verdacht hatten, noch andere krumme Dinger gedreht, etwa die Fischer erpresst zu haben. Die Ermittlungen in Lomunnos Richtung zu lenken hätte der Versuch sein können, einen etwaigen weiteren Schandfleck zu vertuschen.

– Unsere Ermittlungen haben bisher kein zweites Tatmotiv ans Licht gebracht, etwas, das jemand anderen dazu bewegt haben könnte, die beiden Garofalos zu töten. Im Moment ist Lomunno also der einzige Verdächtige.

Freda sah aus, als würde er das aufrichtig bedauern.

– Dann suchen Sie bitte weiter. Wir alle hier sind überzeugt, dass Lomunno schon genug für seinen Fehler bezahlt hat, der letztendlich nur darin bestand, sich einem treulosen Untergebenen anzuvertrauen. Wir glauben nicht, dass er es war. Ich möchte Sie gern um etwas bitten, und zwar weder als Oberbefehlshaber der Legion noch als ehemaliger Marineoffizier, sondern als Mensch und Vater: Sorgen Sie dafür, dass es gegen Lomunno nur dann zur Anklage kommt, wenn Sie wirklich davon überzeugt sind, dass nur er es gewesen sein kann.

Ricciardi blickte Freda lange ins Gesicht und sah ein, dass

er über Garofalos Leben nicht mehr wusste, als er zugab. Es wurde ihm auch klar, dass eine Menge Leute in der Kaserne über eine Anklage der Boccias erfreut gewesen wären.

– In Ordnung, ich verspreche es Ihnen. Wir werden weitersuchen. Bisher haben wir allerdings nichts in der Hand. Sollte Ihnen noch etwas einfallen oder etwas anderes ans Licht kommen, dann lassen Sie mich bitte unbedingt rufen.

Zum zehnten Mal ging sie nun schon ins Wohnzimmer, um auf die alte Standuhr zu schauen, die geräuschvoll das Vorrücken der Zeit anzeigte. Lucia Maione war nervös, und jede verstrichene Sekunde verstärkte ihre Unruhe.

Natürlich waren da die Ermittlungen. Und ganz sicher waren die ersten Tage am wichtigsten. Gewiss durfte man bei keiner Fährte lockerlassen. Und auch sie wollte schließlich eine sichere Welt ohne Mörder, schon allein der Kinder wegen. Und doch: Er war so abwesend, starrte ins Leere, antwortete nicht auf Fragen – das waren deutliche Zeichen. Und Lucia ließ sich von niemandem für dumm verkaufen!

Daher rief sie ihre älteste Tochter zu sich – sie war zwar noch ein Kind, aber reif genug, um für ein Stündchen auf die jüngeren Geschwister aufzupassen – und trug ihr auf, was zu tun war. Dann nahm sie ihren Mantel, Hut und Handschuhe und verließ ebenso verstohlen wie entschlossen das Haus.

Der Tag ist erst zu Ende, wenn die Haustür ins Schloss gefallen ist, hatte ein Leitsatz seines früheren Chefs gelautet. Daran musste Ricciardi nun denken, als er im Polizeipräsidium, wo er nur vorbeiging, um nach Neuigkeiten zu fragen, auf eine strahlend lächelnde Livia in funkelnagelneuer Abendgarderobe stieß.

– Da bist du ja endlich. Ich wollte schon einen deiner Kollegen dazu anheuern, dich zu suchen. Wir könnten zu spät kommen, weißt du.

Ricciardi fiel aus allen Wolken und ärgerte sich gleichzeitig über seinen übertriebenen Arbeitseifer: Wäre er vom Hafen aus direkt nach Hause gegangen, befände er sich jetzt nicht in Schwierigkeiten.

– Zu spät? Wie meinst du das? Tut mir leid, Livia, aber ich bin wirklich müde; es war ein sehr anstrengender Tag.

Livia lächelte immer noch genauso strahlend wie zuvor. Sie war entschlossen, heute Abend auf ihre Kosten zu kommen.

– O nein, Ausreden lasse ich nicht gelten. Ich hatte weiß Gott viel Mühe, um noch zwei Karten für den Kursaal zu bekommen, und musste dafür Beziehungen spielen lassen, die ich gar nicht habe. Ich will unbedingt hin. Und du, mein Lieber, wirst mich begleiten.

– Wirklich, Livia, ich halte das für keine gute Idee. Sieh mich nur an, ich bin den ganzen Tag herumgelaufen, meine Kleider sind schmutzig und unordentlich. Du würdest dich mit mir blamieren.

Die Augen der Frau füllten sich vor Enttäuschung mit Tränen. Ihre Unterlippe zitterte; sie schaute zur Seite.

– Weißt du, ich glaube nicht, dass ich es verdient habe, von dir so schlecht behandelt zu werden. Schließlich verlange ich nichts von dir, nur, mich ins Theater zu begleiten. Das ist doch nicht viel, oder?

Ricciardi hatte nicht genügend Erfahrung, um einer der stärksten Naturgewalten entgegenzutreten: den Tränen einer Frau. Außerdem war er keineswegs schwer von Begriff, und Livia hatte ihm zwischen den Zeilen zu verstehen gegeben:

Als du mich brauchtest, war ich für dich da. Unfreiwillig dachte er an die demonstrativ geschlossenen Fensterläden von gegenüber.

Also seufzte er und sagte:

– Na gut, ich werde dich begleiten. Aber nach der Vorstellung muss ich gleich nach Hause: Morgen wartet ein langer Tag auf mich.

XLV

Ihm war klar, dass er eigentlich nach Hause gehen sollte, wo Frau und Kinder auf ihn warteten. Er hatte Hunger, und die Kälte, die in jeder Minute zunahm, drang ihm bis in die Knochen.

Und doch fand sich Brigadiere Maione zur Abendessenszeit, als die Läden ihre Türen schlossen, in San Gregorio Armeno wieder, so wie ein Nachtfalter in einer Sommernacht vom Licht angezogen wird.

Vom Fischerviertel aus war er ins Präsidium zurückgegangen, um zu sehen, ob sich etwas getan hatte. Ricciardi war noch nicht dort gewesen, aber im Hof stand der Wagen von Signora Vezzi, die ihn erwartete. Da hatte er gedacht, dass der Commissario vielleicht einmal zur Abwechslung die Gesellschaft einer schönen Frau genießen könnte, wo er doch jung und ungebunden war.

Maione hatte auf die Uhr geschaut, die in seiner Jackentasche steckte: Seine Schicht war zu Ende. Es war Zeit, nach Hause zu gehen. Den Nachhauseweg hatte er zunächst auch eingeschlagen – von der Via Toledo zur Piazza della Concordia und von dort zu Lucias blauen Augen.

Lucia. Der Gedanke an sie hatte ihn – wie ein stummer

Vorwurf – an Biagio Candela erinnert, Lucas Mörder. In dem Augenblick hatten seine Füße wie von selbst einen anderen Weg eingeschlagen: Sie waren zur Piazza Gesù gegangen und von dort durch die Via Tribunali zur Straße der Figurenmacher.

Was suchst du bloß?, fragte er sich. Was möchtest du denn sehen? Was möchtest du erfahren?

An seiner Arbeit schätzte er die Schlichtheit: Es fiel etwas Rechtswidriges vor, und er musste die Verantwortlichen finden, damit sie dafür bestraft wurden. Das war leicht. Diesmal jedoch kam er sich vor wie in einem Labyrinth, dazu verdammt, unentwegt im Kreis zu laufen, auf der Suche nach einem Ausweg, den es vielleicht gar nicht gab. Wie sehr er auch darüber nachdachte, so wusste er doch nicht, was er da eigentlich tat.

Er beneidete Franco Massa um seine klaren Vorstellungen: Der Junge sollte dafür zahlen, dass er das schrecklichste aller Verbrechen begangen hatte.

Allerdings, dachte Maione, braucht es hier nicht bloß einen Polizisten. Hier wird von mir verlangt, den Polizisten, den Richter und den Henker abzugeben. Eine Sache ist's, einen Verbrecher in Ketten zu legen, eine andere, ihn leben, arbeiten und lieben zu sehen und ihm dann den Tod zu wünschen.

Er kam bei dem Laden an, vor dem Biagio am Vortag einem bescheidenen und erstaunten Publikum seine Schnitzkünste präsentiert hatte. Um diese Uhrzeit war die Straße leer, auch wenn sie noch mit Lichtern und Weihnachtsdekoration geschmückt war, die traditionell erst nach dem Dreikönigstag entfernt wurden. Maione stellte sich in den Schatten eines Hauseingangs und beobachtete, was geschah.

Die Türflügel des Ladens waren angelehnt. Der Eigentümer, mit dem Maione sich am Tag zuvor unterhalten hatte, stand hinter der Kasse und zählte das Geld. Er schien sichtlich zufrieden. Ein paar Meter weiter kehrte der blonde junge Mann Holzspäne vom Boden auf. Dem Brigadiere zog sich das Herz zusammen: Von Weitem und einen kurzen Augenblick lang hatte er den Mörder mit dem Opfer verwechselt. Biagios Haare hatten dieselbe Farbe wie Lucas und die seiner Frau Lucia.

Maiones geübtes Auge sah, wie drei junge Leute sich zügig auf den Laden zubewegten, und das, noch bevor sie ins Licht der Straßenlaterne traten. Zuerst waren sie langsam gegangen, als hätten sie es nicht eilig, doch dann wurden ihre Schritte entschlossener. Der Blick des Vordersten war auf das Geld in der Hand des Ladenbesitzers gerichtet.

Als Maione klar wurde, was nun passieren würde, sah er gerade Biagios Frau kommen, die ihr Töchterchen an der Hand und den kleinen Jungen im Arm hielt.

Der Brigadiere blickte die Straße hoch und runter: Es war niemand unterwegs. Instinktiv wollte er einschreiten, doch er wusste, dass er sich dadurch unter solch besonderen Umständen verraten hätte. Man hätte von ihm zu Recht eine Erklärung dafür verlangt, warum er den Laden überwachte. Also zögerte er.

Die drei Übeltäter waren bei der Ladentür angelangt: Zwei nahmen neben den Türflügeln Stellung, der dritte schickte sich an reinzugehen.

Nun geschah alles ganz schnell: Der Eindringling zog ein Messer hervor und ging auf die Kasse zu; mit einem Satz versperrte Biagio ihm den Weg, in der Hand die Klinge, mit der er den Kopf der alten Frau geschnitzt hatte; der Mann hob sein

Messer gegen ihn, doch Biagio wich seinem Hieb aus; die junge Frau, die gemerkt hatte, was da passierte, stieß einen Schrei aus, woraufhin jemand sich aus dem Fenster lehnte; die beiden an der Tür sahen sich an und machten sich aus dem Staub.

Maione erkannte, dass Biagio, obwohl er mit dem Messer viel geschickter umging als sein Gegner, dem anderen bloß auswich und nicht versuchte, ihn seinerseits zu verletzen. Er beschloss, genug gesehen zu haben. Sich weiter im Schatten verbergend, zog er die Pfeife heraus, mit der die Polizei ihr Kommen ankündigt, und blies fest hinein. Bei dem schrillen Ton stürzte der Räuber aus dem Laden und ergriff, so schnell er konnte, die Flucht.

Der Ladenbesitzer zitterte wie Espenlaub und sah sich verstört um, da er sich fragte, wo die Polizisten waren, die gepfiffen hatten. Die junge Frau hatte sich weinend in die Arme ihres Mannes geworfen, der im Schein der Lichterketten totenbleich aussah. Er schleuderte das Messer weit von sich, als würde es glühen; es holperte vor der Ladentür über die Straße.

Das Ganze hatte keine zwei Minuten gedauert.

Plötzlich sehnte sich Maione nach seinem Zuhause. Er trat heraus aus dem Schatten und machte sich schweren Herzens auf den Heimweg.

Ricciardi war überrascht darüber, wie viele Leute bei dieser Kälte auf den Bürgersteigen vor dem Kursaal, einem Kino und Theater in der eleganten Via Filangieri, standen. Alle wirkten gespannt und warteten: Man war sehr elegant gekleidet, lachte und rauchte, trat schlotternd von einem Fuß auf den anderen, besprach die Wetterlage.

Im Auto hatte Livia ihm erklärt, dass die Truppe der drei

Geschwister gerade stark im Kommen war und ihr Ruf bereits bis über die Stadtgrenzen hinaus reichte. Es handelte sich bei dem Ensemble um drei sehr unterschiedliche, sich aber auf der Bühne perfekt ergänzende Personen: Die Schwester, hässlich, doch genial, brachte die Zuschauer mühelos zum Lachen oder Weinen; der jüngere Bruder hatte einen instinktiven, untrüglichen Sinn für Humor und war trotz seiner Jugend in der Lage, das Publikum in heftiges Gelächter ausbrechen zu lassen; der ältere Bruder, der Leiter der Truppe und Autor des aktuellen Stückes, galt als Genie der Schauspielkunst, allerdings auch als sehr schwieriger Charakter.

Ricciardi hatte Livia gefragt, warum eine Premiere an einem so ungewöhnlichen Datum, zwei Tage vor Weihnachten, stattfand. Und sie hatte geantwortet, genau das sei ja das Schöne daran: In der Komödie, einem Einakter, ging es darum, wie Weihnachten in einer Bürgerfamilie der Stadt verbracht wurde.

Livia war aufgeregt, doch nicht wegen der Theatervorstellung: Es war ihr gelungen, einen für gesellschaftliche Vergnügungen so unempfänglichen Mann für eine gemeinsame Unternehmung zu gewinnen, und seine Bereitschaft dazu, auch wenn sie ihn natürlich sehr gedrängt hatte, rührte sie. Er war hier, mit ihr, an ihrer Seite. Das genügte ihr – zumindest für diesen Abend.

Als sie ihre Plätze einnahmen, zogen sie sehr viele neugierige Blicke auf sich. Livias exotische Schönheit und ihre bedeutenden Freundschaften hatten sie in Neapel in den Mittelpunkt des Klatsches der vornehmen Gesellschaft gerückt. In allen Salons fragte man sich, warum eine solche Frau keinen Mann oder doch wenigstens ein paar Liebhaber hatte, da viele Verehrer sie sehr aufdringlich umwarben. Und je mehr Einladungen sie höflich ablehnte, desto größer war die Zahl der Männer, die ihr Blumen und Gebäck schickten, und der Frauen, die behaupteten, sie hier und da in zweideutigen Situationen gesehen zu haben.

Sie in Begleitung anzutreffen war daher ein wahres Schauspiel im Schauspielhaus. Und dann war ihr Begleiter auch noch so ein merkwürdiger Kerl, den niemand in der Gesellschaft je gesehen hatte und dessen Namen man nicht kannte. In seiner Alltagskleidung, absurderweise ohne Hut, mit verstörtem Ausdruck und argwöhnischem Blick, erregte er große Neugier. Man glaubte, er komme von außerhalb, vielleicht aus Rom, und sei folglich eng mit dem Regime verbunden. Seine sonderbaren grünen Augen, die aus dem schmalen Gesicht hervorstachen, flößten einem auch eine unbestimmte Furcht ein, als ob der Mann Dinge sehen könnte, die die anderen nicht sahen.

Das Theaterstück war lustig und sogar Ricciardi, müde und von etlichen Gedanken abgelenkt, lächelte an manchen Stellen und war an anderen gerührt. Einige Aspekte führten ihn außerdem zurück zu seinen derzeitigen Ermittlungen, wie etwa die ständigen Verweise auf die Krippe: Es war ein weiterer Beweis dafür, wie wichtig die plastische Darstellung der Geburt Jesu den Leuten in Neapel war.

Der Kommissar dachte an das, was Don Pierino ihm in dem schweren Weihrauchduft der Kirche von San Ferdinando gesagt hatte: Jede Figur, jedes Bauwerk ist ein Symbol. Nichts ist zufällig, alles hat seine Bedeutung. Er dachte, dass so vielleicht auch die ganze Stadt war, die er sich vom Piazzale San Martino aus gesehen vorstellte: Tausende kleine erleuchtete Fenster, die scheinbar gleich aussahen, doch jedes mit einer eigenen Geschichte, einer eigenen Familie und ihrer Tragödie.

Im Grunde, überlegte er, ist diese Stadt nichts anderes als

eine Krippe, die das ganze Jahr über besteht. Eine riesige lebende Krippe, in der es von Liebe, Hunger, Hass und Groll wimmelt, die sich, so gut es geht, vor Hitze und Kälte schützt und darüber nachdenkt, wie sie ihre schlimmen Verhältnisse verbessern kann. Eine Krippe, deren Hirten zu allem bereit sind.

Eine Krippe, deren einen, großen Teil nur er sehen konnte: den Teil nämlich, der aus den Schreien jener bestand, die aus dem Leben herausgerissen worden waren, das in all seiner Armseligkeit doch ihr einziges Gut gewesen war.

Die Vorstellung endete mit großem Erfolg. Ricciardi fing einen feindseligen Blick auf, den sich die beiden Brüder zuwarfen, als sie auf die Bühne gerufen wurden, um den ehrlichen Applaus des Publikums entgegenzunehmen. Aber vielleicht war es ihm auch bloß so vorgekommen. Es stimmte ihn traurig, aufgrund seines Berufs zu jemandem geworden zu sein, der negative Gefühle, wie etwa Eifersucht, selbst da suchte, wo es keinen Grund dazu gab.

Während sie dem Strom der Zuschauer folgten, die den Abend noch nicht abschließen wollten, umfasste Livia strahlend seinen Arm und versuchte, ihn zu einem gemeinsamen Abendessen zu überreden, doch er widerstand ihr. Sie sah jetzt im Übrigen auch die deutlichen Zeichen der Müdigkeit in seinem Gesicht und wollte den Bogen nicht überspannen. Für diesen Abend war es genug.

Im Wagen vor Ricciardis Haus in der Via Santa Teresa verabschiedete er sich von ihr und schickte sich an auszusteigen; sie legte ihm die Hand auf den Arm und sagte:

– Danke. Danke, Ricciardi. Du hast mir heute Abend ein

wunderschönes Geschenk gemacht; das werde ich dir nicht vergessen.

Und bevor er etwas erwidern konnte, drückte sie ihre Lippen zu einem flüchtigen Kuss auf seine.

Draußen auf der Straße blickte der Kommissar instinktiv zu Enricas Fenster, und zum ersten Mal war er froh, dass die Läden geschlossen waren.

Die alte Enrica hätte, wie die neue, hinter geschlossenen Fensterläden auf die Rückkehr des geliebten Mannes gewartet, da sie sich Sorgen machte, weil es schon spät war und sie bei ihm kein Licht sah.

Sie hätte, wie die neue Enrica, von ihrer Küche aus, die zur Straße hinausging, stumm zu seinem Zimmer herübergeschaut, um ihre Eltern nicht zu wecken. In der Hand hätte sie ein Glas Wasser gehalten, um einem zufällig nachtwandelnden Familienmitglied eine beiläufige Erklärung liefern zu können.

Die alte Enrica, die bis zu jenem Morgen existierte, hätte der Ankunft des glänzenden Fahrzeugs, das zu so später Stunde vor der Hausnummer 107 in der Via Santa Teresa hielt, mit klopfendem Herzen beigewohnt. Genau wie die neue.

Ähnlich der neuen Enrica hätte die alte die Augen hinter ihrer eilig vom Nachttisch geholten Brille scharf gestellt, um zu sehen, was in dem mit laufendem Motor wartenden Auto passierte, wie ein Dschungeltiger in einem Roman von Salgari, und gesehen hätte sie, wie auf der von einer Laterne beleuchteten Rückbank die kleinere Gestalt näher zu der größeren heranrückte, um besser mit ihr sprechen zu können. Bevor sie mit dem Kopf nach vorne schnellte wie eine Giftschlange und sich mit der anderen zu etwas verband, das beiden Enricas ganz eindeutig als ein Kuss erschienen wäre.

Die alte Enrica, wie übrigens auch die neue, hätte den Mann, in den sie hoffnungslos verliebt war, aus dem Fahrzeug steigen und dieses wegfahren und schließlich aus ihrem Blickfeld verschwinden sehen; sie hätte gesehen, wie der Mann nach oben blickte, nämlich ganz genau zu ihr, die im Dunkeln, hinter den geschlossenen Fensterläden, unsichtbar war, dann seufzte und mit gesenktem Kopf die Haustür öffnete, um schlafen zu gehen.

Die alte Enrica wäre verzweifelt gewesen und vielleicht hätte sie sich in ihrem Zimmer eingeschlossen, um wortlos zu schluchzen. Doch die alte Enrica gab es nicht mehr.

Die neue Enrica verengte die Augen zu Schlitzen, spannte den Kiefer an und lächelte wie eine Katze. Sie murmelte: Na gut. Wir werden ja sehen.

Und dann ging sie ins Bett.

XLVI

Der Morgen des 23. Dezembers gab der Welt zu verstehen, dass der Spaß nun vorbei war, weil Weihnachten direkt vor der Tür stand.

Der Himmel zeigte sich bleifarben, denn eine dichte Decke grauer Wolken, die in der Nacht von Norden her aufgezogen waren, wartete entschlossen darauf, an den Feierlichkeiten in irgendeiner Weise teilzunehmen, die vorerst nur ihr bekannt war.

Die Luft stand still, war kalt und ungemütlich, wie es sich gehört, um allen deutlich zu machen, dass die Menschen nach drinnen ins Haus gehörten, wo Lieder und Gelächter ertönten, Öfen und Kamine es behaglich warm werden ließen und tausend Lampen und Lämpchen in den zu diesem Anlass geöffneten Wohnzimmern leuchteten.

Auf den Straßen gingen noch dieselben Leute, doch ihre Unruhe war anderer Natur. Ihre Zeit war abgelaufen, die Geschenke musste man schon gekauft oder zumindest beschlossen haben, das Essen festgelegt, die Zutaten mussten sich bereits im Speiseschrank befinden und die Wohnung geschmückt sein. Wer seine Einkäufe noch nicht erledigt hatte, lief finster herum, von einem unbestimmten Schuldgefühl geplagt, und hatte sich damit abgefunden, mindestens alles teurer zu bezahlen als die Vorausschauenden, die schon lange zuvor tätig geworden waren.

Zu kaufen gab es durchaus noch etwas: In einem letzten, verzweifelten und verführerischen Lockruf versuchte die Ware ihre potenziellen Käufer anzuziehen.

Die Läden wetteiferten miteinander um die fantasievollsten Auslagen und boten ganze Wände hängender Wurstwaren über Bergen getrockneter Feigen und Datteln feil, die mit Gold- und Silberfäden verziert waren. Unter Bögen aus Laub und geflochtenen Zweigen waren die Bürgersteige überfüllt mit einer Unmenge von Mandeln, Nüssen und Kastanien.

Auch die Metzger stellten in ihren Schaufenstern in einem letzten Versuch alles aus, was ihnen übrig geblieben war: Den Hintergrund bildeten geviertelte Ochsen und Schweine, sorgsam gesäubert und regelmäßig benetzt, um die Qualität und das zarte Alter der gestorbenen Tiere zu unterstreichen; vorne tummelte sich die Avantgarde der Kapaune, Truthähne, Hühner und Kaninchen, samt Federn und Fell oder auch gehäutet, die den Kindern mit ihren glasigen Augen Angst machten.

Spektakulär präsentierten sich die Vitrinen der Konditoreien, in deren Zentrum ein Püppchen aus Zuckerwatte thronte und die vor allen Arten von Leckereien förmlich überquollen:

Da gab es Cassata, Krokant und Berge frittierter Teigbällchen, die mit Honig und bunten Dragees garniert waren, traditionelles Gebäck wie Paste di Mandorla, Roccocò, rautenförmige und mit Schokoladenglasur überzogene Mustacciuoli, Zimtplätzchen und vieles andere mehr. All diese Köstlichkeiten suchten nun verzweifelt nach einer Festtafel, die sie beherbergen könnte, genau wie ihre Artgenossen, die bereits an den vergangenen Tagen zentnerweise verkauft worden waren.

Der 23. Dezember ist die letzte Gelegenheit.

Das wissen die Gemüsehändler, die müde und besorgt inmitten ihrer aufwendig gestalteten Auslagen sitzen. Eine Woche lang haben sie nun abwechselnd mit Frauen und Kindern gewacht, damit die Straßenkinder ihnen die ausgestellte Ware nicht stibitzen. Ihre Stände schmücken Zweige von Orangen- und Zitronenbäumen, an denen noch die Früchte hängen, und geschickt haben sie das Grün der Brokkoli, das Orange der Mandarinen und das Gelb der dicken Zitronen aus Sorrent farblich arrangiert. Daneben hängen Melonen und kleine, süße Tomaten über Pyramiden von Feigen, Äpfeln und Birnen.

Die Kälte ist ihnen willkommen, weil sie die Insekten abhält; doch was am 23. noch nicht verkauft wurde, droht übrig zu bleiben und zu verderben. Deshalb ist der Ton der Händler jetzt flehend, wenn sie die Passanten ansprechen, ganz anders als ihre triumphierenden Lockrufe an den Morgen zuvor, als ihre Stimmen noch fröhlich die Hausfrauen um sie versammelten.

Nun bittet, ja beschwört man die Kundschaft: kauft, kauft. Habt doch Mitleid.

Denn der 23. Dezember ist die letzte Gelegenheit.

Maione und Ricciardi saßen vor einem Malzkaffee in Ricciardis Büro. Sie waren sich bewusst, bei den Ermittlungen zum Mord an den Garofalos an einem entscheidenden Punkt angelangt zu sein. Die neuen Informationen, die sie jeweils am Hafen und im Fischerviertel eingeholt hatten, änderten nichts an der prekären Lage der Verdächtigen, genau wie sie es sich gedacht hatten.

– Um es kurz zu sagen, Commissario, – begann Maione – stehen wir wieder ganz am Anfang, genau wie gestern und vorgestern. Wir haben Lomunno und die Boccias, falls es nicht irgendein anderer Fischer war, von dem wir bisher nichts wissen. Vergessen wir nicht, dass wir die Boccias schließlich nur gefunden haben, weil sie ein paar Tage zuvor bei den Garofalos waren. Die wahren Mörder hätten sich aber genauso gut vor dem Haus auf die Lauer legen und warten können, bis der Pförtner sein Päuschen im Wirtshaus macht, um reinzugehen, ohne gesehen zu werden. In dem Fall wüssten wir überhaupt nichts von ihnen.

Ricciardi pflichtete ihm bei:

– Richtig. Würden wir zu denen gehören, die unbedingt jemanden in den Knast werfen wollen, könnten wir sowohl Lomunno als auch die Boccias einlochen. Lomunno könnte in einem Moment der Verzweiflung schwach geworden sein, und die Boccias hätten kein Alibi, weil die Bootskameraden keine besonders zuverlässigen Zeugen sind. Aber wir beide wissen, dass jemand, der sowohl die Gelegenheit als auch gute Gründe für einen Mord hatte, die Tat deshalb noch lange nicht begangen haben muss. Und wir gehören nicht zu denen, die einen Unschuldigen in den Knast werfen, oder? Denn sonst wären wir Richter und keine Polizisten.

Denn sonst wären wir Richter, dachte Maione.

– Was sollen wir also tun, Commissario? Man müsste die Schuldigen mit irgendwas aus der Reserve locken, sie dazu bringen, sich zu verraten. Mit etwas Unvorhergesehenem.

Ricciardi dachte nach, in der für ihn typischen Haltung: die Hände vor dem Mund zusammengelegt, den Blick starr auf die Schreibtischplatte gerichtet.

– Etwas Unvorhergesehenes, sagst du. Weißt du, Raffaele, gestern war ich im Theater, Livia hat mich dahin geschleppt. Wir haben uns das Stück über Weihnachten angesehen, das von den drei Geschwistern.

– Ach, davon hab' ich gehört, Commissario, die sind wirklich gut, die ganze Stadt spricht ja davon.

– Tatsächlich, sie sind gut, auch wenn ich nicht viel vom Theater verstehe. Was ich aber sagen wollte: Irgendwann kommen auf der Bühne alle zusammen und es kommt zur Auflösung. Wer weiß, vielleicht bräuchten wir genau das auch: so eine Art Zusammenkunft.

Maione hörte ihm zu; er dachte nach.

– Möglicherweise wird es eine Zusammenkunft geben. Heute ist der 23. Dezember, der letzte Tag des Fischmarkts in der Via Santa Brigida.

– Letzter Tag? Inwiefern?

Maione lächelte:

– Ich vergesse immer, dass Sie nicht von hier sind und ein paar städtische Traditionen nicht kennen. In der Weihnachtszeit wird der Fisch, damit Kunden und Händler es einfacher haben, nämlich nur in einer Straße verkauft, der Via Santa Brigida, hier um die Ecke. Alle stellen sich mit ihren blau bemalten Becken dort auf, und die Leute kaufen bei ihnen den Fisch für Heiligabend und den ersten Weihnachtstag. Es findet eine Art Kampf statt: Die Kaufleute wollen ihre Ware früh und zu hohen Preisen verkaufen, die Kunden warten bis zum letzten Moment, um günstig einzukaufen, laufen dabei allerdings Gefahr, leer auszugehen.

Ricciardi hörte ihm zu.

– Ja und? Warum sollte es dort zu einer Zusammenkunft kommen?

– Weil alle, die mit dem Fischfang zu tun haben, einschließlich der Gelegenheitsarbeiter, da sein werden. Ganz bestimmt auch Boccia und seine Kameraden – sie können mehr verdienen, wenn sie den Fisch selbst verkaufen –, und vielleicht sogar Lomunno, der sich bei irgendeinem Kaufmann ein bisschen Geld dazuverdient.

Ricciardi nickte:

– Stimmt, gestern am Hafen hab' ich jemanden sagen hören, dass er Lomunno heute auf dem Markt sehen würde. Also meinte er damit den Fischverkauf in der Via Santa Brigida.

Maione stimmte ihm zu:

– Was anderes konnte er nicht meinen. Gehen wir doch hin, Commissario, vielleicht am frühen Nachmittag, wenn mehr Leute da sind, denn jetzt könnten die Fischer die Zeit nutzen, um noch einmal mit den Booten rauszufahren. Und vielleicht wird auch die Hafenmiliz dort sein, um den Warenverkehr zu kontrollieren.

Ricciardi kratzte sich kurz an seiner Wunde, die mittlerweile fast verheilt war.

– Um die Wahrheit zu sagen, ist da immer noch die Symbolik des heiligen Josefs, die mir nicht aus dem Kopf geht. Was wollten die Mörder wohl damit sagen, als sie die Figur zerbrochen haben?

Maione schüttelte den Kopf.

– Das werden wir nicht erfahren, bis jemand es uns gesteht.

Ricciardi verzog traurig das Gesicht.

– Ja, falls es jemand gesteht.

XLVII

Ich bin Polizist, dachte Maione. Polizist.

Heute Nacht hatte er von seinen Händen geträumt. Er erinnerte sich, im Traum in einer verlassenen Gasse gewesen zu sein, die er nicht kannte: Er war sie in ihrer ganzen qualvollen Länge bergauf, bergab entlanggelaufen, um schließlich wieder dort anzukommen, wo er losgegangen war.

Also hatte er sich erneut in Bewegung gesetzt, und beim Gehen empfand er eine schreckliche Müdigkeit, vor allem die Hände schienen ihm einzuschlafen.

Er hatte sie im Traum immer wieder angesehen, erkannte sie aber nicht wieder. Sie erschienen ihm wie Fremdkörper, zwei Tiere mit eigenem Leben, völlig losgelöst von seinen Armen und seinem Willen. Er hatte Angst bekommen und war weitergegangen, vielmehr gerannt, gefolgt von Franco Massa. Der sagte zu ihm: Du musst ihn töten, du musst ihn töten. Es liegt an dir. Durch deine Hand muss es geschehen. Durch deine Hand.

Und im Traum hatte sich ihm das Herz zusammengezogen: Er sah die beiden Kinder vor sich, die schöne dunkelhaarige Frau, und von Biagio sah er kein Gesicht, sondern nur die blonden Haare.

Durch meine Hand, wiederholte er. Durch meine Hand.

Aber ich bin Polizist, hatte er im Traum zu Massa gesagt. Polizist, kein Richter, kein Henker. Wie kann ich das tun?

Und am Ende der Gasse, die in einem Gefälle endete, sah er die beiden Kinder lachend auf ihn zukommen und ihn Opa nennen. Und er selbst näherte sich von hinten Biagio, der sich nicht umdrehte, und seine Hände packten den Burschen gegen seinen Willen am Hals und drückten zu. Durch meine Hand, sagte ihm die Stimme in seinem Kopf. Und Biagio wandte sich im Todeskrampf zu ihm um, und Maione merkte, dass es natürlich Luca war, sein Sohn, der durch seine Hand ein zweites Mal starb.

Da war er plötzlich schweißgebadet aufgewacht. Zum Glück schlief Lucia ruhig an seiner Seite.

Nun nutzte er den Umstand, dass er sich mit dem Kommissar erst wieder am frühen Nachmittag auf dem Fischmarkt treffen wollte, und beschloss, anstatt zurück nach Hause, noch einmal nach San Gregorio Armeno zu gehen. Der Laden, in dem der junge Mann arbeitete, war für die Kundschaft geschlossen, doch die Holztür war angelehnt.

Maione schaute zur Tür hinein und sah, dass nur der Besitzer da war.

– Brigadiere, bitte sehr, kommen Sie doch rein. Schön, Sie wiederzusehen.

Maione blickte sich aufmerksam um.

– Verzeihen Sie, ich wollte ein paar Schafe kaufen, aber wie ich sehe, ist der Laden geschlossen. Wie kommt's? Ist was passiert?

Der Mann stieß einen theatralischen Seufzer aus:

– Sie können es ja nicht wissen: Hier hätte sich fast eine Tragödie abgespielt!

– Warum denn, was ist passiert?

Der Ladenbesitzer kam um die Kasse herum und stellte sich in die Mitte des leeren Geschäfts.

– Gestern Abend, als wir schließen wollten, zählte ich gerade die Einnahmen des Tages; es war viel zusammengekommen, Sie wissen ja, von diesen besonderen Zeiten müssen wir das ganze Jahr über zehren. Ich stand also hier hinten, sehen Sie, als vier maskierte und mit Messern bewaffnete Männer hereinkamen!

Maione heuchelte Entsetzen, grinste aber innerlich wegen der Vermehrung der Banditen, die plötzlich ein Tuch vorm Gesicht trugen wie im Western.

– Was sagen Sie da? Nein wirklich? Hat man Sie ausgeraubt?

Der Mann setzte eine dramatische Miene auf.

– Das wäre eine Tragödie gewesen, wenn uns die Einnahmen von zwei ganzen Tagen gestohlen worden wären. Ich glaubte mich schon verloren. Doch dann hat Biagio sich dazwischengeworfen, Sie erinnern sich an ihn?

Maione verneinte das verwirrt:

– Nein, wer ist das?

– Wie? Ich meine den Jungen, den Sie so tüchtig fanden, den, der so gut schnitzen kann, erinnern Sie sich?

Der Brigadiere täuschte vor, sich in dem Moment an ihn zu erinnern:

– Ach ja, natürlich, der Blonde.

Der Mann nickte.

– Genau der. Er hat sich hier aufgestellt, wo ich jetzt stehe, zwischen die Gangster und die Kasse, in der Hand das Schnitzmesser, und hat sich ein Duell mit diesen Spitzbuben geliefert wie im Theater, wenn es auf der Bühne zum Finale kommt, wissen Sie? Genau so.

– Und? Wie ging die Sache aus?

– Als die Kerle sahen, dass es für sie brenzlig wurde, haben sie Reißaus genommen. Der Zufall wollte es, dass genau in dem Moment Biagios Frau und Kinder in den Laden kamen. Wären die Diebe in die andere Richtung geflohen, hätten sie sie noch umgerannt. Es war sehr gefährlich.

– Ach je, da haben Sie ja was durchgemacht.

– Richtig. Aber auch der Zufall hat uns geholfen: Gerade als die Meute hier drin war, haben wir einen Pfiff gehört wie von den Bul... also von der Polizei, von einer Polizeipfeife. Aber dann waren gar keine Polizisten zu sehen, schon merkwürdig, nicht?

Maione gab sich den Anschein nachzudenken.

– Ach wissen Sie, es gibt kleine Jungs, die unsere Trillerpfeifen haargenau nachmachen.

– Und denken Sie bloß an die Trupps der Faschisten, die ja auch noch um die Häuser ziehen. Die sind schlimmer als Sie, nichts für ungut, Brigadiere, schlagen erst zu, bevor sie diskutieren. Aber wenn man sie braucht, sind sie auch nie da.

Maione sah dem Mann ein wenig abschätzig ins Gesicht: Er war ja da gewesen, und wie, aber hatte sich nicht zeigen können.

– Und warum haben Sie heute geschlossen?

Der Besitzer lächelte breit und großmütig:

– Ich wollte dem Jungen einen halben Tag frei geben, auch um ihn für gestern zu belohnen. Er ist in die Villa Nazionale gegangen, die Kinder sollen mal frische Luft schnappen und ein paar gebrannte Mandeln kriegen, ich hab' ihm dafür ein bisschen Geld gegeben. Nach dem Mittagessen öffnen wir dann wieder.

In die Villa Nazionale, dachte Maione. Eine glückliche Familie bei einem Spaziergang kurz vor Weihnachten.

Er trat an den Ladentisch heran und nahm eine tönerne Josefsfigur in die Hand, ähnlich der, deren Scherben sie in der Wohnung der Garofalos gefunden hatten. Er wog sie ab, um ihre Beschaffenheit zu prüfen.

– Schön, nicht wahr, Brigadiere? Unsere Produkte sind wirklich eine feine Sache, nicht wie der Mist, den sie hier noch so herstellen; da kann man oft nicht mal das Gesicht vom Körper unterscheiden, so schlampig sind die Figuren bemalt. Sehen Sie sich nur die Gesichtszüge an, den Bart, den Stock.

Maione runzelte die Stirn:

– Was glauben Sie, wofür steht der heilige Josef?

Der Brigadiere dachte dabei an die Arbeit, die Tischlerei, die Handwerker. Aber der Mann antwortete:

– Er steht für die Vaterrolle, Brigadiere. Für all die Liebe und all das Leid, die ein Vater in sich trägt. Es heißt ja immer: die Mutter, die Mutter. Aber wir, die wir von morgens bis abends wortlos schuften – für wen machen wir das denn, wenn nicht für die Kinder? An die Väter denkt man aber nie. Dafür steht der heilige Josef, für einen Vater im Abseits, der still und unbeachtet sein ganzes Leben lang für das Wohl seiner Kinder arbeitet.

Maione hörte ihm überrascht zu. Dann sagte er:

– Für die Kinder tun wir alles. Sie zählen am meisten im Leben, nicht?

– Ja, Brigadiere. Als ich gestern Abend plötzlich die beiden Messer vor mir sah, habe ich genau daran gedacht: dass wir nicht mehr verlangen, als dass man uns in Frieden arbeiten lässt, zum Wohle der Kinder.

Den Polizisten überkam auf einmal eine ungeheure Beklemmung. Das Wohl der Kinder, richtig. Aber wessen Kinder?

– Danke, machen Sie's gut. Und vergessen Sie nicht: Schließen Sie den Laden abends rechtzeitig. Die Diebe profitieren von verlassenen Straßen.

XLVIII

Ricciardi beschloss, zu Hause vorbeizugehen, anstatt bis zum Nachmittag im Präsidium zu bleiben oder im Gambrinus wie üblich rasch eine Sfogliatella zu essen.

Das kam eher selten vor: Normalerweise verzichtete er nicht gern auf die Zeit, die er brauchte, um bis nach Santa Teresa und zurück zu laufen. Es dauerte insgesamt über eine Stunde, und die konnte er gut für seine Ermittlungen gebrauchen und für die langweiligen Verwaltungsarbeiten, die damit zusammenhingen.

Diesmal wollte er allerding nach Hause. Die vielen Leute, die trotz der Kälte unterwegs waren, würden das Café überfluten und er würde lange auf einen Platz warten müssen; die Pause wäre also mehr Anstrengung als Erholung. Doch der Hauptgrund war ein anderer.

Der Grund war Rosa. Vor einiger Zeit schon war ihm aufgefallen, dass ihr Gejammer über seine ungeordneten Verhältnisse, die wenig erfreuliche Hintergrundmusik seiner Abendstunden, nachgelassen, ja sogar fast ganz aufgehört hatte. Seine Kinderfrau war zerstreut und nervös, als bereite ihr etwas Kummer.

Zunächst war es nur so ein Gefühl, doch dann war er sich sicher. Er wollte sie fragen, wie sie sich fühlte, ob es ihr nicht gut ging – obwohl er wusste, dass sie daraufhin zu einer langen Tirade ausholen würde, in der es um Einsamkeit, die Notwendigkeit, eine Familie zu gründen, kurzum um all jene Themen ging, die Rosa besonders am Herzen lagen.

Während er sich einen Weg durch die Menschenmenge in der Via Toledo bahnte, überlegte er, dass er sehr wohl eine Familie hatte. Seine Familie war genau jene sonderbare, schlichte, energische, zerbrechliche und doch unglaublich starke alte Frau, die ihn seit seiner Geburt begleitet hatte, immer bei ihm war und im Hintergrund gut über ihn wachte, besser als sein früh verstorbener Vater oder seine ständig kranke Mutter, besser als irgendjemand sonst. Sie war ihm teurer, als er zu zeigen imstande wäre, und wesentlich teurer, als er freiwillig zugegeben hätte.

Entlang der Straße tauchten zwischen den Lebenden auch die Toten hier und da vor ihm auf. Ein von einem Gerüst gestürzter junger Mann mit Genickbruch rief nach seiner Mutter; das Opfer einer Schlägerei wetterte mit gebrochenem Unterkiefer gegen einen gewissen Michele; eine mitten auf der Straße von einem Auto überfahrene Frau sagte wie ein Gebet die Liste der Dinge auf, die sie noch einkaufen wollte, während die Schlagader ihres glatt abgetrennten Beins Blut ins Leere pumpte.

Hier bin ich, dachte Ricciardi. Einer von vielen, inmitten der Menschenmenge. Weder dick noch dünn, nicht zu groß und nicht zu klein; die unruhigen Hände in den Manteltaschen, eine widerspenstige Haarsträhne in der Stirn. Einer von vielen, inmitten der Menschenmenge.

Der einzige Unterschied, überlegte er bitter, ist die Menge selbst. Meine besteht aus Lebenden und Toten, aus Gleichgültigkeit und Schmerz, Schreien und Schweigen. Ich bin der einzige Bürger einer Stadt aus Toten, die lebendig zu sein glauben, und Lebenden, die sich für tot halten.

Zu Hause angekommen, öffnete er die Tür und hörte, wie jemand im Wohnzimmer weinte.

Die Villa Nazionale war voller Leute, obwohl es kalt war.

Sie war so voll, weil auch sie ein Schlachtfeld des 23. Dezembers war, auf dem sich zwei Lager gegenüberstanden: die Käufer und die Verkäufer der unterschiedlichsten Waren. Noch der kleinste freie Platz wurde von Ständen besetzt, hinter denen die Kaufleute gegen die Kälte und die vom Meer kommende Feuchtigkeit ankämpften, indem sie sich bis unter die Augen mit allerlei Kleidungsstücken bedeckten.

Die Unbeschwertheit eines Parkspaziergangs wirkte sich auch auf das Warenangebot aus: Es gab Luftballons, Blech- und Holzspielzeug, Süßwaren, aber auch Zimmerschmuck, Keramik, farbenfrohe Ziergegenstände und Geschirr. Das Ergebnis war das übliche laute und bunte Stimmengewirr feilschender und ihre Ware anpreisender Menschen unter einem immer dunkleren Himmel, der nichts Gutes verhieß.

Maione brauchte eine Weile, um zu finden, wen er suchte: eine Familie wie so viele andere, ein junges Paar mit zwei kleinen Kindern. Er stellte seine Schrittgeschwindigkeit auf die der Candelas ein, blieb aber etwa hundert Meter hinter ihnen, verdeckt von einem Schleier aus Menschen, die sich mit einem letzten Spaziergang unter den Bäumen nahe des Meeres auf Weihnachten einstimmten.

Die Familie konnte sich keinen Kinderwagen leisten: Das Mädchen ging an der Hand der Mutter, der Kleine saß auf den Schultern des Vaters, der mit der Hand seine Füßchen hielt. Maione fiel auf, dass Biagios Kinder, anders als die meisten anderen, nicht beharrlich um Süßigkeiten oder Spielzeug bettelten. Vielleicht waren sie dazu erzogen worden, ihre Wünsche

zu unterdrücken, oder sie waren einfach nur glücklich über den Spaziergang und brauchten nicht mehr als das.

Nach einer Weile hielten sie an einer freien Stelle an und setzten sich auf den Rasen, nicht weit von einer Bühne entfernt, auf der ein umgestaltetes und fröstelndes Orchester Opernarien spielte, ohne dass dazu gesungen wurde. Die Mutter zog aus einer Einkaufstasche ein Päckchen mit Brotstücken hervor und verteilte sie an Mann und Tochter, bevor sie irgendetwas in kleine Bröckchen brach, das sie dem Kleinen mit den Fingern zu essen gab. Maione bezog etwa 20 Meter hinter ihnen unter einem Baum Stellung.

Was tue ich hier?, fragte er sich. Was will ich von diesen Leuten? Warum beobachte ich sie, studiere ihre Bewegungen und Mienen?

Nicht indem ich ihnen weiter beim Leben zusehe, wird mir klarwerden, was ich tun will. Oder was ich tun muss. Es wird alles nur schlimmer machen. Zu wissen, wie er seine Kinder anlächelt, ihn dabei gesehen zu haben, wie er sich mit dem Mädchen im Gras rollt, so wie jetzt, oder wie er mit der linken Hand schnitzt, mit der Zungenspitze zwischen den Lippen wie ein kleiner Junge, oder sein Leben aufs Spiel setzt, um fremdes Geld vor dem Diebstahl zu bewahren, wird mir kein bisschen helfen.

Um ihn herum herrschte ein hektisches Gewusel, man befand sich in freudiger Erwartung, war enthusiastisch und optimistisch. Die Leute sahen fröhlich aus, Armut und Verzweiflung schienen weit weg, und doch waren sie da, unter der Oberfläche des bevorstehenden Fests, das nur allzu bald wieder vorbei sein würde.

Maione war durcheinander und verängstigt. Zum ersten Mal in seinem Leben tauschten Richtig und Falsch in seinem Inneren ständig die Plätze, verloren ihr Profil und verwandelten sich in schwammige Begriffe, die ebenso wenig greifbar waren wie der Ballon dort, der seinem kleinen Besitzer aus der Hand entschlüpft war und in den grauen Himmel flog.

Er spürte, wie kalt ihm war, und merkte, dass die Kälte von innen kam. Wie gern hätte er jemanden an seiner Seite gehabt, der ihm half. Traurig legte er sich eine Hand auf die Augen.

– Du könntest mit mir darüber reden. Früher hast du das gemacht, also warum nicht jetzt?

Er drehte sich um, das Herz schlug ihm bis zum Hals. Ganz dicht vor ihm erblickte er die blauen Augen seiner Frau.

XLIX

Ricciardi stürzte ins Wohnzimmer und fand Rosa in Tränen aufgelöst im Sessel sitzend, mit irgendetwas in der Hand. Als sie ihn sah, versuchte sie sofort, in aller Eile aufzustehen, während sie sich das Gesicht mit dem Schürzensaum trocknete, gab es dann aber auf.

– Was ist passiert?, – fragte Ricciardi besorgt. – Ist dir schlecht? Bist du hingefallen?

Rosa bemühte sich gar nicht erst, sich zu beherrschen. Schluchzend brachte sie hervor:

– Ich bin so unnütz … alt und unnütz, das bin ich … bald muss ich sicher ins Heim, so eins, wo man die Alten wie mich hinbringt … ich schaff's nicht mehr allein …

Ricciardi blickte sich um; er suchte nach den Gründen für ihren Kummer. Soweit er sich erinnern konnte, das heißt sein ganzes Leben lang, hatte er Rosa nur einmal weinen sehen:

als seine Mutter gestorben war. Zwar war er bei ihr gewesen, als

ihre Geschwister beerdigt wurden, und sie hatten gemeinsam manch traurigen Moment verbracht, wie den endgültigen Abschied von seinem Elternhaus in Fortino, doch er hatte sie nie weinen sehen.

Und jetzt saß sie völlig aufgelöst vor ihm auf dem Wohnzimmersessel und konnte gar nicht mehr damit aufhören.

– Rosa, bitte, hör doch auf zu weinen, ich weiß ja nicht, was ich tun soll. Ich mach' mir große Sorgen. Was sagst du denn, du bist nicht unnütz, ich brauche dich. Red bitte keinen Unsinn.

Als er das sagte, merkte er, dass es stimmte und dass er nichts anderes auf dem Nachhauseweg gedacht hatte: Seine alte Kinderfrau war seine ganze Familie; ohne sie wäre er unendlich viel einsamer, als er sich ohnehin schon fühlte.

– Ach, aber ich werde doch zu einer Last für Sie. Bald werd' ich mich nicht mal mehr alleine anziehen können, geschweige denn kochen, bügeln und fürs Haus sorgen. Ich bin alt und krank und mache nur Ärger ...

Ricciardi kniete sich neben dem Sessel auf den Boden. Unsicher streckte er eine Hand aus und streichelte der Frau, die sich jetzt verzweifelt das Gesicht bedeckte, langsam über ihre grauen, zu einem Knoten zusammengebundenen Haare.

– Hör jetzt auf. Du bist nicht unnütz, ganz im Gegenteil, ich muss verrückt sein, weil ich dich in deinem Alter noch so viel arbeiten lasse. Weißt du, was wir morgen machen? Wir stellen ein Dienstmädchen ein, das kann dann die Hausarbeit machen und du weist es an. Was meinst du?

Mit einem Ruck hob Rosa den Kopf und setzte eine kriegerische Miene auf:

– Sind Sie verrückt? Eine fremde Frau im Haus, die uns bestiehlt? Ich hätte mehr Mühe, sie zu kontrollieren, als wenn ich die Dinge selbst mache. Ach so, ich hab' ja ganz vergessen, dass Ihr Geld Sie überhaupt nicht kümmert: Wenn ich nicht wäre, hätten die Bauern im Dorf Sie schon bis aufs Hemd ausgezogen.

Endlich die Rosa, die er kannte.

– Wie du möchtest, du entscheidest. Vielleicht könnten wir jemanden aus dem Dorf kommen lassen. Jemanden, bei dem du dich wohlfühlst, vielleicht eine deiner Nichten, was meinst du? Nur um dir zu helfen.

Verärgert fuchtelte Rosa mit der Hand durch die Luft, als wolle sie eine Stechmücke verscheuchen:

– Mal sehen. Im Moment kommt es nicht in Frage.

Ricciardi nickte. Er streichelte ihr immer noch den Kopf, was auf sie eine beruhigende Wirkung zu haben schien. Er hätte alles getan, um sie nicht mehr weinen zu sehen.

– Also, willst du mir jetzt sagen, was um Himmels willen passiert ist? Warum hast du denn so bitterlich geweint?

Rosa seufzte tief und hob ihre geschlossene Hand vor Ricciardis Gesicht. Dann öffnete sie sie langsam und er sah darin die Bruchstücke von etwas unbestimmt Vertrautem.

– Ja? Was ist das?

Rosa tat verzweifelt:

– Sie erkennen es nicht mal wieder. Es ist das Jesuskind von Ihrer Mutter, der Baronin. Ich hab's fallen lassen, weil ich nicht mal mehr dazu in der Lage bin, etwas in der Hand zu halten!

Wieder liefen ihr Tränen übers Gesicht und Ricciardi zog sich das Herz in der Brust zusammen.

– O nein, bitte fang nicht wieder an! Das ist doch nicht

schlimm, es ist nur ein altes Stück Keramik, wir können es bestimmt reparieren. Vielleicht reicht es sogar, es zu kleben. Ich dachte schon, es sei was Gravierendes passiert, aber das ist doch bloß ein Kinkerlitzchen.

– Das ist überhaupt kein Kinkerlitzchen. Ich bin sehr traurig darüber. Die Figur war schon sehr alt, und Ihre Mutter legte großen Wert darauf, dass ich Ihnen jedes Jahr die Krippe aufbaue!

Ricciardi musste fast lächeln, doch er wollte nichts herunterspielen, was seiner Kinderfrau wichtig war:

– Also gut, wir kaufen ein neues Jesuskind. Ich hab' gehört, dass das zu einer richtigen Krippe dazugehört: Man soll immer wieder etwas hinzufügen, ein oder zwei Teile im Jahr.

Rosa blieb stumm. Sie betrachtete ihre Hand. Plötzlich hob sie sie hoch und sagte:

– Sehen Sie. Sehen Sie her.

Ricciardi bemerkte das Zittern, wieder mit einem Stich im Herzen, der stärker war als vorher. Eine Weile sagte er nichts, dann nahm er Rosas Hand und küsste sie zärtlich:

– Ganz ruhig, mach dir keine Sorgen, beruhige dich. Du wirst sehen, das ist nichts. Und setz dich bitte sofort mit deiner Familie in Verbindung, lass auf dem schnellsten Weg eine deiner Nichten kommen. Ich möchte, dass du nie wieder allein bist, verstehst du? Wir können es uns leisten, und ich will es so.

Die Frau senkte den Blick. Dann grummelte sie:

– Wenn Sie sich eine Familie zugelegt hätten, wie es normal wäre, würden wir keine Nichte brauchen.

Rosa blieb Rosa, nichts konnte sie ändern, auch nicht eine zittrige Hand. Zum Glück.

– Da geht's schneller, wenn wir deine Nichte kommen lassen, glaub mir. Ich bin in diesen Dingen ein bisschen langsam. Na komm, steh auf, ich hab' Hunger und muss zurück zur Arbeit.

Antonio Lomunno besah sich seine Hände. Leider waren sie für seine neue Lebenslage völlig ungeeignet.

Er hatte sich eingebildet, er werde sein Leben am Schreibtisch verbringen, regelmäßig befördert werden und eine glänzende Karriere hinlegen, das Schicksal werde ihm und seiner Familie zunehmenden Wohlstand bescheren. Doch dann war auf einmal alles aus gewesen, und jetzt wäre es nützlich, er verstünde sich auf irgendeine niedrige Arbeit, die ihm Geld einbringen würde.

Als Junge hatte er gern geschnitzt, diese Neigung aber nie gepflegt, weil es ihn, wie sein Vater sagte, vom Lernen abhielt. Damals hatte er sich kleine Armeen hergestellt, die er sonntags, wenn es regnete und man nicht im Hof spielen konnte, lange gegeneinander kämpfen ließ. Und nun diente seine alte Geschicklichkeit nur dazu, seinen Kindern eine Krippe zu bauen.

Er betrachtete das Ergebnis: ein unsinniger Luxus in einer Elendsbehausung, in der es an allem fehlte. Die Kinder beschwerten sich nie, nicht einmal dann, wenn der billige Fusel ihm die Sinne benebelte und er anfing, wegen Nichtigkeiten brüllend die ganze Welt zu verfluchen. Sie starrten ihn dann an, weinten aber nicht und rannten nicht vor ihm weg.

Sie hatten nur ihn, und er hatte nur sie.

In den langen, furchtbaren Monaten im Gefängnis hatte er sich in Gedanken an sie geklammert, und seine Liebe zu ihnen hatte ihn davor bewahrt durchzudrehen, als der Gefängnisdirektor ihm mitgeteilt hatte, was mit seiner Frau geschehen war.

Die Kinder, sicher, und das Verlangen nach Rache.

Zwei entgegengesetzte, gleich starke, gleich durchdringende Gefühle. In all den Nächten, in denen er wach gelegen und die Decke angestarrt hatte, während die Kakerlaken durch seine Zelle huschten und er Acht gab auf die rauen Hände, die sich nach ihm ausstreckten, hatten diese beiden Empfindungen ihn am Leben gehalten.

Als er aber aus dem Gefängnis entlassen wurde, standen sich die beiden Gefühle jedoch feindlich gegenüber: Wenn er seine Kinder großziehen, für sie die Hoffnung auf Rettung bewahren wollte, musste er auf die Rache verzichten.

Während er sich fertig machte, um zu der Übergangsarbeit zu gehen, die er sich gesucht hatte, dachte er an das vergossene Blut. Er dachte auch an sein eigenes Blut, das in den Adern der beiden leider zu früh alt gewordenen Kinder floss, die ihn beim Anziehen beobachteten.

Wieder besah er sich seine Hände und dachte, dass Fische auf dem Markt auf- und abzuladen etwas war, das er sehr wohl fertigbringen würde. So schwierig konnte es ja nicht sein. Und jede Arbeit war ehrenwert, wenn sie die Kinder ernährte.

Er nahm den heiligen Josef aus der Krippe. Die ursprüngliche Figur, die er früher in seiner schönen Wohnung gehabt hatte, war verloren gegangen. Diese hier hatte er geschnitzt und sie mit ein wenig Farbe bemalt. Auch du warst ein Vater, murmelte er. Ein Vater, der für seinen Sohn arbeitete, ohne viel Geschwätz oder Philosophie.

Er stellte die Figur zurück an ihren Platz zu den anderen und lächelte traurig. Zwischen den vielen Häuschen der Krippenlandschaft war auch Platz für Baracken wie seine.

Er stand auf, gab den Kindern einen Kuss und ging zum Markt.

L

Maione schnappte zwei Mal nach Luft wie eine frisch gefischte Seebarbe auf dem Boden eines Bootes. Fast war ihm, als sei etwas Übersinnliches geschehen, als sei Lucia an seiner Seite erschienen, nachdem er sie heraufbeschworen hatte. Als haben seine Gedanken sie in die Villa Nazionale getragen.

Er starrte sie an: Sie trug einen unterm Kinn festgebundenen Hut und den Mantel mit Pelzkragen, den er ihr vor vielen Jahren geschenkt hatte, der aber immer noch wie neu aussah, ihre Wangen waren rosig vor Kälte und ihre blauen Augen blickten in die Richtung, in die er selbst noch kurz zuvor geschaut hatte.

– Lucia, was machst du denn hier?

Seine Frau hatte die Lippen zusammengekniffen und sah entschlossen aus. Statt einer Antwort sagte sie:

– Das hat nichts mit der Arbeit zu tun. Sag mir bloß nicht, dass du zum Arbeiten hier bist, dass du zwei Tage vor Weihnachten einem Verbrecher auf den Fersen bist. Das sind keine Leute auf der Flucht: Das ist eine ganz normale Familie, die im Park ein bisschen frische Luft schnappt. Versuch bloß nicht, mich anzulügen, Raffaele.

Maione kannte seine Frau. Als Luca noch lebte, hatten sie oft zum Spaß gesagt, dass in Wahrheit Lucia die Polizistin in der Familie sei. Trotzdem versuchte er es mit Ausreden:

– Was soll das heißen? Wenn du wüsstest, wie viele Leute normal und friedlich wirken und dann unvorstellbare Dinge tun. Die Menschen sind nicht immer so, wie's scheint.

Ohne Biagios Familie aus dem Blick zu lassen, antwortete

Lucia:

– Unsinn. Gerade hast du dir die Hände vors Gesicht gehalten. Das machst du nur, wenn du durcheinander bist, wenn du nicht weißt, was du tun sollst. Bei der Arbeit bist du dir nie unsicher. Hier gibt's ein anderes Problem, und ich will wissen, welches.

Maione wusste nicht, was er sagen sollte.

Lucia fuhr fort:

– Ich beobachte dich schon seit zwei Tagen. Als du vor drei Tagen abends nach Hause gekommen bist, warst du auf einmal anders. Du bist traurig, zerstreut, nachdenklich. Du versuchst zwar, normal zu wirken, aber ich kenne dich; mir machst du nichts vor. Ich weiß, dass die Arbeit dich beschäftigt, dass du sie auch mal mit nach Hause nimmst, wenn etwas dich nicht loslässt, aber immer in Maßen. Hier geht es um was anderes, und ich will wissen, was.

Ihr Ton duldete keine Widerrede.

– Komm, Lucia. Setzen wir uns auf die Bank dort, dann erzähl' ich's dir.

Ein paar Sonnenstrahlen fanden mühsam ihren Weg durch die schweren dunkeln Wolken und trafen hier und da aufs Meer. Die Bank war eiskalt, doch die Windstille machte das Sitzen erträglich.

Jetzt um die Mittagszeit wurde der Spazierweg leerer, doch das Orchester spielte heroisch weiter und hielt so die Weihnachtsstimmung hoch wie ein Regiment seine Fahne im Schützengraben.

– Glaubst du, dass manche Dinge je enden können, Lucia? Glaubst du, dass man seinen Schmerz irgendwann abstellen kann, um weiterzuleben?

Signora Maione hatte sich kerzengerade hingesetzt, das Gesicht im Pelzkragen verborgen. Der Brigadiere konnte ihren Gesichtsausdruck nicht sehen. Umso besser: So fand er am ehesten die Kraft, ihr alles zu erzählen.

– Ich glaube, dass Schmerz und Freude ihre Spuren hinterlassen. Und genau damit müssen wir uns auseinandersetzen. Die Schmerzen enden nicht, nein, aber sie verändern dich. Und dem Menschen, der zu dir gehört, schuldest du eine Erklärung. Mir ist das erst nach drei Jahren klargeworden, wie du weißt. Wir haben nie darüber gesprochen: Eines Tages habe ich dich angelächelt und du hast mich umarmt. So viel weiß ich, und so viel möchte ich auch von dir wissen.

Zwei Möwen schrien gegen den Winter an. Candelas Frau erzählte den Kindern etwas, sie hörten ihr verzückt zu; der junge Mann rauchte und blickte aufs Meer.

Nur ein paar Meter von ihnen entfernt sahen Lucia und Raffaele zu den vieren herüber und über sie hinweg zum Meer, das von einzelnen Sonnenstrahlen getroffen wurde. Weihnachten lag schwer auf ihnen allen, halb Versprechen und halb Drohung.

– Raus mit der Sprache. Erzähl mir alles. Ich spüre, dass es etwas ist, das nicht nur dich, sondern uns beide angeht. Wenn es so ist, wie ich glaube, dann musst du mir alles sagen.

Es war so, Maione wusste das. Sein schlichtes Gemüt sagte ihm, dass er das, was da gerade passierte, mit Lucia teilen sollte, doch zu groß war seine Furcht, das fragile Gleichgewicht, das sie nach Lucas Tod erst vor Kurzem wiedergefunden hatten, zu zerstören.

Plötzlich wurde ihm klar, dass er die Schwelle in dem Moment überschritten hatte, in dem er erfuhr, dass der so freundlich und harmlos wirkende blonde Jüngling, der jetzt gar nicht weit weg von ihnen saß, der Mörder seines Sohnes war.

Maione seufzte. Und begann zu erzählen.

Während er erzählte, glich seine Stimme dem Rauschen des Meeres am menschenleeren Strand. Seine geflüsterten Worte gruben eine Furche, so tief wie die Hölle. Im Erzählen sprach er auch von sich selbst, ordnete unklare, widerspenstige Gedanken, die zwischen seinem Herzen und seinem Verstand kreisten und ihm keinen Frieden ließen.

Hundert Jahre schienen vergangen zu sein seit jenem Abend vor drei Tagen, als Franco Massa an der Ecke zur Via Toledo auf ihn gewartet hatte.

Er erzählte Lucia von der heiseren Stimme eines kinderlosen Vaters mit gebrochenem Herzen und in dessen Worten von einem durch eine schlimme Lüge erzwungenen Geständnis und auch von der furchtbaren Wahrheit, die dadurch ans Licht gekommen war.

Er erzählte von einem Mann, der vieler Verbrechen schuldig, an einem jedoch unschuldig war, und wie dieser starb in dem Glauben, einem Priester seine Sünden gebeichtet zu haben. Dann sprach er davon, wie der falsche Priester das Todesurteil über einen Mann fällte, der in seinem Leben nur jenes eine Verbrechen begangen hatte. Und wie die Vollstreckung des Urteils in seine, Raffaeles, Hände gelegt worden war.

Er erzählte von seinem Besuch bei Bambinella, der ihm zwischen Seidengardinen und sterbenden Tauben einen Namen und eine Adresse genannt hatte. Von seinem Weg bis nach San Gregorio Armeno, wo Weihnachten ihm wie eine sinnentleerte, kollektive Aufführung erschienen war, während in seinem Herzen das Lied vom Tod erklang.

Er erzählte, wie ihm gleichzeitig schlecht und schwindlig wurde, als er bei Tagesanbruch zum ersten Mal die Hand sah, die für sein Unglück verantwortlich war. Wie entsetzt er war, als er merkte, dass Mörder und Opfer sich so sehr ähnelten: die gleiche Haarfarbe, das gleiche Alter.

Lucia bewegte sich stumm in der Erzählung ihres Mannes, wie in dichtem Nebel. Es war ihr, als höre sie einer Geschichte zu, die nichts mit ihr zu tun hatte, als beobachte sie aus der Ferne Personen und Ereignisse – wie im Kino.

Maione sah beim Sprechen geradeaus und folgte dem Fluss seiner Gefühle. Er fühlte sich erdrückt, war jedoch dabei, sich zu befreien.

So erzählte er von der Hand, die immer noch ein Messer hielt, doch diesmal, um damit ein Stück Holz zum Leben zu erwecken, und nicht, um es aus dem Rücken seines Sohnes zu ziehen. Vom Stolz des Ladenbesitzers, vom Lächeln der jungen Frau vom Balkon des gegenüberliegenden Hauses, von der Freude des Mädchens, das seinem Vater um den Hals fiel.

Er erzählte von dem Überfall, von der spontanen Reaktion des jungen Mannes, von den flüchtenden Dieben. Er konnte ja nicht wissen, dass Lucia der Szene nur ein paar Meter weiter ebenfalls beigewohnt und sich gefragt hatte, warum ihr Mann nicht einschritt.

An dieser Stelle hielt Maione kurz inne. Doch dann sprach er weiter, mit unveränderter Stimme. Er beschrieb den Sturm, der in seiner Seele tobte, der verzweifelten Seele eines Polizisten, der gerne ein guter Vater sein, den aber die Umstände und Franco Massa zum Richter und Henker machen wollten.

Er sprach zu Lucia über sie selbst, darüber, wie ihr Schmerz, die Tage des Abgrunds, die sie apathisch im Bett verbracht hatte, für ihn der wichtigste Ansporn gewesen seien, das Todesurteil zu vollstrecken. Er sagte ihr, wie schwer das Leiden, das sie alle Tag für Tag mit sich schleppten, ohne je darüber zu reden, auf seinen Schultern lastete.

Schließlich schwieg er. Und in der Stille bemerkten beide, dass sie den Nacken des Mörders ihres Sohnes anstarrten, der seinerseits auf ein paar Sonnenstrahlen im dunklen Meer blickte. Die beiden Möwen kreischten noch einmal und kamen dann zur Ruhe.

Nun sprach Lucia. Ihre Stimme war trocken und kam aus der Tiefe einer Seele, die nie aufgehört hatte zu sterben. Während er ihr zuhörte, wurde Maione bewusst, wie falsch sein Eindruck gewesen war, sie habe die Kluft überwunden, und dass seine Frau nur gelernt hatte, mit dem Schmerz zu leben, aufgehört hatte, dagegen anzukämpfen.

– Weißt du, manchmal spüre ich noch, wie er an meiner Brust trinkt. Das ist absurd, nicht? Ich hab' ihn als Mann gekannt, seine riesigen Hemden gebügelt. Er hat mich hochgehoben und durch die Luft gewirbelt, bis mir die Luft wegblieb, erinnerst du dich? Nach ihm hab' ich noch fünf Kinder bekommen, ich liebe sie alle, du weißt ja, wie sehr. Aber ihn vermisse ich immer noch. Das erste Kind ist etwas ganz Besonderes. Es hat dir gesagt, wer du bist, und was du dein Leben lang bleiben wirst. Eine Mutter. Ganz und gar Mutter.

Maione kämpfte mit den Tränen. Er nickte, doch seine Frau sah ihn nicht an.

– Ich habe den einzigen Mann geheiratet, den ich in meinem Leben geliebt habe. Ich hab' ihn geheiratet, weil er mich zum Lachen bringt und mich rührt. Weil er dickköpfig und ehrlich ist, weil er ein Polizist ist. Weil er das Böse bekämpft und vor allem weil er das Böse erkennt und es meinen Kindern erklärt, damit sie das Gute verstehen. Und den Unterschied, den es dazwischen gibt.

Maione atmete tief ein. Er hatte den Eindruck zu träumen. Biagios Söhnchen krabbelte zu seinem Vater, setzte sich neben ihn und schob ihm seine kleine Hand hinter den Rücken. Der Mann bewegte sich nicht. Lucia sprach weiter:

– Die Liebe meines Sohnes. Die Liebe meines Mannes. Das bin ich, Raffaele, nicht mehr und nicht weniger.

Sie drehte sich zu Maione um, und ihre Augen erschienen ihm wie ein Fenster, durch das man im Sommer aufs Meer sieht.

– Es ist Weihnachten, Raffaele. An Weihnachten hat Luca uns immer einen Brief geschrieben, erinnerst du dich? Er hat ihn unter deine Serviette gelegt, und du hast überrascht getan, wie du's jetzt mit den Briefen der anderen Kinder tust. Erinnerst du dich noch, was er uns in seinen Briefen geschrieben hat? Ich hab' sie alle aufgehoben. Er hat uns darin gesagt, dass er ein guter Mensch sein wollte, so wie sein Vater.

Maione glaubte zu sterben, dort auf einer eiskalten Bank in der Villa Nazionale, nur wenige Meter vom Meer entfernt. Vor lauter Trauer zu sterben.

– Es ist Weihnachten, Raffaele. Luca kommt zu Weihnachten nicht zu uns zurück. Ich lege ein Gedeck für ihn auf, wie ich es immer tue, einen Teller und Besteck. Aber er kommt nicht zurück. Und wird nie mehr wiederkommen. Und ausgerechnet jetzt, wo er in der Welt der Wahrheit lebt, willst du ihm sagen, dass du bereit bist, so etwas Furchtbares zu tun? Einer Frau und zwei unschuldigen Kindern den Familienvater wegzunehmen? Ganz gleich, ob es um unsere eigenen Kinder oder die Kinder der anderen geht: Es bleiben doch immer Kinder.

Der Brigadiere sah seine Frau unsicher an:

– Was soll ich tun, Lucia? Was soll ich denn jetzt tun?

Aus den Ärmeln des Mantels kam eine Hand hervor, eine blasse, schmale Hand. Sie hob sich zu Raffaeles Gesicht und streichelte es, eine Träne trocknend, die er, ohne es zu merken, geweint hatte.

– Ich sag' dir, was wir tun werden. Es ist Weihnachten. Wir werden aufstehen und weggehen. Ich muss noch das Essen für heute Abend kochen, und du musst weiterarbeiten. Und dann werden wir feiern, weil Weihnachten ist und wir fünf Kinder haben, die eine fröhliche Mutter und einen rechtschaffenen Vater brauchen, denen sie ihr Briefchen schreiben können.

Vor ihnen war das Mädchen eingeschlafen und der Vater hatte den Kleinen auf den Arm genommen. Er hing immer noch mit leerem Blick den Gespenstern seines Gewissens nach.

Lucia stand auf, nahm ihren Mann bei der Hand und bewegte sich auf den Ausgang des Parks zu, während das Orchester weiterspielte. Über dem unbewegten Meer waren ganz wenige Sonnenstrahlen und viele schwarze Wolken zu sehen.

Die Stadt über ihnen, die an dem Hügel emporkletterte, knipste nach und nach ihre Lichter an. Sie glich einer riesigen Krippe.

LI

Kaum waren Ricciardi und Maione in die Via Santa Brigida eingebogen, da fiel Weihnachten auch schon lautstark über sie her. Am 23. Dezember verwandelte sich eine der geschichtsträchtigsten Straßen der Stadt, die von den ehemaligen Quartieren des aragonischen Heers zum Hafen führte, traditionell in einen großen Markt unter freiem Himmel, auf dem die wichtigste Zutat für ein neapolitanisches Festmahl verkauft wurde: erstklassiger Fisch.

Dutzende blau angemalte Holzkisten waren wie jedes Jahr auf den Bürgersteigen aufgestellt worden: Ihre Farbe stand für das Meer und die Frische des Produkts, und die Behälter waren außerdem mit Fischernetzen, Seeigeln, Algen und sogar mit Seepferdchen dekoriert. Innendrin schwammen, in 20 Zentimeter hohem, stets nachgefülltem Meerwasser, sehr flink die unterschiedlichsten Fische umher: Aale, Sardellen und allerlei sonstiges frisch Gefangenes.

Die kurze, breite Straße eignete sich perfekt zur Ausstellung der Ware und als Promenade für die stark umworbenen Kunden. Die Fischverkäufer hatten ihre Tische so aufgebaut, dass sie hinten höher standen und zur Straße hin schräg abfielen, damit alles bestens gesehen werden konnte. In Reih und Glied standen darauf flache, aus Binsen geflochtene Körbe, in denen es nur so wimmelte von nach Luft schnappenden Meeräschen und Rotbarben, von Miesmuscheln und Tellmuscheln, Venusmuscheln und Langusten, deren Zangen mit Bindfäden zusammengebunden und deren Fühler unablässig in Bewegung waren.

Beleuchtet wurden die Auslagen von Gaslampen, die ein fast grelles Licht in den immer dunkler werdenden Nachmittag aussandten. Und um die Ware herum erfreute eine noch in der Nacht mühsam von den Frauen zusammengestellte Dekoration das Auge: Blumen, grüne Algen, Muschelschalen und bunte Steine verstärkten den Eindruck, das Meer sei an Weihnachten zu Besuch in die Stadt gekommen.

Auch der Duft des Meeres lag deutlich in der Luft: Es verströmten ihn sowohl die Pflanzen als auch die reichlich vorhandene Tierwelt, doch auch das Salzwasser, mit dem die Ware kontinuierlich benetzt wurde, um sie noch frischer wirken zu lassen, und vor allem die dunklen, rauen, von der Sonne verbrannten und vom Wind gegerbten Gesichter der Fischer mit ihren hochgekrempelten Hosen und muskulösen Schenkeln, den nach hinten geschobenen, schlaff auf den Schultern aufliegenden Hüten. Stets bereit, ihre zahnlosen Münder zu einem einladenden Lächeln zu öffnen, die Jacke über die Schulter geworfen und die Waage in der Hand, blickten sie den Käufern herausfordernd entgegen: Da könnt ihr lange suchen, um bessere Ware als meine zu finden.

Der Lärm war ohrenbetäubend. Zu dem konstanten Stimmengewirr der riesigen Menschenmenge, die sich auf der Suche nach günstigen Angeboten durch die Straße drängte, kamen noch die Rufe der sich gegenseitig im Anpreisen ihrer Ware überbietenden Verkäufer.

Fisch, das wusste jeder, musste frisch gekauft werden, und kein Festessen kam ohne ihn aus. Innerhalb weniger Stunden fand also an nur dieser einen Stelle der verzweifelte Wettstreit der neapolitanischen Fischer um Weihnachten statt. Aus diesem Grund waren alle eingespannt: Frauen, Kinder und sogar Verwandte, die sich normalerweise um anderes kümmerten. Es wurden Tagelöhner eingestellt in der Hoffnung, genug zu verdienen, um sie später angemessen bezahlen zu können.

Die beiden Polizisten ließen das ganze Treiben schweigend an sich vorüberziehen, ihren eigenen Gedanken nachhängend. Der Kommissar fragte sich besorgt, woher das Zittern von Rosas Hand kam; er nahm sich vor, mit Doktor Modo darüber zu sprechen, und bedauerte es, sie in ihrem Zustand allein gelassen zu haben. Zur Not würde er sie dazu zwingen, Hilfe anzunehmen. In ihrem Alter war das, was sie sich auflud, einfach zu viel.

Unerklärlicherweise trugen seine Gedanken ihn zu Enrica, zu ihrer ruhigen, besonnenen Art, das Leben anzugehen. Wie gerne hätte er sich mit ihr beraten. Doch dann fiel ihm wieder ein, dass es nach wie vor unmöglich war, sie tatsächlich an seinem Leben teilhaben zu lassen, und das entmutigte ihn.

Livia war anders. Sie war sich seiner plötzlichen Anwandlungen von Traurigkeit und auch der Folgen seiner Einsamkeit bewusst und schien trotzdem entschlossen, diese Bürde auf sich zu nehmen. Wer weiß, dachte Ricciardi: Vielleicht ist es ja auch legitim, dass jeder sich das Leben wählt, das ihm gefällt.

In Maiones Kopf herrschte schon wieder großes Durcheinander. Sein Gespräch mit Lucia im Park hatte ihn aufgerieben.

Es gibt keinen Ehrenkodex, es geht nicht darum, Urteile zu erlassen und zu vollstrecken, hatte seine Frau ihm sagen wollen. Es gab nur ein Leben, das gelebt werden musste, und fünf Kinder, die es großzuziehen galt. Jede Tat hatte Folgen, dessen sollte man sich ständig bewusst sein.

Der Brigadiere hätte erleichtert sein müssen und war es auch in mancher Hinsicht. Andererseits fragte er sich immer wieder, ob er das Richtige getan hatte und ob er mit der Vorstellung leben konnte, dass ein Mörder, sei es nun der Mörder seines Sohnes oder anderer Menschen, friedlich weiterlebte, ohne seine gerechte Strafe zu verbüßen.

Aber konnte es denn nicht sein, überlegte Maione, dass genau das die Strafe war? Mit einem nie endenden Schuldgefühl zu leben? Und mit der Trauer um einen Bruder, der im Gefängnis unter anderem wegen etwas gestorben war, das man selbst begangen hatte?

Aus Biagios Blick hatte er am Morgen im Park eine tiefe Schwermut herausgelesen. Die Feiertage waren, wie er sehr gut wusste, eng mit der Familie und mit Kindheitserinnerungen verknüpft. Wäre der Mann auch weiterhin ein Verbrecher geblieben, hätte der Brigadiere ihn, ohne zu zögern, verhaftet und ins Gefängnis gesteckt. Doch sein jetzt ehrliches Leben wog viele Jahre im Gefängnis auf und sprach dafür, dass er um keinen Preis wieder straffällig werden wollte.

Insgeheim wusste Maione, dass er Biagio Candelas Leben aus der Ferne weiter beobachten würde, es nicht zulassen würde, dass durch ihn jemand anderem Schlimmes widerfuhr. Diese Pflicht übernahm er gerne – als Vater und als Polizist. Er würde zu Franco Massa gehen und mit ihm reden, ihn davon überzeugen, seine Entscheidung, die vielmehr noch Lucias Entscheidung war, zu teilen. Schluss mit dem Schmerz und all dem Leid.

Mit etwas Mühe kehrten sowohl Ricciardi als auch Maione in Gedanken zurück zu ihrem aktuellen Fall: Die Leichen der Garofalos und das Schicksal ihrer Tochter verdienten höchste Aufmerksamkeit, auch weil die bevorstehenden Weihnachtsfeierlichkeiten die Ermittlungen genau wie alle sonstigen Arbeiten mehrere Tage lang zum Erliegen bringen würden.

Ziemlich betrübt liefen sie eine Weile umher, auf der Suche nach bekannten Gesichtern. Nachdem sie fast eine Viertelstunde damit verbracht hatten, sich einen Weg durch den Menschenstrom zu bahnen, sah Maione Lomunno, der von einem Pferdekarren Kisten mit Fisch ablud und sie zum Stand eines

Fischverkäufers auf dem Bürgersteig trug. Sein Gesicht war rot vor Schweiß und Anstrengung, sein Blick konzentriert; er war sehr darauf bedacht, nichts fallen zu lassen. Seine steifen Bewegungen verrieten, dass er diese Art von Arbeit nicht gewohnt war.

Der Brigadiere stieß den Kommissar mit dem Ellenbogen an, um ihn auf den Mann aufmerksam zu machen. Gerade als sie auf ihn zugingen, sahen sie einen Trupp der Miliz die Straße überqueren. Die Soldaten waren da, um sicherzustellen, dass auf dem Markt alles ordnungsgemäß vonstattenging. Bei ihrem Vorbeimarsch strebte die Menschenmenge auseinander, als ob man nicht mit ihnen in Berührung kommen wollte.

Ricciardi erkannte Criscuolo, den Manipelführer mit dem hüpfenden Schnurrbart, der ihm die Geschichte um Garofalos Beförderung erzählt hatte. Criscuolo sah sich vorsichtig um, als suche er jemanden.

Der Kommissar hielt Maione am Arm fest: Er wollte die Situation ungesehen beobachten. Daher zog er den Brigadiere beiseite, wodurch er sich und ihn dem Strom der Fußgänger entzog, und näherte sich einem Tintenfischverkäufer, der gerade ein riesiges Tier in der Hand wog und dessen Lebenskraft pries.

Ein paar Meter weiter blieb Criscuolo in der Nähe des von Lomunno eingedeckten Standes stehen, während Letzterer sich gerade beim Karren befand. Als der Fischverkäufer den Offizier erkannte, nahm er ehrfürchtig seine Mütze ab und verneigte sich. Criscuolo erwiderte den Gruß schroff mit einem Kopfnicken, das seinen Schnurrbart vibrieren ließ. Zwischen den beiden Männern fand ein Blickwechsel statt: Criscuolo sah den Verkäufer fragend an, woraufhin dieser stumm bejahte und dabei verschmitzt in Lomunnos Richtung deutete, der im selben Moment auftauchte.

Die Blicke Criscuolos und seines ehemaligen Kollegen kreuzten sich. Lomunno errötete sichtlich: Er schämte sich, von seinen ehemaligen Untergebenen in der Funktion eines einfachen Handlangers gesehen zu werden, wusste aber auch, dass er seinem Freund dankbar sein musste, ihm die Arbeit vermittelt zu haben. Nachdem Criscuolo sich des erfolgreichen Ausgangs seiner Empfehlung vergewissert hatte, wollte er Lomunno die Demütigung ersparen, von den anderen Milizmitgliedern erkannt zu werden, und befahl seiner Gruppe eine rasche Kehrtwendung.

Ricciardi und Maione wechselten einen Blick miteinander; sie hatten die Dynamik der Beziehungen zwischen Lomunno und seinen ehemaligen Arbeitskollegen verstanden: Das Leben hatte es anders gewollt, aber bestimmte Freundschaften waren intakt geblieben. Selbst wenn die Kollegen glaubten, Lomunno habe Garofalo getötet, so waren sie doch der Ansicht, dass er ausreichend dafür bezahlt hatte.

Die beiden Polizisten gliederten sich wieder in den Menschenfluss ein und ließen sich auf der Suche nach den übrigen Schlüsselfiguren ihrer Ermittlungen treiben. Diese machten sie bereits zehn Meter weiter aus. Alle waren da: die beiden Boccias, die drei Bootskameraden, ein paar Frauen aus der Verwandtschaft und sogar der kleine Alfonso. Er war dafür zuständig, die Ware mit Wasser aus einem Eimer zu benetzen, und erfüllte seine Aufgabe sehr gewissenhaft.

Die Leute gaben sich Mühe, arbeiteten sorgfältig und professionell. Ihre Mienen, so schien es Ricciardi, verrieten die Sorge, es könne ihnen nicht gelingen, den gesamten Fisch ihrer

Auslage zu verkaufen. Sie riefen die Passanten laut herbei, versuchten herauszufinden, was diese ausgeben wollten, und zeigten sich bezüglich der Preise verhandlungsbereit.

Der Kommissar beobachtete sie und auch Lomunno, der ein paar Stände weiter unermüdlich Kisten mit Fisch auf- und ablud. Der Lärm, den die Rufe der Verkäufer und die feilschenden Kunden erzeugten, war ohrenbetäubend, ja fast nicht mehr auszuhalten. Ganz in der Nähe schwor ein junger Mann einer Kundin bei der Jungfrau Maria, er zahle bei dem Preis, zu dem er ihr eine Tüte Muscheln verkaufte, noch drauf: Glauben Sie mir, Signora, das sind keine einfachen Muscheln, das ist pure Meeresfrische, die zu Ihnen auf den Tisch kommt.

Ricciardi dachte an die Profile der beiden Verdächtigen und daran, dass sie nicht so recht zu den Ermittlungsergebnissen passten: Lomunno verfügte über ausreichend Kraft, Gründe und Wut, um eine so grausame Tat zu begehen, und auch über genügend Bildung, um mit der Zerstörung des heiligen Josefs zu zeigen, dass es Todsünde war, einem Familienvater die Arbeit zu stehlen. Doch er war allein, während es aussah, als seien bei dem Mord zwei Hände im Spiel gewesen, und seine Rache wäre nicht nur für Garofalo, sondern auch für seine Kinder tödlich gewesen. Außerdem schien er Ricciardi nicht der Typ dafür zu sein, den Denunzianten, der sein Leben ruiniert hatte, in seiner Wohnung umzubringen und dabei auch die Ehefrau zu töten. Wahrscheinlich hätte er ihm anderswo aufgelauert, um sein Vorhaben bequemer in die Tat umzusetzen.

Die Boccias hatten ein noch triftigeres Motiv: das Leben ihres Sohnes. Und sie waren schon einmal bei den Garofalos gewesen, man hatte sie aus dem Haus gehen sehen. Sie kannten also die Gewohnheiten des Pförtners und hätten sich erneut hineinschleichen können. Außerdem waren sie zu zweit, und

um die Tat zu begehen, hätten sie gezwungenermaßen auch die Frau kaltmachen müssen. Aber Ricciardi konnte sich nicht vorstellen, dass sie auf einen bereits toten Körper noch so viele Male eingestochen haben sollten. Sie waren sicher auch nicht in der Lage, dem heiligen Josef eine symbolische Bedeutung zu verleihen, und würden sich nicht länger als nötig am Tatort aufhalten, um diese Art von Zeichen zu hinterlassen.

Der Kommissar hielt kurz auf dem Bürgersteig inne, soweit das inmitten der drängelnden Menschenmenge möglich war. Wieder einmal wurde ihm bewusst, dass an beiden Hypothesen irgendetwas nicht aufging, er aber keine weiteren hatte.

Dann entwischte aus einer Kiste nur wenige Meter vor ihm plötzlich ein fetter Aal.

Und wie durch ein Wunder nahm jedes Puzzlestück seinen Platz ein.

LII

Ist der Fisch die wichtigste Zutat für das Weihnachtsmahl, so ist der Aal ganz sicher der Höhepunkt des Festessens.

Das dicke Tier mit dem vorstehenden Kiefer, fett und glitschig, in ständiger Bewegung, das durch die Folie, in die es eingewickelt wird, auf dem Nachhauseweg wie betäubt ist, erwacht zu neuem Leben, sobald man es zum Waschen ins Wasser wirft: Wie eine Schlange bewegt es sich unter den entsetzten und faszinierten Blicken der Kinder, die der blutigen Zubereitung zuschauen und sie nie mehr vergessen werden. Die abgeschnittenen Stücke züngeln nämlich weiter im Blut, als hätten sie ein Eigenleben, als wäre das Tier in der Lage, den Tod zu besiegen, so lange, bis sie in Mehl paniert in der Pfanne landen, um dann, von Lorbeerblättern umgeben, das Hauptgericht am Weihnachtsabend zu bilden.

In der Via Santa Brigida wurden die Wannen mit den Aalen buchstäblich gestürmt, je später es wurde und je näher der Zeitpunkt rückte, nach Hause zu gehen. Einer der eifrigsten Verkäufer, ein schöner braunhaariger Jüngling mit einnehmendem Lächeln und tiefer Stimme, zog die Aufmerksamkeit der Frauen auf sich, indem er mehrere Aale in die Hand nahm und in dem vor ihm stehenden Becken wühlte. Laut rief er:

– Tot und lebendig, waschechte Aale, wie die Schwänze des Teufels!

Dieser symbolträchtige Satz, der Verweis auf die Teufelsschwänze, auf den Tod und das Leben, ließ den Kommissar aufhorchen. Er ging näher heran. Dabei verlor er jedoch Maione, der immer noch die Boccias beobachtete, deren Geschäfte gut zu laufen schienen.

Als Ricciardi sich bei der Wanne mit den Aalen befand, machte ein großes, dickes Tier auf dem Weg von der Waage zur Tüte plötzlich einen Satz und flog auf die Straße.

Die junge Frau, die den Aal gekauft hatte, sah dem fliegenden Tier hinterher, ebenso überrascht wie der Fischverkäufer von der wiederauflebenden Vitalität des Fisches, der zwischen den Füßen eines gerade vorübergehenden Paares landete. Der Mann bemerkte ihn zuerst, sprang zur Seite und stieß auf diese Weise ein kleines Kind um, das an der Hand seiner Mutter lief, während die Frau einen Schrei ausstieß und, nachdem sie mit beiden Händen ihren Rock gerafft hatte, so etwas wie einen Beschwörungstanz um das arme Tier herum aufführte, das sich auf den Steinen des Bürgersteigs wand.

In wenigen Augenblicken entstand ein heilloses Durcheinander: Die Leute schrien oder lachten, kleine Mädchen brachen in Tränen aus, weil sie von ihren Eltern getrennt worden waren; jeder versuchte, den Aal zu fassen, doch das von Natur aus glitschige und flexible Tier entkam mühelos allen Händen.

Mit offenem Mund betrachtete Ricciardi das Schauspiel. Er war der Einzige, der sich in der allgemeinen Aufregung nicht vom Fleck rührte.

Fasziniert sah er dem Aal zu: Er war nicht zu greifen, nicht zu fassen. Der Kommissar sah ihn durch aller Leute Hände rutschen, bis ihn am Ende der Fischverkäufer, der ihn hatte entkommen lassen, mit einem Hechtsprung packte und ihn seinem Schicksal zuführte.

Zu diesem Zeitpunkt jedoch war Ricciardi bereits verschwunden.

LIII

Er fragte sich, was ihn bisher daran gehindert hatte, den Mörder zu erkennen; dabei lag alles so klar auf der Hand.

Eigentlich schon von Anfang an. Und zwar glasklar.

Er rannte. Die vollen Straßen quollen immer noch über vor lauter Menschen, Verkaufsständen, Essen und Waren.

Lebende wie Tote, an denen sein Weg durch die Kälte ihn vorbeiführte, waren so mit sich selbst beschäftigt, dass sie nicht zuhörten, nur ihre eigene winzige Welt wahrnahmen, nichts sehen und nichts verstehen konnten.

Ricciardi hatte denselben Fehler gemacht. Erst jetzt wurde ihm das klar. Er hatte beim Naheliegenden begonnen, dort, wo andere seinen Blick hingelenkt hatten, hatte der Reihe nach erst an der ersten, dann an der zweiten, dann an der dritten Station angehalten, ohne zu überlegen, dass der Zug auch eine lange Strecke zurücklegen konnte, um schließlich wieder genau am Ausgangspunkt anzukommen.

Nun ärgerte er sich über sich, weil er von sich selbst abgelenkt worden war. Dabei hätte ich nur einen Schritt zurückgehen müssen, sagte er sich, während er atemlos die Via Chiaia entlanglief und sich seinen Weg durch die Passanten bahnte, die immer noch Schaufenster betrachteten oder lachten und miteinander Belanglosigkeiten austauschten oder auch mit gesenktem Kopf und in Falten gezogener Stirn stumm ihren Gedanken nachhingen. Ein einziger Schritt zurück hätte gereicht, um die Dinge aus der richtigen Perspektive zu sehen, alle Hinweise zu sammeln.

Er dachte an Rosa, an ihre Tränen, ihr Unbehagen und das Gefühl, unnütz zu sein. Noch einmal ärgerte er sich über sich, über die Unfähigkeit seines Verstandes, die richtigen Verbindungen zwischen den von ihm gesammelten Hinweisen zu ziehen.

Und jetzt hoffte er inständig, dass es ihm gelingen würde, den Kreis zu schließen, und dass nichts anderes Schreckliches mehr geschehen würde. Er zitterte bei dem Gedanken an das furchtbare Risiko, das sie in den letzten Tagen eingegangen waren, indem sie Trugbildern hinterherliefen. Dabei hatten alle es ihm gesagt, sowohl die Lebenden als auch die Toten. Und Modo hatte recht gehabt: Es hatten zwei Hände zu den Messerstichen angesetzt, mit unterschiedlicher Kraft und aus unterschiedlichen Winkeln.

Die todbringenden Hände.

Er begann, noch schneller zu rennen.

Maione fand sich allein im Strudel der Menschenmenge wieder, die die Via Santa Brigida überschwemmte. Er hatte dagestanden und die Familie Boccia beobachtet, ihren verzweifelten Kampf darum, ihre Ware loszuwerden. Sein Blick hatte irgendwann den von Aristides Frau, Angelina, getroffen; sie hatte ihm kurz zugenickt, ohne ihre Verhandlungen zum Verkauf von zwei Meeräschen an einen knauserigen Herrn mit Schnurrbart zu unterbrechen. Den Brigadiere faszinierte es, wie synchron alle sich bewegten und wie entschlossen sogar Alfonso, Boccias ältester Sohn, aussah, obwohl er ja noch ein Kind war.

Seine Aufmerksamkeit wurde dann auf den Tumult um die Flucht des Aals gelenkt und er merkte, dass er Ricciardi aus den Augen verloren hatte. Er sah sich um, entdeckte ihn aber nicht. Als er sich gerade fragte, wo der Kommissar abgeblieben sein könne, registrierte er, dass in der Ferne jemand, entgegen der Laufrichtung der anderen Leute, die zum Markt kamen, die Via Chiaia ansteuerte. Verblüfft fragte er sich, was Ricciardi dazu bewegt haben konnte, so plötzlich zu verschwinden, ohne ihn mitzunehmen, und versuchte, die Gedanken seines Vorgesetzten zu rekonstruieren.

Der Aal, dachte er; der Junge der Boccias, Lomunno; die Miliz.

Da ahnte er plötzlich Gefahr. Mit entschlossenen Bewegungen bahnte er sich einen Weg durch die Menge.

LIV

Er wurde in einen Raum im Erdgeschoss gebeten, den er bei seinen früheren Besuchen nicht gesehen hatte. Mittlerweile war es Abend geworden, und die Luft kühlte immer weiter ab.

Zuerst sah er niemanden. Das Zimmer war nicht sehr hell beleuchtet; ein paar tief hängende Lampen sandten ein gelbliches Licht aus, das die Ecken im Dunkeln ließ. In der Mitte stand, den Raum beherrschend, eine der größten Krippen, die Ricciardi je gesehen hatte: eine regelrechte Miniaturstadt, die vom Hügel her zu einem dicht bevölkerten Viertel abfiel, dessen Zentrum eine großzügige, von einer Reihe versteckter Lämpchen beleuchtete Grotte mit der Heiligen Familie bildete.

Obwohl er mit seinen Gedanken beschäftigt war, beeindruckte Ricciardi die aufgebaute Landschaft: Die Fenster ferner Häuser leuchteten im Dunkeln, es gab Schafherden, Rinder auf der Weide, Hirten und Bauern, die auf den am weitesten entfernten Feldern umherirrten; auf der mittleren Ebene befanden sich Gasthöfe, Wirtshäuser und allerlei Geschäfte mit ausgestellten Waren, vor denen Kaufleute und Kunden ganz offensichtlich im Gespräch miteinander waren; ganz vorne waren Engel, die Heiligen Drei Könige und andere Personen zu sehen, die das Jesuskind anbeteten. Die Figuren waren antik und außergewöhnlich schön. Ricciardi war zwar kein Kenner, doch diese Krippe musste seiner Ansicht nach ausgesprochen wertvoll sein. Es musste sehr viel Zeit und Mühe gekostet haben, sie zu bauen.

Während er das Kunstwerk noch mit offenem Mund bestaunte, ließ eine Stimme, so quietschend wie über eine Tafel kratzende Kreide, ihn aufschrecken:

– Unsere Krippe ist in der ganzen Stadt berühmt, Commissario.

Schwester Veronica tauchte ganz plötzlich auf, lächelnd und mit verschwitztem rotem Gesicht.

– Manche Hirten stammen noch aus dem 18. Jahrhundert und jedes Jahr erhalten wir Schenkungen von Gläubigen aus der Umgebung. Unsere Aufgabe ist es dann, die Krippe zu ergänzen und zu erweitern. Das heißt, eigentlich meine Aufgabe: Seit sieben Jahren kümmere ich mich nun schon darum.

Ricciardi trat zu der Nonne, um sie zu begrüßen. Sie streckte ihm ihre kleine Hand hin, die wie üblich kalt und feucht war. Der Polizist ließ seinen Blick weiter über die Miniaturlandschaft schweifen.

– Wirklich beeindruckend. Machen Sie das alles allein, Schwester?

Die Frau betrachtete zufrieden das Ergebnis ihrer Mühen:

– Dieses Zimmer ist nur für die Krippe da, es bleibt das ganze Jahr über geschlossen bis zu Mariä Empfängnis. Die Landschaft lassen wir stehen, nur die Figuren werden nach dem Dreikönigstag weggenommen und vorsichtig in Schachteln verpackt – einige Stücke sind sehr wertvoll, müssen Sie wissen. Meine Arbeit besteht darin, die einzelnen Teile anzuordnen und jedes Jahr etwas hinzuzufügen, damit die Kinder und die anderen Ordensschwestern am 8. Dezember, wenn die Tür geöffnet wird und sie die Krippe anschauen kommen, stets eine kleine Überraschung erleben.

– Und was ist in diesem Jahr neu?

Die Nonne freute sich außerordentlich über Ricciardis Interesse:

– Ich arbeite weiter daran bis Heiligabend, auch wenn die anderen schon reindürfen. Dieses Jahr habe ich einen Hügel angefügt; dazu habe ich das Werkzeug und Material benutzt, das

Sie dort auf der Bank sehen. Ich habe hier und da Schafe darauf verteilt und drei Häuser aufgestellt, die von zwei Lämpchen beleuchtet werden, sehen Sie? Ich bin noch nicht ganz fertig. Das Moos fehlt noch, aber dann haben wir's fast.

Wie sie so auf den Zehenspitzen herumhüpfte und Ricciardi die Stellen zeigte, von denen sie sprach, wirkte Schwester Veronica wie ein Kind. Ihre ohnehin schrille Stimme war noch höher geworden, was den Eindruck verstärkte. Plötzlich hielt sie inne und fasste sich wieder. Sie schien sich bewusst zu werden, wer ihr Gesprächspartner war.

– Verzeihen Sie, Commissario. Wenn's um die Krippe geht, gerate ich ein wenig aus der Fassung. Ich mag sie nämlich wirklich unheimlich gern: Sie ist der Sieg des Glaubens im Alltagsleben. Die Symbole für das, an was wir glauben, vermengen sich mit dem, was um uns herum passiert. Und die Kinder begreifen dadurch, dass Gott, die Madonna und die Heiligen uns immer sehen, egal was wir tun, und dass wir uns gemäß ihrem Willen betragen müssen, auch wenn wir uns unbeobachtet glauben.

Ricciardi hörte ihr zu, die Hände in den Manteltaschen vergraben, den Blick fest auf das Gesicht der kleinen Nonne gerichtet. Er spürte noch die schweißfeuchten Finger der Frau.

– Sie haben recht, Schwester. Der Alltag verbirgt viele Geheimnisse. Wir wissen das leider nur zu gut, da wir mit dem konfrontiert werden, was die Menschen ihresgleichen antun. Deshalb bin ich auch hier, ich würde Ihnen gern ein paar Fragen stellen. Ich habe da so eine Theorie, wer Ihrer Schwester und ihrem Mann diese furchtbare Sache angetan haben könnte. Wie geht es dem Mädchen? Wo ist sie gerade?

Schwester Veronica zuckte mit den Schultern:

– Manchmal ist sie traurig. Sie spricht nicht darüber, aber man merkt, dass sie an ihr Zuhause und ihre Eltern denkt. Aber hier geht's ihr gut: Ich bin ja da, die anderen Schwestern haben sie gern und sie hat Freunde, mit denen sie spielen und Spaß haben kann. Sie hat ihrer Mama und ihrem Papa auch einen Brief geschrieben zu Weihnachten, sie glaubt, sie seien verreist, wir haben so getan, als würden wir ihn verschicken.

Innerlich seufzte Ricciardi erleichtert auf. Zumindest würde das nicht auch noch auf seinem Gewissen lasten. Die Nonne sprach weiter:

– Sie sagten, dass Sie eine Idee haben, wer diese furchtbare Tat begangen haben könnte?

Der Kommissar trat näher an die Krippe heran, zu der Stelle, an der sich die Grotte mit der Heiligen Familie befand.

– Neulich, als ich herkam, um mit Ihrer Nichte zu reden, haben Sie einen Jungen zurechtgewiesen, der sich nicht bekreuzigt hatte, als er am Bild der Heiligen Jungfrau vorbeigegangen ist. Erinnern Sie sich daran?

Die Frau war zu der Bank mit den Werkzeugen gegangen. Während sie weiter mit Ricciardi sprach, hatte sie begonnen, mit der Hand die Konsistenz eines Stücks Kork zu prüfen, das nicht so fest angebracht war wie die anderen. Sie lächelte.

– Sicher, ich erinnere mich. Das war Domenico, ein Lausejunge, rennt ständig durch die Gänge, obwohl ich ihm schon tausend Mal gesagt habe, er soll es lassen. Er ist aber nicht boshaft: ein Kind eben.

Ricciardi nickte. Er betrachtete immer noch die Heilige Familie.

– Ein Kind, natürlich. Aber ich musste an die Bedeutung der Heiligenbilder denken, an ihren Wert. Ein Heiligenbild nicht zu ehren ist, wie Sie bei jener Gelegenheit sagten, eine Sünde, eine schwere Sünde.

Schwester Veronica hatte sich so hingestellt, dass sie weiter mit dem Material hantieren und den Kommissar dabei ansehen konnte. Aufmerksam folgte sie seinen Worten.

– So ist es, gewiss. Aber es sind doch Kinder, Commissario, es wäre nicht recht, sie hart zu bestrafen, finden Sie nicht?

Völlig unvermittelt nahm der Kommissar die Figur des heiligen Josefs aus der Grotte heraus und wog sie in seiner Hand.

– Wenn nun aber ein Erwachsener eine Heiligenfigur aus freien Stücken nicht ehren sollte? Oder, schlimmer noch, sie vorsätzlich zerstören würde?

Die Frau sah den Polizisten die Unversehrtheit des heiligen Josefs bedrohen und war wie versteinert vor Entsetzen:

– Commissario, was tun Sie da? Stellen Sie sofort wieder den heiligen Josef an seinen Platz! Sie haben keine Ahnung, wie wertvoll diese Figur ist!

Ihre Stimme war noch schriller geworden, die Nonne schien Glasscherben im Mund zu haben.

– Was würden Sie davon halten, Schwester, wenn ich die Figur nun hinwerfen und in tausend Teile zerbrechen würde?

– Wagen Sie es bloß nicht! Sie dürfen sie nicht einmal anfassen, Sie! Stellen Sie sie sofort zurück!

Ricciardi verzog keine Miene:

– Ich tue es aber trotzdem. Warum auch nicht, Sie haben es ja auch getan.

Zornentstellt stieß die Nonne einen sehr hohen Schrei aus, der sich anhörte wie eine Klinge auf einer Metallplatte. Mit einer plötzlichen Bewegung schnappte sie sich von der Bank ein scharfes Messer und wollte sich damit auf Ricciardi stürzen, doch eine starke Hand hielt ihren Arm fest.

Sie drehte sich um und erblickte die einhundertzwanzig Kilo schwere Gestalt eines keuchenden Brigadiere.

– Das würde ich nicht tun, Schwester. An Ihrer Stelle würde ich das nicht tun.

LV

Sie hat sich beruhigt. Jetzt erzählt sie, gibt mit kreischender Stimme Haarsträubendes von sich, das in Maiones und Ricciardis Herz und Verstand widerhallt.

Ich hab' sie nicht zerbrochen! Ich hab' sie nicht hingeworfen, verstehen Sie? Das hätte ich nie getan, und seither bete ich Tag und Nacht dafür, dass niemand im Paradies glauben soll, ich hätte es mit Absicht getan.

Eine Heiligenfigur zerschlagen, ausgerechnet ich – das würde ich nie tun. Sie ist mir hingefallen, und schuld daran sind bloß diese verflixten Hände. Sie ist mir aus den Fingern gerutscht, auf den Boden gefallen und zerbrochen, Gott möge mir verzeihen.

Nur das muss der Herrgott mir vergeben. Den Rest nicht. Der Rest war richtig. Ich habe gut daran getan. Die Madonna hat es mir selbst gesagt; die Ärmste, in all dem Schmerz, den ihr die Schwerter in ihrem Herzen bereiten, hat sie mir gesagt, dass es an der Zeit sei, es zu tun.

Aber ich muss alles der Reihe nach erzählen. Ich will mich damit keineswegs entschuldigen, und ich brauche auch Ihr Verständnis nicht. Ich möchte es Ihnen nur erzählen, damit Sie begreifen, was passiert ist, und wissen, wie sich ein anständiger Mensch zu verhalten hat.

Schließlich bin ich Ordensschwester, wissen Sie? Ich bin

Schwester Veronica. Ich bin diejenige, die die Krippe baut, die kleine Nonne mit der trötenden Stimme. Ich bin wie eine Fee, die Kinder lieben mich. Und ich liebe die Kinder, sie sind meine Mission, deswegen hat die Madonna mich zu sich gerufen.

Plötzlich verwandelt sich ihr Gesichtsausdruck, er wird sanft und ergeben wie der auf den Heiligenbildchen, die die Frauen küssen und die Männer im Geldbeutel tragen.

Als junges Mädchen wollte ich auch Kinder haben. Eigene Kinder, viele Töchter und Söhne, eine Familie, Kinder der Liebe. Also wartete ich darauf, den richtigen Mann kennenzulernen, schrieb Gedichte in ein Tagebuch, ja, ich zeichnete ihn sogar, so wie ich ihn mir vorstellte, von morgens bis abends dachte ich an nichts anderes.

Meine Mutter sagte zu mir: Warte nur, du wirst ihm schon eines Tages begegnen, dem Vater deiner Kinder. Und ich fragte sie: Wie werde ich ihn denn erkennen, wenn ich ihm begegne, Mama? Sie sagte: Keine Sorge, du wirst eine Stimme in dir drin hören, die dir sagt: Der ist es, genau der.

Ich habe also auf diesen Mann gewartet. Tag für Tag habe ich mich darauf vorbereitet, eine gute Ehefrau zu sein, ich habe gelernt zu nähen, zu waschen, zu bügeln und zu kochen. Mit jemand anderem hätte ich mich nicht zufriedengegeben. Eher wäre ich allein geblieben.

Meine Schwester hingegen dachte nur an sich selbst: Sie kämmte sich, stolzierte vor dem Spiegel umher. So war sie eben.

Eines Tages habe ich ihn dann kennengelernt. Mein Vater arbeitete am Hafen, er hatte ein kleines Unternehmen; ich brachte ihm sein Essen, wenn er es nicht schaffte, sich frei zu machen, um nach Hause zu kommen. Und an diesem Tag war jemand bei ihm: Er war es. Emanuele.

Ricciardi sah ihr Bedauern, ihre Wehmut. Und er sah die Liebe, den alten Feind.

Er war Beamter der Hafenbehörde, die Miliz gab es damals noch nicht. Er war wunderschön, wissen Sie? Wunderschön. Er hat mich angesehen, ich habe ihn angesehen und jene innere Stimme gehört, die Stimme, von der meine Mutter gesprochen hatte. Der ist es, hat sie mir gesagt. Der ist es, habe ich mir auch selbst gesagt.

Meinem Vater gefiel er nicht, er hielt ihn für einen Emporkömmling, sagte, dass er zu leichtsinnig mit seinem Geld umgehe. Aber ich hatte die innere Stimme gehört und dachte seit dem Tag an nichts anderes.

Wir trafen uns heimlich. Er sagte mir, ich sei wie ein Kind, und lächelte. Ich war so glücklich wie nie zuvor und wie nie mehr danach.

Eines Tages hatte ich Fieber. Und meine Schwester brachte Papa sein Essen.

Ihr Blick verfinsterte sich. Es sah nicht nach Reue oder Bedauern aus. Eher nach Ärger. Ein Hindernis, ein unglücklicher Zwischenfall. Die eitle, dumme Schwester. Die Schwester, die gesiegt hatte.

Ich weiß nicht, was passierte. Ich hatte niemandem von ihm erzählt, weil mein Vater es nicht wollte. Meine Mutter wusste es nicht, meine Schwester auch nicht. Aber er wusste es sehr wohl. Und tat so, als wäre nichts. Ein paar Monate lang kam er nicht mehr zu mir, dann eines Tages kam er zu uns zum Abendessen: als Verlobter meiner Schwester.

Ich hatte immer gesagt: Entweder der, den das Schicksal für mich bestimmt hat, oder keiner. In der darauffolgenden Nacht, als ich weinend im Bett lag, habe ich meine innere Stimme gehört, die zu mir sagte: Dann komm doch zu mir.

Es war die Madonna. Es war ihre Stimme. Jetzt wusste ich es. Sie wollte mich, sie schon. Eine Woche später trat ich als Novizin ins Kloster ein. Meine Eltern sagten nichts dagegen, meine Schwester schon: Wolltest du nicht viele Kinder?, hat sie mich gefragt. Und ich habe geantwortet: Doch, und ich werde auch viele haben. Sehr viele.

Sie machte einem nun Angst, ihre schrille Kinderstimme mit dem düsteren Unterton, wie bei einer Hundertjährigen. Maione, der hinter der Frau stand, um sie notfalls weiter festzuhalten, schauderte.

So vergingen die Jahre, mindestens fünf. Ich bin zu ihrer Hochzeit gegangen, aber ich habe sie nie besucht. Sie zusammen glücklich zu sehen, das konnte niemand von mir verlangen, höchstens die Madonna, aber sie verlangte es nicht. Mein Vater starb, meine Mutter wurde krank, aber wir Nonnen sagen, dass das Kloster unsere Familie ist.

Als ich erfahren habe, dass meine Schwester ein Kind erwartet, bin ich zu ihr gegangen. Sie war verärgert, wütend, besorgt. Sie sagte, sie werde eine fette Kuh werden und ihr Mann werde sich dann eine andere suchen, das war ihre einzige Sorge.

Ich habe ihr geantwortet, dass sie mit ihrem Gerede bestimmt in die Hölle kommen würde. Dass ein Kind der allergrößte Segen sei und es Gotteslästerung ist, sich darüber zu

beschweren. Darauf hat sie gesagt: Na gut, wenn du es so schön findest, zieh du es doch auf. Und ich: Ich ziehe sie gerne auf. Es wird nämlich ein Mädchen werden. Und so war es auch.

Sie lächelt. Es ist ein kaltes Lächeln, das einem Angst macht. Oder vielleicht sind es die Lichter der Krippe, die wie eine ferne Stadt aussieht, und die Kälte, die von Minute zu Minute zunimmt.

Es wurde ein Mädchen, und von Anfang an war die Kleine mehr bei mir als bei ihrer Mutter. Wissen Sie, meine Schwester war als Mutter ungeeignet. Sie lächelte, war freundlich und schaute sich im Spiegel an, zu mehr taugte sie nicht.

Sie haben Benedetta ja gesehen. Sie ist wie ich. Anständig, tüchtig, intelligent. Sie ist lieber hier als zu Hause, das sagt sie selbst.

Alles ging gut. Ihn traf ich nur selten, er tat, als würde er mich nicht sehen, und grüßte mich nur, um meine Schwester nicht stutzig zu machen. Ein paar Mal hat sie mir gesagt, ihr Mann würde nicht wollen, dass das Kind die ganze Zeit im Kloster ist. Aber er war immer bei seiner Arbeit und ihr kam es sehr gelegen, dass sie die Friseurin zu sich bestellen oder zum Einkaufsbummel gehen konnte.

Kennen Sie das Lied von der Mutter, die nur an sich selbst denkt, das alle Leute zum Weinen bringt? Meine Schwester war wie die Frau in diesem Lied, sie hatte nur ihren Luxus im Sinn.

Im Lied ist das kleine Mädchen allein und wird krank, aber für Benedetta war ich ja da. Es ging alles gut.

Bis sich dieser Teufel im Dezember auf einmal in den Kopf setzt, eine Krippe zu bauen.

Sie blickt Ricciardi an, als sei das die Erklärung. Als reiche es völlig aus, um all das Blut, all den Schmerz zu rechtfertigen.

Eine Krippe, verstehen Sie? Bei den beiden! Die Darstellung der Familie in ihrer heiligsten Form, Glaube, Liebe, ausgerechnet bei ihnen. Ich fragte: Eine Krippe? Wozu denn?

Meine Schwester lachte, sie lachte mich aus. Sie sagte: Das fragst gerade du, wo du das ganze Jahr über damit beschäftigt bist, wo du herumläufst und um Schenkungen bettelst, jedes Stück einzeln herstellst? Die Schuld liegt bei dir, das Kind ist so verliebt in eure Krippe im Kloster, dass Emanuele beschlossen hat, auch hier eine aufzustellen. Er hat sogar zu Benedetta gesagt, dass er ihr eine noch schönere kaufen wird.

Sie fängt an zu weinen, ein furchtbares Schauspiel. Die Tränen laufen über ihr altes Kindergesicht, das rot und zornig aussieht. Die kratzende Stimme erzählt weiter.

Ich habe gewartet und die Madonna gebeten, ihm diese Gotteslästerung zu vergeben. Wie konnte er es bloß wagen, die Heilige Familie darzustellen? Einer wie er, der mich einfach fallengelassen hatte, der eine Tochter bekommen hatte, die er nicht wollte, der so tat, als erinnere er sich nicht an das, was zwischen uns gewesen war? Wie konnte er nur? Ich habe für ihn um Vergebung gebeten, für sie beide gebetet. Glauben Sie mir, ich wollte sie wirklich retten. Aber eines Nachts hat die Madonna mir gesagt, es geht nicht, die Sünde ist zu groß. Sie sagte, man dürfe die Welt nicht so beschmutzen, es müsse Schluss damit sein.

Da haben wir's, denkt Ricciardi. Die Liebe artet aus und wird zum Wahnsinn.

Ich habe bis zum Samstag gewartet, weil er da später aus dem Haus geht. Ich kenne ihre Gewohnheiten. Morgens bin ich Benedetta abholen gegangen. Ich habe gehofft, dass der Pförtner, der alte Trunkenbold, wie üblich im Wirtshaus ist; stattdessen saß er halb eingenickt in der Portiersloge im Eingangsbereich.

Meine Schwester machte sich zum Ausgehen fertig, er war noch im Bett. Ich hab' gesagt, ich hab's eilig, habe das Kind geschnappt und bin raus. Unten auf der Treppe hab' ich so getan, als bemerke ich eben erst den schrecklich kalten Wind und als habe ich Benedettas Hut und ihre Handschuhe vergessen.

Ich ließ sie also im Hauseingang stehen und ging wieder nach oben.

Ricciardi spürt Wut in sich aufflackern, weil er es nicht sofort begriffen hatte. Ferro waren an dem Morgen die schönen Zöpfe des Mädchens aufgefallen, weil sie keinen Hut getragen hatte. Das Bild der toten Frau, ihre Frage: Hut und Handschuhe? Nicht, weil sie darum bittet, sondern weil sie sie überreicht, Hut und Handschuhe ihrer Tochter nämlich. Und nach unten schaut sie, weil ihre Schwester kleiner ist als sie oder weil sie das Mädchen sucht. Ich Idiot, denkt er, ich blöder Idiot.

Die Madonna hatte mir aufgetragen, es zu tun, aber ich wusste nicht wie. Dann habe ich überlegt, das Messer mitzunehmen, mit dem ich den Kork schneide; es ist scharf wie eine Rasierklinge. Sowie sie mir die Tür aufgemacht hat und mir Benedettas Hut und Handschuhe hinhielt, griff ich danach und hab's getan. Nur ein einziger Schnitt. Das reichte. Ich musste sie ja bloß zum Schweigen bringen.

Ein Schnitt, ein einziger Schnitt. Von rechts nach links, wie der Doktor gesagt hatte, kraftvoll und entschlossen. Die Madonna hatte es gesagt.

Dann bin ich in die Wohnung gegangen, ins Schlafzimmer. Mit dem Messer in der Hand. Ich musste mich beeilen, das Kind hätte sich ja erkälten können, ohne sein Hütchen und die Handschuhe. Sie ist sehr anfällig, wissen Sie? Hat oft Halsschmerzen. Jeden Winter bekommt sie mindestens einmal Fieber.

Mein Schwager schlief völlig ruhig. Ich hab' ihm das Messer aufs Herz gesetzt und gewartet. Irgendwann hat er die Augen geöffnet. Er hat nichts gesagt, vielleicht hat er gedacht, er träumt. Vielleicht träumte er ja von mir, so wie ich von ihm, noch nach so vielen Jahren.

Du musst die Krippe wegnehmen, hab' ich zu ihm gesagt. Du musst sie wegnehmen. Das schuldest du der Heiligen Jungfrau.

Sein Gesicht wurde hässlich und er sagte,

Ich muss gar nichts und schulde niemandem etwas, hat er gesagt. Und ich, denkt Ricciardi, hab' geglaubt, es gehe um Geld.

er müsse gar nichts tun. Da habe ich zugestochen, mitten in sein schwarzes Herz voller Sünde. Wieder und immer wieder habe ich das Messer in seinen Leib gerammt. Der Schutzpa-

tron der Miliz ist der heilige Sebastian, vielleicht wollte er ja auch so sterben. Meine Hand, meine Hände schwitzen, immer. Wenn ich mich aufrege, schwitzen sie noch mehr. Ich habe das Messer in die andere Hand genommen und weiter zugestochen. Er musste bestraft werden und in die Hölle kommen. Ich selbst musste ihn dorthin befördern.

Es waren wirklich zwei Hände gewesen, der Doktor hatte recht gehabt, denkt Ricciardi. Die unterschiedliche Kraft war auf den Schweiß und den Einstichwinkel zurückzuführen. Und das nach allen Seiten gespritzte Blut war nicht zu sehen gewesen, weil die Nonne ein schwarzes Kleid trug. So hatte sie den Ort der Tat, obwohl blutbesudelt, unbehelligt verlassen können.

Danach habe ich das Messer am Betttuch abwischt; ich brauchte es ja noch. Ich wollte einen Hügel anbauen, den da, sehen Sie? Es fehlt noch ein wenig Moos. Das Messer brauchte ich.

Bevor ich wegging, musste ich aber noch etwas anderes tun und bin ins andere Zimmer gegangen. Ich wollte den heiligen Josef mitnehmen, denn so eine Figur durfte nicht in einer solchen Wohnung bleiben. Ein Vater, der für seinen Sohn lebt: das genaue Gegenteil von ihm. Ich hab' ihn genommen, doch er ist mir aus der Hand gerutscht. Hab' ich Ihnen schon gesagt, dass meine Hände manchmal schwitzen?

Das hat mich auf die Lösung gebracht. Rosa hat mir dabei geholfen, als ihr das Jesuskind hingefallen war, und der Aal, der allen Händen entglitt, die ihn fassen wollten. Gefallen war das Jesuskind, nicht hingeworfen, nicht absichtlich zerbrochen worden; und der Aal war glitschig und feucht, wie das Messer in der Hand der Mörderin. Er musste sterben, hatte sie gesagt. Durch meine Hand.

Bitte glauben Sie mir, ich hätte eine Heiligenfigur niemals absichtlich kaputt gemacht. Das dürfen Sie nicht denken, bitte. Sagen Sie, dass Sie es nicht denken. Niemals würde ich eine Heiligenfigur zerbrechen. Zwei Tage lang hat die Madonna nicht zu mir gesprochen, dabei wusste sie doch, dass ich's nicht absichtlich getan hatte.

Ich habe den Scherben einen Tritt gegeben und sie unter den Tisch geschubst, in der Hoffnung, dass sie niemand sehen würde. Ich konnte sie doch nicht anfassen, wo meine Hände gerade erst getan hatten, was sie getan hatten.

Bitte sagen Sie, dass Sie mir glauben.

Sie glauben mir doch, oder? Sie glauben mir?

LVI

Endlich ist Heiligabend und trotz des langen Wartens erwischt er alle ein bisschen unvorbereitet.

Die Esstische erscheinen den Hausherrinnen unzulänglich und stets ein wenig leerer, als sie es sich bei den Vorbereitungen gedacht hatten. Die Geschenke reichen nicht aus: Ein Onkel wurde vergessen, die Frau eines Freundes, eines der Enkelchen. Man befürchtet, dass Gebäck und Süßes nicht ausreichen könnten, aber bei den Preisen konnte man wirklich nicht mehr kaufen.

Schon am Morgen hört man die ersten Feuerwerkskörper, die über den ganzen Tag hinweg die Wartezeit bis Mitternacht skandieren, wenn die Stadt wie ein glückliches Pulverfass explodieren und von Rauch und Licht erfüllt sein wird. Die Krankenhäuser werden dann von den Verletzten dieses Freudenkriegs überschwemmt werden; Leute haben zwei Finger, ein Auge weniger, aus purem Leichtsinn, sozusagen als Erinnerung an das Fest.

Endlich ist Heiligabend.

Der stellvertretende Polizeipräsident Angelo Garzo sah sich halbwegs zufrieden um.

Er hatte sich dieses Weihnachtsessen an Heiligabend bei sich zu Hause unbedingt gewünscht und viele wichtige Persönlichkeiten dazu eingeladen, doch fast niemand hatte angenommen, da alle lieber bei ihren Familien bleiben wollten. Aber das war nicht wichtig, denn zumindest einige waren gekommen und er empfand Genugtuung.

Seine Frau hatte mit Unterstützung des Dienstmädchens eine wunderschöne Festtafel vorbereitet, mit Blumen, Kerzen, Silber und Kristall. Die kleine, aber antike Krippe war auf den Ehrenplatz gestellt worden, unter eine Glasglocke.

Unter den Gästen befand sich sogar Herzog Freda di Scanziano, der Oberbefehlshaber der zweiten Legion der Hafenmiliz. Die Einladung hatte er natürlich nicht ausschlagen können nach der brillanten Aufklärung des Mordes an dem Zenturio, an dessen Namen sich Garzo nicht erinnerte. Seine Leute hatten schließlich herausgefunden, dass kein weiteres Milizmitglied in den Fall verwickelt war, wie man in Rom befürchtet hatte.

Der Vizepräsident hatte den Dankesanruf geschickt dazu genutzt, um den Konsul und seine Gattin für den Abend einzuladen: ein wahres Glück.

Natürlich rechnete Garzo damit, sofort nach dem Dreikönigstag einen Anruf des Bischofs zu erhalten, der sich über die Festnahme im Kloster beschweren würde, auch wenn die Nonne dann gestanden hatte. Was konnte er daran ändern?

Gewiss, eine Nonne! Konnte dieser verflixte Ricciardi nicht einmal einen Verbrecher schnappen, der auch danach aussah? Aber darum würde er sich nach den Feiertagen kümmern, nun musste er seinen wichtigen Gast umsorgen. Früher oder später könnte er seiner Karriere dienlich sein.

Er neigte sich zu ihm und sagte mit seinem strahlendsten Lächeln, das er etliche Male unter seinem neuen Schnurrbart geübt hatte:

– Noch ein Plätzchen, Herr Konsul?

Endlich ist Heiligabend und inmitten all der Unordnung können doch einige Dinge in Ordnung gebracht werden.

Lomunno blickte sich um. Zum ersten Mal erschien ihm die Atmosphäre in dieser Bruchbude weniger trostlos.

Es war ihm gelungen, ein paar Kerzen und ein Tischtuch aufzutreiben, und das Geld, das er auf dem Markt verdient hatte, reichte für so etwas wie ein Weihnachtsessen. Als Dank für die von ihm geleistete harte Arbeit hatte sein Chef ihm frischen Fisch geschenkt.

Die Kinder aßen mit Appetit; aus einem nur ihnen bekannten Grund kicherten sie hin und wieder. Das hatten sie auch in ihrem ersten Leben, vor sehr langer Zeit, getan, als Weihnachten noch das Fest einer anderen Familie war, die es nun nicht mehr gab.

Lomunno überlegte, dass der Verstand eine merkwürdige Sache war. Er hätte nie die Kraft gehabt, sich an Garofalo zu rächen: Die Angst davor, was aus den Kindern geworden wäre, die dann allein geblieben wären, verbat es ihm. Aber zu wis-

sen, dass der andere lebte, den Wohlstand genoss, den er ihm geraubt hatte, dass er lachte und dick wurde, ohne dass sein Gewissen ihn zermalmte, machte ihn fertig.

Nun, da derjenige, der seinen Ruin verschuldet hatte, tot war, war es vielleicht an der Zeit, an etwas anderes zu denken: Daran zum Beispiel, wie er mit dem Leben weitermachen und den Kindern ein anständiges Dasein sichern konnte.

Lomunno streckte die Hand aus und streichelte seine Tochter. Sie erhob sich mit ernstem Gesicht und küsste ihn auf die Wange.

Hin und wieder, dachte Lomunno, konnte aus dem Schlechten eben auch etwas Gutes entstehen. Und schließlich ist heute Heiligabend.

Endlich ist Heiligabend, und er macht sich einen Spaß daraus, entfernte Dinge zusammenzubringen.

Doktor Modo trocknete sich die Hände und wandte sich an Vincenzinos Eltern:

– Er hat kein Fieber mehr. Zwar ist er noch schwach, aber so wie die Entzündung abklingt, wird er auch wieder lebhaft und hungrig werden. Boccia, ich glaube, von jetzt an müssen Sie mehr fischen: Der kleine Wolf wird viel Futter verschlingen, um wieder auf die Beine zu kommen.

Aristide antwortete gerührt:

– Doktor, glauben Sie mir: Für meinen Kleinen leere ich das ganze Meer. Ich dachte, ich würde ihn verlieren; Sie haben keine Ahnung, wie viele unserer Kinder hier wegen solcher Krankheiten sterben.

– Das glaube ich Ihnen gerne, bei der Feuchtigkeit und der mangelhaften Ernährung überleben nur die kräftigsten. Aber unser Vincenzino hier gehört dazu.

Angelina drehte sich um und hörte einen Augenblick auf, in dem Topf zu rühren, der auf dem Herd stand:

– Herr Doktor, darf ich Sie was fragen? Wo essen Sie denn heut' an Heiligabend? Wartet man zu Hause auf Sie?

Modo seufzte, während er sich seine Jacke überzog:

– Nein, leider nein, Signora, leider wartet niemand auf uns zwei, auf mich und den Hund. Wir werden einen Spaziergang machen und uns eine hübsche Trattoria suchen, wir trinken ein wenig Wein, also ich, der Hund nicht, und gehen schlafen. Natürlich nur, wenn sie uns schlafen lassen: Ein dämlicher Brauch, diese Feuerwerke an Weihnachten; sie füllen bloß die Krankenhäuser mit Verstümmelten.

Die Frau wechselte einen Blick mit ihrem Mann und gebot ihm mit den Augen zu handeln. Also sagte er:

– Herr Doktor, wenn es Ihnen nichts ausmacht, bleiben Sie doch bei uns. Hier ist es Brauch, alles zu kochen, was wir nicht auf dem Markt verkauft haben; dieses Jahr ist zum Glück wenig übrig geblieben. Danach essen wir alle zusammen mit den Familien der Bootskameraden. Wir sind arme Leute und haben nicht viel zu bieten, aber zumindest geht es fröhlich zu. Was sagen Sie, machen Sie uns die Freude?

Modo rückte seinen Hut nach hinten und kratzte sich nachdenklich am Kopf. Er sah den Hund an, der mit einem aufgestellten Ohr an der Tür lag.

– Was sagst du dazu, mein Lieber? Wollen wir Heiligabend mit unseren neuen Freunden hier verbringen?

Der Hund bellte ein einziges Mal und wedelte mit dem Schwanz.

– Er bestimmt. Also gut, vielen Dank. Was haben Sie denn
 Gutes gekocht?

Endlich ist Heiligabend, und er besetzt alle Plätze.

Maione war den ganzen Morgen über still gewesen und Lucia machte sich schon wieder Sorgen. Sie hoffte von ganzem Herzen, dass ihr Mann den furchtbaren Racheplan aufgegeben hatte, der ihr Leben ganz sicher für immer ruiniert hätte.

Zu vieles hatte sie schon verloren: zu viel Glück, zu viel Hoffnung, zu viel Zukunft. Sie würde sich nicht damit abfinden, wieder in einen Albtraum zu stürzen.

Lucia kannte Raffaele: Hätte er einen Ehrenkodex befolgt, der ihm fremd war, wäre er im glimpflichsten Fall für den Rest seiner Tage das Opfer seines eigenen Gewissens gewesen.

Irgendwann hatte er, so als sei er zu einer endgültigen Lösung gelangt, das Haus verlassen und gesagt, er gehe etwas holen, das er vergessen habe. Sie hatte versucht, ihn zurückzuhalten. So kurz vor dem Abendessen, das sie mit so viel Sorgfalt vorbereitet hatte, noch auszugehen, die Kinder alleine zu lassen! Doch er hatte sie beruhigend angelächelt und war gegangen.

In den zwei Stunden, in denen sie auf seine Rückkehr wartete und die ihr wie zwei Jahre vorkamen, hatte Lucia sich an dieses Lächeln geklammert. Dann hatte sie den Schlüssel im Türschloss gehört und mit allem gerechnet, nur nicht mit dem, was sie dann vor sich sah.

Raffaele hatte jemanden mitgebracht. Das Händchen in seiner großen Hand, das Gesicht vor Kälte gerötet und mit zwei Zöpfen, die unter dem Wollmützchen herausschauten, stand dort im Türrahmen ein kleines verstört aussehendes Mädchen.

Mit Blicken bat ihr Mann sie, ihm keine Fragen zu stellen. Er rief seine größte Tochter, die nur ein Jahr älter war als der kleine Gast, und vertraute ihr das Mädchen an, damit sie ihm in ihrem Zimmer die Puppen zeigen sollte. Erst als er sich vergewissert hatte, dass ihnen niemand zuhörte, sagte er:

– Lucia, ich konnte nicht Weihnachten feiern mit diesem Gedanken im Hinterkopf. Das Mädchen hat innerhalb weniger Tage erst beide Eltern und dann seine Tante verloren. Sie wird jetzt vorerst im Kloster bleiben, danach wird man weitersehen. Aber die Kleine an Heiligabend allein zu wissen, dort bei den Nonnen, kam mir traurig vor. Ich habe mit der Oberin gesprochen; sie hat mir erlaubt, sie über die Feiertage zu uns zu nehmen. Entschuldige, dass ich dir nichts gesagt habe.

Das war ihr Raffaele, der Mann, in den sie sich verliebt hatte, den sie geheiratet hatte, den sie immer noch liebte. Der Vater ihrer Kinder. Ein Mann, der seine Vaterrolle so ernst nahm, dass er sich sogar für fremde Kinder verantwortlich fühlte.

Sie streichelte sein besorgtes Gesicht:

– Das hast du gut gemacht. Sehr gut. Besser noch, ich sag' dir was: Den leeren Platz am Tisch werden wir ab jetzt an den Feiertagen, ob Weihnachten oder Ostern, immer besetzen. Wir haben so viel Glück mit unserer Familie, dass es nicht richtig ist, sie nur für uns allein zu behalten. Du wirst sehen, dass der Besitzer des Platzes glücklich darüber sein wird.

Endlich ist Heiligabend, und er bringt alles durcheinander.

Als er merkte, dass er als Einziger noch im Büro war, beschloss Ricciardi, nach Hause zu gehen.

Er warf einen Blick aus dem Fenster. Der Platz war mittlerweile fast menschenleer. Hin und wieder erklang von Weitem ein Knall: Es wurden die Raketen ausprobiert, die den Himmel um Mitternacht in ein einziges Feuerwerk verwandeln würden, um die Geburt eines Kindes zu preisen, das den Menschen Frieden, Gesundheit und Wohlstand bringen sollte. Ein bisschen viel verlangt, dachte der Kommissar, von einem so jungen Wesen.

Er machte sich auf den Weg. Rasch ging er den nun endlich von Verkaufsständen und Bettlern befreiten Bürgersteig entlang. Alle hatten einen Platz gefunden, an dem sie die nächsten Stunden verbringen konnten, bestenfalls im Kreise ihrer Lieben.

Er dachte an Rosa, an ihre zitternde Hand. Zum ersten Mal überkam ihn Furcht vor der ihm künftig drohenden Einsamkeit, die noch schlimmer und finsterer sein könnte als die, die er schon jetzt empfand. Er würde Rosa zwingen müssen, sich behandeln zu lassen. Nun war es seine Aufgabe, sie zu beschützen, so wie sie ihn seit seiner Geburt beschützt hatte.

Auf der Straße waren nur noch die Toten übrig geblieben mit ihren unbesonnenen, schmerzhaften letzten Gedanken. Hier und da auch ein hastender Verspäteter, der gegen die Zeit anrannte.

An der Ecke des archäologischen Museums, dort, wo die Straße langsam zum Capodimonte hin ansteigt, hörte Ricciardi, wie aus einem Auto jemand nach ihm rief.

– Hallo, schöner Polizist. Darf ich dich nach Hause fahren?

Im Wagen war es angenehm warm und es duftete nach Livias Parfum.

– Ich war vor dem Präsidium; der Wachposten sagte mir, du seist gerade weggegangen. Deinen Nachhauseweg kenne ich ja, und hier bin ich also. Mach dir aber keine falschen Hoffnungen. Ich bin unterwegs, Freunde haben mich eingeladen, denn dir kommt es ja gar nicht in den Sinn, dass ich an Weihnachten allein sein könnte.

Betreten suchte Ricciardi nach einer Ausrede:

– Ich dachte, du würdest nach Rom fahren oder zu deinen Eltern. Dass du hier bist, wusste ich nicht.

Livia lachte:

– Und wenn du es gewusst hättest? Hättest du mich dann zu dir eingeladen? Ach komm, Ricciardi, nimm mich nicht auf den Arm.

– Du kennst meine Verhältnisse, Livia: Meine Kinderfrau lebt bei mir; sie ist alt und außerdem geht's ihr nicht besonders gut. Ich hab' dir ja schon gesagt, dass du von mir nicht erwarten darfst, was du von anderen gewohnt bist. Ich freue mich immer, dich zu sehen, aber ich habe auch mein Leben und meine Probleme, die ich nicht so leicht mit jemandem teilen kann.

Livia änderte den Ton und wurde sanfter:

– Ich weiß, dass du das denkst. Und tief in mir drin weiß ich auch, dass du dich irrst, dass du mir die Tür nur einen Spalt breit zu öffnen und mich reinzulassen brauchtest, damit wir beide gemeinsam glücklich werden könnten. Heute Abend wollte ich dich aus zwei Gründen gerne sehen.

Sie waren schon vor Ricciardis Haus angekommen. Der Fahrer hielt in der Nähe der Eingangstür.

– Und die wären?

Durch die Ritze der Läden eines bestimmten Fensters sa-
 hen zwei wartende Augen, was sie sehen wollten.

Livia antwortete:

– Vor allem möchte ich dir sagen, dass ich zum ersten Mal in meinem Leben meine Selbstsicherheit verloren habe. Ich habe immer geglaubt, sogar schon als ganz junges Mädchen, dass ich von den Männern bekommen kann, was ich möchte. Dann habe ich dich kennengelernt und komme mir vor, als würde ich mit dem Kopf gegen die Wand rennen.

Livia erschien Ricciardi wie ausgewechselt: Ihre Unterlippe zitterte, und man merkte, dass es sie furchtbar viel Kraft kostete, nicht zu weinen. Sie ballte die in schwarzen Samthandschuhen steckenden Hände zu Fäusten und fand zu ihrer normalen Stimme zurück:

– Zweitens: Ich hätte wieder gehen können. Aber mir genügt es schon, einfach nur in derselben Stadt zu sein wie du. Für mich ist es ausreichend. Im Augenblick zumindest.

Im Dunkeln glänzten ihre schwarzen Augen tränenfeucht.

– Frohe Weihnachten, Ricciardi.

Sie beugte sich vor und küsste ihn.

Die Beobachterin der Szene stand nun nicht mehr hinterm Fenster, sondern in einem Hauseingang. Aus den dunklen Wolken, die den ganzen Tag über dichter geworden waren, fiel, träge umherwirbelnd, eine Schneeflocke. Und dann noch eine und noch eine.

Die Tür des Wagens öffnete sich. Es stieg ein Mann daraus aus, der auf das gegenüberliegende Haus zusteuerte. Das Auto fuhr wieder los.

Während er mit den Schlüsseln hantierte, nahm Ricciardi hinter sich eine Bewegung wahr.

Er drehte sich um und sah, erstarrt und erstaunt, Enrica auf sich zukommen.

Aus ihrem Gang schien jedwede Unsicherheit verschwunden. Sie trug weder Mantel noch Hut. In ihren Haaren glitzerten Schneeflocken und ihre Augen hinter den beschlagenen Brillengläsern strahlten wie schwarze Sterne.

Ricciardi war augenblicklich klar, dass sie gesehen haben musste, wie Livia ihn zum Abschied geküsst hatte. Er glaubte zu sterben. Sein Mund klappte geräuschvoll zu. Verzweifelt suchte er nach einem Ausweg, um sie nicht noch einmal zu verlieren.

– Fräulein, ich … ich weiß nicht, was Sie denken, aber bitte glauben Sie mir: Dieses Auto …

Enrica näherte sich ihm bis auf wenige Zentimeter. Sie blieb stehen, nahm sein Gesicht in beide Hände und küsste ihn lange und leidenschaftlich.

Dann drehte sie sich um und ging zurück ins Haus.

Ricciardi blieb im immer dichter fallenden Schnee zurück, die Schlüssel noch in der Hand. In seiner Seele tobte ein Erdbeben.

Die Stadt um ihn herum war eine einzige riesige Krippe.

Ricciardi existiert, weil Francesco Pinto es so gewollt hat, weshalb der erste Dank wie immer ihm gebührt. Und er beschreitet, wie immer, die Wege, die Antonio Formicola und Michele Antonielli für ihn vorgezeichnet haben. Sein Umfeld, die Menschen, denen er begegnet, und die Atmosphäre, die ihn umgibt, entstanden mit hilfreicher und liebevoller Unterstützung von Annamaria Torroncelli und Stefania Negro.

Die Informationen über die magische Welt der neapolitanischen Krippe verdankt Ricciardi dem außerordentlich fachkundigen Michele Nevola, der zu ihm durch Don Pierino gesprochen hat. Für Rosas Küche waren die präzisen Angaben der wunderbaren Sabrina Prisco von der Osteria Canali in Salerno unerlässlich.

Dank auch den großartigen Geschwistern De Filippo, die das Vorverlegen der Premiere von *Weihnachten im Hause Cupiello* um ein paar Tage aufgrund erzählerischer Anforderungen verzeihen mögen.

Der Autor muss noch einmal der wunderbaren Gruppe der *Corpi Freddi* danken, die so einsame Tätigkeiten wie das Schreiben und das Lesen zu einer fantastischen kollektiven Erfahrung macht: Ricciardis Herz schlägt für diese Jungs und kehrt, durch sie bereichert, noch tiefgründiger zurück.

Das letzte Dankeschön geht an ein junges Mädchen, das Ende der dreißiger Jahre einer Stoffpuppe, die in seiner Vorstellung sein Kind war, seine Geschichten erzählte.

Es sind diese Geschichten, Mama, die auch ich erzähle.

Eine Geschichte von Liebe, Freundschaft und Verrat – durchdrungen von den treibenden Rhythmen des Jazz

Hiero Falk, ein junger und außergewöhnlich talentierter Jazztrompeter, spielt zusammen mit den »Hot-Time Swingers« im Berlin der dreißiger Jahre in Kellerbars – heimlich, denn »schwarze Musik« ist nicht erlaubt. Seine Hautfarbe macht es nicht einfacher; die Gefahr, als »Mischling« von den Nazis verhaftet zu werden, steigt mit jedem Tag.
Als jedoch die geheimnisvolle und schöne Amerikanerin Delilah auftaucht, scheint nicht nur Hieros Traum wahr zu werden: Sie will die Band nach Paris holen – zu keinem Geringeren als Louis Armstrong, um mit ihm eine Schallplatte einzuspielen. Doch die Ereignisse überschlagen sich und reißen alle Beteiligten mit in eine ungewisse Zukunft …

Shortlist Orange Prize for Fiction 2012
Shortlist Man Booker Prize 2011
Scotiabank Giller Prize 2011

Esi Edugyan, Spiel's noch einmal. Roman. Aus dem Englischen von Peter Knecht. insel taschenbuch 4083. 395 Seiten

NF 103/1/11.11

Eine Liebesgeschichte, die ganz Amerika aufwühlte

Es ist eine schicksalhafte Begegnung, als Mamah Borthwick Cheney 1907 den jungen Architekten Frank Lloyd Wright kennenlernt … Die beiden verlieben sich leidenschaftlich ineinander, doch beide sind verheiratet und haben Kinder. Mamah und Frank fassen einen radikalen Entschluß: Für einen gemeinsamen Neuanfang brechen sie alle Brücken hinter sich ab und fliehen gemeinsam nach Europa: ein Skandal, der ganz Amerika empört – üble Nachrede verfolgt die beiden bis über den Atlantik. Jahre später kehren die beiden in die USA zurück, wo Frank seiner Geliebten die Fluchtburg Taliesin baut. Doch für Mamah scheint es keinen Weg zurück zu geben …

Ein ergreifender Roman über die Macht der Gefühle, schicksalhafte Entscheidungen und den Mut, als Frau den eigenen Weg gegen alle Widerstände zu gehen.

Nancy Horan, Kein Blick zurück. Roman. Aus dem Amerikanischen von Brigitte Heinrich. insel taschenbuch 4046. 530 Seiten

NF 102/1/11.11

Ein fesselnder Roman über unbändige Gefühle und verdrängte Leidenschaften.

1839: Der Gouverneur von Tasmanien und Polarforscher Sir John Franklin und seine Frau holen das Aborigine-Mädchen Mathinna zu sich ins Haus. Sie wollen »die Wilde« durch strenge Erziehung zivilisieren. Als Franklin Jahre später nach England zurückbeordert wird, lassen sie das Mädchen entwurzelt und zutiefst verstört zurück …
Zwanzig Jahre später: Im Überlebenskampf im ewigen Eis soll Sir Franklin dem Kannibalismus verfallen sein. Kein Geringerer als Charles Dickens soll dessen Ruf und Ansehen retten. Dabei entdeckt auch er an sich plötzlich eine »wilde« unbezwingbare Seite …

»*Begehren* ist eine Wucht von Roman, ich habe seit langem kein Buch so gierig ausgelesen, um es dann gleich nochmal zu lesen. Herzzerreißend das Ende, das ganze Buch eine schwere Wahrheit, ich las wie ein Rasender.« *Sten Nadolny*

Richard Flanagan, Begehren. Roman. Aus dem australischen Englisch von Peter Knecht. insel taschenbuch 4012. 302 Seiten

NI 139/1/3.12